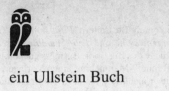

ein Ullstein Buch

ÜBER DAS BUCH:

Nach seinen turbulenten Bestsellern *Puppenmord, Trabbel für Henry, Tohuwabohu, Mohrenwäsche* und *Feine Familie* läßt Tom Sharpe seine Leser nun in die Küche des Big Book Business gucken.
Wie entsteht ein Renner? Man nehme einen Verleger, der Millionen mit Büchern macht, die er nicht liest, einen Literaturagenten, der Schund verhökert, den er nicht ausstehen kann, einen Werbemann, der blutige Volksaufstände um einen Autor inszeniert, der den Hit, der sich wie warme Semmeln verkauft, gar nicht geschrieben hat . . . Und so nimmt dann alles seinen Lauf wie in einem richtigen Schmöker.

DER AUTOR:

Tom Sharpe wurde 1928 in England geboren, studierte in Cambridge, lernte als Buchhalter, Sozialarbeiter und Fotograf Südafrika kennen, bis er ausgewiesen wurde, und unterrichtete als Hilfslehrer an einer Berufsschule in Cambridge, bis ihm der Erfolg seiner Bücher die Freiheit schenkte, mit Frau und drei Töchtern als Schriftsteller zu leben.

Tom Sharpe

Der Renner

Roman

ein Ullstein Buch

ein Ullstein Buch
Nr. 20801
im Verlag Ullstein GmbH,
Frankfurt/M – Berlin
Englischer Originaltitel:
The Great Pursuit
© 1977 by Tom Sharpe
Übersetzt von Hans M. Herzog

Ungekürzte Ausgabe

Umschlagentwurf:
Brian Bagnall
Alle Rechte vorbehalten
Taschenbuchausgabe mit Genehmigung
des Verlags Rogner & Bernhard, München
© 1985 by Rogner & Bernhard
GmbH & Co. Verlags KG, München
Printed in Germany 1987
Druck und Verarbeitung:
Ebner Ulm
ISBN 3 548 20801 0

Oktober 1987
31.–50. Tsd.

Vom selben Autor
in der Reihe der
Ullstein Bücher:

Puppenmord (20202)
Trabbel für Henry (20360)
Tohuwabohu (20561)
Mohrenwäsche (20593)
Feine Familie (20709)

CIP-Kurztitelaufnahme
der Deutschen Bibliothek

Sharpe, Tom:
Der Renner: Roman / Tom Sharpe.
[Übers. von Hans M. Herzog]. –
Ungekürzte Ausg. – Frankfurt/M; Berlin:
Ullstein, 1987.
   (Ullstein-Buch; Nr. 20801)
   Einheitssacht.: The great pursuit <dt.>
   ISBN 3-548-20801-0
NE: GT

I

Wenn man Frensic fragte, warum er Schnupftabak nehme, so lautete seine Antwort, dies geschehe, weil er von Rechts wegen im achtzehnten Jahrhundert hätte leben müssen. Denn, so sagte er, es sei das für sein Naturell am vorzüglichsten geeignete Jahrhundert, das Zeitalter der Vernunft, des Stils, der Verfeinerung und Expansion sowie all der anderen Merkmale, über die er so offensichtlich verfüge. Daß dies weder auf ihn noch, wie er zufällig wußte, auf das achtzehnte Jahrhundert zutraf, steigerte nur sein Vergnügen an seinem Täuschungsmanöver und am Erstaunen seines Publikums; so untermauerte Frensic über den Umweg des Paradoxons seinen Anspruch, im Geiste eins zu sein mit Sterne, Swift, Smollet, Richardson, Fielding und den anderen Giganten des frühen englischen Romans, deren Kunst er ungemein bewunderte. Da er ein Literaturagent war, der nahezu alle Romane verabscheute, für deren Vermarktung er so erfolgreich sorgte, war Frensics privates achtzehntes Jahrhundert das der Kolportage und der Schnapsnasen; ihm zollte er Tribut, indem er sich eine gewisse Exzentrizität und einen Zynismus zulegte, die ihm nicht nur einen nützlichen Ruf einbrachten, sondern ihn auch gegen die literarischen Ambitionen unverkäuflicher Autoren wappneten. Kurz gesagt, er badete nur gelegentlich, trug den Sommer über wollene Westen, aß weit mehr, als gut für ihn war, trank Portwein vor dem Mittagessen und schnupfte große Mengen Tabak, so daß alle, die mit ihm ins Geschäft kommen wollten, ihre Widerstandsfähigkeit beweisen und durch das Dickicht dieser beklagenswerten

Gewohnheiten zum Spießrutenlauf antreten mußten. Außerdem ging er früh ins Büro, las jedes Manuskript, das man ihm vorlegte, schickte die unverkäuflichen umgehend zurück, während er die anderen ebenso prompt verkaufte, kurz, er war im allgemeinen in geschäftlichen Dingen überraschend effizient. Verleger nahmen Frensics Meinung ernst. Behauptete Frensic, ein Buch werde sich verkaufen, so verkaufte es sich. Er hatte einen Riecher für einen Beststeller, einen untrüglichen Riecher.

Diesen hatte er, wie er gern dachte, von seinem Vater geerbt, einem erfolgreichen Weinhändler, dessen Riecher für einen trinkbaren Bordeaux zu zivilem Preis Frensics kostpielige Ausbildung finanziert hatte, und die wiederum verschaffte ihm, im Verein mit seiner eigenen, eher metaphysischen Nase einen Vorteil gegenüber seinen Konkurrenten. Nicht daß der Zusammenhang zwischen einer guten Bildung und seinem Erfolg als Connaisseur kommerziell einträglicher Literatur ein direkter gewesen wäre. Er war über Umwege auf sein Talent gestoßen, und obgleich seine – wenn auch reale – Bewunderung des achtzehnten Jahrhunderts eine Inversion in sich barg, so hatte ihm eben dieses Verfahren zu seinem erfolgreichen Wirken als Literaturagenten verholfen.

Mit einundzwanzig hatte er Oxford nach einem relativ guten Examen in Englisch und mit dem Ehrgeiz verlassen, einen großen Roman zu schreiben. Nach einem Jahr hinter dem Tresen des väterlichen Weinladens in Greenwich und an seinem Schreibtisch in einem Zimmer in Blackheath wurde das »groß« gestrichen. Drei weitere Jahre als Werbetexter und Autor eines abgelehnten Romans über das Leben hinter dem Tresen eines Weinladens in Greenwich brachten die völlige Zerschlagung seiner literarischen Ambitionen. Mit vierundzwanzig brauchte Frensic nicht einmal seinen Riecher, um zu erfahren, daß er nie ein Romancier werden würde. Das hatten ihm bereits die zwei Dutzend Literaturagenten versichert, die sich geweigert hatten, sich seines Werks anzunehmen. Andererseits hatte sein Umgang mit ihnen einen Berufsstand ans Licht gebracht, der Frensics Geschmack voll und ganz entsprach. Literaturagenten führten offensichtlich ein interessantes, bequemes und von Grund auf zivilisiertes Leben. Wenn sie auch keine Literatur schrieben, so lernten sie doch Schriftsteller kennen, und der immer noch recht idealistische Frensic bildete sich ein, das sei ein Privileg; Agenten verbrachten ihre Tage mit Lesen, sie waren ihre eigenen Herren und zeigten – wenn man seine eigenen Erfahrungen zum Maßstab nehmen wollte – einen ermutigenden Mangel an literarischem Scharfblick. Außerdem verbrachten sie anscheinend viel Zeit mit Essen, Trinken und auf Parties, und Frensic, dessen äußeres Erscheinungsbild dazu tendierte, seine sinnlichen Vergnügungen eher auf das Hineinstopfen von Dingen in sich selbst als in andere Leute zu beschränken, war so etwas wie ein Gourmet. Er hatte seine Berufung gefunden.

Mit fünfundzwanzig eröffnete er ein Büro in der King Street, dicht neben Covent Garden und nahe genug bei Curtis Brown, der größten literarischen Agentur in London, um die eine oder andere postalische Verwechslung heraufzubeschwören; dann offerierte er seine Dienste im *New Statesman*, dessen Leser anscheinend gerade den literarischen Ambitionen nachliefen, die er erst kürzlich ad acta gelegt hatte. Anschließend nahm er Platz und wartete darauf, daß die Manuskripte eintrafen. Er mußte lange warten und machte sich allmählich Gedanken, wie lange er seinen Vater noch zur Zahlung der Büromiete überreden könne, als der Briefträger zwei Pakete abgab. Das erste enthielt einen Roman von Miss Celia Thwaite, wohnhaft im alten Pumpwerk von Bishop's Stortford samt einem Brief mit der Erläuterung, *Liebesglanz* sei Miss Thwaites erstes Buch. Da er bei der Lektüre zunehmend Übelkeit verspürte, hatte Frensic keinerlei Grund, an dem Wort der Autorin zu zweifeln. Das Ding war ein Mischmasch aus romantischem Gewäsch und historischen Ungenauigkeiten, das sich lang und breit mit der nie vollzogenen Liebe eines jungen Adligen zum Weibe eines abwesenden Kreuzfahrers beschäftigte, dessen zwanghafte Fixierung auf die Keuschheit seiner Frau allem Anschein nach einen beinahe pathologischen Fetischismus seitens Miss Thwaites widerspiegelte. Frensic erklärte in einem höflichen Briefchen, *Liebesglanz* habe keinerlei kommerzielle Aussichten, und schickte das Manuskript nach Bishop's Stortford zurück.

Der Inhalt des zweiten Pakets machte auf den ersten Blick einen vielversprechenden Eindruck. Wieder handelte es sich um einen Erstlingsroman, diesmal mit dem Titel *Auf der Suche nach der verlorenen Kindheit,* verfaßt von einem Mr. P. Piper, der als Adresse die Pension Seeblick in Folkestone angab. Frensic las den Roman und hielt ihn für scharfsinnig und zutiefst ergreifend. Mr. Pipers Kindheit war alles andere als glücklich gewesen, doch was er über seine wenig mitfühlenden Eltern und seine schwierige Jugend in East Finchley schrieb, zeugte von kritischem Urteilsvermögen. Frensic schickte das Werk umgehend an Jonathan Cape und teilte Mr. Piper mit, daß er einen sofortigen Verkauf, gefolgt von anerkennenden Kritiken, voraussehe. Er irrte sich. Cape lehnte das Buch ab. Bodley Head lehnte es ab. Collins lehnte es ab. Alle Verlage in London lehnten es ab, die Kommentare lagen zwischen höflichem Bedauern und offener Häme. Frensic leitete ihre Auffassungen in abgeschwächter Form an Piper weiter, mit dem er in einen Briefwechsel über mögliche Verbesserungen eintrat, um den Anforderungen der Verlage gerecht zu werden.

Als er sich gerade langsam wieder von diesem Schlag gegen sein Urteilsvermögen erholte, folgte der nächste. Einer Notiz im Buchhandelsblatt entnahm er, daß Miss Celia Thwaites erster Roman, *Liebesglanz,* für fünfzigtausend Pfund an Collins und für eine Viertelmillion Dollar an einen amerikanischen Verlag verkauft worden sei und daß sie gute Aussichten habe, den Georgette-Heyer-Gedächtnispreis für romantische Prosa zu gewinnen. Frensic las die Notiz ungläubig durch und wurde zum literarischen Konvertiten. Wenn Verleger derart riesige Summen für ein Buch bezahlten, das Frensic aufgrund seines gebildeten Geschmacks als romantischen

Müll klassifiziert hatte, dann war ausnahmslos alles, was er bei F.R.Leavis gelesen und von seiner Tutorin in Oxford, Dr. Sydney Louth, über den modernen Roman gelernt hatte, im kommerziellen Verlagswesen völlig falsch; schlimmer noch, für seine eigene Karriere als Literaturagenten stellte es eine tödliche Gefahr dar. Von diesem Augenblick der Offenbarung an änderte sich Frensics Einstellung. Er warf seine universitär fundierten Maßstäbe nicht über Bord. Er stellte sie auf den Kopf. Während er einerseits jeden Roman, der auch nur ansatzweise den Kriterien entsprach, die Leavis in *Die große Tradition* und Miss Sydney Louth noch ausdrücklicher in ihrem Werk *Der moralische Roman* festgelegt hatten, auf der Stelle als zur Veröffentlichung absolut ungeeignet zurückwies, rührte er andererseits für all jene Bücher, die sie als unter aller Kritik verworfen hätten, so massiv er nur konnte die Werbetrommel. Aufgrund dieser bemerkenswerten Umwertung aller Werte reüssierte Frensic. Mit dreißig hatte er bei Verlegern einen beneidenswerten Ruf als Agent, der nur Bücher empfahl, die sich auch verkaufen ließen. Bei einem Roman von Frensic konnte man sich darauf verlassen, daß er nicht verändert und kaum redigiert werden mußte. Er hatte eine Länge von exakt achtzigtausend Wörtern oder, was historische Romane betraf, deren Leser wahre Seitenfresser waren, von hundertundfünfzigtausend. Er fing mit einem Erdbeben an, wurde mit weiteren Erdbeben fortgesetzt und endete schließlich glücklich in einem noch größeren Erdbeben. Kurzum, der Roman enthielt sämtliche Zutaten, auf die der Publikumsgeschmack größten Wert legte.

Doch mußten Romane, die Frensic an Verlage weiterleitete, kaum geändert werden, so überstand kaum ein Buch ohne fundamentale Veränderung seine genaue Überprüfung, das aus der Feder aufstrebender Autoren auf seinem Schreibtisch landete. Nachdem Frensic die Zutaten des sicheren Erfolgs in *Liebesglanz* entdeckt hatte, verwendete er sie in jedem Buch, dessen er sich annahm; folgerichtig wirkten alle Romane nach diesem Prozeß des Umschreibens wie eine Art literarischer

Plumpudding oder wie verschnittener Wein: Sie enthielten Sex, Gewalt, Nervenkitzel, Liebesgeschichten und das eine oder andere Geheimnis, nicht zu vergessen einen gelegentlichen Spritzer Bedeutungsschwere, damit der kulturelle Anspruch gewahrt blieb. Auf den kulturellen Anspruch legte Frensic äußerst großen Wert. Dieser stellte Rezensionen in den besseren Periodika sicher und schenkte den Lesern die Illusion, daß sie an einer Pilgerfahrt zu einem Schrein der Bedeutung teilnahmen. Worin diese Bedeutung lag, blieb notwendigerweise unklar. Sie firmierte unter der allgemeinen Überschrift »tiefere Bedeutung«, doch ohne sie wäre ein Teil der lesenden Öffentlichkeit, der bloßen Eskapismus verachtete, für Frensics Autoren verloren gewesen. Daher bestand er immer auf Bedeutsamkeit, die er zwar im allgemeinen samt Einfühlungsvermögen und Sensibilität verwarf, da sie in großen Mengen auf die Chancen eines Buches so tödlich wirkte wie eine Prise Strychnin in einer klaren Fleischbrühe, in homöopathischen Dosen jedoch übte sie einen kräftigenden Einfluß auf den Verkauf aus.

So hielt es auch Sonia Futtle, die sich Frensic als Partnerin für die Betreuung ausländischer Verlage erkor. Sie hatte vorher für eine New Yorker Agentur gearbeitet, war Amerikanerin, und ihre Kontakte mit US-Verlegern waren von unschätzbarem Wert. Und der amerikanische Markt war äußerst profitabel. Die Umsätze waren größer, die prozentuale Beteiligung an den Autorentantiemen höher, und die Buchgemeinschaften lockten mit enormen finanziellen Anreizen. Wie es sich für jemanden gehörte, der für die geschäftliche Expansion in diese Richtung sorgen sollte, war Sonia Futtle persönlich bereits in die meisten anderen Richtungen expandiert und hatte derartige Proportionen angenommen, daß sie entschieden nicht zu verheiraten war. All diese Tatsachen hatten Frensic dazu gebracht, daß er den Namen der Agentur in Frensic & Futtle änderte und sein unpersönliches Geschick mit dem ihren verband. Zudem las sie mit wahrer Begeisterung Bücher, die zwischenmenschliche Beziehungen zum zentralen Thema hatten, und Frensic hatte gegen zwischenmenschliche Beziehungen eine Allergie entwickelt. Er konzentrierte sich auf weniger anspruchsvolle Werke, auf Thriller, Detektivgeschichten, Sex, falls unromantisch, historische Romane, falls kein Sex im Spiel war, Universitätsromane, Science Fiction und Gewalt. Sonia Futtle kümmerte sich um Sex in romantischer Verpackung, historische Romanzen, Befreiungsliteratur – Frauen wie Neger –, Pubertätstraumata, zwischenmenschliche Beziehungen und Tiere. Besonders gut konnte sie mit Tieren, und Frensic, der einmal beinahe einen Finger an die Heldin von *Fischotter zum Tee* verloren hatte, schätzte sich glücklich, ihr diesen Teil des Geschäfts überlassen zu können. Wenn irgend möglich, hätte er gern auch Piper abgetreten. Doch Piper blieb Frensic treu, dem einzigen Agenten, der ihm jemals die leiseste Hoffnung gemacht hatte, und Frensic, dessen Erfolg im umgekehrten Verhältnis zu Pipers Scheitern stand, tröstete sich mit der Erkenntnis, daß er niemals Piper aufgeben und daß Piper niemals seine verflixte *Suche nach der verlorenen Kindheit* aufgeben werde.

Jedes Jahr tauchte er mit einer neuen Version seines Romans in London auf, Frensic lud ihn zum Essen ein und erklärte ihm, was an dem Buch nicht stimmte, während Piper die Ansicht vertrat, ein großer Roman müsse von echten Menschen in realen Situationen handeln und dürfe sich nie an Frensics unverhohlen kommerzielle Formel halten. Und jedes Jahr trennten sie sich friedlich, Frensic wunderte sich über die unglaubliche Beharrlichkeit dieses Mannes, und Piper begann, in einer anderen Pension in einem anderen Ort am Meer an einer anderen Suche nach derselben verlorenen Kindheit zu arbeiten. Und so wurde Jahr für Jahr der Roman teilweise umgeschrieben und sein Stil entsprechend Pipers neuestem Vorbild verändert. Dafür konnte Frensic niemanden verantwortlich machen außer sich selbst. Zu Beginn ihrer Bekanntschaft hatte er in einem Anflug von Unvorsichtigkeit Piper die Essays von Miss Louth in *Der moralische Roman* zur Lektüre empfohlen; während allerdings Frensic ihre

Würdigungen großer Romanciers der Vergangenheit für schädlich hielt, falls jemand mit deren Hilfe heute einen Roman schreiben wollte, so hatte Piper ihre Maßstäbe zu seinen eigenen gemacht. Dank Miss Louth hatte er eine lawrencesche Version von *Auf der Suche nach der verlorenen Kindheit* verfaßt, dann eine im Stil von Henry James; an die Stelle von James war Conrad getreten, dann George Eliot; es hatte eine Dickens-Version gegeben, und sogar eine nach Thomas Wolfe; in einem schrecklichen Sommer hatte er eine faulknersche Fassung fabriziert. Doch durch alle stolzierte die Figur von Pipers Vater, seine nichtswürdige Mutter und der gehemmte, pubertierende Piper persönlich. Abklatsch folgte auf Abklatsch, doch die Erkenntnisse blieben unerbittlich trivial, eine Handlung existierte nicht. Frensic verzweifelte, blieb aber loyal. Für Sonia Futtle war seine Haltung schlichtweg unverständlich.

»Weshalb tust du das?« fragte sie. »Er wird's nie packen, und diese Essen kosten ein Vermögen.«

»Er ist mein *Memento mori*«, sagte Frensic geheimnisvoll. Er war sich bewußt, daß Piper ihn an seinen eigenen Tod erinnerte, an den aufstrebenden jungen Romancier, der er einmal gewesen war und auf dessen Verrat an seinen literarischen Idealen der Erfolg von Frensic & Futtle beruhte.

Doch Piper nahm nur einen Tag des Jahres in Anspruch, einen Tag der Sühne; den Rest des Jahres ging Frensic seiner Karriere auf profitablere Weise nach. Da er mit einem ausgezeichneten Appetit, einer unerschütterlichen Leber und einem preiswerten Lager feiner Weine aus dem Keller seines Vaters gesegnet war, konnte Frensic feudale Feste feiern. Im Verlagswesen war dies von enormem Vorteil. Während andere Agenten von Abendessen nach Hause wankten, auf denen Bücher entworfen, angepriesen oder gekauft wurden, aß und trank Frensic behäbig weiter, warb für seine Romane und prahlte mit seinen »Funden«. Zu letzteren gehörte James Jamesforth, dessen Romane einen so durchschlagenden Erfolg hatten, daß sich ihr Autor aus Steuergründen gezwungen sah, als eine Art alkoholisierter Flüchtling vor seinem Ruhm durch die Welt zu ziehen.

Auf Jamesforths unausgesetzt trunkenes Herumwandern von einem Steuerparadies zum nächsten war es zurückzuführen, daß sich Frensic im Zeugenstand des obersten Gerichtshofs, Oberkronkammer, wiederfand, und zwar im Verleumdungsprozeß von Mrs. Desdemona Humberson gegen James Jamesforth, Autor von *Finger der Hölle,* und Pulteney Press, den Verlag besagten Romans. Frensic befand sich zwei Stunden lang im Zeugenstand, und als er ihn schließlich verließ, war er schwer erschüttert.

2

»Fünzehn*tausend* Pfund plus Gerichtskosten«, sagte Sonia Futtle am nächsten Morgen, »für eine unbeabsichtigte Verleumdung? Das kann ich nicht glauben.«

»Es steht in der Zeitung«, sagte Frensic und reichte ihr die *Times.* »Neben der Notiz über den betrunkenen Lkw-Fahrer, der zwei Kinder getötet hat und hundertfünfzig Pfund Strafe zahlen muß. Immerhin hat man ihm auch noch für drei Monate den Führerschein entzogen.«

»Aber das ist doch irre. Hundertfünfzig Pfund für das Töten von zwei Kindern und fünfzehntausend wegen Verleumdung einer Frau, von deren Existenz James nicht mal was wußte.«

»Auf einem Zebrastreifen«, meinte Frensic verbittert. »Vergiß den Zebrastreifen nicht.«

»Verrückt. Durch und durch verrückt«, sagte Sonia. »Juristisch gesehen seid ihr Engländer wahnsinnig.«

»Jamesforth auch«, ergänzte Frensic, »und als einen unserer Autoren kannst du ihn vergessen. Er will uns nicht mehr kennen.«

»Aber wir haben doch überhaupt nichts gemacht. Man erwartet doch wohl nicht, daß wir seine Fahnen überprüfen. Pulteneys hätten das tun müssen. Sie hätten diese Verleumdung entdeckt.«

»Den Teufel hätten sie. Wie sollte einer eine Frau ausfindig machen, die Desdemona Humberson heißt, im hintersten Somerset wohnt, Lupinen züchtet und dem Frauenverein angehört? Das ist doch unbeschreiblich unwahrscheinlich.«

14

»Sie hat außerdem nicht schlecht dabei abgesahnt. Fünfzehn Riesen, weil jemand sie Nymphomanin genannt hat. Das lohnt sich doch. Will sagen, wenn mich mal einer eine absolute Nymphomanin nennen würde, dann täte ich doch nichts lieber, als fünfzehn ...«

»Zweifellos«, sagte Frensic, um eine Diskussion dieses überaus unwahrscheinlichen Falles im Keim zu ersticken. »Und für fünfzehntausend hätte ich einen betrunkenen Lkw-Fahrer angeheuert und sie auf einem Zebrastreifen umlegen lassen. Dann hätten wir das verbleibende Geld mit dem Fahrer geteilt und immer noch eine runde Summe übrigbehalten. Und wenn ich schon mal dabei gewesen wäre, hätte ich auch gleich Mr. Galbanum abmurksen lassen. Wie konnte der Mann bloß so dumm sein, Pulteneys und Jamesforth zu empfehlen, das Urteil anzufechten.«

»Nun, es war eine beabsichtigte Verleumdung«, warf Sonia ein. »James hatte gar nicht vor, die Frau schlechtzumachen.«

»Ganz recht. Tatsache ist, daß er es nun mal getan hat, und laut Diffamierungsgesetz aus dem Jahr 1952, das man verabschiedet hat, um Autoren und Verlage vor solchen Verfahren zu schützen, setzt beabsichtigte Verleumdung den Nachweis voraus, daß sie hinreichend Sorgfalt haben walten lassen ...«

»Hinreichend Sorgfalt? Was soll das bedeuten?«

»Diesem senilen alten Richter zufolge bedeutet es, daß man nach Somerset House fährt und nachfragt, ob dort 1928 eine gewisse Desdemona zur Welt gekommen ist und ob sie 1951 einen Mann namens Humberson geehelicht hat. Dann geht man das Handbuch des Lupinenzüchterverbandes durch und sucht nach Humbersons, wenn das Fehlanzeige ist, probiert man's mit den Frauenvereinen und schließlich mit dem Telefonbuch von Somerset. Tja, das haben die alles unterlassen, deshalb hat man ihnen fünfzehntausend aufgebrummt, und wir haben jetzt den Ruf weg, daß wir uns mit Autoren abgeben, die unschuldige Frauen verunglimpfen. Schick deine Romane zu Frensic & Futtle und laß dich verklagen. Wir sind ab sofort die Geächteten der Verlagsbranche.«

»Ganz so schlimm kann es doch gar nicht sein. Schließlich ist es zum erstenmal passiert, und jeder weiß, James ist ein Suffkopp, der kann sich nie daran erinnern, wo er war und was er gemacht hat.«

»Von wegen, das können sie nicht! Pulteneys können. Gestern abend rief Hubert an, um uns mitzuteilen, wir brauchten ihnen keine Bücher mehr zu schicken. Wenn sich *das* erst mal rumspricht, dann steht uns etwas bevor, das man euphemistisch Liquiditätsengpaß nennt.«

»Wir müssen auf jeden Fall einen Ersatz für James finden«, sagte Sonia. »Bestseller wie die wachsen nicht auf Bäumen.«

»Schon gar nicht auf Lupinen«, meinte Frensic und zog sich in sein Büro zurück.

Alles in allem war es ein schlimmer Tag. Das Telefon klingelte nahezu pausenlos. Autoren verlangten Auskunft, ob sie nicht aller Wahrscheinlichkeit nach vor der Oberkronkammer des obersten Gerichtshofs landen würden, weil sie Namen von Leuten verwendet hatten, mit denen sie mal zur Schule gegangen waren, und Verlage lehnten Romane ab, die sie früher akzeptiert hätten. Frensic saß herum, schnupfte seinen Tabak und versuchte, höflich zu bleiben. Gegen fünf am Nachmittag fiel es ihm zusehends schwerer, und als der Literaturredakteur eines Sonntagsblatts anrief und wissen wollte, ob Frensic nicht einen Artikel über die Ungerechtigkeiten der britischen Verleumdungsgesetzgebung beisteuern wolle, da wurde er ausgesprochen grob.

»Was soll ich denn Ihrer Meinung nach tun?« brüllte er. »Meinen Kopf in eine beschissene Schlinge stecken und mich wegen Mißachtung des Gerichts vor den Kadi schleppen lassen? Meines Wissens will dieser Trottel Jamesforth gegen das Urteil in die Berufung gehen.«

»Mit der Begründung, Sie hätten die Passagen eingefügt, in denen Mrs. Humberson verleumdet wird?« fragte der Redakteur. »Schließlich hat ja der Verteidiger angedeutet...«

»Bei Gott, ich krieg' Sie dran wegen übler Nachrede«,

brüllte Frensic. »Galbanum hatte die Stirn, das vor Gericht zu behaupten, wo er geschützt ist, aber wenn Sie das in der Öffentlichkeit wiederholen, werde ich persönlich einen Prozeß gegen Sie anstrengen.«

»Das dürfte Ihnen wohl nicht leichtfallen«, sagte der Redakteur. »Jamesforth gibt unter Garantie keinen guten Zeugen ab. Er schwört, Sie hätten ihm geraten, Mrs. Humberson in sexueller Hinsicht aufzumotzen, und als er sich weigerte, hätten Sie die Druckfahnen geändert.«

»Das ist eine glatte Lüge«, schrie Frensic. »Da denkt am Ende jeder, ich schreibe meinen Autoren die Bücher!«

»Eine ganze Menge Leute sind übrigens genau der Ansicht«, sagte der Redakteur. Frensic beschimpfte ihn unflätig und ging mit Kopfschmerzen nach Hause.

War der Mittwoch schon schlimm, so war der Donnerstag kein bißchen besser. Collins lehnte William Lonroys fünften Roman *Siebter Himmel* wegen zu deutlicher Sexszenen ab. Triad Press wies *Letzter Anlauf* von Mary Gold mit der entgegengesetzten Begründung zurück, und Cassels weigerte sich sogar, *Sammy, das Eichhörnchen* herauszubringen, weil in dem Buch persönlicher Eigennutz zu sehr im Vordergrund stünde und die Sorge um die Belange der Gemeinschaft dabei zu kurz käme. Cape lehnte dies ab, Secker jenes. Akzeptiert wurde nichts. Schließlich kam es noch zu einem hochdramatischen Augenblick, als ein älterer Geistlicher, dessen Autobiographie zu übernehmen Frensic sich wiederholt geweigert hatte, nicht ohne ihm jedesmal erklärt zu haben, daß ein Buch, das sich ausschließlich mit der Gemeindearbeit in South Croydon beschäftigt, mit keiner sehr großen Leserschaft rechnen könne, eine Vase mit seinem Regenschirm zertrümmerte und erst widerstrebend das Feld räumte, als Sonia ihm mit der Polizei drohte. Gegen Mittag war Frensic einem hysterischen Anfall nahe.

»Ich halte es nicht mehr aus«, wimmerte er. Das Telefon bimmelte, und Frensic zuckte zusammen. »Wenn es für mich ist – ich bin nicht da. Ich habe einen Kollaps erlitten. Sag Ihnen…»

Es war für ihn. Sonia legte ihre Hand auf die Muschel.

»Es ist Margot Joseph. Sie sagt, sie ist ausgelaugt und glaubt nicht, daß sie den Roman beenden…«

Frensic flüchtete in die Geborgenheit seines eigenen Büros und legte den Hörer neben sein Telefon.

»Den Rest des Tages bin ich nicht da«, teilte er Sonia mit, die ein paar Minuten später hereinkam. »Ich werde hier sitzen und nachdenken.«

»Wenn das so ist, kannst du das hier lesen«, sagte Sonia und knallte ihm ein Paket auf den Tisch. »Es ist heute morgen gekommen. Ich hatte noch nicht die Zeit, es aufzumachen.«

»Wahrscheinlich eine Bombe«, sagte Frensic düster und knotete die Schnur auf. Doch das Paket enthielt nichts Bedrohlicheres als ein sauber getipptes Manuskript und einen Briefumschlag, adressiert an Mr. F. A. Frensic. Frensic warf einen kurzen Blick auf das Manuskript und stellte mit Befriedigung fest, daß die Seiten fleckenlos waren und keine Eselsohren hatten; ein heilsames Zeichen, das darauf schließen ließ, daß er der erste Empfänger war und das Manuskript noch nicht bei anderen Agenten die Runde gemacht hatte. Dann sah er sich die Titelseite an. Dort stand einfach nur DIE JAHRE WECHSELN, ES LOCKT DIE JUNGFRAU. Ein Roman. Name des Autors und Rücksendeadresse fehlten. Merkwürdig. Frensic öffnete den Umschlag, fand einen Brief und las ihn. Er war kurz, unpersönlich und verwirrend.

Cadwalladine & Dimkins
Rechtsanwälte
596 St. Andrew's Street
Oxford

Sehr geehrter Herr,
  sämtliche Mitteilungen, die den möglichen Verkauf, die Veröffentlichung und das Copyright des beiliegenden Manuskriptes betreffen, bitte ich an obiges Büro zu adressieren und

mit dem Zusatz ›zu Händen von P. Cadwalladine‹ zu verse-
hen. Der Autor hat sich strikte Anonymität ausbedungen und
überläßt den gesamten Komplex Verkaufsbedingungen und
Wahl eines geeigneten Pseudonyms sowie damit zusammen-
hängende Fragen voll und ganz Ihnen.

  Hochachtungsvoll
  Percy Cadwalladine

Frensic las den Brief mehrere Male, ehe er seine Aufmerksamkeit dem Manuskript zuwandte. Es war ein äußerst seltsamer Brief. Ein Autor, der sich strikte Anonymität ausbedungen hat? Der alles, was den Verkauf, die Wahl eines Pseudonyms sowie damit zusammenhängende Fragen betraf, voll
und ganz ihm überließ? Angesichts der Tatsache, daß sämtliche Autoren, mit denen er zu tun hatte, notorische Egozen-
triker waren und sich ständig einmischten, sprach eine Menge
für einen derart zurückhaltenden Menschen. Wirklich richtig
reizend. Mit dem stillen Wunsch, auch Mr. Jamesforth hätte
alles voll und ganz ihm überlassen, blätterte Frensic die Titelseite von *Die Jahre wechseln, es lockt die Jungfrau* um und
machte sich ans Lesen.

Eine Stunde später las er immer noch, vor sich auf dem
Schreibtisch die geöffnete Schnupftabakdose, die Weste und
die Bügelfalten seiner Hose voller Tabakkrümel. Gedankenverloren griff Frensic nach der Dose, nahm wieder eine große
Prise und schneuzte sich in sein drittes Taschentuch. Im Büro
nebenan klingelte das Telefon. Menschen kamen die Treppe
hoch und klopften an Sonias Tür. Draußen auf der Straße
lärmte der Verkehr. Frensic nahm all diese äußeren Geräusche nicht wahr. Er blätterte um und las weiter.

Es war halb sieben Uhr abends, als Sonia Futtle ihren Arbeits-
tag beenden und sich auf den Nachhauseweg machen wollte.
Die Tür zu Frensics Büro war geschlossen, aber sie hatte ihn
nicht gehen hören. Sie öffnete die Tür und spähte hinein.
Frensic saß an seinem Schreibtisch und starrte mit einem ver-

sonnenen Lächeln auf den Lippen unverwandt durch das Fenster über die dunklen Dächer von Covent Garden hinweg. Diese Haltung kannte sie bereits, sie war die Pose einer triumphalen Entdeckung.

»Ich kann's nicht glauben«, sagte sie und blieb in der Tür stehen.

»Lies das«, sagte Frensic. »Glaub mir nicht. Lies es selbst.« Seine Hand schlenkerte wegwerfend in Richtung Manuskript.

»Ein gutes?«

»Ein Bestseller«.

»Bist du sicher?«

»Absolut.«

»Und natürlich ist es ein Roman?«

»Man hofft es«, sagte Frensic, »inbrünstig.«

»Ein schmutziges Buch«, sagte Sonia, der die Symptome geläufig waren.

»Schmutzig«, meinte Frensic, »ist kaum adäquat. Das Hirn, das diese Odyssee der Lust niederschrieb – falls ein Hirn etwas niederschreiben kann –, ist von einer unbeschreiblichen Lüsternheit.« Er stand auf und reichte ihr das Manuskript.

»Ich würde gern deine Meinung hören«, sagte er mit der Miene eines Mannes, der seine Autorität wiedererlangt hat.

Doch wenn es ein unbeschwerter Frensic war, der in jener Nacht nach Hampstead in seine Wohnung fuhr, so war es ein argwöhnischer, der am nächsten Morgen ins Büro kam und eine Mitteilung auf Sonias Notizblock schrieb. »Möchte den Roman mit dir beim Mittagessen besprechen. Will nicht gestört werden.«

Den restlichen Morgen über deutete nur wenig darauf hin, daß Frensic Wichtigeres im Kopf hatte als ein vages Interesse an den Eskapaden der Tauben auf dem gegenüberliegenden Dach. Er saß an seinem Schreibtisch und starrte aus dem Fenster, griff gelegentlich nach dem Telefon oder notierte sich etwas auf einem Zettel. Die meiste Zeit saß er bloß da. Doch der äußere Anschein trog. Frensics Geist war in Bewegung, unterwegs durch die innere Landschaft, die er so gut kannte, in der jedes Londoner Verlagshaus eine Station für Verhandlungen darstellte, eine Kreuzung, an der kommerzielle Vorteile ausgetauscht, Gefälligkeiten erwiesen und nur sehr wenige Schulden zurückgezahlt wurden. Und Frensic schlug keinesfalls den direkten Weg ein. Es reichte nicht aus, ein Buch zu verkaufen. Das konnte jeder Dummkopf, wenn man ihm das richtige Buch in die Hand drückte. Es kam darauf an, es genau an der richtigen Stelle unterzubringen, so daß dieser Verkauf die größtmöglichen Auswirkungen hatte, auf andere Bereiche ausstrahlte, damit Frensics Ansehen stieg und die Basis zukünftiger Erfolge gesichert wurde. Und zwar nicht nur allein für ihn, sondern auch für seine Autoren. Der Faktor Zeit spielte in diesen Kalkulationen eine Rolle, die Zeit und seine intuitive Beurteilung von Büchern, die erst noch geschrieben werden mußten, Bücher etablierter Autoren, die, wie er wußte, keinen Erfolg haben würden, und Bücher neuer Schriftsteller, deren mangelnde Reputation den Erfolg gefährden würde. Frensic jonglierte mit Unwägbarkeiten. Es war sein Beruf, und darauf verstand er sich.

Gelegentlich hatte er Bücher für kleine Vorschüsse an Kleinverlage verkauft, obwohl dasselbe Buch seinem Autor einen größeren Vorschuß eingebracht hätte, wäre es von Frensic einer großen Firma angeboten worden. In solchen Fällen wurde die Gegenwart der Zukunft geopfert, in dem Bewußtsein, daß jetzt geleistete Hilfe später durch die Veröffentlichung eines Romans zurückgezahlt würde, von dem zwar niemals mehr als fünfhundert Exemplare abzusetzen wären, den Frensic jedoch – aus ihm allein bekannten Gründen – auf dem Markt haben wollte. Nur Frensic kannte seine persönlichen Intentionen, so wie nur Frensic die Identität jener renommierten Romanciers kannte, die ihren Lebensunterhalt in Wahrheit mit unter Pseudonym verfaßten Detektivgeschichten und Softpornos verdienten. All dies war ein

Geheimnis, und selbst Frensic, dessen Kopf angefüllt war mit abstrusen Gleichungen, in denen Persönlichkeitsstrukturen und Geschmäcker vorkamen, wer was kaufte und weshalb, und Geldbeträge, die er schuldete oder die man ihm schuldete, selbst Frensic wußte, daß er nicht in alle Winkel dieses Geheimnisses eingeweiht war. Es gab immer noch das Glück, und in letzter Zeit hatte sich Frensics Glück gewendet. In so einem Fall zahlte es sich aus, wenn man vorsichtig zu Werke ging. An diesem Morgen ging Frensic wirklich sehr vorsichtig zu Werke.

Er rief seine diversen Juristenfreunde an und vergewisserte sich, daß Cadwalladine & Dimkins, Rechtsanwälte, eine alteingesessene, renommierte und höchst seriöse Firma war, die nur über jeden Zweifel erhabene Aufträge übernahm. Erst dann telefonierte er mit Oxford und verlangte Mr. Cadwalladine wegen des Romans zu sprechen, den dieser ihm gerade geschickt hatte. Der Stimme nach war Mr. Cadwalladine ein eher altmodischer Herr. Nein, es täte ihm sehr leid, Mr. Frensic könne den Autor nicht kennenlernen. Seinen Anweisungen zufolge sei unbedingt strikte Anonymität erforderlich, sämtliche Angelegenheiten seien über Mr. Cadwalladine persönlich abzuwickeln. Natürlich sei es ein rein fiktives Buch. Ja, Mr. Frensic könne eine Zusatzklausel in jeden Vertrag aufnehmen, die den Verlag von den finanziellen Auswirkungen einer Verleumdungsklage entlaste. Er sei ohnehin immer davon ausgegangen, eine derartige Klausel stände in Verträgen zwischen Verlagen und Autoren. Frensic sagte, dies träfe zwar zu, aber er müsse absolut sicher gehen, wenn er es mit einem anonymen Autor zu tun habe; Mr. Cadwalladine meinte, dafür habe er durchaus Verständnis.

Frensic legte mit neuer Zuversicht den Hörer auf und kehrte weniger vorsichtig in seine innere Landschaft zurück, wo imaginäre Verhandlungen stattfanden. Dort ging er den früher eingeschlagenen Weg wieder zurück, machte bei verschiedenen angesehenen Verlagen halt, stellte Überlegungen an – und zog weiter. Was *Die Jahre wechseln, es lockt die*

Jungfrau brauchte, war ein Verlag mit ausgezeichnetem Ruf, um das Buch mit dem Stempel der Ehrbarkeit zu versehen. Frensic engte den Kandidatenkreis ein und fällte schließlich einen Entschluß. Ein Risiko blieb bestehen, aber es war ein Risiko, das einzugehen sich lohnte. Doch zuvor mußte er Sonia Futtles Meinung einholen.

Die teilte sie ihm beim Mittagessen in einem kleinen italienischen Restaurant mit, wo Frensic seine unbedeutenderen Autoren verköstigte.

»Ein merkwürdiges Buch«, sagte sie.

»In der Tat«, sagte Frensic.

»Aber es hat etwas. Sehr einfühlsam«, fand Sonia, die langsam in Fahrt kam.

»Ganz meine Meinung.«

»Sehr scharf ... sinnig.«

»Unbedingt.«

»Gute Handlung.«

»Ausgezeichnet.«

»Bedeutend«, sagte Sonia.

Frensic seufzte. Auf dieses Wort hatte er gewartet. »Glaubst du wirklich?«

»Aber ja. Ich meine es ernst. Ich finde, es hat wirklich was. Es ist gut. Ganz ehrlich.«

»Also«, sagte Frensic zweifelnd, »ich bin womöglich ein Anachronismus, aber ...«

»Du schlüpfst schon wieder in eine Rolle. Bleib ernst.«

»Meine Liebe«, sagte Frensic, »ich bin ernst. Wenn du sagst, dieses Zeug ist bedeutend, dann bin ich entzückt. Ich habe erwartet, daß du das sagst. Das bedeutet, es wird die intellektuellen Flagellanten ansprechen, denen ein Buch keinen Spaß macht, wenn es nicht wehtut. Daß ich zufällig weiß, daß es sich dabei, von einem wirklich literarischen Standpunkt aus betrachtet, um eine Scheußlichkeit handelt, tut vielleicht nichts zur Sache, aber ich habe ein Recht darauf, meine Instinkte zu wahren.«

23

»Deine Instinkte? Von denen hat kein Mensch weniger.«

»Literarische Instinkte«, sagte Frensic. »Und sie verraten mir, dies ist ein schlechtes, konstruiertes Buch, und es wird sich verkaufen. Es ist die Kombination einer schmutzigen Geschichte mit einem noch schmutzigeren Stil.«

»An dem Stil ist mir nichts Verkehrtes aufgefallen«, sagte Sonia.

»Natürlich nicht. Du bist Amerikanerin, und Amerikaner tragen nicht die Last unseres klassischen Erbes. Den himmelweiten Unterschied zwischen Dreiser und Mencken, zwischen Tom Wolfe und Bellow könnt ihr nicht erkennen. Das ist euer Vorrecht. Dieses Fehlen eines kritischen Urteilsvermögens finde ich unbezahlbar und überaus beruhigend. Wenn du endlos verschachtelte Sätze akzeptierst, die mit Kommata gespickt, durch Einschübe, zusammenhanglos dastehende Verben und nähere Bestimmungen von näheren Bestimmungen zusätzlich verwickelt sind und die man, dies sei parodistisch angemerkt, wenigstens viermal lesen muß, unterstützt von einem Lexikon, wenn man ihre Bedeutung überhaupt erfassen will – wer bin dann ich, daß ich mit dir streite? Deine Landsleute, für deren Drang nach Weiterbildung ich noch nie Verständnis hatte, werden dieses Buch verschlingen.«

»Auf die Handlung fahren sie vielleicht nicht so ab. Schließlich hat's so was schon mal gegeben, nicht wahr. *Harold and Maude*.«

»Aber noch nie in so überaus ekelerregenden Einzelheiten«, meinte Frensic und schlürfte seinen Wein. »Und nicht mit Lawrenceschen Untertönen. Außerdem liegt darin unser Trumpf. Siebzehn liebt achtzig. Die Befreiung des Senilen. Was sonst könnte so wichtig sein? Übrigens, für wann hat sich Hutchmeyer in London angesagt?«

»Hutchmeyer? Du willst mich wohl veralbern«, sagte Sonia. Frensic hielt protestierend ein Raviolo in die Höhe.

»Verschone mich mit diesem Ausdruck. Ich bin doch kein Clown.«

»Und Hutchmeyer gehört nicht Olympia Press. Er ist Otto Normalverbraucher in Person. Dieses Buch würde er nicht mal mit der Kneifzange anfassen.«

»Er würde wohl, wenn wir die Falle mit dem richtigen Köder spicken«, sagte Frensic.

»Falle?« fragte Sonia mißtrauisch. »Was für eine Falle denn?«

»Ich dachte mir, daß ein Londoner Verlag mit sehr gutem Ruf das Buch zuerst veröffentlicht«, sagte Frensic, »und dann verkaufst du die amerikanischen Rechte an Hutchmeyer.«

»Und wer soll das sein?«

»Corkadales«, antwortete Frensic.

Sonia schüttelte den Kopf. »Corkadales sind viel zu alt und verstaubt.«

»Genau«, sagte Frensic. »Ihr Prestigewert ist hoch. Außerdem sind sie pleite.«

»Sie hätten schon vor Jahren ihr halbes Programm rausschmeißen müssen«, meinte Sonia.

»Sie hätten schon vor Jahren Sir Clarence rausschmeißen müssen. Hast du seinen Nachruf gelesen?« Das hatte Sonia aber nicht.

»Überaus unterhaltsam. Und lehrreich. Seinem Dienst an der Literatur massenweise Tribut gezollt, was im Klartext bedeutet, er hat mehr ungelesene Dichter und Romanciers unterstützt als jeder andere Verleger in London. Das Ergebnis: nun sind sie pleite.«

»Wenn das so ist, können sie sich wohl *Die Jahre wechseln, es lockt die Jungfrau* kaum leisten.«

»Sie können sich kaum leisten, das Buch nicht zu kaufen«, sagte Frensic. »Ich sprach beim Begräbnis mit Geoffrey Corkadale. Er tritt nicht in die Fußstapfen seines Vaters. Corkadales sind drauf und dran, aus dem achtzehnten Jahrhundert aufzutauchen. Geoffrey hält Ausschau nach einem Bestseller. Corkadales schnappen sich *Jahre*, und wir schnappen uns Hutchmeyer.«

»Meinst du, das wird Hutchmeyer beeindrucken?« wollte

Sonia wissen. »Was zum Teufel haben Corkadales schon zu bieten?«

»Vornehmheit«, sagte Frensic, »eine überaus vornehme Vergangenheit. Der Kaminsims, an dem Shelley lehnte, der Stuhl, auf dem die schwangere Mrs. Gaskell saß, der Teppich, auf den sich Tennyson übergab. Wenn schon nicht die Inkunabeln von *Die große Tradition,* so doch die eines sehr wichtigen Stranges der Literaturgeschichte. Indem Corkadales diesen Roman ohne Vorschuß annehmen, verleihen sie ihm kulturelle Unantastbarkeit.«

»Glaubst du vielleicht, der Autor wird damit zufrieden sein? Meinst du nicht, er will auch Geld sehen?«

»Das Geld bekommt er von Hutchmeyer. Wir werden Mr. Hutchmeyer ein Vermögen abknöpfen. Wie auch immer, dieser Autor ist einzigartig.«

»Das hab' ich schon seinem Buch entnommen«, sagte Sonia. »Worin ist er sonst noch einzigartig?«

»Erst einmal hat er keinen Namen«, sagte Frensic und erläuterte Mr. Cadwalladines Instruktionen. »Dadurch haben wir vollkommen freie Hand«, erklärte er am Ende seiner Ausführungen.

»Und was das Pseudonym-Problemchen angeht«, sagte Sonia, »da könnten wir doch zwei Fliegen mit einer Klappe schlagen und behaupten, das Buch ist von Peter Piper. So bekommt er wenigstens mal seinen Namen auf dem Einband eines Romans zu sehen.«

»Stimmt«, meinte Frensic traurig, »leider wird's der arme Piper anders nie und nimmer schaffen.«

»Außerdem sparen wir uns so die Kosten seines alljährlichen Essens und du müßtest dich nicht durch noch eine Version seiner *Suche nach der verlorenen Kindheit* wühlen. Wer ist übrigens dieses Jahr sein Vorbild?«

»Thomas Mann«, sagte Frensic. »Was für ein schrecklicher Gedanke, zwei Seiten lange Sätze lesen zu müssen. Meinst du wirklich, das würde seinem Traum von literarischer Größe ein Ende bereiten?«

»Wer weiß?« sagte Sonia. »Allein die Tatsache, daß er seinen Namen auf einem Bucheinband liest und für den Autor gehalten wird...«

»Nur so wird er jemals gedruckt werden, mein Wort darauf«, sagte Frensic.

»Wir tun ihm also einen Gefallen.«

Am gleichen Nachmittag brachte Frensic das Manuskript zu Corkadales. Auf der ersten Seite hatte Sonia unter den Titel die Worte »von Peter Piper« geschrieben. Frensic sprach lange und eindringlich mit Geoffrey Corkadale und verließ an dem Abend das Büro sehr mit sich zufrieden.

Eine Woche später beriet die Verlagsleitung von Corkadales über *Die Jahre wechseln, es lockt die Jungfrau,* immer umgeben von jener Vergangenheit, auf der die Überreste des Verlagsrenommees beruhten. Porträts toter Autoren säumten die holzgetäfelten Wände des Redaktionszimmers. Shelley war nicht anwesend, auch Mrs. Gaskell fehlte, doch geringere Geister hatten ihren Platz eingenommen. Hinter Glas standen Erstausgaben aufgereiht, in einigen Vitrinen hatte man Reliquien des Gewerbes ausgestellt. Federkiele, Waverley-Füllfederhalter, Taschenmesser, ein angeblich von Trollope in der Eisenbahn vergessenes Tintenfaß, ein von Southey verwendeter Sandstreuer, sogar ein Fetzen Löschpapier, der, hielt man ihn vor einen Spiegel, zu erkennen gab, daß Henry James einmal unerklärlicherweise das Wort »Darling« zu Papier gebracht hatte.

In der Mitte dieses Museums saßen der Leiter der Belletristikabteilung, Mr. Wilberforce, und der Cheflektor, Mr. Tate, an einem ovalen Nußbaumtisch und hielten den wöchentlichen Ritus ein. Sie schlürften Madeira, knabberten Kümmelkuchen und schauten voller Mißbilligung erst das vor ihnen liegende Manuskript und dann Geoffrey Corkadale an. Es war schwer zu sagen, wem die größere Abneigung galt. Jedenfalls paßten Geoffreys Wildlederanzug und sein Hemd mit Blümchenmuster nicht zur Atmosphäre. Sir Clarence hätte dies nicht gutgeheißen. Mr. Wilberforce genehmigte sich noch etwas Madeira und schüttelte den Kopf.

»Ich kann dem nicht zustimmen«, sagte er. »Ich finde es gänzlich unbegreiflich, daß wir auch nur mit dem Gedanken spielen, unseren Namen, unseren großen Namen, für die Veröffentlichung dieses ... Dings herzugeben.«

»Ihnen hat das Buch nicht gefallen?« fragte Geoffrey.

»Gefallen? Ich brachte es kaum über mich, es bis zu Ende zu lesen.«

»Nun, wir können nicht erwarten, jeden zufriedenzustellen.«

»Aber ein derartiges Buch haben wir noch nie angerührt. Wir müssen an unseren Ruf denken.«

»Von unserem überzogenen Bankkonto ganz zu schweigen«, sagte Geoffrey. »Ganz brutal gesagt: Wir müssen zwischen unserem Ruf und dem Bankrott wählen.«

»Aber muß es denn dieses entsetzliche Buch sein?« wollte Mr. Tate wissen. »Ich meine, haben Sie es mal gelesen?«

Geoffrey nickte. »Allerdings. Mein Vater pflegte zwar nichts zu lesen, was nach Meredith kam, ich weiß, aber ...«

»Ihr armer Vater«, sagte Mr. Wilberforce voller Mitgefühl, »wird im Grab rotieren, allein beim Gedanken ...«

»Wohin ihm, mit etwas Glück, in Kürze die sogenannte Heldin dieses widerlichen Romans nachfolgen wird«, sagte Mr. Tate.

Geoffrey strich sich eine widerspenstige Locke aus der Stirn.

»Wenn man bedenkt, daß Papa eingeäschert wurde, läßt sich meiner Meinung nach weder sein Rotieren noch ihre Nachfolge so leicht bewerkstelligen«, murmelte er. Mr. Wilberforce und Mr. Tate schnitten grimmige Gesichter. Geoffrey modifizierte sein Lächeln. »Ihre Einwände richten sich also, darf ich wohl annehmen, gegen die Tatsache, daß die Romanze in diesem Buch zwischen einem siebzehnjährigen Jungen und einer Achtzigjährigen stattfindet«, sagte er.

»Ja«, bestätigte Mr. Wilberforce mit lauterer Stimme, als es sonst seine Art war, »stimmt genau. Wie Sie es allerdings über sich bringen können, hier das Wort ›Romanze‹ zu verwenden...«

»Dann eben Beziehung. Welchen Ausdruck wir verwenden, ist doch egal.«

»Der Ausdruck stört mich nicht«, sagte Mr. Tate. »Es geht nicht einmal um die Beziehung. Wenn der Roman nur dabei bliebe, wäre es ja nicht so schlimm. Was mich fertigmacht, sind die Stellen zwischendrin. Ich hatte ja keine Ahnung...ach, vergessen Sie's. Die ganze Sache ist dermaßen furchtbar.«

»Es sind aber die Stellen zwischendrin«, sagte Geoffrey, »durch die sich das Buch verkauft.«

Mr. Wilberforce schüttelte den Kopf. »Ich persönlich neige zu der Ansicht, wir würden das Risiko, das große Risiko eingehen, daß wir uns eine Klage wegen Obszönität einhandeln«, sagte er, »und meiner Meinung nach sehr zu Recht.«

»Ich stimme Ihnen zu«, sagte Mr. Tate. »Nehmen wir beispielsweise mal die Episode, wo die beiden es mit einem Schaukelpferd und einem Duschkopf...«

»Um Gottes willen«, protestierte Mr. Wilberforce. »Die Lektüre war schlimm genug. Müssen wir denn auch noch des langen und breiten bohrende Erörterungen anstellen?«

»Der Ausdruck bohren paßt tatsächlich«, sagte Mr. Tate. »Und dann der Titel...«

»Also gut«, meinte Geoffrey, »ich gebe ja zu, er ist etwas geschmacklos, aber...«

»Geschmacklos? Und was ist mit der Stelle, wo er...«

»Bitte, nichts sagen, Tate, schweigen Sie, bitte, bitte«, protestierte Mr. Wilberforce matt.

»Wie ich gerade sagte«, fuhr Geoffrey fort, »ich gebe ja gerne zu, daß sowas nicht jedermanns Sache ist...also wirklich, Wilberforce...tja, mir fallen jedenfalls ein halbes Dutzend Bücher von der Sorte ein...«

»Mir nicht, Gott sei Dank«, sagte Mr. Tate.

29

».. . die man zu Ihrer Zeit für anstößig hielt, die aber. . .«

»Nennen Sie mir eins«, schrie Mr. Wilberforce. »Nennen Sie mir bloß ein einziges, das dem hier gleichkommt!« Mit zitternder Hand deutete er auf das Manuskript.

»*Lady Chatterley*«, sagte Geoffrey.

»Pah«, sagte Mr. Tate. »Verglichen damit war *Chatterley* so harmlos wie ein neugeborenes Lämmchen.«

»*Chatterley* hat man jedenfalls verboten«, sagte Mr. Wilberforce.

Geoffrey seufzte hörbar auf. »O Gott«, murmelte er, »warum sagt ihm denn keiner, daß die Georgianer nicht mehr unter uns weilen.«

»Traurig genug«, fand Mr. Tate. »Mit einigen sind wir nicht schlecht gefahren. Mit *Die Quelle der Einsamkeit* fing das ganze Elend an.«

»Noch ein schmutziges Buch«, sagte Mr. Wilberforce, »aber wir haben es nicht veröffentlicht.«

»Das Elend fing an«, unterbrach Geoffrey, »als Onkel Cuthbert in seinem wirren Schädel den Entschluß faßte, Wilkies *Gesellschaftstänze leicht gemacht* einzustampfen und stattdessen Fashodas *Handbuch der eßbaren Pilze* auf den Markt zu werfen.«

»Fashoda war keine gute Idee«, gab Mr. Tate zu. »Ich weiß noch genau, daß sich der amtliche Leichenbeschauer ganz und gar nicht schmeichelhaft über das Werk ausließ.«

»Lassen Sie uns auf unsere gegenwärtige Lage zurückkommen«, schlug Geoffrey vor, »die vom finanziellen Aspekt her genauso tödlich ist. Nun bietet uns Frensic diesen Roman an, und meiner Meinung nach sollten wir zugreifen.«

»Mit Frensic hatten wir noch nie zu tun«, sagte Mr. Tate. »Wie man hört, stellt er harte Forderungen. Wieviel verlangt er diesmal?«

»Einen rein symbolischen Betrag.«

»Einen symbolischen Betrag? Frensic? Das sieht ihm gar nicht ähnlich. Normalerweise verlangt er horrende Summen. Die Sache muß einfach einen Haken haben.«

»Das verfluchte Buch ist der Haken. Das merkt doch jeder Trottel«, sagte Mr. Wilberforce.

»Frensic hat größere Perspektiven«, sagte Geoffrey. »Er sieht einen transatlantischen Verkauf voraus.«

Die beiden alten Herren gaben einen Seufzer von sich.

»Ah«, sagte Mr. Tate«, »einen Verkauf nach Amerika. Dies könnte der Sache ein ganz anderes Gesicht geben.«

»So ist es«, sagte Geoffrey, »und Frensic ist der festen Überzeugung, dieses Buch hat Vorzüge, durch die es für die Amerikaner durchaus interessant werden könnte. Schließlich enthält es nicht nur Sex, es gibt Passagen mit Lawrenceschen Anklängen, von den Anspielungen auf viele bedeutende Literaten ganz zu schweigen. Beispielsweise die Bloomsbury-Gruppe, Virginia Woolf und Middleton Murry. Und dann ist da noch die Philosophie.«

Mr. Tate nickte. »Wie wahr. Stimmt«, sagte er, »es ist genau die Botschaften-Mixtur, der die Amerikaner auf den Leim gehen könnten, aber ich begreife noch nicht, was für uns dabei herausspringt.«

»Zehn Prozent der amerikanischen Tantiemen«, sagte Geoffrey. »Das springt für uns dabei heraus.«

»Der Autor ist damit einverstanden?«

»Mr. Frensic scheint davon auszugehen, und falls das Buch es schafft, in den Staaten in die Bestsellerlisten zu kommen, verkauft es sich bei uns wie warme Semmeln.«

»Falls«, meinte Mr. Tate. »Ein sehr großes Falls. Wen hat er sich als amerikanischen Verlag vorgestellt?«

»Hutchmeyer.«

»Ah«, sagte Mr. Tate, »langsam versteht man, worauf er hinauswill.«

»Hutchmeyer«, sagte Mr. Wilberforce, »ist ein Schurke und Dieb.«

»Außerdem ist er einer der erfolgreichsten Promoter im amerikanischen Verlagswesen«, sagte Geoffrey. »Wenn er sich zum Kauf eines Buches entschließt, wird es ein Renner. Und er zahlt enorme Vorschüsse.«

Mr. Tate nickte. »Ich muß sagen, wie der amerikanische Markt funktioniert, habe ich nie verstanden, aber daß sie enorme Vorschüsse zahlen, ist wahr, und Hutchmeyer pflegt einen aufwendigen Geschäftsstil. Frensic könnte durchaus recht haben. Es ist eine Chance, nehme ich an.«

»Unsere einzige Chance«, sagte Geoffrey. »Die Alternative lautet, die Firma versteigern zu lassen.«

Mr. Wilberforce goß sich noch etwas Madeira ein. »Es sieht nach einem schrecklichen Abstieg aus. Wenn man bedenkt, daß wir so tief sinken konnten, bis zu dieser...dieser pseudo-intellektuellen Pornographie.«

»Wenn wir dadurch finanziell solvent bleiben...« sagte Mr. Tate. »Wer ist eigentlich dieser Bursche, Piper?«

»Ein Perverser«, stellte Mr. Wilberforce in bestimmtem Ton fest.

»Wie ich von Frensic erfuhr, handelt es sich um einen jungen Mann, der bereits seit einiger Zeit schreibt«, sagte Geoffrey. »Dies ist sein erster Roman.«

»Und hoffentlich sein letzter«, meinte Mr. Wilberforce. »Und doch hätte es noch schlimmer kommen können, nehme ich an. Wer war doch gleich diese scheußliche Kreatur, die sich kastrieren ließ und anschließend ein Buch schrieb, um dafür Reklame zu machen?«

»Ich möchte meinen, das ist ein Ding der Unmöglichkeit«, sagte Geoffrey. »Die sich kastrieren ließ? Wenn er sich...«

»Sie denken wahrscheinlich an *Kaltblütig* von einer Person namens McCullers«, sagte Mr. Tate. »Ich selbst habe das Buch zwar nie gelesen, doch man sagt, es sei ein Machwerk.«

»Dann sind wir also alle einverstanden«, sagte Geoffrey, der dieses gefährliche Thema so schnell wie möglich wechseln wollte. Mr. Tate und Mr. Wilberforce nickten traurig.

Frensic begrüßte ihren Entschluß, ohne offen Enthusiasmus zu zeigen.

»Wir haben Hutchmeyer noch nicht im Kasten«, ließ er Geoffrey beim Essen im Wheelers wissen. »Die Presse darf

nichts davon erfahren. Wenn das durchsickert, beißt Hutchmeyer nicht an. Ich schlage vor, wir nennen es einfach nur
Jahre.«

»Das paßt«, sagte Geoffrey. »Es dauert mindestens ein
Vierteljahr, bis die Druckfahnen fertig sind.«

»Dadurch haben wir genug Zeit, Hutchmeyer zu bearbei-
ten.«

»Und Sie glauben wirklich, es besteht die Chance, daß er es
kauft?«

»Die Chancen stehen sehr gut«, sagte Frensic. »Miss Futtle
übt eine ungeheure Anziehungskraft auf ihn aus.«

»Erstaunlich.« Geoffrey schüttelte sich bei dem Gedanken. »Und doch, nach der Lektüre von *Jahre* läßt sich über
Geschmack wirklich nicht mehr streiten.«

»Sonia ist außerdem eine hervorragende Verkäuferin«,
sagte Frensic. »Sie besteht immer auf immensen Vorschüssen,
und dadurch sind Amerikaner stets zu beeindrucken. Es
zeigt, daß wir an das Buch glauben.«

»Und dieser Bursche, Piper, stimmt unserem Anteil von
zehn Prozent zu?«

Frensic nickte. Er hatte mit Mr. Cadwalladine gesprochen.
»Der Autor hat alle Angelegenheiten, die Vertragsverhand-
lungen und Verkauf betreffen, voll und ganz in meine Hände
gelegt«, sagte er wahrheitsgemäß. Und dort ruhte selbige Angelegenheit, bis Hutchmeyer mit seinem Gefolge in der ersten
Februarwoche in London einflog.

3

Von Hutchmeyer wurde behauptet, er sei der ungebildetste Verleger der Welt, der, nachdem er seine Karriere als Box-promoter begonnen hatte, seine faustkämpferischen Talente ins Buchgewerbe eingebracht habe und einmal mit Mailer über acht Runden gegangen sei. Es hieß auch, daß er nie die Bücher las, die er kaufte, und daß die einzigen Wörter, die er lesen konnte, auf Schecks und Dollarnoten standen. Man sag-te, ihm gehöre der halbe Urwald im Amzonasgebiet, und daß er beim Anblick eines Baums einzig und allein an Schutzum-schläge denke. Eine ganze Menge Geschichten kursierten über Hutchmeyer, die meisten unangenehm, und obwohl sie alle ein Körnchen Wahrheit enthielten, ergaben sich zusam-mengenommen so viele Ungereimtheiten, daß Hutchmeyer in ihrem Schutz das Geheimnis seines Erfolges hüten konnte. An dem wenigstens bestand kein Zweifel. Hutchmeyer war überaus erfolgreich. Zu Lebzeiten bereits eine Legende, suchte er Verleger in ihren schlaflosen Nächten heim, die *Love Story* abgelehnt hatten, als das Buch noch für einen Ap-fel und ein Ei zu haben war, die Frederick Forsyth ver-schmäht und Ian Fleming ignoriert hatten und nun wach la-gen, ihre eigene Dummheit verfluchend. Hutchmeyer hinge-gen hatte einen gesunden Schlaf. Bemerkenswert gesund für einen kranken Mann. Hutchmeyer war nämlich immer krank. Lag Frensics Erfolg darin begründet, daß er seine Konkurrenten unter den Tisch aß und trank, so war Hutch-meyers Hypochondrie die Grundlage seines Erfolgs. Litt er einmal nicht an einem Magengeschwür oder an Gallenstei·

nen, so war er irgendwelchen inneren Beschwerden unterworfen, die ihn zu strikter Enthaltsamkeit zwangen. Kamen Verleger und Agenten an seinen Tisch, so wurden sie genötigt, sich durch sechs Gänge zu schaufeln, einer kalorienreicher und beängstigend unverdaulicher als der andere, während Hutchmeyer mit einem Stück gekochten Fisch, einem Zwieback und einem Glas Mineralwasser herumspielte. Von diesen kulinarischen Begegnungen erhob sich Hutchmeyer stets dünner und magerer, während seine Gäste nach Hause wankten und sich wunderten, was zum Teufel ihnen zugestoßen war. Hinzu kam, daß ihnen nicht einmal Erholungspausen vergönnt waren. Hutchmeyers äußerst gedrängter Zeitplan – heute London, morgen New York, übermorgen Los Angeles – diente einem doppelten Zweck. Er lieferte ihm einen Vorwand, mit dem er auf Schnelligkeit drängen und das Hinauszögern von Verhandlungen vermeiden konnte; außerdem hielt der permanente Zeitdruck sein Personal auf Trab. Mehr als ein Vertrag war von einem Autor unterzeichnet worden, der so unter den Auswirkungen eines Katers litt, daß er kaum den Kugelschreiber halten, geschweige denn das Kleingedruckte durchlesen konnte. Und das Kleingedruckte in Hutchmeyers Verträgen war äußerst klein. Verständlicherweise, schließlich enthielt es Klauseln, die fast alles außer Kraft setzten, was fettgedruckt war. Zu den – meist legalen – Gefahren im geschäftlichen Umgang mit Hutchmeyer kamen noch seine Umgangsformen. Hutchmeyer war ein grober Mensch, teils von Natur aus, teils als Reaktion auf den Ästhetizismus, dem er sich ausgesetzt sah. Dies war übrigens eine der Qualitäten, die er an Sonia Futtle schätzte: keiner hatte ihr je das Attribut ästhetisch verliehen.

»Du bist für mich wie eine Tochter«, sagte er und umarmte sie, als sie in seiner Suite im Hilton eintraf. »Was hat mein Baby denn heute für mich?«

»Einen echten Hammer«, behauptete Sonia, löste sich von ihm und kletterte auf den Fahrrad-Hometrainer, der Hutchmeyer überallhin begleitete.

Hutchmeyer suchte sich den niedrigsten Stuhl im Zimmer aus.

»Was du nicht sagst. Ein Roman?«

Sonia trat geschäftig in die Pedale und nickte.

»Wie heißt er?« fragte Hutchmeyer, der immer nach der Devise eins nach dem anderen vorging.

»*Die Jahre wechseln, es lockt die Jungfrau.*«

»*Die Jahre wechseln, es lockt die* was?«

»*Jungfrau*«, sagte Sonia und strampelte noch energischer.

Hutchmeyer bekam einen Oberschenkel zu Gesicht. »Jungfrau? Du meinst, du hast einen brandheißen religiösen Roman auf Lager?«

»Heiß wie der Hades.«

»Klingt gut, heutzutage. Paßt zu den Jesus-Freaks und Superstars, von Zen und ›Wie man Autos repariert‹ ganz zu schweigen. Dann ist auch noch das Jahr der Frau, also haben wir Die Jungfrau.«

Sonia schaltete einen Gang zurück. »Nun bleib mal auf dem Teppich, Hutch. So eine Sorte Jungfrau ist es nicht.«

»Nicht?«

»Nicht die Bohne.«

»Es gibt also verschiedene Sorten Jungfrauen. Klingt interessant. Erzähl mir mehr.« Und Sonia Futtle saß auf dem Hometrainer und erzählte es ihm, während sich ihre Beine mit einer so köstlichen Lethargie auf und ab bewegten, daß sie sein kritisches Urteilsvermögen einlullten. Hutchmeyer leistete rein symbolischen Widerstand. »Vergiß es«, sagte er, als sie fertig war. »Diesen Mist kannst du einsargen. Achtzig Jahre alt und immer noch am Bumsen. So was brauche ich nicht.«

Sonia kletterte vom Hometrainer und baute sich vor Hutchmeyer auf.

»Sei kein Dummkopf, Hutch. Jetzt hör mir mal zu. Das Ding schmeißt du mir nicht raus. Nur über meine Leiche. Dieses Buch hat Klasse.«

Hutchmeyer lächelte beglückt. Jetzt wurde Tacheles geredet. Harte Verkaufstechnik war angesagt, kein Softsell. »Überzeuge mich.«

»Genau«, sagte Sonia. »Wer liest? Antworte nicht. Ich sag's dir. Die Jugendlichen. Fünfzehn bis einundzwanzig. Die lesen. Sie haben die Zeit. Sie haben die Bildung. Die geringste Analphabetenquote habe die Sechzehn- bis Zwanzigjährigen. Stimmt's?«

»Stimmt«, sagte Hutchmeyer.

»Genau, und wir haben im Buch einen siebzehnjährigen Jungen mit einer Identitätskrise.«

»Identitätskrisen sind out. Dieses Zeug ist den Weg alles Freuds gegangen.«

»Klar, aber das hier ist was anderes. Dieser Junge ist nicht krank oder sowas.«

»Soll das ein Witz sein? Mit seiner eigenen Großmutter fikken ist nicht krank?«

»Sie ist nicht seine Großmutter. Sie ist eine Frau ...«

»Hör zu, Süße, ich werd' dir mal was sagen. Sie ist achtzig, sie ist verdammt keine Frau mehr. Ich weiß schließlich Bescheid. Meine Frau, Baby, die ist achtundfünfzig und bloß noch ein Gerippe. Was die Schönheitschirurgen von ihr übriggelassen haben. Aus der Frau haben sie mehr rausgeschnitten, als du für möglich hältst. Sie hat Silikontitten und entfettete Oberschenkel. Meines Wissens hatte sie vier neue Jungfernhäutchen und ihr Gesicht hat sie so oft liften lassen, daß ich die Übersicht verloren habe.«

»Und warum?« sagte Sonia. »Weil sie eben ganz Frau bleiben will.«

»Ganz Frau ist sie eben nicht. Mehr Ersatzteile als Frau.«

»Aber sie liest. Hab ich recht?«

»Liest? Sie liest mehr Bücher, als ich im Monat verkaufe.«

»Und darauf kommt's mir an. Die jungen Leute lesen und die Alten lesen. Die zwischendrin kannst du vergessen.«

»Sag Baby, daß sie alt ist, und du kannst dich selbst vergessen. Die läßt aus deinem Arsch eine Tischdecke machen. Kannst du mir glauben.«

37

»Was ich sagen will, ist folgendes: Du hast einen Höhepunkt in der Lesefreudigkeit zwischen sechzehn und zwanzig, dann eine Lücke und dann noch einen Spitzenwert von sechzig bis scheintot. Sag mir, daß ich lüge.«

Hutchmeyer zuckte die Achseln. »Dann hast du eben recht.«

»Und wovon handelt dieses Buch?« sagte Sonia. »Es handelt...«

»Irgendein beknacktes Bürschchen ist mit Grandma Moses zusammengezogen. Hat's woanders schon gegeben. Erzähl mir was Neues. Außerdem ist es 'ne schmutzige Geschichte.«

»Du liegst falsch, Hutch, du liegst völlig falsch. Es ist eine Liebesgeschichte, kein Quatsch. Sie bedeuten einander etwas. Er braucht sie, und sie braucht ihn.«

»Ich für meinen Teil brauch' keinen von beiden.«

»Sie geben einander, was jedem allein fehlt. Er bekommt Reife, Erfahrung, Weisheit, die Frucht eines langen Lebens...«

»Frucht? Frucht? Guter Gott, soll ich mich vielleicht übergeben oder was?«

»...und sie bekommt Jugend, Vitalität, Leben«, fuhr Sonia fort. »Es ist toll. Das ist mein Ernst. Ein tiefsinniges, aussagekräftiges Buch. Es ist fortschrittlich. Es ist existentialistisch. Es ist... Weißt Du noch, was *Die Geliebte des französischen Leutnants* getan hat? Amerika im Sturm erobert. Und auf *Jahre* hat Amerika gewartet. Siebzehn liebt achtzig. Liebt, Hutch, L.I.E.B.T. Also werden es alle älteren Mitbürger kaufen, um herauszufinden, was sie versäumt haben, und die Schüler und Studenten werden auf der Reifeprüfung mit philosophischem Touch abfahren. Mach's verkaufstechnisch richtig, und wir sahnen mächtig ab. Wir kriegen die Kulturgeier mit Bedeutungsschwere, die Freaks mit Porno und die Trantüten mit Romantik. Es ist das Buch für die ganze Familie. Das verkauft sich wie...«

Hutchmeyer stand auf und ging im Zimmer auf und ab. »Weißt du, ich glaube, du hast da vielleicht wirklich recht«, sagte er. »Ich frage mich: ›Würde Baby diese Geschichte kaufen?‹ und die Antwort lautet ja. Und worauf diese Frau reinfällt, das kauft die ganze Welt. Zu welchem Preis?«

»Zwei Millionen Dollar.«

»Zwei Millionen... Du willst mich wohl verarschen.«

Sonia stieg wieder auf das Rad. »Zwei Millionen. Ich verarsch' dich nicht.«

»Zieh Leine, Baby, zieh Leine. Zwei Millionen? Für einen Roman? Ausgeschlossen.«

»Zwei Millionen, oder ich laß Milenberg 'n Blick auf mein Fahrgestell werfen.«

»Dieser Knauser? Der kriegt doch keine zwei Millionen zusammen. Du kannst mit deiner Möse bis hin zur Avenue of the Americas hausieren gehen, und es wird dir nichts nützen.«

»Die amerikanischen Rechte, Taschenbuch, Film, Fernsehen, Serien, Buchgemeinschaften...«

Hutchmeyer gähnte. »Erzähl mir was Neues. Die gehören mir schon.«

»Nicht für dieses Buch, das tun sie nicht.«

»Angenommen, Milenberg kauft. Dann kriegst du nichts bezahlt, und ich kaufe ihn. Was springt für mich dabei raus?«

»Ruhm«, sagte Sonia nur, »bloß Rum. Mit diesem Buch stehst du ganz oben bei den Großen aller Zeiten. *Vom Winde verweht, Jenseits von Eden, Das Tal der Puppen, Doktor Schiwago, Airport, Die Unersättlichen.* Damit kommst du sogar in den *Reader's Digest-Auswahlband.*«

»In den *Reader's Digest-Auswahlband*?« sagte Hutchmeyer mit ehrfürchtiger Stimme. »Glaubst du wirklich, das könnte ich schaffen?«

»Glauben? Das weiß ich. Es ist ein Prestige-Buch über die Möglichkeiten des Lebens. Kein Kitsch, 'ne Botschaft wie bei Mary Baker Eddy. Eine Symphonie der Wörter. Schau doch mal, wer es in London gekauft hat. Nicht irgend so eine Luftikus-Firma.«

»Wer?« fragte Hutchmeyer mißtrauisch.

»Corkadales.«

»Corkadales haben es gekauft? Das älteste Verlags...«

»Nicht das älteste. Murrays sind älter«, sagte Sonia.

»Jedenfalls alt. Wieviel?«

»Fünfzigtausend Pfund«, sagte Sonia leichthin.

Hutchmeyer glotzte sie an. »Corkadales haben fünfzigtausend Pfund für dieses Buch gezahlt? Fünfzig Riesen?«

»Fünfzig Riesen. Ohne zu zögern. Völlig problemlos.«

»Wie ich hörte, sind sie in Schwierigkeiten«, sagte Hutchmeyer. »Irgendein Araber hat sie gekauft!«

»Kein Araber. Es ist ein Familienunternehmen. Geoffrey Corkadale hat eben fünfzig Riesen bezahlt, weil er weiß, dieses Buch rettet ihn vor dem Kittchen. Glaubst du wirklich, die würden soviel Geld riskieren, wenn sie den Laden dichtmachen müßten?«

»Scheiße«, sagte Hutchmeyer, »irgend jemand muß einfach an dieses verfluchte Buch glauben... aber zwei Millionen! Noch nie hat jemand zwei Millionen für einen Roman bezahlt. Eine Million für 'n Robbins, aber...«

»Das ist der springende Punkt, Hutch. Meinst du, ich würde zwei Millionen verlangen für nichts? Bin ich denn so bescheuert? Was das Buch groß rausbringt, sind die zwei Millionen. Du zahlst zwei Millionen, und die Leute wissen, sie müssen das Buch einfach lesen, damit sie herausfinden, wofür du soviel berappt hast. Gerade *du* weißt das doch. Du bist doch eine Klasse für dich. Mit Riesenvorsprung vor allen anderen. Und dann noch der Film...«

»Ich will eine Beteiligung am Film. Keine Prozente mit einstelliger Ziffer vor dem Komma. Fifty-fifty.«

»Abgemacht«, sagte Sonia. »Das Geschäft steht. Fifty-fifty für den Film gilt.«

»Den Autor... diesen Piper, den will ich auch«, sagte Hutchmeyer.

»Den willst du?« fragte Sonia ernüchtert. »Wofür willst du ihn denn haben?«

»Für die Vermarktung des Produkts. Wir plazieren ihn

ganz vorne, wo ihn die Öffentlichkeit sehen kann. Der Typ, der die Greisinnen bumst. Öffentliche Auftritte quer durch die Staaten, Autogrammstunden, Talk-Shows im Fernsehen, Interviews, den ganzen Klimbim. Wir werden ihn aufbauen, als wär' er ein Genie.«

»Ich glaub' nicht, daß ihm das gefällt«, meinte Sonia nervös, »er ist ein schüchterner und reservierter Mensch.«

»Schüchtern? Er wäscht in aller Öffentlichkeit sein Gemächte, und du nennst ihn schüchtern?« sagte Hutchmeyer. »Für zwei Millionen wird er in Ärsche kriechen, wenn ich's ihm sage.«

»Ich bezweifle, daß er da mitmacht.«

»Er wird mitmachen, sonst ist das Geschäft geplatzt«, sagte Hutchmeyer. »Ich setze mich mit meinem ganzen Gewicht für sein Buch ein, das muß er auch, und damit basta.«

«Okay, wenn du es so haben willst«, sagte Sonia.

»So will ich's haben«, sagte Hutchmeyer. »Genauso wie ich dich haben will...«

Sonia ergriff die Flucht und eilte mit dem Vertrag in die Lanyard Lane zurück.

Sie fand Frensic im Zustand hochgradiger Nervosität vor. »Das Rennen ist gewonnen«, sagte sie und tanzte schwerfällig durchs Zimmer.

»Fabelhaft«, sagte Frensic. »Du bist brillant.«

Sonia hörte mit dem Herumtollen auf. »Mit einer Einschränkung.«

»Einschränkung? Was für eine Einschränkung?«

»Zuerst die gute Nachricht. Er liebt das Buch. Er ist ganz scharf drauf.«

Frensic beäugte sie vorsichtig. »Ist er nicht ein wenig voreilig? Er hat ja das verdammte Ding noch nicht mal lesen können.«

»Ich habe ihm davon erzählt... eine Zusammenfassung, und er fand es großartig. Er findet, es überbrückt eine dringend notwendige Kluft.«

»Eine dringend notwendige Kluft?«

»Die Kluft zwischen den Generationen. Er hat das Gefühl...«

»Erspar mir seine Gefühle«, sagte Frensic. »Ein Mann, der vom Überbrücken dringend notwendiger Klüfte reden kann, weist ein Defizit an normalen menschlichen Gefühlen auf.«

»Er glaubt, *Jahre* wird für Jugend und Alter das leisten, was *Lolita* für...«

»Die elterliche Verantwortung?« schlug Frensic vor.

»Für den Mann in den besten Jahren geleistet hat«, sagte Sonia.

»Und um Himmels willen, wenn das die gute Nachricht ist, dann kommt die Lepra bestimmt gleich hinterher.«

Sonia ließ sich in einen Stuhl sinken und lächelte. »Warte, bis du den Preis gehört hast.«

Frensic wartete. »Also?«

»Zwei Millionen.«

»Zwei Millionen?« fragte Frensic und versuchte, das Zittern aus seiner Stimme zu verbannen. »Meinst du Pfund oder Dollar?«

Sonia schaute ihn vorwurfsvoll an. »Frenzy, du bist ein Miststück, ein undankbares Miststück. Da ziehe ich...«

»Meine Liebe, ich versuchte lediglich, das zu erwartende Ausmaß der Schrecken zu ermitteln, die du mir gleich enthüllen wirst. Du sprachst von einer Einschränkung. Hätte sich nun dein Freund, der Mafioso, bereitgefunden, zwei Millionen *Pfund* für diesen unsinnigen Wortbrei zu zahlen, so hätte ich gewußt, die Zeit ist gekommen, die Sachen zu packen und aus der Stadt zu verschwinden. Was will das Schwein?«

»Erstens, er will den Vertrag mit Corkadales sehen.«

»Das geht in Ordnung. Daran ist nichts faul.«

»Nur daß dort die Summe von fünfzigtausend Pfund nicht erwähnt wird, die Corkadales für *Jahre* bezahlt haben«, sagte Sonia. »Ansonsten ist der Vertrag einfach prima.«

Frensic starrte sie mit offenem Mund an. »Fünfzigtausend Pfund? Sie haben keine...«

»Hutchmeyer mußte beeindruckt werden, also hab' ich gesagt...«

»Er muß mal zum Psychiater. Corkadales können keine fünfzigtausend Pennies zusammenkratzen, ganz zu schweigen von Pfund.«

»Genau. Das war ihm bekannt. Darum habe ich ihm erzählt, Geoffrey hätte sein Privatvermögen verpfändet. Weißt du jetzt, weshalb er den Vertrag sehen will?«

Frensic rieb sich die Stirn und dachte nach. »Ich nehme an, wir können immer noch einen neuen Vertrag aufsetzen und Geoffrey dazu bewegen, daß er ihn *pro tempore* unterzeichnet, wenn Hutchmeyer ihn dann gesehen hat, zerreißen wir ihn«, meinte er schließlich. »Geoffrey wird's nicht gefallen, aber bei seinem Anteil von den zwei Millionen... Was ist das nächste Problem?«

Sonia zögerte. »Das wird dir nicht gefallen. Er besteht darauf, aber mit Nachdruck, daß der Autor eine Promotion-Tour durch die Staaten unternimmt. Diesen Seniorinnen-die-ich-liebte-Klimbim im Fernsehen und Autogrammstunden.«

Frensic holte sein Taschenbuch heraus und fuhr sich übers Gesicht. »Besteht darauf?« platzte er los. »Er kann nicht drauf bestehen. Wir haben es mit einem Autor zu tun, der nicht mal seinen Namen unter einen Vertrag setzen will, geschweige denn öffentlich auftreten. Er ist irgendein Irrer mit Platzangst oder sowas Ähnlichem, und Hutchmeyer will ihn durch Amerika marschieren und im Fernsehen auftreten lassen?«

»Er besteht darauf, Frensic, ausdrücklich. Er möchte nicht bloß. Entweder macht's der Autor, oder das Geschäft ist geplatzt.«

»Dann platzt es eben«, sagte Frensic. »Der Mann tut's nie und nimmer. Du hast doch gehört, was Cadwalladine meinte. Absolute Anonymität.«

»Nicht mal für zwei Millionen?«

Frensic schüttelte den Kopf. »Ich sagte zu Cadwalladine,

wir würden eine große Summe fordern, aber er meinte bloß, Geld spiele keine Rolle.«

»Aber zwei Millionen sind nicht bloß Geld. Sie sind ein Vermögen.«

»Das weiß ich ja, aber...«

»Versuch's nochmal mit Cadwalladine«, sagte Sonia und reichte ihm das Telefon. Frensic versuchte es nochmal. Des langen und breiten. Mr. Cadwalladine reagierte mit Entschiedenheit. Zwei Millionen Dollar seien ein Vermögen, doch seine Anweisungen besagten, daß Anonymität seinem Klienten mehr bedeute, als bloßes...

Für Frensic war dies eine entmutigende Unterhaltung.

»Was hab' ich dir gesagt«, stellte er nach dem Gespräch fest. »Wir haben es mit sowas wie einem Verrückten zu tun. Mit zwei Verrückten, wobei Hutchmeyer der andere ist.«

»Dann sollen wir also Däumchen drehen und zusehen, wie zwanzig Prozent von zwei Millionen Dollar einfach im Ausguß verschwinden, und nichts unternehmen?« wollte Sonia wissen. Frensic stierte unglücklich über die Dächer von Covent Garden und seufzte. Zwanzig Prozent von zwei Millionen Dollar machten vierhunderttausend Dollar, über zweihunderttausend Pfund. Und wegen James Jamesforths Verleumdungsverfahren hatten sie gerade zwei weitere wertvolle Autoren verloren.

»Es muß einen Weg geben, wie man das wieder hinbiegen kann«, murmelte er. »Wer der Autor ist, weiß Hutchmeyer genausowenig wie wir.«

»Natürlich weiß er es«, sagte Sonia. »Es ist Peter Piper. Sein Name steht auf der Titelseite.«

Frensic sah sie mit neuer Wertschätzung an. »Peter Piper«, murmelte er, »wenn das kein Gedanke ist.«

Sie schlossen ihr Büro für die Nacht und gingen auf einen Drink in den Pub um die Ecke.

»Wenn wir nur irgendwie Piper überreden könnten, als Stellvertreter aufzutreten...« sagte Frensic nach einem doppelten Whisky.

»Schließlich wäre das für ihn die Chance, endlich seinen Namen gedruckt zu sehen«, sagte Sonia. »Wenn sich das Buch verkauft...«

»Oh, verkaufen wird es sich prima. Bei Hutchmeyer verkauft sich alles.«

»Tja, dann hätte Piper seinen Fuß in der Verlagstür, und wir könnten vielleicht jemanden dazu bringen, daß er sich als Ghostwriter für *Auf der Suche* betätigt.«

Frensic schüttelte den Kopf. »Da würde er nie mitmachen. Piper hat Prinzipien, so leid es mir tut. Andererseits, falls man Geoffrey überreden könnte, einer Veröffentlichung von *Auf der Suche nach der verlorenen Kindheit* als Teil des vorliegenden Vertrags zuzustimmen... Ich treffe ihn heute abend. Er lädt zu einem seiner kleinen Abendessen. Ja, unter Umständen könnte es klappen. Um veröffentlicht zu werden, ist Piper zu fast allem bereit, dann noch eine Reise in die Staaten, sämtliche Spesen inklusive... Darauf trinken wir noch einen.«

»Man soll nichts unversucht lassen«, sagte Sonia. Und ehe er sich auf den Weg zu Corkadales machte, kehrte Frensic an diesem Abend ins Büro zurück und setzte zwei neue Verträge auf. Einen, in dem sich Corkadales verpflichteten, fünfzigtausend für *Die Jahre wechseln, es lockt die Jungfrau* zu zahlen, und einen zweiten, in dem sie die Veröffentlichung von Mr. Pipers zweitem Roman, *Auf der Suche nach der verlorenen Kindheit*, garantierten.

»Wir sollten es einfach drauf ankommen lassen«, sagte Frensic, als er und Sonia das Büro wieder abschlossen, »und ich bin bereit, die fünfhundert aus unserer Kasse bereitzustellen, wenn Geoffrey bei dem Vorschuß für Piper nicht mitspielt. Das Wichtigste ist eine hieb- und stichfeste Garantie, daß sie *Auf der Suche* wirklich veröffentlichen.«

»Für Geoffrey stehen schließlich auch zehn Prozent von zwei Millionen auf dem Spiel«, sagte Sonia, als sich ihre Wege trennten. »Ein, wie ich finde, wirklich überzeugendes Argument.«

»Ich werde mein möglichstes tun«, sagte Frensic, während er ein Taxi anhielt.

Geoffrey Corkadales kleine Abendessen waren, wie Frensic in einem gehässigen Augenblick einmal formuliert hatte, Schäkerstündchen. Man stand herum, mit einem Drink in der Hand, später mit einem Teller voller Kleinigkeiten vom kalten Buffet, und sprach leichthin und anspielungsreich von Büchern, Theaterstücken und Persönlichkeiten, von denen man die wenigsten gelesen, gesehen oder kennengelernt hatte, die aber als Katalysator dienten für jene hermaphroditischen Begegnungen, die der eigentliche Grund für Geoffreys kleine Abendessen waren. Im großen und ganzen waren sie Frensic zu frivol und ein wenig gefährlich, daher hielt er sich meist fern. Es ging ihm zu androgyn zu, als daß er sich wohlfühlte, außerdem lief er nur ungern das Risiko, dabei ertappt zu werden, wie er sich locker über ein Thema verbreitete, von dem er absolut keine Ahnung hatte. Das hatte er als Student zu oft getan, um die Vorstellung genießen zu können, dieser Art Konversation auch im späteren Leben zu frönen. Und schon allein die Tatsache, daß nie irgendwelche Frauen mit der Neigung, sich zu verehelichen, auftauchten und die anwesenden entweder zu alt oder nicht einschätzbar waren – Frensic hatte einmal einen Annäherungsversuch bei einer bedeutenden Theaterkritikerin unternommen, mit fürchterlichen Konsequenzen –, schreckte ihn eher ab. Er zog Parties vor, auf denen auch nur eine minimale Chance bestand, daß er einer Person begegnete, die er zu seiner Frau machen konnte – aber auf Geoffreys Fêten wies man eher ihm den weiblichen Part zu. Daher blieb Frensic diesen Treffen in der Regel fern und beschränkte sein Geschlechtsleben auf gelegentliche flüchtige Affären mit Frauen, die in der Blüte ihrer Jahre zu weit fortgeschritten waren, um ihm seine fehlende Leidenschaft oder seinen Mangel an Charme übelzunehmen, sowie auf leidenschaftliche Gefühle für junge Frauen in U-Bahnzügen, wo er außerstande war, diesen Gefühlen zwischen Hampstead und Leicester Square Ausdruck zu verleihen. Doch heute abend war er mit einem konkreten Ziel gekommen und mußte feststellen, daß die Räume überfüllt waren. Frensic goß sich einen Drink ein und mischte sich unter die Leute. Er hoffte, Geoffrey in einer Ecke zu fassen zu kriegen. Was seine Zeit brauchte. Geoffreys Aufstieg zum Chef von Corkadales verlieh ihm eine Anziehungskraft, an der es ihm früher gemangelt hatte, und so mußte sich Frensic zunächst eine genaue Überprüfung seiner Meinung über *Der tänzelnde Nigger* durch einen Dichter aus Tobago gefallen lassen, der bekannte, er finde Firbank so göttlich wie abstoßend. Frensic sagte, dies seien auch seine Empfindungen, doch sei Firbank doch erstaunlich fruchtbar, und erst nach Ablauf einer vollen Stunde und mittels einer unbeabsichtigten Kriegslist – er hatte sich aus Versehen im Badezimmer eingesperrt – gelang es Frensic, Geoffrey zu stellen.

»Mein Lieber, Sie sind wirklich gemein«, sagte Geoffrey, als Frensic nach vergeblichem Gehämmere gegen die Tür sich schließlich mit Hilfe eines Topfes Gesichtscreme befreien konnte. »Sie hätten wissen müssen, daß wir das Jungenklo nie abschließen. Es wirkt so unspontan. Die zufällige Begegnung...«

»Dies ist keine zufällige Begegnung«, sagte Frensic, zog Geoffrey in die Toilette und schloß die Tür. »Ich muß mit Ihnen reden. Es ist wichtig.«

»Schließen Sie bloß nicht wieder ab... oh, mein Gott! Sven ist zwanghaft eifersüchtig. Er schnappt total über. Liegt an seinem Wikingerblut.«

»Vergessen Sie das jetzt«, sagte Frensic, »wir haben Hutchmeyers Angebot. Ein Angebot von beträchtlicher Höhe.«

»Oh Gott, Geschäfte«, sagte Geoffrey und ließ sich auf den Toilettensitz sinken. »Wie beträchtlich?«

»Zwei Millionen Dollar.«

Geoffrey mußte sich an der Klopapierrolle festhalten. »Zwei Millionen Dollar?« sagte er mit dünner Stimme. »Sie meinen wirklich zwei *Millionen* Dollar? Sie wollen mich nicht auf den Arm nehmen?«

»Reine Fakten«, sagte Frensic.

»Aber das ist ja großartig! Wie wunderbar. Sie Schatz...« Frensic schubste ihn grob auf die Klobrille zurück. »Es gibt einen Haken. Zwei Haken, um genau zu sein.«

»Haken? Warum gibt es bloß immer Haken? Als wär' das Leben nicht ohne Haken schon kompliziert genug.«

»Wir mußten mit dem Betrag, den Sie für das Buch zahlen, Eindruck bei ihm schinden«, sagte Frensic.

»Aber ich habe so gut wie nichts bezahlt. Genaugenommen...«

»So ist es, aber wir mußten ihm weismachen, Sie hätten fünfzigtausend Pfund vorab gezahlt, und er will den Vertrag sehen.«

»Fünfzigtausend Pfund? Guter Mann, wir könnten nicht einmal...«

»Ganz recht«, sagte Frensic, »Sie müssen mir Ihre finanzielle Situation nicht erklären. Sie sind in einer... Sie haben einen Liquiditätsengpaß.«

»Um es vorsichtig auszudrücken«, sagte Geoffrey und zerknüllte mit den Fingern etliche Blätter Toilettenpapier.

»Dessen ist sich Hutchmeyer bewußt, aus diesem Grund will er ja den Vertrag sehen.«

»Aber was soll das denn nützen? Im Vertrag steht schließlich...«

»Ich habe hier«, sagte Frensic und kramte in seiner Tasche, »noch einen Vertrag, der wird etwas nützen und Hutchmeyer beruhigen. Darin steht, Sie erklären sich bereit zur Zahlung von fünfzigtausend Pfund...«

»Einen Augenblick«, sagte Geoffrey und stand auf, »falls Sie glauben, ich unterzeichne einen Vertrag, in dem steht, daß ich Ihnen fünfzigtausend Piepen zahlen werde, so geben Sie sich einer Illusion hin. Ich bin vielleicht kein Finanzgenie, doch was da auf mich zukommt, ist mir nur allzu klar.«

»Na schön«, knurrte Frensic beleidigt und faltete den Vertrag zusammen, »wenn Sie so darüber denken, platzt das Geschäft.«

»Welches Geschäft? Sie haben mit uns schon vertraglich vereinbart, daß wir den Roman veröffentlichen.«

»Nicht unser Geschäft. Das mit Hutchmeyer. Und gleichzeitig gehen Ihre zehn Prozent von zwei Millionen Dollar den Bach runter. Wenn Sie also wollen...«

Geoffrey setzte sich wieder. »Sie meinen es wirklich ernst, hab' ich recht?« sagte er schließlich.

»Jedes Wort«, sagte Frensic.

»Und Sie geben mir Ihr Wort, daß Hutchmeyer sich bereit erklärt hat, diese unglaubliche Summe zu zahlen?«

»Mein Ehrenwort«, sagte Frensic so würdevoll, wie es das Badezimmer erlaubte, »so wahr ich hier stehe.«

Geoffrey sah ihn skeptisch an. »Wenn das stimmt, was James Jamesforth sagt... Schon gut. Tut mir leid. Alles war nur ein furchtbarer Schock. Was verlangen Sie von mir?«

»Unterschreiben Sie einfach diesen Vertrag, dann stelle ich Ihnen persönlich einen Schuldschein über fünfzigtausend Pfund aus. Das dürfte eine ausreichende Garantie...«

Sie wurden unterbrochen, weil jemand gegen die Tür hämmerte. »Komm da raus«, schrie eine skandinavische Stimme, »ich weiß, was du da treibst!«

»Du lieber Himmel, Sven«, sagte Geoffrey und fummelte am Türschloß. »Beruhige dich, Liebster«, rief er, »wir haben bloß über Geschäfte gesprochen.«

Hinter ihm bewaffnete sich Frensic vorsorglich mit einer Klobürste.

»Geschäfte«, brüllte der Schwede, »deine Geschäfte kenne ich...« Die Tür sprang auf, und Sven starrte wutschnaubend in das Bad. »Was macht er mit der Bürste?«

»Wirklich, Sven, Lieber, sei doch vernünftig«, bat Geoffrey. Doch Sven schwankte zwischen Tränen und Randale.

»Wie konntest du nur, Geoffrey, wie konntest du nur?«

»Hat er doch nicht«, sagte Frensic mit Nachdruck.

Der Schwede musterte ihn von oben bis unten. »Und dann

auch noch mit so einem fürchterlichen, zerknautschten Knubbel.«

Jetzt war Frensic an der Reihe, vor Wut zu schnauben. »Zerknautscht – meinetwegen«, rief er, »aber fürchterlich bin ich nicht.«

Nach einem kurzen Handgemenge drängte Geoffrey den schluchzenden Sven den Flur hinunter. Frensic steckte seine Waffe in ihren Ständer zurück und setzte sich auf den Badewannenrand. Er hatte sich eine neue Taktik zurechtgelegt, als Geoffrey wiederkam.

»Wo waren wir stehengeblieben?« fragte Geoffrey.

»Ihr *petit ami* nannte mich einen fürchterlichen, zerknautschten Knubbel«, sagte Frensic.

»Tut mir schrecklich leid, mein Lieber, aber Sie können sich wirklich glücklich schätzen. Letzte Woche hat er jemanden geschlagen, dabei war der arme Mann nur gekommen, um das Bidet zu reparieren.«

»Was den Vertrag anbelangt: Ich bin zu einem weiteren Zugeständnis bereit«, sagte Frensic. »Sie können Pipers zweites Buch haben, *Auf der Suche nach der verlorenen Kindheit*, für tausend Pfund Vorschuß.«

»Seinen *nächsten* Roman? Wollen Sie damit sagen, er arbeitet an noch einem Buch?«

»Ist beinahe fertig«, sagte Frensic, »viel besser als *Jahre*. Den kriegen Sie praktisch geschenkt, wenn Sie nur diesen Vertrag für Hutchmeyer unterschreiben.«

»Also gut«, sagte Geoffrey, »dann werde ich Ihnen wohl vertrauen müssen.«

»Wenn Sie ihn nicht binnen einer Woche wiederbekommen und zerrissen haben, können Sie zu Hutchmeyer gehen und ihm sagen, das Ganze war ein Schwindel«, sagte Frensic. »Das ist Ihre Garantie.«

Und so wurden im Badezimmer von Geoffrey Corkadale die beiden Verträge unterzeichnet. Frensic wankte erschöpft nach Hause, und am nächsten Morgen zeigte Sonia Hutchmeyer den Vertrag mit Corkadale. Das Geschäft war perfekt.

4

In der Pension Gleneagle in Exforth vollführte Peter Pipers Feder auf der fünfundvierzigsten Seite seines Notizbuchs säuberlich schwarze Kreise und Schnörkel. Im Zimmer nebenan machte es Mrs. Oakleys geräuschvoll hin- und herfahrender Staubsauger Piper schwer, sich auf die achte Fassung seines autobiographischen Romans zu konzentrieren. Daß *Der Zauberberg* seinem neuen Versuch als Vorbild diente, war auch keine große Hilfe. Thomas Manns Neigung, komplizierte Sätze zu konstruieren und seine ironisch gebrochenen Beobachtungen mittels einer Vielzahl präziser Einzelheiten näher auszuführen, ließ sich keineswegs schlichtwegs auf die Beschreibung eines Familienlebens in Finchley im Jahre 1953 übertragen; doch Piper führte seine Arbeit beharrlich fort. Er wußte, Beharrlichkeit war das Kennzeichen eines Genies, und ebenso sicher wußte er, daß es ihm an Genie nicht mangelte. Zweifellos war er ein verkanntes Genie, doch eines Tages würde die Welt ihm und seiner Fähigkeit, sich unendlich Mühe zu geben, die gebührende Anerkennung zollen. Und so schrieb er, trotz des Staubsaugers und trotz des kalten Winds, der vom Meer her durch die Fensterritzen blies.

Um ihn herum lag sein Handwerkszeug. Ein Notizbuch, in dem er Ideen und Redewendungen festhielt, die von Nutzen sein konnten, ein Tagebuch, in dem er sowohl seine profundesten Erkenntnisse über die Natur des Daseins aufschrieb als auch die täglichen Aktivitäten auflistete, eine Schale mit Füllfederhaltern und eine Flasche teilweise verdunsteter schwarzer Tinte. Letztere war Pipers ureigene Erfindung. Da er schließlich für die Nachwelt schrieb, war es unerläßlich, daß seine Worte unbegrenzt lange lesbar blieben und nicht verblaßten. Eine Zeitlang war er Kiplings Beispiel gefolgt und hatte chinesische Tusche verwendet, doch diese neigte dazu, seinen Füller zu verkleistern und einzutrocknen, ehe er auch nur ein Wort zu Papier gebracht hatte. Er verwendete teilweise verdunstete Tinte seit seiner zufälligen Entdeckung, daß Tinte der Marke Waterman's Midnight Black, wenn man sie in einem trockenen Raum stehenließ, nicht nur eine größere Dichte als chinesische Tusche erreichte, sondern darüberhinaus auch noch flüssig genug blieb, daß er einen kompletten Satz schreiben konnte, ohne auf sein Taschentuch zurückgreifen zu müssen. Seine Tinte glänzte auf dem Papier mit einer Patina, die seinen Worten Substanz verlieh, und um seinem Werk die nötige unbegrenzte Langlebigkeit zu sichern, erwarb Piper Hauptbücher mit Ledereinband, wie sie normalerweise von altmodischen Rechnungsprüfern oder Anwaltskanzleien verwendet wurden, ignorierte die diversen vertikalen Linien auf jeder Seite und schrieb in ihnen seine Romane nieder. Hatte er erst einmal ein Hauptbuch vollgeschrieben, so stellte dies ein Kunstwerk ganz eigener Art dar. Piper hatte eine kleine, äußerst regelmäßige Handschrift, die sich Seite um Seite beinahe ununterbrochen fortsetzte. Da alle seine Romane kaum Dialoge enthielten und wenn, dann nur von der bedeutungsvollen und erhabenen Sorte, die lange Sätze erforderte, gab es nur ganz wenige Seiten mit unterbrochenen Zeilen oder unbeschriebenem Raum. Und Piper hob seine Hauptbücher auf. Eines Tages, womöglich nach seinem Tod, ganz sicher, nachdem man sein Genie erkannt hätte, würden Gelehrte seinen Werdegang anhand dieser tintenbeschichteten Seiten rekonstruieren. Man durfte die Nachwelt nicht ignorieren.

Andererseits mußten der Staubsauger nebenan und die diversen Störungen durch Vermieterinnen und Reinigungspersonal sehr wohl ignoriert werden. Morgens ließ sich Piper grundsätzlich nicht stören. Zu dieser Tageszeit schrieb er nämlich. Nach dem Mittagessen unternahm er einen Spaziergang auf der Strandpromenade, an der er zufällig gerade wohnte. Nach dem Tee schrieb er wieder, und nach dem Abendessen las er – zuerst das, was er tagsüber geschrieben hatte, und anschließend aus dem Roman, der ihm gerade als Vorbild diente. Da er um einiges schneller las, als er schrieb, kannte er *Harte Zeiten, Nostromo, Das Bildnis einer Dame, Middlemarch* und *Der Zauberberg* beinahe auswendig. Den Text von *Söhne und Liebhaber* beherrschte er Wort für Wort. Indem er also seine Lektüre ausnahmslos auf die bedeutendsten Schriftsteller beschränkte, sicherte er sich dagegen, daß geringere Romanciers einen unheilvollen Einfluß auf sein eigenes Werk ausübten.

Abgesehen von diesen wenigen Meisterwerken ließ er sich noch von *Der moralische Roman* inspirieren. Das Buch lag auf seinem Nachttisch, und bevor er das Licht ausknipste, las er immer noch eine Seite oder auch zwei und ließ sich Miss Louths Beschwörungen durch den Kopf gehen. Besonders großen Wert legte sie auf »die Einordnung der Charaktere in einen emotionalen Rahmen, gleichsam in einen Kontext aus reifen und einander bedingenden Empfindsamkeiten, welcher der Erfahrungsrealität des Romanciers in seiner eigenen Zeit entspricht und folglich die Realität seiner fiktionalen Schöpfungen erhöht«. Da sich Pipers Erfahrungen auf achtzehn Jahre seines Lebens im Schoß seiner Familie in Finchley, auf den Tod seiner Eltern bei einem Autounfall und auf zehn Jahre in wechselnden Pensionen beschränkten, fiel es ihm schwer, sein Werk mit einem »Kontext aus reifen und einander bedingenden Empfindsamkeiten« auszustatten. Doch er tat sein Bestes und unterzog die unbefriedigende Ehe der verstorbenen alten Pipers einer äußerst minutiösen Prüfung, um ihnen die von Miss Louth geforderte Reife und Einsicht zu verleihen. Diese emotionale Exhumierung brachte sie mit Gefühlen ans Licht, die sie nie gefühlt hatten, und mit Einsichten, die ihnen nie vergönnt gewesen waren. Im wirklichen Leben war Mr. Piper ein tüchtiger Klempner gewesen. In *Auf der Suche* war er ein Klempner mit tiefen Einsichten, Tuberkulose und einem gerüttelt Maß an erstaunlich ambivalenten Gefühlen für seine Frau. Mrs. Piper kam, wenn überhaupt, noch schlechter weg. Sie war zu einer Kombination aus Madame Chauchat und Isabel Archer mutiert und neigte zu philosophischen Vorträgen, zum Türenschlagen, zum Darbieten ihrer nackten Schultern und zu insgeheimen sexuellen Regungen für ihren Sohn und für den Nachbarn, die die wahre Mrs. Piper mit Entsetzen erfüllt hätten. Für ihren Ehemann empfand sie nichts als eine Mischung aus Bedauern und Abscheu. Und schließlich gab es noch Peter Piper persönlich, ein vierzehnjähriges Wunderkind, belastet mit einem derartigen Grad an Selbsterkenntnis und Einblick in die wahren Gefühle beider Eltern füreinander, daß seine Anwesenheit im Elternhaus, wäre ihm dieser Bewußtseinsstand tatsächlich beschieden gewesen, das Leben dort unerträglich gemacht hätte. Zum Glück für die geistige Gesundheit der verblichenen Pipers und für die Sicherheit ihres Sohnes war er mit vierzehn ein außerordentlich dumpfes Kind gewesen, ohne einen Deut jener Einsichten, die er später für sich in Anspruch nahm. Seine wenigen Gefühle konzentrierten sich auf die Person seiner Englischlehrerin, einer Miss Pears. Sie hatte dem kleinen Peter in einem unbedachten Augenblick Komplimente wegen einer Kurzgeschichte gemacht, dabei hatte er sie in Wirklichkeit fast wortwörtlich aus einer alten Zeitschrift abgeschrieben, die er in einem Wandschrank der Schule gefunden hatte. Von diesem frühen, vielversprechenden Anfang hatte Piper seine literarischen Ambitionen abgeleitet – und dank der Ermüdung eines Tanklastzugfahrers, der vier Jahre später am Steuer seines Lkws einschlief, mit hundert Stundenkilometern eine Hauptstraße überquerte und Mr. und Mrs. Piper auslöschte, die gerade mit Tempo fünfzig unterwegs zu Freunden nach Amersham waren, besaß er das nötige Kleingeld, um seinem ehrgeizigen Ziel nachzugehen. Mit achtzehn hatte er das Haus in Finchley geerbt und eine beträchtliche Summe von der Versicherungsgesellschaft sowie die Ersparnisse seiner Eltern erhalten. Piper hatte das Haus verkauft, sein gesamtes Vermögen auf ein Konto eingezahlt und seither immer von diesem Kapital gezehrt, um sich selbst einen finanziellen Anreiz zum Schreiben zu schaffen. Nach zehn Jahren und etlichen Millionen unverkaufter Wörter war er praktisch mittellos.

Daher war er höchst erfreut, als er aus London ein Telegramm folgenden Inhalts erhielt: DRINGEND GESPRAECH ERWUENSCHT WEGEN ROMANVERKAUFS ETC EINTAUSEND PFUND VORSCHUSS BITTE UMGEHEND ANRUFEN FRENSIC.

Piper rief umgehend an und erwischte den Mittagszug in einem Zustand gespannter Erwartung. Endlich war der Zeitpunkt seiner öffentlichen Anerkennung gekommen.

In London befanden sich Frensic und Sonia ebenfalls in einem Zustand der Erwartung, allerdings weniger gespannt als Piper und eigentlich eher nüchtern gestimmt.

»Was passiert, wenn er ablehnt?« fragte Sonia, während Frensic in seinem Büro auf und ab ging.

»Das weiß Gott allein«, sagte Frensic. »Du hast doch gehört, was Cadwalladine sagte: ›Tun Sie, was Sie wollen, aber lassen Sie in jedem Fall meinen Klienten aus dem Spiel.‹ Das heißt Piper, oder die Sache geht in die Hose.«

»Jedenfalls hab ich aus Hutchmeyer für die Reise noch fünfundzwanzigtausend Dollar rausquetschen können, plus Spesen«, sagte Sonia. »Das müßte als Ansporn genügen.«

Frensic hatte da seine Zweifel. »Bei jedem anderen schon«, meinte er, »aber Piper hat Prinzipien. Laß um Himmels willen keine Druckfahnen von *Jahre* herumliegen, sonst sieht er womöglich noch, was er angeblich geschrieben hat.«

»Irgendwann muß er das Buch mal lesen.«

»Schon, aber ich möchte, daß er zuerst schriftlich für die US-Tour verpflichtet wird und etwas Geld von Hutchmeyer in der Tasche hat. Dann fällt ihm das Aussteigen nicht mehr so leicht.«

»Und du meinst wirklich, mit Corkadales' Angebot, *Auf der Suche nach der verlorenen Kindheit* herauszubringen, können wir ihn ködern?«

»Unsere Trumpfkarte«, sagte Frensic. »Über eines mußt du dir klarsein: Wir haben es bei Piper mit einem Spezialfall von Wahnsinn zu tun, die in Fachkreisen als *Dementia litteraria* oder auch Bibliomanie bekannt ist. Als wichtigstes Symptom beobachten wir den völlig irrationalen Drang, sich in gedruckter Form zu verewigen. Tja, und ich sorge dafür, daß Piper gedruckt wird. Ich habe für ihn sogar eintausend Pfund rausgeschlagen, ein erheblicher Betrag, wenn man bedenkt, was für einen wirren Müll er sich aus den Fingern saugt. Er bekommt fünfundzwanzigtausend Dollar dafür, daß er seine US-Tour absolviert. Wir müssen jetzt nur noch taktisch geschickt vorgehen, und er geht auf die Reise. Der Vertrag mit Corkadales ist unser Trumpf-As. Versteh mich richtig, um *Auf der Suche* veröffentlicht zu kriegen, würde der Mann seine eigene Mutter umbringen.«

»Wenn ich mich recht erinnere, hast du vorhin gesagt, seine Eltern wären tot.«

»Das sind sie auch«, sagte Frensic. »Meines Wissens hat der arme Kerl keine lebenden Verwandten mehr. Ich wäre kein bißchen überrascht, wenn er in uns die Seinen sieht.«

»Ist schon erstaunlich, was zwanzig Prozent Provision von zwei Millionen Dollars aus manchen Leuten macht«, sagte Sonia. »Ich hätte mir nie träumen lassen, daß du mal in die Rolle eines Stiefvaters schlüpfst.«

Es war wirklich erstaunlich, was die Aussicht auf eine Veröffentlichung seines Romans aus Piper gemacht hatte. Als er in der Lanyard Lane eintraf, trug er den blauen Anzug, den er sich für offizielle Besuche in London aufhob, und einen Ausdruck von süffisanter Selbstzufriedenheit zur Schau, der Frensic beunruhigte. Er hatte seine Autoren lieber unterwürfig und ein wenig deprimiert.

»Ich möchte Ihnen Miss Futtle vorstellen, meine Partnerin«, sagte er, als Piper eintrat. »Sie widmet sich der amerikanischen Seite des Geschäfts.«

»Sehr erfreut«, sagte Piper und deutete eine leichte Verbeugung an, eine Angewohnheit, die er von Hans Castorp übernommen hatte.

»Ich fand Ihr Buch einfach hinreißend«, sagte Sonia, »meiner Meinung nach ist es phantastisch.«

»Finden Sie wirklich?« wollte Piper wissen.

»So scharfsinnig«, sagte Sonia, »so überaus relevant.«

Im Hintergrund rührte sich Frensic unbehaglich. Er hätte eine weniger dreiste Taktik eingeschlagen, und Sonias Akzent störte ihn – er hegte den Verdacht, daß sie ihn dem Georgia des Jahres 1861 entlehnt hatte. Andererseits schien er auf Piper positiv zu wirken. Er errötete.

»Sehr nett, daß Sie das sagen«, murmelte er.

Frensic sprach ein Machtwort. »Nun, was den Vertrag mit Corkadales über die Veröffentlichung von *Auf der Suche* betrifft«, begann er und schaute auf seine Uhr, »weshalb gehen wir nicht runter und besprechen die ganze Sache bei einem Drink?«

Sie gingen in den Pub auf die andere Straßenseite, und während Frensic die Drinks holen ging, setzte Sonia ihre Attacke fort.

»Corkadales ist eines der ältesten Verlagshäuser in London. Es ist eine wahnsinnig renommierte Firma, aber ich finde, wir müssen alles unternehmen, damit Ihr Werk eine große Leserschaft findet.«

»Das Wichtigste ist«, sagte Frensic, als er mit zwei einfachen Gin Tonics für sich und Sonia und einem doppelten für Piper wiederkam, »daß Sie Publicity bekommen. Für den Anfang ist Corkadales nicht schlecht, aber was die Verkaufszahlen angeht, stehen sie nicht sehr gut da.«

»Wirklich nicht?« wollte Piper wissen, der sich über so profane Dinge wie Verkauf und Umsatz noch nie Gedanken gemacht hatte.

»Sie sind zutiefst altmodisch, und selbst wenn sie *Auf der*

Suche nehmen – was noch nicht hundertprozentig sicher ist –, sind sie auch die geeignetsten Leute für eine massive Werbekampagne? Das ist die Frage.«

»Aber sagten Sie nicht, sie hätten einem Kauf bereits zugestimmt?« fragte Piper unruhig.

»Sie haben ein Angebot unterbreitet, ein gutes Angebot, aber sollen wir es auch annehmen?« fragte Frensic. »Darüber müssen wir reden.«

»Ja«, meinte Piper, »ja, das müssen wir.«

Frensic blickte Sonia an. »Der US-Markt?« fragte er.

Sonia schüttelte den Kopf.

»Wenn wir an einen Verlag in den USA verkaufen wollen, dann brauchen wir erstmal hier einen, der größer ist als Corkadales. Jemand mit Pep, der das Buch mit einer großangelegten Werbekampagne unterstützt.«

»Da nimmst du mir das Wort aus dem Mund«, sagte Frensic. »Corkadales haben zwar das nötige Prestige, aber sie könnten dem Buch den Garaus machen.«

»Aber...«, setzte der inzwischen völlig verstörte Piper an.

»In den Staaten einen Erstlingsroman unter die Leute zu bringen, ist nicht einfach«, sagte Sonia. »Und bei einem britischen Autor, das ist, als wolle man...«

»Bier nach München bringen?« schlug Frensic vor, der mit aller Gewalt Eulen und Athen vermeiden wollte.

»Hätte ich nicht besser formulieren können«, sagte Sonia. »Interessiert sie gar nicht.«

»Gar nicht?« fragte Piper.

Frensic holte noch eine Runde Getränke. Als er wiederkam, hatte Sonia bereits taktische Fragen angeschnitten.

»Ein britischer Autor braucht in den Staaten einen Verkaufstrick, einen Gag. Krimis – kein Problem. Historische Liebesromane sind sogar noch besser. Würde *Auf der Suche* von adligen Beaus aus dem vorigen Jahrhundert oder, besser noch, von Maria Stuart handeln, dann hätten wir keine Schwierigkeiten. So 'n Zeug geht ihnen runter wie Öl, aber *Auf der Suche* ist ein wahrhaft eindringli...«

»Was ist mit *Die Jahre wechseln, es lockt die Jungfrau*?«
wollte Frensic wissen. »Da haben wir doch ein Buch, das
Amerika im Sturm erobern wird.«

»Unbedingt«, sagte Sonia. »Auf jeden Fall hätte es das getan, wenn der Autor die Werbetrommel dafür rühren könnte.«

Sie verfielen in ein bedrücktes Schweigen.

»Wieso kann er das nicht tun?« fragte Piper.

»Zu krank«, sagte Sonia.

»Zu zurückhaltend und schüchtern«, meinte Frensic. »Sehen Sie, er besteht darauf, einen *Nom de plume* zu verwenden.«

»Einen *Nom de plume*?« fragte Piper voller Erstaunen, daß
ein Autor nicht seinen Namen auf dem Einband seines Buchs
haben wollte.

»Es ist wirklich tragisch«, sagte Sonia. »Da muß er zwei
Millionen Dollar in den Wind schlagen, bloß weil er die Reise
nicht machen kann.«

»Zwei Millionen Dollar?« fragte Piper.

»Und alles nur, weil er Osteoarthritis hat, und der amerikanische Verleger besteht darauf, daß er eine Promotion-
Reise unternimmt, und er kann's nicht.«

»Aber das ist ja schrecklich«, sagte Piper.

Frensic und Sonia nickten noch bedrückter als vorher.

»Und er hat Frau und sechs Kinder«, sagte Sonia. Frensic
fuhr zusammen. Frau und sechs Kinder waren im Drehbuch
nicht vorgesehen.

»Wie furchtbar«, sagte Piper.

»Und mit Osteoarthritis im Endstadium wird er nie ein
zweites Buch schreiben.« Frensic zuckte wieder zusammen.
Das stand auch nicht im Skript. Aber Sonia ging weiter in die
vollen. »Und vielleicht hätte er sich mit diesen zwei Millionen
Dollar einer neuen Behandlung unterziehen können…«

Frensic hatte es eilig, neue Drinks zu holen. Das war wirklich zu dick aufgetragen.

»Wenn wir nur jemand finden könnten, der seinen Platz

einnimmt«, sagte Sonia und schaute Piper tief und bedeutungsschwanger in die Augen. »Die Tatsache, daß er mit der Verwendung eines Pseudonyms einverstanden ist und sein amerikanischer Verleger nicht weiß...« Sie ließ die ganze Tragweite ihrer Informationen einsickern.

»Warum können Sie dem amerikanischen Verleger nicht die Wahrheit sagen?« fragte er.

Frensic, der diesmal mit zwei Einfachen und einem Dreifachen für Piper wieder auf der Bildfläche erschien, intervenierte. »Weil Hutchmeyer einer von diesen Scheißkerlen ist, die den Autor ausnutzen und den Preis drücken«, sagte er.

»Wer ist Hutchmeyer?« fragte Piper.

Frensic sah Sonia an. »Sag du es ihm.«

»Zufällig ist er so ungefähr der größte Verleger in den Staaten. Er verkauft mehr Bücher als alle Verlage in London zusammen, und wenn er Sie kauft, sind Sie ein gemachter Mann.«

»Und wenn nicht, steht die Sache schlecht«, sagte Frensic.

Sonia setzte sich wieder an die Spitze. »Wenn wir Hutchmeyer dazu bringen könnten, *Auf der Suche* zu kaufen, wären Ihre Probleme gelöst. Das Buch wäre garantiert ein Bestseller, und Sie hätten genug Geld und könnten ewig weiterschreiben.«

Piper dachte über diese herrliche Aussicht nach und schlürfte seinen dreifachen Gin. Dies war die Ekstase, auf die er so viele Jahre gewartet hatte, das Wissen, daß er die Veröffentlichung von *Auf der Suche* endlich erleben würde, und wenn man Hutchmeyer zum Kauf des Buches überreden konnte... welche Glückseligkeit! In seinem benebelten Geist nahm eine Idee Gestalt an. Sonia sah, wie es ihm dämmerte, und half ihm auf die Sprünge.

»Wenn es doch eine Möglichkeit gäbe, Sie und Hutchmeyer zusammenzubringen«, sagte sie. »Will sagen, angenommen er glaubt, Sie hätten *Jahre* geschrieben...«

Doch Piper war da schon angekommen. »Dann würde er *Auf der Suche* kaufen«, sagte er, um sofort wieder von Zwei-

60

feln geplagt zu werden. »Aber hätte denn der Autor des anderen Buchs nichts dagegen?«

»Dagegen?« sagte Frensic. »Mein lieber Mann, Sie täten ihm einen Gefallen. Er wird nie mehr ein Buch schreiben, und wenn sich Hutchmeyer weigert, das Geschäft perfekt zu machen...«

»Und Sie brauchten nichts weiter zu tun, als an seiner Stelle auf Promotion-Tour zu gehen«, sagte Sonia. »So einfach ist das.«

Frensic wollte auch wieder seinen Senf dazugeben. »Und Sie bekämen obendrein fünfundzwanzigtausend Dollar plus sämtliche Spesen.«

»Für Sie wäre es eine phantastische Publicitiy«, sagte Sonia. »Genau die Chance, die Sie brauchen.«

Piper war völlig ihrer Meinung. Es *war* genau die Chance, die er brauchte. »Ist das denn nicht illegal? Wenn ich herumlaufe und behaupte, ich hätte ein Buch geschrieben, dabei stimmt's gar nicht?« wollte er wissen.

»Natürlich bekommen Sie die schriftliche Erlaubnis des echten Autors. Da ist überhaupt nichts Illegales dran. Hutchmeyer sollte es nicht unbedingt erfahren, andererseits liest er die Bücher nicht, die er kauft, er ist ein reiner Geschäftsreisender in Büchern. Er will bloß, daß ein Autor herumreist, Bücher signiert und sich sehen läßt. Außerdem hat er sich das Vorkaufsrecht für den zweiten Roman des Autors gesichert.«

»Aber sagten Sie vorhin nicht, der Autor kann kein zweites Buch schreiben?« sagte Piper.

»Ganz genau«, sagte Frensic, »daher wäre für Hutchmeyer das zweite Buch desselben Autors *Auf der Suche nach der verlorenen Kindheit.*«

»Dann sind Sie im Geschäft und ein gemachter Mann«, sagte Sonia. »Mit Hutchmeyer im Rücken kann nichts mehr schiefgehen.«

Sie gingen in das italienische Restaurant um die Ecke und setzten die Besprechung fort. Ein Problem machte Piper im-

61

mer noch zu schaffen. »Aber wenn Corkadales *Auf der Suche* kaufen wollen, dann kriegen wir doch Schwierigkeiten. Schließlich kennen sie den Autor des anderen Buchs.«

Frensic schüttele den Kopf. »Eben nicht. Sehen Sie, wir haben die geschäftliche Seite für ihn abgewickelt, und er kann nicht nach London kommen, also wissen nur wir drei Bescheid. Niemand sonst wird je davon erfahren.«

Piper schenkte seinen Spaghetti ein Lächeln. Es war alles so einfach. Er stand kurz vor seiner Anerkennung. Er blicke auf und in Sonias Gesicht. »Nun denn. In der Liebe und im Krieg ist alles erlaubt«, sagte er, und Sonia lächelte zurück. Sie hob ihr Glas. »Darauf trinke ich«, murmelte sie.

»Auf die Geburt eines Autors«, toastete Frensic.

Sie tranken. Später am Abend unterschrieb Piper in Frensics Wohnung in Hampstead zwei Verträge. Im ersten verkaufte er *Auf der Suche nach der verlorenen Kindheit* für einen Vorschuß von tausend Pfund an Corkadales. Aus dem zweiten ging hervor, daß er als Autor von *Die Jahre wechseln, es lockt die Jungfrau* damit einverstanden war, eine Promotion-Tour durch die Vereinigten Staaten durchzuführen.

»Unter einer Bedingung«, sagte er, als Frensic zur Feier des Tages eine Flasche Champagner öffnete.

»Und die wäre?« fragte Frensic.

»Daß Miss Futtle mitkommt«, sagte Piper. Es gab einen Knall, und der Korken flog gegen die Zimmerdecke. Auf dem Sofa saß Sonia und lachte vergnügt. »Ich unterstütze den Antrag«, sagte sie.

Frensic nahm ihn an. Später nahm er einen sehr betrunkenen Piper in die Arme, trug ihn in sein Gästezimmer und brachte ihn zu Bett.

Piper lächelte selig im Schlaf.

5

Als Piper am nächsten Morgen aufwachte, befand er sich in ausgesprochener Hochstimmung. Er wurde veröffentlicht. Er fuhr nach Amerika. Er war verliebt. Plötzlich war alles, was er sich erträumt hatte, auf die wundersamste Weise wahr geworden. Piper hatte keine Skrupel. Er stand auf, wusch sich und musterte sich im Badezimmerspiegel, wobei er eine ganz neue Wertschätzung seiner bislang verkannten Talente vornahm. Daß sein plötzliches Glück vom schweren Los eines an Arthritis im Endstadium leidenden Autors herrührte, störte ihn nicht weiter. Sein Genie verdiente eine Chance, und das war sie. Zudem hatten die langen Jahre der Frustration die moralischen Prinzipien abgestumpft, die seine Romane auszeichneten. Eine zufällige Lektüre der Autobiographie Benvenuto Cellinis half ihm ebenfalls weiter. »Unsere einzige Pflicht ist es, der Kunst zu dienen«, gab Piper seinem Spiegelbild beim Rasieren zu verstehen und fügte hinzu, daß es »Gezeiten auch fürs Tun des Menschen gibt, die, wenn zur Flutzeit ausgenützt, recht bald zum Glücke führen.« Und schließlich war da noch Sonia Futtle.

Da er sein Leben in den Dienst der Kunst gestellt hatte, war ihm für echte Empfindungen gegenüber echten Menschen nur wenig Zeit verblieben, und diese verbleibende Zeit hatte er damit verbracht, den massiven Annäherungsversuchen etlicher Vermieterinnen zu entkommen und aus der Ferne attraktive junge Frauen zu verehren, die sich in den von ihm frequentierten Pensionen aufhielten. Führte er das eine oder andere Mädchen aus, dann stellte sich bei näherer Bekanntschaft stets heraus, daß es an Literatur kein Interesse hatte. Piper hatte sich für die eine, große Liebesaffäre aufbewahrt, die in ihrer Heftigkeit den Affären gleichen sollte, von denen er in großen Romanen so viel gelesen hatte: ein Aufeinanderprallen literarischer Geister. Er spürte, in Sonia Futtle hatte er eine Frau gefunden, die das zu schätzen wußte, was er ihr bieten konnte; mit ihr konnte er eine ernsthafte Beziehung eingehen. Falls es noch etwas bedurfte, ihn zu überzeugen, daß er ohne Zögern nach Amerika fahren sollte, um Reklame für das Werk eines anderen zu machen, so war es das Wissen, Sonia würde bei ihm sein. Piper beendete seine Rasur und ging in die Küche, wo er einen Zettel fand, auf dem ihm Frensic mitteilte, er sei ins Büro gegangen, Piper solle sich ruhig wie zu Hause fühlen. Piper fühlte sich wie zu Hause. Er frühstückte, dann trug er sein Tagebuch und das Fäßchen verdunsteter Tinte in Frensics Arbeitszimmer, machte sich's am Schreibtisch bequem und begann, seine strahlenden Eindrücke von Sonia Futtle im Tagebuch festzuhalten.

Piper strahlte zwar, aber Frensic keineswegs. »Diese Geschichte kann auch nach hinten losgehen«, teilte er Sonia bei ihrer Ankunft im Büro mit. »Wir haben das arme Schwein bis zur Halskrause abgefüllt, dann hat er den Vertrag unterschrieben, aber war geschieht, wenn er seine Meinung ändert?«

»Nie und nimmer«, sagte Sonia. »Wir leisten eine Anzahlung auf die Reise, dann bringst du ihn heute nachmittag zu Corkadales rüber und läßt ihn für *Auf der Suche* unterschreiben. Damit haben wir ihn sicher im Schwitzkasten.«

»Mir ist, als hörte ich Hutchmeyer reden«, sagte Frensic. ›Wir haben ihn sicher im Schwitzkasten.‹ Das entscheidende Wort dabei ist ›schwitzen‹. Was das ›sicher‹ betrifft, da habe ich so meine Zweifel.«

»Es ist zu seinem eigenen Besten«, behauptete Sonia. »Nenne mir irgendeine andere Möglichkeit, wie er *Auf der Suche* jemals bei einem Verlag unterbringen soll.«

Frensic nickte zustimmend. »Wenn Geoffrey sieht, zu was für einer Veröffentlichung er sich da verpflichtet hat, bekommt er einen Anfall. *Der Zauberberg* in East Finchley. Das hältste im Kopf nicht aus. Du hättest Pipers Version von *Nostromo* lesen müssen, spielte ebenfalls in East Finchley.«

»Ich warte die Kritiken ab«, sagte Sonia. »In der Zwischenzeit haben wir uns 'ne glatte Viertelmillion verdient. Pfund, Frenzy, keine Dollars. Stell dir das vor.«

»Ich hab's mir vorgestellt«, sagte Frensic. »Ich habe mir auch vorgestellt, was passiert, wenn die Sache schiefgeht. Dann sind wir geschäftlich weg vom Fenster.«

»Es wird nicht schiefgehen. Ich habe mit Eleanor Beazley von der Sendung ›Bücherjournal‹ telefoniert. Sie ist mir noch einen Gefallen schuldig. Sie hat sich bereit erklärt, Piper nächste Woche in die...«

»Nein«, sagte Frensic. »Auf gar keinen Fall. Ich lasse nicht zu, daß du Piper im Fernsehen...«

»Hör zu, Baby«, sagte Sonia, »wir müssen das Eisen schmieden, solange es heiß ist. Wir bringen Piper in die Glotze und sagen, daß er *Jahre* geschrieben hat – da steigt er nicht aus, und wenn er sich auf den Kopf stellt.«

Frensic sah sie voller Widerwillen an. »Da steigt er nicht aus, und wenn er sich auf den Kopf stellt? Wie reizend. Jetzt betreten wir ja wirklich Mafia-Territorium. Und tituliere mich freundlicherweise nicht mit ›Baby‹. Wenn es etwas gibt, was ich verabscheue, dann ist es, den Begriff ›Baby‹ angehängt zu bekommen. Was deinen Vorschlag angeht, den armen, verrückten Piper in die Glotze zu bringen – hast du schon mal überlegt, welche Wirkung das auf Cadwalladine und seinen anonymen Klienten haben wird?«

»Cadwalladine hat den Ersatzmann im Prinzip akzeptiert«, sagte Sonia. »Weswegen sollte er sich denn beschweren?«

»Es gibt einen Unterschied zwischen ›im Prinzip‹ und ›in der Praxis‹«, sagte Frensic. »In Wirklichkeit hat er gesagt, er würde seinen Klienten konsultieren.«

»Und hat er dich schon informiert?«

»Noch nicht«, sagte Frensic, »und in gewisser Hinsicht hoffe ich, daß er die Idee ablehnt. Das würde wenigstens den mörderischen Konflikt zwischen meiner Habgier und meinen moralischen Bedenken ein für allemal beenden.«

Doch selbst dieser Trost wurde ihm verweigert. Eine halbe Stunde später wurde ein Telegramm abgegeben. KLIENT STIMMT ERSATZMANN ZU STOP ANONYMITAET HEBT BEDENKEN AUF CADWALLADINE.

»Dann haben wir also freie Hand«, sagte Sonia. »Ich gebe Piper die Bestätigung des Mittwochtermins und sorge dafür, daß der *Guardian* einen Artikel über ihn bringt. Du setzt dich mit Geoffrey in Verbindung und vereinbarst, daß die Verträge für *Auf der Suche* heute nachmittag mit Piper ausgetauscht werden.«

»Das könnte zu Mißverständnissen führen«, gab Frensic zu bedenken. »Zufällig glaubt Geoffrey, daß Piper *Jahre* geschrieben hat, und da Piper *Jahre* nicht mal gelesen, geschweige denn geschrieben hat...«

»Du lädst ihn eben zum Essen ein, dann füllst du ihn mit harten Sachen ab und...«

»Hast du je mit dem Gedanken gespielt«, fragte Frensic, »ins Kidnapping-Geschäft einzusteigen?«

Sie brauchten Piper schließlich gar nicht abzufüllen. Er traf in einem geradezu euphorischen Zustand ein, ließ sich in Sonias Büro nieder und starrte sie vielsagend an, während sie die Literaturredakteure verschiedener Tageszeitungen anrief, um Interviewtermine mit dem Autor des teuersten Romans der Welt, *Die Jahre wechseln, es lockt die Jungfrau*, auszumachen, bevor das Buch auf den Markt käme. Im Büro nebenan mußte sich Frensic mit den Alltagsgeschäften abplagen. Er telefonierte mit Geoffrey Corkadale und vereinbarte einen Nachmittagstermin für Piper, er hörte sich geistesabwesend das Gejammer zweier Autoren an, die mit ihrer Handlung nicht zurechtkamen, tat sein Bestes, ihnen zu versichern, es würde am Ende doch noch alles gut werden, und versuchte die Attacken seines Instinkts zu ignorieren, der ihm einreden wollte, bei der Verpflichtung Pipers seien die Augen der Firma Frensic & Futtle deutlich größer gewesen als der Magen. Schließlich begab sich Piper eine Treppe tiefer auf die Toilette, und Frensic schaffte es, ein paar Worte mit Sonia zu wechseln.

»Was ist?« fragte er, ein Abgleiten in transatlantische Kürze, das auf seinen verwirrten Geisteszustand hindeutete.

»Der *Guardian* hat sich bereit erklärt, ihn morgen zu interviewen, und der *Telegraph* sagt, sie lassen mich...«

»Mit Piper. Woher das gefrorene Lächeln und die starren Augen?«

Sonia lächelte. »Bist du eigentlich nie auf den Gedanken gekommen, daß er mich attraktiv finden könnte?«

»Nein«, sagte Frensic. »Nein, bin ich nicht.«

Sonias Lächeln verblaßte. »Zieh Leine«, sagte sie.

Frensic zog Leine und dachte über diese neue und ziemlich unbegreifliche Entwicklung nach. Es gehörte zu den Fixsternen an seinem Meinungsfirmament, daß niemand, der einigermaßen bei Trost sei, Sonia Futtle attraktiv finden könne, abgesehen von Hutchmeyer; und Hutchmeyer hatte offensichtlich einen perversen Geschmack, sowohl was Bücher als auch was Frauen betraf. Daß sich Piper offenbar in sie verliebt hatte und das auch noch so kurzfristig, fügte der Situation eine neue Dimension hinzu – dabei war seines Erachtens die Lage so schon kompliziert genug. Frensic setzte sich an seinen Schreibtisch und überlegte, welche Vorteile sich aus Pipers Vernarrtheit ziehen ließen.

»Wenigstens kriege ich so meinen Kopf aus der Schlinge«, murmelte er schließlich und ging noch einmal nach nebenan. Doch Piper saß wieder auf seinem Stuhl und glotzte Sonia mit bewundernden Augen an.

Frensic begab sich auf den Rückzug und griff in seinem Büro zum Telefon.

»Von jetzt ab ist er dein Bier«, informierte er sie. »Du

führst ihn zum Abendessen aus und machst mit ihm, was du willst. Der Mann ist völlig hinüber.«

»Eifersucht bringt dich überhaupt nicht weiter«, sagte Sonia und lächelte Piper an.

»Genau«, sagte Frensic, »ich will mit dieser Korrumpierung eines Unschuldigen nichts zu schaffen haben.«

»Zartbesaitet?« fragte Sonia.

»Extrem«, sagte Frensic und legte den Hörer auf.

»Wer war das?« wollte Piper wissen.

»Oh, nur ein Lektor bei Heinemann. Er hat ein Auge auf mich geworfen.«

»Hm«, knurrte Piper verstimmt.

Und so nahm Frensic das Abendessen in seinem Klub ein, was er nur tat, wenn sein Selbstbewußtsein, seine Eitelkeit oder seine Männlichkeit (was gerade anstand) in der wirklichen Welt eine Tracht Prügel bezogen hatte, während Sonia den völlig vernarrten Piper zu Wheelers schleppte, wo sie ihn mit trockenen Martinis, Rheinwein, Lachsschnitzeln und ihrer persönlichen Spezialität – expansivem Charme – verköstigte. Als sie endlich wieder auf die Straße traten, hatte er ihr wortreich klargemacht, daß sie für ihn die erste Frau in seinem Leben sei, die sowohl die physischen als auch die geistigen Reize besitze, die den Grundstein für eine echte Beziehung bildeten, und daß Sonia überdies die wahre Natur des schöpferischen literarischen Akts verstehe. Sonia Futtle war derartig leidenschaftliche Geständnisse nicht gewohnt. Die wenigen Annäherungsversuche, die sie in der Vergangenheit erlebt hatte, waren weniger gewandt vorgetragen worden und hatten weitgehend aus der Erkundigung bestanden, ob sie nun wolle oder nicht; Pipers Methode – er hatte sie fast komplett von Hans Castorp im *Zauberberg* entlehnt und sicherheitshalber eine Prise D. H. Lawrence beigemengt – kam als angenehme Überraschung. Er hatte so etwas Altmodisches, entschied sie, das zur Abwechslung wirklich ganz nett war. Zudem war Piper, trotz seiner literarischen Ambitionen, vom angenehmen Äußeren und nicht ohne einen gewissen linkischen Charme; Sonia konnte jede Menge linkischen Charme vertragen. Und so stand eine errötete und geschmeichelte Sonia auf dem Straßenpflaster und hielt ein Taxi an, das sie zu Corkadales bringen sollte.

»Reißen Sie bloß Ihren Mund nicht zu oft auf«, mahnte sie, als sie durch London fuhren. »Geoffrey Corkadale ist schwul, und er wird das Reden übernehmen. Wahrscheinlich wird er eine ganze Menge Komplimente über *Die Jahre wechseln, es lockt die Jungfrau* von sich geben, und Sie nicken dann bloß.«

Piper nickte. Die Welt war ein bunter, fröhlicher Ort, in dem alles möglich und alles erlaubt war. Als arriviertem Autor stand ihm Bescheidenheit gut zu Gesicht. Bei Corkadales übertraf er sich schließlich selbst. Durch Trollopes Tintenfaß in der Vitrine inspiriert, ließ er eine längere Erklärung über seine eigene Schreibmethode vom Stapel, wobei er besonderes Gewicht auf die Verwendung teilweise verdunsteter Tinte legte, brachte die Verträge für *Auf der Suche* unter Dach und Fach und nahm Geoffreys Lob, der *Jahre* einen erstklassigen Roman nannte, mit einem angemessenen ironischen Lächeln entgegen.

»Ganz erstaunlich, wenn man bedenkt, daß er dieses schmutzige Buch geschrieben hat«, flüsterte Geoffrey Sonia zu, als sie und Piper wieder gingen. »Ich hatte mit irgend so einem langhaarigen Hippie gerechnet, und der hier, meine Liebe, der stammt doch noch aus der Arche Noah.«

»Man steckt in den Leuten eben nie drin«, sagte Sonia. »Auf jeden Fall bekommen Sie für *Jahre* jede Menge phantastische Publicity. Ich habe ihn in der Sendung ›Bücherjournal‹ untergebracht.«

»Was sind Sie doch für ein kluges Geschöpf«, sagte Geoffrey. »Ich bin entzückt. Und das Geschäft mit Amerika ist bestimmt unter Dach und Fach?«

»Definitiv«, sagte Sonia.

Sie nahmen wieder ein Taxi und ließen sich zur Lanyard Lane fahren.

»Sie waren fabelhaft«, ließ sie Piper wissen. »Bleiben Sie einfach bei Ihren Erzählungen über Füller und Tinte und wie Sie Ihre Bücher schreiben, und vermeiden Sie Gespräche über deren Inhalte, dann kriegen wir keinen Ärger.«

»Anscheinend unterhält sich sowieso keiner über Bücher«, meinte Piper. »Ich nahm an, das Gespräch würde in ganz anderen Bahnen verlaufen. In eher literarischen.«

Er stieg in der Charing Cross Road aus und verbrachte den Rest des Nachmittags in der Buchhandlung Foyle's, während Sonia ins Büro fuhr, um Frensic zu beruhigen.

»Völlig problemlos«, sagte sie. »Er hat Geoffrey an der Nase herumgeführt.«

»Das ist kaum verwunderlich«, sagte Frensic, »Geoffrey ist ein Volltrottel. Warte nur, bis ihn Eleanor Beazley über sein Porträt der sexuellen Psyche einer Achtzigjährigen befragt. Dann ist die Kacke wirklich am Dampfen.«

»Das wird sie nicht tun. Ich habe ihr erzählt, daß er nie über seine bereits abgeschlossenen Werke spricht. Sie soll sich an biographische Details und an seine Arbeitsweise halten. Er klingt richtig überzeugend, wenn er sich über Füller und Tinte ausläßt. Wußtest du, daß er verdunstete Tinte verwendet und in Hauptbücher mit Ledereinband schreibt? Ist das nicht urig?«

»Ich bin nur erstaunt, daß er keinen Federkiel benutzt«, sagte Frensic. »Das würde passen.«

»Und es kommt an. Das Interview für den *Guardian* mit Jim Fossie findet morgen früh statt, und der *Telegraph* will ihn am Nachmittags für die Farbbeilage haben. Ich sage dir, die Sache kommt langsam aber sicher ins Rollen.«

Als sich Frensic in dieser Nacht mit Piper auf den Weg in seine Wohnung machte, war klar, daß die Sache wirklich ins Rollen kam. Die Zeitungsstände verkündeten: BRITISCHER SCHRIFTSTELLER MACHT BEI GRÖSSTEM GESCHÄFT ALLER ZEITEN ZWEI MILLIONEN.

»Oh, welch ein wirres Netz wir weben, wenn wir uns recht der Täuschung ergeben«, murmelte Frensic und kaufte eine

Zeitung. Neben ihm wiegte Piper die große, grüne, gebundene Ausgabe von Thomas Manns *Doktor Faustus* in den Armen, die er bei Foyle's erworben hatte. Er hatte die Absicht, sich die symphonische Gestaltung dieses Werks in seinem dritten Roman zunutze zu machen.

6

Am nächsten Morgen kam die Sache ernsthaft ins Rollen. Nach einer Nacht voller Träume von Sonia und den Vorbereitungen auf die anstehende Tortur traf Piper im Büro ein, um mit Jim Fossie vom *Guardian* über sein Leben und seine literarischen Ansichten und Arbeitsweisen zu sprechen. Frensic und Sonia lungerten besorgt im Hintergrund herum, um nötigenfalls für Diskretion zu sorgen, doch sie brauchten nicht einzugreifen. Ganz gleich, wo Pipers Grenzen als Verfasser von Romanen liegen mochten, seine Rolle als mutmaßlicher Romancier spielte er meisterhaft. Er sprach von der Literatur als Abstraktum, machte über den einen oder anderen bedeutenden zeitgenössischen Romancier ein paar vernichtende Bemerkungen, doch größtenteils konzentrierte er sich auf die Verwendung teilweise verdunsteter Tinte und auf die eingeschränkte Verwendungsmöglichkeit des modernen Füllfederhalters als Hilfsmittel des literarischen Schaffens.

»Ich glaube an handwerkliches Können«, betonte er, »an altmodische Tugenden wie Klarheit und Lesbarkeit.« Er gab eine kleine Anekdote zum Besten, in der Palmerston gegenüber den Beamten des Außenministeriums auf einer guten Handschrift bestand, und lehnte den Kugelschreiber voller Verachtung ab. Seine Sorge um die Schönschreibkunst nahm derart zwanghafte Formen an, daß Mr. Fossie das Interview bereits beendet hatte, als ihm klar wurde, daß man den Roman überhaupt nicht erwähnt hatte, den zu besprechen er hergekommen war.

»Er ist ganz sicher anders als alle Autoren, die ich bisher

kennengelernt habe«, verriet er Sonia, die ihn zur Tür begleitete. »Das ganze Gelaber über Kiplings Briefpapier, um
Himmels willen!«

»Was erwarten Sie von einem Genie?« wollte Sonia wissen.
»Irgendein Blabla, wie wertvoll sein Roman ist?«

»Und wie wertvoll ist der Roman dieses Genies?«

»Zwei Millionen Dollar. Das ist sein Wert in der Realität.«

»Schöne Realität«, sagte Mr. Fossie, ohne zu wissen, wie
scharfsinnig seine Bemerkung war.

Sogar Frensic war beeindruckt, der mit einem Desaster gerechnet hatte. »Wenn er so weitermacht, kriegen wir keinen
Ärger.«

»Es wird alles gutgehen«, sagte Sonia.

Nach dem Mittagessen bestand der Fotograf des *Daily Telegraph* darauf, seine Aufnahmen sozusagen vor Ort zu machen; Auslöser war eine zufällige Bemerkung Pipers gewesen, daß er einmal in Greenwich Park, in der Nähe des Explo-
sionsorts aus *Der Geheimagent,* gewohnt habe.

»Das betont den dramatischen Aspekt«, sagte der Foto-
graf, offensichtlich in der Annahme, die Explosion habe
wirklich stattgefunden. Sie nahmen das Schiff ab Charing
Cross; unterwegs machte Piper der Journalistin, Miss Pamela
Wildgrove, klar, daß Joseph Conrad für sein Werk von zen-
tralem Einfluß sei. Miss Wildgrove machte sich dazu eine
Notiz. Piper sagte, auch Dickens habe ihn beeinflußt. Miss
Wildgrove notierte das ebenfalls. Als sie schließlich in
Greenwich anlegten, war ihr Notizbuch vollgepackt mit Ein-
flüssen, aber Pipers eigenes Werk war kaum erwähnt worden.

»Wenn ich recht verstanden habe, handelt *Die Jahre wechseln, es lockt die Jungfrau* von der Liebe zwischen einem siebzehnjährigen Jungen und...« setzte Miss Wildgrove an, doch
Sonia intervenierte.

»Mr. Piper wünscht, daß über den Inhalt seines Romans
nicht gesprochen wird«, sagte sie rasch. »Wir halten das Buch
unter Verschluß.«

»Aber er ist doch sicherlich bereit, etwas über...«

»Sagen wir doch einfach, es handelt sich um ein äußerst wichtiges Werk, das neue Einsichten auf dem Gebiet des Altersunterschieds eröffnet«, sagte Sonia und schleppte Piper schnell weg, um ihn unpassenderweise an Deck der *Cutty Sark*, auf dem Gelände des Schiffahrtsmuseums und vor dem Observatorium fotografieren zu lassen. Miss Wildgrove kam niedergeschlagen hinterher.

»Bleiben Sie auf dem Rückweg bei der Tinte und Ihren Hauptbüchern«, forderte Sonia Piper auf, und der kam ihrem Rat mit dezidiert nautischen Untertönen nach, während Sonia ihren Schützling zurück ins Büro geleitete.

»Sie haben sich gut gehalten«, ließ sie ihn wissen.

»Schon, aber sollte ich dieses Buch nicht besser lesen, das ich angeblich geschrieben habe? Ich meine, ich weiß nicht mal, wovon es handelt.«

»Das können Sie auf dem Schiff tun, auf dem Weg in die Staaten.«

»Schiff?« sagte Piper.

»Viel angenehmer als Fliegen«, sagte Sonia. »Hutchmeyer arrangiert für Sie einen großen Bahnhof in New York, und am Hafen lassen sich größere Menschenmengen unterbringen. Wie auch immer, die Interviews haben wir geschafft, und die Fernsehsendung ist erst am nächsten Mittwoch. Sie können jetzt nach Exforth fahren und packen. Seien Sie Dienstag nachmittag wieder hier, dann gebe ich Ihnen Instruktionen für die Sendung. Wir schiffen uns am Donnerstag in Southampton ein.«

»Sie sind wunderbar«, sagte Piper voller Inbrunst, »das sollen Sie unbedingt wissen.« Er verließ das Büro und nahm den Abendzug nach Exeter. Sonia saß in ihrem Büro und sandte ihm wehmütige Gedanken nach. Noch nie hatte ihr jemand gesagt, sie sei wunderbar.

Schon gar nicht Frensic am nächsten Morgen. Er traf wutschnaubend im Büro ein, ein Exemplar des *Guardian* unter dem Arm.

»Hast du mir nicht erzählt, er würde bloß von Tinten und Füllern reden«, brüllte er die erschreckte Sonia an.

»Das stimmt. Er war recht interessant.«

»Dann erkläre mir doch freundlicherweise, wieso Graham Greene ein zweitklassiger Schreiberling ist«, schrie Frensic und hielt ihr den Artikel unter die Nase. »Kein Witz! Schreiberling. Graham Greene. Ein Schreiberling. Der Mann ist verrückt!«

Sonia las den Artikel und mußte zugeben, daß er ein bißchen zu dick aufgetragen hatte. »Aber prima Werbung ist es doch«, meinte sie dann. »Thesen wie die bringen seinen Namen ins öffentliche Bewußtsein.«

»Die bringen seinen Namen wohl eher vor Gericht«, sagte Frensic. »Und was ist mit dieser Spitze über *Die Geliebte des französischen Leutnants* . . . Piper hat noch kein einziges publizierbares Wort verfaßt und macht ein halbes Dutzend bedeutender Schriftsteller runter. Sieh mal, was er über Waugh sagt. Zitat: ›. . . . eine äußerst begrenzte Phantasie, und sein Stil wird überbewertet . . .‹ Zitatende. Zufällig war Waugh aber einer der herausragenden Stilisten dieses Jahrhunderts. Und ›begrenzte Phantasie‹ aus dem Munde eines Vollidioten, der selber überhaupt keine Phantasie hat. Ich sage dir eins, verglichen mit dem tobenden Piper war die Büchse der Pandora ein echtes Teekränzchen.«

»Er hat ein Recht auf seine eigenen Ansichten«, sagte Sonia.

»Er hat kein Recht auf solche Ansichten«, sagte Frensic. »Gott allein weiß, was Cadwalladines Klient sagen wird, wenn er liest, was er angeblich von sich gegeben hat, und ich bin mir ziemlich sicher, daß Geoffrey Corkadale nicht besonders erfreut ist, einen Autor in seinem Programm zu wissen, der Graham Greene für einen zweitklassigen Schreiberling hält.« Er ging in sein Büro, wo er unglücklich herumsaß und sich fragte, was für ein Ungewitter als nächstes losbrechen würde. Sein Riecher machte ihm verdammt die Hölle heiß.

75

Doch als das Ungewitter schließlich losbrach, kam es aus einer völlig unerwarteten Richtung: nämlich von Piper persönlich. Als der in der Pension Gleneagle eintraf, bis über beide Ohren in Sonia, in das Leben und in seinen eigenen Ruf als Schriftsteller verliebt, den er sich gerade erst erworben hatte, da erwartete ihn ein Paket. Es enthielt die Druckfahnen von *Die Jahre wechseln, es lockt die Jungfrau* nebst einem Brief von Geoffrey Corkadale mit der Bitte, sie doch bitte so schnell wie möglich zu korrigieren. Piper nahm das Paket mit in sein Zimmer und machte sich an die Lektüre. Um neun Uhr abends fing er an. Gegen Mitternacht war er hellwach und zur Hälfte durch. Um zwei Uhr morgens war er fertig und hatte bereits einen Brief an Geoffrey Corkadale angefangen, in dem er sehr präzise darlegte, was er von *Die Jahre wechseln, es lockt die Jungfrau* als Roman, als Pornographie und als Angriff sowohl auf die geltenden sexuellen als auch die menschlichen Werte halte. Es war ein langer Brief, der um sechs Uhr im Kasten lag. Dann erst ging er zu Bett, von seinem flüssig formulierten Ekel erschöpft und Gefühle für Miss Futtle hegend, die das genaue Gegenteil von dem waren, was er neun Stunden vorher für sie empfunden hatte. Selbst jetzt konnte er noch nicht schlafen, sondern lag noch etliche Stunden wach, ehe er schließlich einnickte. Zur Mittagszeit wachte er auf und ging, verstört wie er war, am Strand spazieren; in Gedanken stand er kurz vor dem Selbstmord. Er war reingelegt, gelinkt, hintergangen worden, von einer Frau, die er geliebt und der er vertraut hatte. Sie hatte ihn absichtlich bestochen, und zwar mit dem Ziel, daß er die Autorschaft übernehme für einen widerlichen, ekelhaften, pornographischen... Ihm fehlten die Adjektive. Er würde ihr nie vergeben. Nachdem er eine Stunde lang mißgelaunt das Meer betrachtet hatte, kehrte er, mit einem festen Entschluß im Herzen, in die Pension zurück. Er setzte ein knappes Telegramm auf, in dem er feststellte, daß er nicht die Absicht habe, dieses Affentheater weiter mitzumachen, und nicht wünsche, Miss Futtle jemals wiederzusehen. Als das erledigt war, vertraute er seine düstersten Gedanken dem Tagebuch an, aß zu Abend und legte sich schlafen.

Am folgenden Morgen brach das Ungewitter über London los. Frensic betrat gutgelaunt das Büro. Daß er seine Wohnung nicht mehr mit Piper teilen mußte, hatte ihn von der Verpflichtung befreit, den Gastgeber für einen Mann spielen zu müssen, dessen Gesprächsstoff sich auf die Notwendigkeit einer ernsthaften Beschäftigung mit Literatur und auf Sonia Futtles Anziehungskraft als Frau beschränkte. Beide Themen waren nicht im mindesten nach Frensics Geschmack, und Pipers Angewohnheit, beim Frühstück ganze Passagen aus *Doktor Faustus* vorzulesen, um zu illustrieren, was er mit symbolischer Kontrapunktion als literarischem Verfahren meine, hatte Frensic sogar noch früher aus seinem trauten Heim getrieben, als er gewohnt war. Da Piper nun in Exforth war, blieb ihm diese spezielle Tortur erspart, doch beim Betreten des Büros wurde er mit frischen Greueln konfrontiert. Er fand Sonia käsebleich und den Tränen nahe, ein Telegramm in Händen, aber gerade, als er sie fragen wollte, was denn los sei, klingelte das Telefon. Frensic nahm den Hörer ab. Es war Geoffrey Corkadale. »Ich nehme an, sowas entspricht Ihren Vorstellungen von einem guten Witz«, schnaubte der wütend.

»Sowas?« sagte Frensic und dachte an den *Guardian*-Artikel über Graham Greene.

»Dieser verfluchte Brief«, brüllte Geoffrey.

»Was denn für ein Brief?«

»Dieser Brief von Piper. Wenn Sie ihn dazu bringen, beleidigenden Dreck über sein eigenes scheußliches Buch zu schreiben, dann finden Sie das wohl auch noch komisch.«

Jetzt war Frensic mit dem Brüllen an der Reihe. »Was hat er denn über sein Buch geschrieben?«

»Was soll das heißen, ›Was hat er geschrieben‹? Sie wissen verdammt gut, was ich meine.«

»Ich habe keine Ahnung«, sagte Frensic.

»Er sagt, er betrachtet es als eines der abstoßendsten Werke, die er zu seinem Leidwesen zu lesen gezwungen war, und als . . .«

»Scheiße«, sagte Frensic und überlegte krampfhaft, wie Piper ein Exemplar von *Jahre* in die Finger bekommen haben könnte.

»Ja, das auch«, sagte Geoffrey. »Wo schreibt er das doch gleich? Da haben wir's: ›Wenn Sie sich auch nur einen Moment lang einbilden, daß ich mich aus Gründen kommerzieller Begehrlichkeit dafür hergebe, mein, wenn auch bis jetzt nicht anerkanntes, so doch, wie ich meine, keineswegs unbeträchtliches Talent feilzubieten, indem ich auch nur im entferntesten und sozusagen als Stellvertreter die Verantwortung für etwas übernehme, was sich nach meiner Ansicht und nach der jedes vernünftigen Menschen nur als die pornographischen Ergüsse verbaler Exkremente beschreiben läßt . . .‹ Da! Ich wußte, es war irgendwo vergraben. Tja, was sagen Sie dazu?«

Frensic starrte Sonia giftig an und versuchte, sich irgendeine Antwort einfallen zu lassen. »Ich weiß nicht recht«, murmelte er. »Klingt seltsam. Wie ist er an das Mistbuch rangekommen?«

»Was soll das heißen, ›Wie ist er an das Mistbuch rangekommen‹?« schrie Geoffrey. »Er hat das Ding doch verfaßt, oder?«

»Ja, ich nehme es an«, sagte Frensic, der sich langsam in Sicherheit bringen und zugeben wollte, er wisse nicht, wer es geschrieben habe, und daß er von Piper reingelegt worden sei. Das schien ihm allerdings kein besonders gesicherter Standpunkt zu sein.

»Was soll das heißen, ›Ich nehme es an‹? Ich schicke ihm die Korrekturfahnen seines eigenen Buchs und kriege diesen beleidigenden Brief zurück. Man könnte meinen, er hat das Scheißding noch nie gelesen. Ist der Mann verrückt oder was?«

»Ja«, bestätigte Frensic, dem dieser Vorschlag wie ein Geschenk des Himmels vorkam, »die Belastung der vergangenen Wochen... Nervenzusammenbruch. Äußerst labiler Mensch, Sie verstehen schon. Manchmal bekommt er diese Zustände.«

Geoffreys Wut legte sich ein wenig. »Ich kann nicht behaupten, daß mich das überrascht«, gab er zu. »Wenn einer mit 'ner Achtzigjährigen ins Bett steigt, der kann ja nicht mehr alle Tassen im Schrank haben. Was soll ich jetzt bloß mit den Fahnen machen?«

»Die schicken Sie mir, dann sorge ich dafür, daß er sie korrigiert«, sagte Frensic. »Und für die Zukunft würde ich vorschlagen, Sie treten mit Piper nur über mich in Verbindung. Ich glaube, ich verstehe ihn.«

»Wenigstens einer, da bin ich aber froh«, sagte Geoffrey. »Briefe wie den hier will ich nicht mehr haben.«

Frensic legte den Hörer auf und wandte sich Sonia zu. »Da siehst du«, schrie er, »ich hab's gewußt. Ich wußte es ja, daß sowas passieren mußte. Hast du gehört, was er gesagt hat?«

Sonia nickte traurig. »Es war unser Fehler«, sagte sie. »Wir hätten sie anweisen sollen, die Fahnen hierher zu schicken.«

»Vergiß die dämlichen Fahnen«, knurrte Frensic. »Unser Fehler war, daß wir ihnen überhaupt Piper aufgetischt haben. Weshalb denn Piper? Die Welt ist voll mit normalen, zurechnungsfähigen, finanziell motivierten, auf gesunde Art kommerziellen Autoren, die mit Vergnügen ihren Namen auf jeden alten Müll kleben würden, aber du mußtest ja mit Piper ankommen.«

»Hat keinen Zweck, wenn du immer weiter jammerst«, sagte Sonia. »Sieh mal, was er in seinem Telegramm schreibt.«

Frensic ließ sich in einen Sessel fallen. »›Es grüßt notgedrungen Piper‹? In einem Telegramm? Hätte ich's nicht schriftlich vor mir... Na ja, wenigstens hat er uns von unserem Elend erlöst, aber wie sollen wir verdammt nochmal Geoffrey erklären, daß die Hutchmeyer-Transaktion gestorben ist...«

»Sie ist nicht gestorben«, sagte Sonia.

»Aber Piper schreibt...«

»Damit kannst du dir den Hintern wischen. Er fährt in die Staaten, und wenn ich ihn tragen muß. Wir haben ihm gutes Geld gezahlt, wir haben sein mieses Buch verkauft, und er ist verpflichtet, zu fahren. Er wird sich jetzt nicht mehr aus dem Vertrag rausmogeln. Ich fahre nach Exforth und spreche mit ihm.«

»Laß ihn bloß in Ruhe«, sagte Frensic, »das rate ich dir. Dieser junge Mann kann...« Doch da bimmelte das Telefon, und als er zehn Minuten später das Gespräch mit Miss Gold über den neuen Schluß von *Letzter Anlauf* beendet hatte, war Sonia verschwunden.

»Da werden Weiber zu Hyänen...« murmelte er und ging in sein Büro.

Wie ein verspäteter Zugvogel, den seine biologische Uhr im Stich gelassen hat, unternahm Piper seinen Nachmittagsspaziergang. Es war Sommer, und er hätte sich ins Landesinnere, in preiswertere Breiten begeben sollen, doch die Atmosphäre von Exforth hielt ihn gefangen. Das hübsche kleine Seebad, wie aus der Zeit um die Jahrhundertwende, ziemlich etepetete und mit einem gewissen altmodischen Flair, half Piper, die Kluft zwischen Davos und East Finchley zu überbrücken. Thomas Mann, so fand er, hätte Exforth gemocht mit seinem botanischen Garten, seinem Minigolfplatz, seinem Pier und seinen Toiletten mit Mosaikfußböden, mit seinem Musikpavillon und seinen Reihen balustradenverzierter Pensionen, die gen Süden in Richtung Frankreich blickten. Es standen sogar ein paar Palmen in dem kleinen Park, der die Pension Gleneagle von der Strandpromenade trennte. Piper spazierte unter diesen Palmen hindurch und erklomm pünktlich zum Tee die Treppe zur Pension.

Stattdessen wartete in der Diele Sonia Futtle auf ihn. Sie war im Eiltempo aus London angereist und hatte sich unterwegs ihre Taktik zurechtgelegt, und die kurze Auseinandersetzung mit Mrs. Oakley über die Frage Kaffee oder nicht Kaffee für Nichthotelgäste hatte ihrer Laune den letzten Kick verpaßt. Piper hatte sie nicht nur als Literaturagentin, sondern auch als Frau zurückgewiesen, und als Frau war mit ihr nicht zu spaßen.

»Jetzt hören Sie mir aber mal zu«, sagte sie in einer Dezibelstärke, die sicherstellte, daß jeder in der Pension ihrer Aufforderung nachkam. »Da kommen Sie nicht so leicht wieder raus. Sie haben Geld angenommen, und Sie...«

»Um Gottes willen«, zischte Piper, »schreien Sie nicht so. Was sollen die Leute denken?«

Das war eine dumme Frage. In den Fluren standen die Pensionsgäste und glotzten. Was sie dachten, war offensichtlich.

»Daß Sie ein Mann sind, dem keine Frau trauen kann«, brüllte Sonia, ihren Vorteil nutzend, »daß Sie Ihr Wort brechen, daß Sie...«

Doch Piper war schon auf der Flucht. Während er die Treppe hinunterlief und auf die Straße floh, folgte ihm Sonia, pausenlos zeternd.

»Sie haben mich absichtlich getäuscht. Sie haben meine Unerfahrenheit ausgenutzt, um mich im Glauben zu wiegen...«

Piper rannte wie gehetzt über die Straße und in den Park hinein. »Ich habe Sie getäuscht?« ging er unter den Palmen zum Gegenangriff über. »Sie haben mir erzählt, das Buch sei...«

»Nein, habe ich nicht. Ich sagte, es ist ein Bestseller. Ich habe nie behauptet, es sei gut.«

»Gut? Es ist ekelhaft. Es ist reine Pornographie. Es zieht alles in den Schmutz...«

»Pornographie? Sie machen wohl Witze! Weil Sie seit Hemingway nichts mehr gelesen haben, haben Sie die fixe Idee, jedes Buch, das sich mit Sex beschäftigt, ist pornographisch.«

»Nein, das stimmt nicht«, protestierte Piper, »ich wollte sagen, es untergräbt die Grundlagen der englischen Literatur...«

»Verschonen Sie mich mit diesem Quatsch. Daß Frenzy an Sie als Autor glaubte, haben Sie schamlos ausgenutzt. Seit zehn Jahren versucht er, für Sie einen Verleger zu finden, und jetzt, wo er schließlich einen Abschluß erzielt hat, da schmeißen Sie uns die Klamotten vor die Füße.«

»Das ist nicht wahr. Ich hatte keine Ahnung, daß das Buch dermaßen schlecht ist. Ich muß an meinen Ruf denken, und wenn mein Name auf diesem . . .«

»Ihr Ruf? Was ist denn mit Ihrem Ruf?« wollte Sonia wissen, als sie streitend an ein paar Leuten vorbeigingen, die an der Bushaltestelle Schlange standen. »Haben Sie mal daran gedacht, was Sie damit anfangen können?«

Piper schüttelte den Kopf.

»Wo ist nun Ihr Ruf? Als was denn?«

»Als Schriftsteller«, sagte Piper.

Sonia drehte sich der Schlange zu. »Hat hier schon mal einer von Ihnen gehört?«

Das hatte augenscheinlich keiner. Piper flüchtete weiter in Richtung Strand.

»Und was noch wichtiger ist, niemand wird jemals was von Ihnen hören«, rief Sonia. »Glauben Sie etwa, Corkadales werden *Auf der Suche* noch herausbringen? Da können Sie lange warten. Die werden Sie vor Gericht schleppen, finanziell ruinieren und dann auf die schwarze Liste setzen.«

»Mich auf die schwarze Liste?« fragte Piper.

»Die schwarze Liste mit den Autoren, die nie veröffentlicht werden.«

»Corkadales ist nicht der einzige Verlag«, sagte ein inzwischen gründlich verwirrter Piper.

»Stehen Sie erstmal auf der schwarzen Liste, dann nimmt Sie keiner mehr«, sagte Sonia und ließ ihren Erfindungsreichtum spielen. »Dann sind Sie am Ende. Als Schriftsteller *finito*.«

Piper starrte hinaus aufs Meer und dachte darüber nach, wie es wohl wäre, wenn man als Schriftsteller *finito* war. Es war eine erschreckende Aussicht.

»Glauben Sie wirklich...«, fing er an, aber Sonia hatte ihre Taktik bereits gewechselt.

»Du hast mir gesagt, daß du mich liebst«, schluchzte sie und sank direkt neben einem Paar mittleren Alters in den Sand. »Du hast gesagt, wir würden...«

»Lieber Himmel«, sagte Piper, »hören Sie auf damit. Nicht hier.«

Aber Sonia machte weiter, da und anderswo stellte sie ihre private Pein zur Schau, kombiniert mit der Androhung juristischer Schritte, falls Piper seinen geschäftlichen Verpflichtungen nicht nachkomme, und mit der Aussicht auf Ruhm als genialer Schriftsteller, wenn er es täte. Nach und nach geriet seine Entschlossenheit ins Wanken. Die schwarze Liste hatte ihn richtig fertiggemacht.

»Ich könnte immer noch unter einem anderen Namen schreiben, nehme ich an«, sagte er, als sie am Ende der Mole angelangt waren. Aber Sonia schüttelte den Kopf.

»Liebling, du bist so naiv«, sagte sie. »Weißt du denn nicht, daß man sofort erkennt, was aus deiner Feder stammt? Du kannst deiner Einzigartigkeit, deiner originellen Brillanz nicht entkommen...«

»Wohl kaum«, sagte Piper bescheiden, »da ist vermutlich viel Wahres dran.«

»Natürlich ist da was dran. Du bist ja nicht irgend so 'n Zeilenschinder, der Bücher auf Bestellung ausstößt. Du bist du, Peter Piper. Frenzy hat es schon immer gesagt, dich gibt's nur einmal.«

»Wirklich?« fragte Piper.

»In dich hat er mehr Zeit investiert als in jeden anderen unserer Autoren. Er hat an dich geglaubt, und das ist deine große Gelegenheit, die Chance für den Durchbruch...«

»Mit dem grauenhaften Buch eines anderen«, gab Piper zu bedenken.

»Dann ist es eben von einem anderen, und wenn schon, es hätte genausogut von dir sein können. Wie Faulkner mit *Die Freistatt* und der Vergewaltigung mit dem Maiskolben.«

»Soll das heißen, Faulkner hat das Buch nicht selbst geschrieben?« sagte Piper verdattert.

»Das heißt, er hat. Er mußte es tun, damit man auf ihn aufmerksam wurde und er seinen Durchbruch hatte. Vor *Freistatt* hat ihn kein Mensch gekauft, und danach war er berühmt. Bei *Jahre* brauchst du das nicht zu machen. Deine künstlerische Integrität bleibt unversehrt.«

»In diesem Licht habe ich es noch nie betrachtet«, sagte Piper.

»Und wenn man dich später als großen Romancier kennt, kannst du deine Autobiographie schreiben und der Welt über *Jahre* reinen Wein einschenken«, sagte Sonia.

»Das allerdings«, sagte Piper.

»Dann kommst du mit?«

»Ja. Ja, ich komme.«

»Oh, Liebling.«

Sie küßten sich am Ende der Mole, und die Flut, die unter dem Mond sanft anstieg, plätscherte zu ihren Füßen.

7

Zwei Tage später spazierte eine zwar erschöpfte, aber triumphierende Sonia ins Büro und verkündete, sie habe Piper überredet, seine Meinung zu ändern.

»Du hast ihn wieder mitgebracht?« fragte Frensic skeptisch. »Nach *dem* Telegramm? Guter Gott, du mußt die arme Sau mit deinem geballten Charme ja förmlich becirct haben. Wie hast du das um alles in der Welt geschafft?«

»Eine Szene gemacht und Faulkner zitiert«, sagte Sonia einfach.

Frensic war entsetzt. »Nicht wieder Faulkner. Den hatten wir letzten Sommer. Selbst Thomas Mann läßt sich leichter nach East Finchley versetzen. Immer wenn ich jetzt einen Mast sehe, muß ich an...«

»Es ging um *Die Freistatt*.«

Frensic seufzte auf. »Das wird wohl besser sein. Trotzdem, allein der Gedanke, daß Mama Piper in irgendeinem Bordell in Memphis-plus-Golders-Green endet... Und du willst damit sagen, er ist bereit, die Promotion-Tour durchzuziehen? Unglaublich!«

»Du vergißt, ich bin eine Verkäuferin«, sagte Sonia. »Ich könnte Höhensonnen in der Sahara verkaufen.«

»Ich glaub's dir. Nach seinem Brief an Geoffrey dachte ich, wir wären erledigt. Und er hat sich wirklich damit abgefunden, der Autor von etwas zu sein, das er das abstoßendste Werk, das er zu seinem Leidwesen zu lesen gezwungen war, genannt hat?«

»Er betrachtet es als notwendigen Schritt auf dem Weg zur

Anerkennung«, sagte Sonia. »Ich konnte ihn davon überzeugen, daß es seine Pflicht ist, sein geschärftes kritisches Bewußtsein zu unterdrücken, um schließlich...«

»Kritisches Bewußtsein am Arsch«, sagte Frensic, »aber für mich ist es eine echte Erleichterung, wenn ihr euch in Richtung Staaten entfernt. Der Krug geht so lange zum Brunnen, bis er bricht, und...«

»Dieser Krug und dieser Brunnen nicht«, sagte Sonia selbstgefällig. »Kommt nicht in Frage. Piper kommt auf die Mattscheibe...«

»Wie ein Lamm, das zur Schlachtbank geführt wird?« meinte Frensic.

Es war ein passendes Gleichnis, und es war auch Piper bereits eingefallen, dem die ersten Bedenken kamen.

»Nicht, daß ich an meiner Liebe zu Sonia zweifle«, vertraute er seinem Tagebuch an, das nun, nachdem er zu Sonia gezogen war, statt *Auf der Suche* sein zentrales Forum der Selbstdarstellung geworden dar. »Doch mit Sicherheit läßt sich der Standpunkt vertreten, daß meine Integrität als Künstler auf dem Spiel steht, ganz gleich, was Sonia über Villon sagen mag.«

Das Ende Villons bot sich für Piper jedenfalls nicht als praktikable Lösung an. Um sein Gewissen zu beruhigen, widmete er sich von neuem dem Faulkner-Interview in dem Buch *Schriftsteller bei der Arbeit*. Was Faulkner über den Künstler zu sagen hatte, war überaus beruhigend. »Er ist insoweit völlig amoralisch«, las Piper, »als er von allen und jedem rauben, borgen, erbetteln oder stehlen wird, um seine Arbeit fertigzustellen.« Piper las das Interview in einem Zug durch und kam zu dem Schluß, daß es womöglich ein Fehler gewesen war, daß er seine faulknersche, in Yoknapatawpha spielende Fassung von *Auf der Suche* zugunsten von *Der Zauberberg* ad acta gelegt hatte. Frensic war dagegen gewesen, mit der Begründung, für die Geschichte einer Jugend sei die Prosa ein bißchen zu knorrig. Andererseits war Frensic ja reichlich kommerziell orientiert. Daß Frensic so fest an ihn glaubte, war für Piper eine echte Überraschung gewesen. Ihm war nämlich langsam der Verdacht gekommen, daß Frensic ihn mit alljährlichen Essenseinladungen bloß abspeise, doch Sonia hatte ihn wieder beruhigt. Die liebe Sonia. Sie war ein wahrer Trost für ihn. Piper hielt dies mit einer überschwenglichen Notiz in seinem Tagebuch fest, dann stellte er den Fernseher an. Die Zeit drängte, und er mußte sich entscheiden, was für ein Image er in der Sendung »Bücherjournal« präsentieren wollte. Sonia hatte gesagt, Image sei sehr wichtig, und so wählte Piper, unterstützt von seinem bekannten Imitationstalent, schließlich Herbert Herbison als Vorbild. Als Sonia an diesem Abend nach Hause kam, sah sie ihn vor dem Spiegel der Frisierkommode seinem Spiegelbild alliterierende Plattheiten zumurmeln.

»Du mußt einfach du selbst sein«, sagte sie zu ihm. »Es hat keinen Zweck, wenn du versuchst, andere Leute zu kopieren.«

»Ich selbst?« fragte Piper.

»Ganz natürlich. So wie du in meiner Gegenwart bist.«

»Meinst du, dann geht alles klar?«

»Liebling, es wird ganz prima. Ich habe mit Eleanor Beazley gesprochen, sie wird dich nicht in die Mangel nehmen. Du kannst ihr alles über deine Arbeitsmethoden und Füller und so weiter erzählen.«

»Hauptsache sie fragt mich nicht, warum ich das verdammte Buch geschrieben habe«, sagte Piper trübsinnig.

»Du wirst das ganz toll machen«, meinte Sonia zuversichtlich. Drei Tage später bestand sie immer noch darauf, daß alles ganz prima funktionieren werde, als man Piper im Fernsehstudio zur Maske abholte, um ihn für das Interview zurechtzumachen.

Ausnahmsweise hatte sie mal unrecht. Selbst Geoffrey Corkadale, dessen Autoren nur selten Auflagenhöhen erklommen, die ausreichten, ihr Erscheinen in der Fernsehsendung

»Bücherjournal« zu rechtfertigen, und der daher diese Sendung in der Regel ignorierte, sah auf den ersten Blick, daß Piper, um es vorsichtig auszudrücken, nicht er selbst war. Das teilte er auch Frensic mit, von dem er an diesem Abend eingeladen worden war, falls sich noch einmal die Notwendigkeit nach einer neuen Beantwortung der Frage stellen sollte, wer denn nun tatsächlich *Die Jahre wechseln, es lockt die Jungfrau* geschrieben hatte.

»Jetzt wo Sie's sagen: Ich glaube auch nicht, daß er er selbst ist«, sagte Frensic, der nervös auf das Fernsehbild starrte. Piper hatte eindeutig etwas Leidendes an sich, wie er so Eleanor Beazley gegenübersaß, während der Titel der Sendung ausgeblendet wurde.

»Heute habe ich Mr. Peter Piper hier im Studio«, sagte Miss Beazley in Richtung Kamera, »den Autor eines Erstlingsromans, *Die Jahre wechseln, es lockt die Jungfrau,* der in Kürze bei Corkadales veröffentlicht wird, Preis drei Pfund fünfundneunzig, und der für die unerhörte Summe von...« (es gab einen lauten Knall, weil Piper gegen das Mikrophon trat) »an einen amerikanischen Verleger verkauft wurde.«

»An unerhört ist was dran«, sagte Frensic. »Dieses Häppchen Reklame hätten wir gut gebrauchen könnnen.«

Miss Beazley tat ihr Bestes, die Tonstörung wieder auszubügeln. Sie wandte sich an Piper. »Für einen Erstlingsroman sind zwei Millionen Dollar eine sehr große Summe«, sagte sie, »für Sie war es bestimmt ein ziemlicher Schock, als Ihnen auf einmal...«

Es rumste wieder, als Piper seine Beine übereinanderschlug. Diesmal gelang es ihm, gleichzeitig gegen das Mikrophon zu treten und ein Glas Wasser auf dem Tisch umzukippen.

»Tut mir leid«, schrie er.

Miss Beazley zeigte weiter ihr erwartungsvolles Lächeln, während ihr das Wasser am Bein heruntertröpfelte. »Ja, es war wohl ein ziemlicher Schock.«

»Nein«, sagte Piper.

»Ich wünschte bei Gott, er würde nicht dauernd so zukken«, sagte Geoffrey. »Man könnte ja meinen, er hat den Veitstanz.«

Miss Beazley lächelte beflissen. »Würden Sie uns wohl freundlicherweise ein paar Worte darüber sagen, wie Sie überhaupt dazu kamen, dieses Buch zu schreiben?« fragte sie.

Piper glotzte angsterfüllt in eine Million Haushalte. »Ich bin gar nicht...« fing er an, dann schleuderte er sein Bein wie elektrisiert nach vorn und warf das Mikro zu Boden. Frensic schloß die Augen. Aus dem Gerät drangen gedämpfte Stimmen. Als er wieder hinsah, füllte Miss Beazleys penetrantes Lächeln den Bildschirm.

»*Die Jahre wechseln* ist ein äußerst ungewöhnliches Buch«, sagte sie gerade. »Es ist die Geschichte eines jungen Mannes, der sich in eine Frau verliebt, die viel älter ist als er. Hat dieses Thema Sie schon seit längerem beschäftigt? Ich meine, hat es Sie regelrecht in seinen Bann gezogen?«

Wieder füllte Pipers Gesicht den Schirm. Auf seiner Stirn konnte man Schweißperlen erkennen, sein Mund bewegte sich unkontrolliert. »Ja«, brüllte er schließlich.

»Herr im Himmel, ich glaube, das halte ich nicht mehr aus«, sagte Geoffrey. »Der arme Kerl sieht aus, als platzt er jeden Moment.«

»Und haben Sie für die Niederschrift des Buches lange gebraucht?« fragte Miss Beazley.

Wieder kämpfte Piper um Worte, dabei blickte er sich verzweifelt im Studio um. Endlich trank er einen Schluck Wasser und sagte »Ja.«

Frensic wischte sich die Stirn mit einem Taschentuch.

»Um das Thema zu wechseln«, sagte die unermüdliche Miss Beazley, deren Lächeln inzwischen von einem eindeutig irren Frohsinn gezeichnet war, »wenn ich recht verstanden habe, verwenden Sie bei Ihrer Arbeit ganz eigenständige Methoden. Sie erzählten mir vorhin, daß Sie immer alles mit der Hand schreiben?«

»Ja«, sagte Piper.

»Und Sie rühren Ihre Tinte selbst an?«

Piper knirschte mit den Zähnen und nickte.

»Die Idee haben Sie von Kipling?«

»Ja. *Etwas von mir.* Da ist es drin«, sagte Piper.

»Wenigstens kommt er ein bißchen in Schwung«, sagte Geoffrey, dessen Hoffnung durch Miss Beazleys Unkenntnis der Autobiographie Kiplings prompt zunichte gemacht wurde.

»In Ihrem Roman steckt etwas von Ihnen?« fragte sie hoffnungsvoll. Piper starrte sie zornig an. Ganz augenscheinlich mochte er die Frage nicht.

»Die Tinte«, sagte er, »die ist in *Etwas von mir.*«

Miss Beazleys Lächeln drückte Verwirrung aus. »Tatsächlich? Die Tinte?«

»Er hat sie sich selbst angerührt«, sagte Piper, »besser gesagt, er hatte einen Jungen zum Anrühren«.«

»Einen Jungen? Wie überaus interessant«, sagte Miss Beazley und suchte nach einem Ausweg aus diesem Wirrwarr. Piper verweigerte ihr jede Hilfe.

»Wenn man sich die chinesische Tusche selber anrührt, wird sie schwärzer.«

»Das kann ich mir gut vorstellen. Und Sie haben die Erfahrung gemacht, daß Ihnen sehr schwarze chinesische Tusche beim Schreiben hilft?«

»Nein«, sagte Piper, »sie verkleistert die Feder. Ich habe versucht, sie mit normaler Tinte zu verdünnen, aber das hat auch nichts geholfen. Sie gelangt in die Gänge und verstopft sie.« Er hielt plötzlich inne und starrte Miss Beazley an.

»Gänge? Sie verstopft die Gänge?« sagte sie, offenbar in der Annahme, Piper spiele auf einen merkwürdigen Inspirationskanal an. »Sie meinen, Ihnen fiel auf, daß Ihre…« Sie rang nach einem weniger altmodischen Wort, gab den Kampf um Modernität aber auf. »Sie bemerkten, daß Ihre Muse nicht…«

»Dämon«, sagte Piper unvermittelt, immer noch in der Rolle Kiplings.

Miss Beazley steckte die Beleidung spielend weg. »Sie sprachen von Tusche«, sagte sie.

»Ich sagte, sie verstopft die Gänge im Füllhalter. Ich konnte nie mehr als ein Wort auf einmal schreiben.«

»Das überrascht mich kaum«, sagte Geoffrey. »Wenn er's könnte, wär's verdammt merkwürdig.«

Offenbar war dieser Gedanke auch Piper gekommen. »Ich meine, ich mußte andauernd innehalten und die Spitze abwischen«, erklärte er. »Daher mache ich es jetzt so, daß ich...« Er machte eine Pause. »Es klingt albern.«

»Es klingt irre«, sagte Geoffrey, doch davon wollte Miss Beazley nichts wissen.

»Reden Sie weiter«, ermunterte sie Piper.

»Nun ja, inzwischen besorge ich mir eine Flasche Midnight Black, lasse sie ein wenig eintrocknen und dann, wenn sie etwas pappig wird, wenn Sie wissen, was ich meine, tauche ich meine Feder hinein und...«, stammelte Piper und war ruhig.

»Wie ungemein interessant«, sagte Miss Beazley.

»Tja, wenigstens hat er was gesagt, auch wenn's nicht besonders erbaulich war«, befand Geoffrey. Frensic neben ihm starrte verzweifelt auf den Bildschirm. Inzwischen war ihm klar, daß er sich niemals hätte breitschlagen lassen und diesem Komplott zustimmen dürfen. Es mußte in einem Desaster enden. Genau das galt auch für die Sendung. Miss Beazley versuchte, das Gespräch wieder auf das Buch zu lenken.

»Als ich Ihren Roman las«, sagte sie, »war ich von Ihrem Verständnis dafür beeindruckt, daß die Sexualität einer reifen Frau danach drängt, sich physisch zu äußern. Irre ich mich etwa in der Annahme, daß sich in Ihrem Werk ein autobiographisches Element findet?«

Piper glotzte sie bösartig an. Schlimm genug, daß er angeblich *Die Jahre wechseln, es lockt die* ekelhafte *Jungfrau* verfaßt hatte, nun auch noch als Hauptdarsteller dieses perversen Trauerspiels zu gelten, war mehr, als er ertragen konnte. Frensic fühlte mit ihm und krümmte sich in seinem Stuhl.

»Was sagen Sie da?« schrie Piper und fiel in seine aufbrausende Art zurück. Diesmal kombinierte er sie mit flüssigen Formulierungen. »Glauben Sie etwa wirklich, ich billige dieses schmutzige Buch?«

»Also, natürlich dachte ich...«, begann Miss Beazley, doch Piper wischte ihre Einwände beiseite.

»Dieses Machwerk widert mich an. Ein Junge und eine achtzigjährige Frau. Es setzt die Grundwerte der englischen Literatur herab. Es ist ein widerliches, monströses, abartiges Buch, man hätte es nie veröffentlichen dürfen, und wenn Sie glauben...«

Aber die Zuschauer des »Bücherjournals« sollten nie erfahren, was Miss Beazley Pipers Ansicht nach glaubte. Eine Gestalt warf sich zwischen Kamera und die beiden auf ihren Stühlen, eine massive und deutlich sehr beunruhigte Gestalt, die »Schnitt! Schnitt!« rief und beängstigend mit den Händen in der Luft herumfuchtelte.

»Allmächtiger Gott«, stieß Geoffrey hervor, »was zum Teufel geht da vor?«

Frensic sagte nichts. Er schloß die Augen, um nicht sehen zu müssen, wie Sonia Futtle in dem Fernsehstudio herumtobte und verzweifelt zu verhindern suchte, daß Pipers Beichte ihr riesiges Publikum erreichte. Aus dem Gerät war nun ein besonders erschreckendes Knacken zu hören. Frensic öffnete die Augen gerade noch rechtzeitig, um das Mikrophon kurz durch die Luft fliegen zu sehen; in der anschließenden Stille konnte er das nun folgende Chaos beobachten. In dem verständlichen Glauben, eine Wahnsinnige sei irgendwie ins Studio geraten und wolle sie angreifen, tauchte Miss Beazley aus ihrem Stuhl und hechtete zur Tür. Piper starrte wild um sich, während Sonia, da sich ihr Fuß in einem Kabel verfangen hatte, quer über die gläserne Tischplatte eine Bruchlandung vollführte und anschließend lange und aufschlußreich auf dem Boden liegenblieb. Einen Moment lang lag sie noch da und strampelte mit den Beinen, dann verschwand das Bild, und ein Schild erschien auf der Mattscheibe. Darauf stand: AUS GRÜNDEN, DIE SICH UNSERER KON-

TROLLE ENTZIEHEN, WURDE DIE ÜBERTRAGUNG VORÜBERGE-
HEND EINGESTELLT. Frensic stierte es böse an. Ihm kam es
völlig überflüssig vor. Daß die Lage inzwischen außer Kontrolle geraten war, lag klar auf der Hand. Dank Pipers Aufge-
blasenheit und Sonia Futtles grauenhafter Intervention war
seine Karriere als Literaturagent am Ende. Die Morgenzei-
tungen brachten bestimmt lauter Sensationsberichte über den
Autor, der keiner war. Hutchmeyer würde den Vertrag an-
nullieren und sie mit ziemlicher Sicherheit auf Schadensersatz
verklagen. Es gab unendlich viele Möglichkeiten, und alle
waren sie furchtbar. Als sich Frensic umdrehte, bemerkte er,
daß Geoffrey ihn neugierig ansah.

»Das war doch Miss Futtle, oder?« fragte er.

Frensic nickte stumm.

»Warum um alles in der Welt hat sie sich so durch die Gegend gehechtet? Sowas Merkwürdiges habe ich in meinem
ganzen Leben noch nicht gesehen. Ein verdammter Autor
macht seinen eigenen Roman nach Strich und Faden fertig.
Wie nannte er ihn doch gleich? Ein widerliches, abartiges
Buch, das die Grundwerte der englischen Literatur herab-
setzt. Und ehe man sich versieht, kommt seine eigene Agen-
tin, führt sich auf wie ein riesenhaftes Rumpelstilzchen, brüllt
›Schnitt!‹ und schmeißt Mikros durch die Gegend. Der rein-
ste Alptraum.«

Verzweifelt suchte Frensic nach einer Erklärung. »Man
könnte es ein Happening nennen, nehme ich an«, murmelte
er.

»Ein Happening?«

»Na, Sie wissen schon, so eine Art zufälliges, belangloses
Ereignis«, meinte Frensic lahm.

»Ein zufälliges... belangloses...?« sagte Geoffrey. »Falls
Sie glauben, es wird nur ein belangloses Nachspiel geben...«

Frensic gab sich alle Mühe, nicht daran zu denken. »So
wurde jedenfalls ein denkwürdiges Interview draus«, sagte er.

Geoffrey schaute ihn mit großen Augen an. »Denkwürdig?

Es wird in die Geschichte eingehen, da bin ich ziemlich sicher.« Er machte eine Pause und sah Frensic mit offenem Mund an. »Ein Happening? Sie sagten Happening. Herr im Himmel, wollen Sie damit andeuten, Sie haben die beiden dazu angestiftet?«

»Ich habe was?« sagte Frensic.

»Dazu angestiftet. Sie haben dieses Tohuwabohu absichtlich inszeniert! Sie haben Piper dazu gebracht, daß er all diese sonderbaren Sachen über seinen eigenen Roman sagt, und dann platzt Miss Futtle herein und fängt an zu toben, und damit haben Sie den größten Werbegag...«

Frensic dachte kurz über diese Erklärung nach und fand, sie klang besser als die Wahrheit. »Es war doch eine ziemlich gute Reklame«, stellte er bescheiden fest. »Ich finde, die meisten dieser Interviews sind doch eher zahm.«

Geoffrey genehmigte sich noch einen Whisky. »Also, ich muß wirklich den Hut vor Ihnen ziehen«, sagte er. »Ich hätte nie die Chuzpe gehabt, mir so ein Ding einfallen zu lassen. Allerdings stand dieser Eleanor Beazley sowas schon seit Jahren ins Haus.«

Langsam entspannte sich Frensic. Hoffentlich bekam er Sonia zu fassen, ehe sie festgenommen wurde oder was man sonst mit Leuten anstellt, die in Fernsehstudio hineinplatzen und Sendungen unterbrechen, und bevor Piper mit seinem literarischen Dünkel noch mehr Schaden anrichtete; vielleicht konnte er dann aus dieser Katastrophe noch etwas retten.

Das war inzwischen nicht mehr notwendig. Sonia und Piper hatten das Studio bereits fluchtartig verlassen, verfolgt von Eleanor Beazleys schriller Stimme, die Drohungen und Verwünschungen ausstieß, und dem noch schrilleren Versprechen des Produzenten, er werde juristische Schritte einleiten. Sie flüchteten über den Flur in einen Fahrstuhl und schlossen die Tür.

»Was hast du damit gemeint, als...«, begann Piper auf dem Weg nach unten.

»Geh doch zum Teufel!« sagte Sonia. »Wäre ich nicht gewesen, du hättest uns bis zum Haaransatz in die Scheiße geritten, so wie du das Maul aufgerissen hast.«

»Na, sie hat gesagt...«

»Scheißegal was sie gesagt hat«, schrie Sonia, »was *du* gesagt hast, hat mich aufgeregt. Macht 'n prima Eindruck, wenn ein Autor 'ner halben Million Zuschauer erzählt, sein eigener Roman ist Mist.«

»Aber es ist doch gar nicht mein eigener Roman«, sagte Piper.

»Und wie er das ist. Jetzt ist er's. Warte, bis du die Zeitungen von morgen siehst. Mit den Schlagzeilen wirst du berühmt. AUTOR VERREISST SEINEN EIGENEN ROMAN IM FERNSEHEN. Selbst wenn du *Jahre* nicht geschrieben hast – das zu beweisen wird dir verdammt schwerfallen.«

»O Gott«, sagte Piper. »Was sollen wir machen?«

»Wir machen uns so schnell wie möglich dünne«, sagte Sonia, als sich die Fahrstuhltüren öffneten. Sie durchquerten das Foyer und gingen hinaus zum Auto. Sonia fuhr, und zwanzig Minuten später waren sie wieder in ihrer Wohnung.

»Pack jetzt deine Sacken«, sagte sie. »Wir hauen ab, bevor uns die Presse erwischt.«

Piper packte, geplagt von widersprüchlichen Empfindungen. Er hatte die geistige Urheberschaft für ein furchtbares Buch am Hals, ob er wollte oder nicht, er hatte sich zu einer Promotion-Tour durch die Staaten verpflichtet, und er war in Sonia verliebt. Nach dem Packen versuchte er ein letztes Mal, Widerstand zu leisten.

»Schau mal, ich glaube, ich kann das wirklich nicht weitermachen«, sagte er, während Sonia ihren Koffer in Richtung Tür schleppte. »Ich meine, meine Nerven halten das nicht aus.«

»Glaubst du, ich habe bessere Nerven – und was ist mit Frenzy? Ein Schock wie der hätte ihn umbringen können. Er hat ein Herzleiden.«

»Ein Herzleiden?« sagte Piper. »Das wußte ich nicht.«

95

Genausowenig wie Frensic, den sie eine Stunde später aus einer Telefonzelle anrief.

»Was habe ich?« sagte er. »Du weckst mich mitten in der Nacht, um mir zu sagen, ich habe ein Herzleiden?«

»Nur so konnte ich verhindern, daß er den Krempel hinwirft. Diese Beazley hat ihn vom Hocker gehauen.«

»Die ganze Sendung hat mich vom Hocker gehauen«, sagte Frensic, »und was noch schlimmer war, ich hatte die ganze Zeit auch noch den brabbelnden Geoffrey neben mir sitzen. Ist für einen angesehenen Verleger ein nettes Erlebnis, wenn er zuschaut, wie einer seiner Autoren das eigene Buch ein widerliches, abartiges Machwerk nennt. Das ist Balsam für die Seele. Und um dem Ganzen die Krone aufzusetzen, dachte Geoffrey auch noch, ich hätte dich dazu angestiftet, rumzurennen und ›Schnitt!‹ zu brüllen.«

»Mich angestiftet?« sagte Sonia. »Ich mußte es tun, sonst hätte...«

»*Ich* weiß das alles, aber *ihm* war es nicht klar. Er hält es für eine Art Werbegag.«

»Aber ist ja toll«, sagte Sonia. »So bekommen wir den Hals wieder aus der Schlinge.«

»So bekommen wir ihn hinein, wenn du mich fragst«, meinte Frensic grimmig. »Wo bist du eigentlich? Weshalb die Telefonzelle?«

»Wir fahren nach Southampton«, sagte Sonia. »Jetzt, bevor er seine Meinung wieder ändert. Auf der *Queen Elizabeth II* ist noch eine Koje zu haben, und sie legt morgen ab. Ich gehe kein Risiko mehr ein. Wir nehmen das Schiff, und wenn ich mir den Weg an Bord mit Schmiergeld erkaufen muß. Und wenn das nicht klappt, sperre ich ihn so lange in 'nem Hotel ein, wo die Presse nicht an ihn rankommt, bis er auswendig weiß, was er über *Jahre* zu sagen hat.«

»Auswendig? Das klingt ja, als wäre er ein Zirkuspapagei...«

Doch Sonia hatte aufgelegt, saß schon wieder im Wagen und fuhr in Richtung Southampton.

Am nächsten Morgen stapfte ein verwirrter und müder Piper
auf wackligen Beinen die Gangway rauf in seine Kabine. Sonia machte im Büro des Zahlmeisters halt. Sie hatte ein Telegramm an Hutchmeyer aufzugeben.

8

In New York bekam Hutchmeyer das Telegramm von Mac-Mordie, seinem stellvertretenden Chefassistenten, gebracht.

»Sie kommen also früher«, sagte Hutchmeyer. »Ist auch egal. Müssen bloß die Sache ein bißchen schneller ins Rollen bringen. Also, MacMordie, ich will von Ihnen die größte Demonstration organisiert haben, die Sie hinkriegen. Und damit meine ich die größte. Haben Sie irgendeine Vorstellung?«

»Bei so 'm Buch kann ich mir nur vorstellen, daß alte Weiber über ihn herfallen wie über die Beatles.«

»Alte Weiber fallen nicht über die Beatles her.«

»Na gut, dann ist er eben der wiederauferstandene Valentino. Wer auch immer. Irgendein großer Star aus den Zwanzigern.«

Hutchmeyer nickte. »Das klingt schon besser«, sagte er. »Der Nostalgietrick. Das reicht aber nicht. Mit alten Weibern schafft man keine große Breitenwirkung.«

»Überhaupt keine«, sagte MacMordie. »Angenommen, dieser Piper wäre ein schwulenbewegter Judenfresser mit 'm kubanischen Nigger namens O'Hara als Freund, da könnte ich wirklich 'n ordentlichen Trupp auf die Beine stellen. Aber bei einem Produkt, das alte Weiber vögelt...«

»MacMordie, wie oft muß ich's Ihnen denn noch sagen, daß Produkt und Action zwei völlig verschiedene Dinge sind? Da muß gar kein Zusammenhang bestehen. Man muß die Sache in die Medien bringen, ganz egal wie.«

»Ja, aber bei 'm britischen Autor, von dem noch niemand

was gehört hat und der neu auf dem Markt ist, wen interessiert das?«

»Mich«, sagte Hutchmeyer. »Mich interessiert's, und ich will, daß es hundert Millionen Fernsehzuschauer auch interessiert. Und damit meine ich Interesse. Dieser Bursche, Piper, muß heute in einer Woche berühmt sein, wie, ist mir egal. Sie können machen, was Sie wollen, Hauptsache ist, er geht an Land und hier herrscht ein Rummel wie bei Lindberghs erster Atlantiküberquerung. Besorgen Sie sich also 'ne Pussy-Truppe und alle Pressure-Groups und Lobbyisten, die Sie auftreiben können, und sorgen Sie dafür, daß er Charisma bekommt.«

»Charisma?« meinte McMordie zweifelnd. »Bei dem Foto von ihm, das wir für den Umschlag haben, wollen Sie auch noch Charisma? Der sieht doch krank aus oder was weiß ich.«

»Dann ist er eben krank! Wer will denn wissen, wie er aussieht? Wichtig ist bloß, daß er über Nacht in den Gebeten aller alten Schachteln die Nummer eins wird. Und schalten Sie die Frauenbewegung ein, das mit den Tunten war übrigens auch 'ne gute Idee von Ihnen.«

»Mit 'nem Haufen kleiner alter Damen, der Emanzen-Brigade und den Schwulen unten an den Docks – ist gut möglich, daß wir's mit 'nem richtigen Aufstand zu tun bekommen.«

»Genau«, sagte Hutchmeyer, »ein Aufstand. Setzen Sie die ganze Rotte auf ihn an. Ein Bulle wird verwundet – gut. Eine alte Dame kriegt 'n Herzanfall – auch gut. Wird sie in die Jauche geschubst – noch besser. Wenn wir mit seinem Image fertig sind, soll Piper das Gefühl haben, er ist der Fänger persönlich.«

»Fänger?« sagte MacMordie.

»Der Rattenfänger, Herrgottnochmal.«

»Ratten? Ratten wollen Sie auch noch?«

Hutchmeyer schaute ihn trübselig an. »Manchmal glaube ich, MacMordie, Sie müssen einfach ein gottverdammter Analphabet sein«, knurrte er. »Man könnte meinen, Sie hätten noch nie was von Edgar Allan Poe gehört. Und noch was. Wenn Piper hier bei uns die Chose publicitymäßig ordentlich zum Kochen gebracht hat, möchte ich ihn ins Flugzeug nach Maine verfrachtet haben. Baby will ihn kennenlernen.«

»Mrs. Hutchmeyer will diese trübe Tasse kennenlernen?« fragte MacMordie.

Hutchmeyer nickte hilflos. »Stimmt. Genauso wie sie mich dauernd genervt hat, ich sollte ihr diesen Typen beschaffen, der mit dem Buch, wo er sich dauernd seine Gurke befingert. Verdammt noch eins, wie hieß der Kerl?«

»Portnoy«, sagte MacMordie. »Wir haben ihn nicht erwischt. Er konnte nicht kommen.«

»Hat Sie das überrascht? War ein Wunder, daß er überhaupt noch gehen konnte, nach allem, was er mit sich angestellt hatte. Sowas laugt aus.«

»Außerdem waren wir nicht sein Verlag«, sagte MacMordie.

»Na ja, das kommt noch dazu«, pflichtete Hutchmeyer bei, »aber wir bringen diesen Piper raus, und wenn Baby ihn haben will, dann kriegt sie ihn auch. Wissen Sie was, MacMordie, man sollte meinen, in ihrem Alter und bei all den Operationen, die sie hinter sich hat, und wo sie Diät hält und das alles, da würde sie sich ein bißchen zurückhalten. Ich will damit sagen, bringen Sie's zweimal am Tag, und das jeden beschissenen Tag, das ganze Jahr über? Na, ich auch nicht. Aber diese Frau ist unersättlich. Die wird diesen Mösenlecker Piper bei lebendigem Leib auffressen.«

MacMordie notierte sich, daß das Firmenflugzeug für Piper reserviert werden solle. »Könnte sein, von ihm bleibt zum Fressen nicht mehr viel übrig, wenn das Empfangskomitee erstmal mit ihm fertig ist«, sagte er mißmutig. »So wie Sie's haben wollen, kann's wirklich wüst werden.«

»Je wüster, desto besser. Wenn meine abgefuckte Frau mit ihm fertig ist, wird er wissen, wie wüst es im Leben zugehen kann. Haben Sie 'ne Ahnung, worauf diese Frau inzwischen steht?«

»Nein«, sagte MacMordie.

»Bären«, sagte Hutchmeyer.

»Bären?« meinte MacMordie. »Das ist nicht Ihr Ernst. Ist das nicht ein bißchen gefährlich? Mir müßte es wirklich verdammt dreckig gehen, ehe ich auch nur an Bären dächte. Ich kannte mal 'ne Frau, die hatte einen Schäferhund, aber...«

»Das meine ich nicht«, brüllte Hutchmeyer, »liebe Güte, MacMordie, wir sprechen von meiner Frau, nicht von so 'ner versauten Irren, die's mit Hunden treibt. Zeigen Sie bitte ein wenig Respekt.«

»Aber Sie sagten doch, sie steht auf Bären, und ich dachte...«

»Das Ärgerliche bei Ihnen ist, MacMordie, daß Sie nicht denken. Sie steht also auf Bären. Heißt noch lange nicht, die Bären stehen auf sie, Menschenskind. Wer hat denn je davon gehört, daß Frauen auf irgendwas Sexuelles stehen? Ist nicht drin.«

»Ich weiß nicht recht. Ich kannte mal 'ne Frau, die hatte so einen...«

»Hören Sie mir mal gut zu, MacMordie, Sie kennen da einige verflucht schauderhafte Frauen, ohne Scherz. Sie sollten sich 'ne anständige Ehefrau anschaffen.«

»Ich hab' 'ne anständige Frau. Ich treibe mich nicht mehr rum. Habe einfach nicht mehr die Energie.«

»Sollten Weizenkeime und Vitamin E essen wie ich. Dadurch kriegt man ihn besser zum Stehen als mit irgendwas anderem. Worüber sprachen wir gerade?«

»Bären«, sagte MacMordie eifrig.

»Baby hat 'n Furz im Kopf wegen Ökologie und Natur. Hat über Tiere gelesen, die Menschen sind und sowas. Ein Bursche namens Morris hat 'n Buch geschrieben...«

»Das hab' ich auch gelesen«, sagte MacMordie.

»Nicht *der* Morris. Dieser Morris hat in 'nem Zoo gearbeitet und einen nackten Affen gehabt und ein Buch drüber geschrieben. Hat das Mistvieh wohl rasiert. Baby liest das also, und eh du dich versiehst, hat sie 'n Haufen Bären und Zeugs gekauft und um unser Haus rum freigelassen. Die ganze Gegend wimmelt von Bären, und die Nachbarn beschweren sich, gerade als ich mich für die Mitgliedschaft im Jacht-Club bewerben wollte. Eins sag' ich Ihnen, diese Frau macht mir echt Bauchschmerzen, was die einem für Probleme in den Weg räumt!«

MacMordie guckte verdutzt. »Wenn dieser Typ, Morris, auf Affen abgefahren ist, wieso steht Mrs. Hutchmeyer dann auf Bären?« fragte er.

»Wer hat denn gehört, daß sich ein beschissener nackter Affe in den Wäldern von Maine rumtreibt? Völlig ausgeschlossen. Das Biest würde sich beim ersten Schnee totfrieren, außerdem muß es schon irgendwie natürlich sein.«

»Ist doch nicht natürlich, wenn einer Bären in seinem Garten hat. Kenne keine Gegend, wo's das gibt.«

»Das habe ich Baby auch gleich gesagt. Ich sagte, wenn du 'n Affen willst, hab' ich nichts dagegen, aber Bären sind 'n ganz anderer Stiefel. Wissen Sie, was sie geantwortet hat? Sie sagte, bei ihr läuft seit vierzig Jahren ein nackter Scheiß Affe im Haus rum, und Bären brauchen Schutz. Schutz? Die wiegen dreihundertfünfzig Pfund und müssen beschützt werden? Wenn in der Gegend einer Schutz braucht, dann bin ich das.«

»Was haben Sie dann gemacht?« fragte MacMordie.

»Hab' mir 'n Maschinengewehr besorgt und ihr klargemacht, dem ersten Bären, den ich ins Haus kommen sehe, puste ich seinen Mistschädel vom Rumpf. Das haben die Bären kapiert, sich in die Wälder verpißt, und jetzt ist da oben wieder alles in Butter.«

Auch auf See war alles in Butter. Als Piper am nächsten Morgen aufwachte, befand er sich in einem schwimmenden Hotel; da er aber, seitdem er erwachsen war, ständig von einer Pension in die andere umgezogen war – jede mit Blick auf den Ärmelkanal –, waren diese neuen Lebensumstände nicht besonders erstaunlich für ihn. Zwar erfreute er sich hier eines größeren Komforts, als ihn die Pension Gleneagle in Exforth bieten konnte, doch die Umgebung war für Piper von geringer Bedeutung. Schreiben war ihm das Wichtigste im Leben, und den täglichen Brauch setzte er auch auf dem Schiff fort. Morgens schrieb er an einem Tisch in seiner Kabine, nachmittags lag er auf dem Sonnendeck neben Sonia, vom Glück benebelt und in Gespräche über das Leben, die Literatur und *Die Jahre wechseln, es lockt die Jungfrau* vertieft.

»Zum ersten Mal in meinem Leben bin ich wahrhaft glücklich«, vertraute er seinem Tagebuch und der zukünftigen Gelehrtenschar an, die eines Tages sein Privatleben studieren würde. »Meine Beziehung zu Sonia hat meiner Existenz eine neue Dimension hinzugefügt und mein Verständnis dessen erweitert, was es heißt, wirklich reif zu sein. Ob man hier von Liebe sprechen kann, wird nur die Zeit erweisen, doch reicht es nicht aus, zu wissen, daß wir ein so harmonisches Verhältnis aufgebaut haben? Ich persönlich finde es allerdings höchst bedauerlich, daß uns ein menschlich so verabscheuungswürdiges Buch wie *DJWELDJ* zusammengeführt hat. Doch wie es Thomas Mann mit jener symbolischen Ironie ausgedrückt hätte, die das Kennzeichen seines Werkes darstellt, ›Jeder Horizont hat seinen Silberstreif‹, und da kann man ihm nur beipflichten. Ich wünschte, es wäre anders!!! Sonia besteht darauf, daß ich das Buch noch einmal lese, damit ich seinen wahren Verfasser imitieren kann. Mir fällt dies äußerst schwer, nicht allein die Annahme, ich sei der Autor, sondern auch die Notwendigkeit, etwas zu lesen, was auf meine eigene Arbeit nur einen negativen Einfluß ausüben kann. Dennoch, ich setze diese Aufgabe unermüdlich fort, und *Auf der Suche nach der verlorenen Kindheit* macht so gute Fortschritte, wie man unter den Bedingungen meiner gegenwärtigen Zwangslage nur erwarten kann.«

Da stand noch jede Menge mehr von der Sorte. Abends bestand Piper darauf, Sonia das, was er von *Auf der Suche* geschrieben hatte, laut vorzulesen, auch wenn sie lieber tanzen oder Roulette spielen wollte. Solche Frivolitäten mißbilligte

Piper. Sie gehörten keineswegs zu den Erfahrungen, die zu den wichtigen Beziehungen führten, auf denen große Literatur letztlich beruhte.

»Wie wär's denn mit mehr Action?« sagte Sonia eines Abends, als er sein Tagwerk zu Ende vorgelesen hatte. »Ich meine, anscheinend passiert nie was. Alles bloß Beschreibung und was die Leute so denken.«

»Im kontemplativen Roman ist Denken bereits Handeln«, zitierte Piper wortwörtlich aus *Der moralische Roman*. »Nur der unreife Geist findet in der Handlung als nach außen gerichteter Aktivität Befriedigung. Unser Denken und Fühlen bestimmt unser Sein, und es ist jenes essentiell Seiende des menschlichen Wesens, in welchem sich die großen Dramen des Lebens manifestieren.«

»Das Schreiende?« meinte Sonia hoffnungsvoll.

»Seiende«, sagte Piper. »Mit ›s‹.«

»Aha.«

»Es bedeutet essentielles Sein. Wie Dasein.«

»Du meinst nicht vielleicht ›Design‹?« sagte Sonia.

»Nein«, sagte Piper, der früher einmal etliche Sätze Heidegger gelesen hatte. »Dasign – mit ›a‹.«

»Fast hättest du mich reingelegt«, sagte Sonia. »Na ja, wenn du es sagst.«

»Und der Roman muß, will er als Kunstform der zwischenmenschlichen Kommunikation zu Recht fortbestehen, einzig und allein leibhaftig erfahrene Realität behandeln. Hemmungsloser Gebrauch der Imagination über den Rahmen unserer persönlichen Erfahrung hinaus beweist eine Oberflächlichkeit, deren Resultat nur die Nicht-Realisierung unserer individuellen Möglichkeiten sein kann.«

»Ist das nicht ein wenig einengend?« sagte Sonia. »Sieh mal, wenn du nur über das schreiben darfst, was du erlebt hast, dann landest du schließlich dabei, daß du beschreibst, wie du aufstehst, frühstückst und zur Arbeit gehst...«

»Nun, das ist auch wichtig«, sagte Piper, dessen morgendliches Schreibpensum aus der Beschreibung von Aufstehen,

Frühstücken und Zur-Schule-Gehen bestanden hatte. »Der Romancier umgibt diese Ereignisse mit seiner eigenen intrinsischen Interpretation.«

»Vielleicht wollen die Leute aber sowas überhaupt nicht lesen. Sie wollen Romantik, Sex und Abenteuer. Sie wollen das Unerwartete. Das verkauft sich.«

»Vielleicht verkauft es sich«, sagte Piper, »aber ist es wichtig?«

»Es ist wichtig, wenn du weiterschreiben willst. Du mußt dir deine Brötchen verdienen. Und *Jahre* wird gekauft...«

»Aus welchem Grund, übersteigt meine Vorstellungskraft«, sagte Piper. »Wie du es von mir verlangt hast, habe ich dieses Kapitel gelesen, und es ist widerlich, ehrlich.«

»Die Realität ist eben nicht so toll«, sagte Sonia und wünschte sich, Piper wäre nicht ganz so abgehoben. »Wir leben in einer verrückten Welt. Überall gibt's Entführungen, Morde und Gewalt, aber damit gibt sich *Jahre* nicht ab. Das Buch handelt von zwei Menschen, die sich brauchen.«

»Solche Leute sollten sich nicht brauchen«, sagte Piper, »es ist widernatürlich.«

»Auf den Mond zu fliegen ist widernatürlich, trotzdem tun's die Leute. Dann gibt's auch noch Raketen mit Atomsprengköpfen, die zielen aufeinander und sind bereit, die Welt in die Luft zu jagen – so ziemlich überall, wo du hinschaust, passiert irgendwas Widernatürliches.«

»Nicht in *Auf der Suche*«, sagte Piper.

»Und was hat das dann mit der Realität zu tun?«

»Realität«, sagte Piper und kam wieder auf *Der moralische Roman* zurück, »hat mit dem Realsein von Dingen in einem extraephemeren Kontext zu tun. Dies ist die Wiedereinführung traditioneller Werte ins Bewußtsein der Menschen...«

Während Piper immer weiter zitierte, seufzte Sonia und wünschte sich, er würde traditionelle Werte einführen und beispielsweise um ihre Hand anhalten oder auch nur eines Nachts zu ihr ins Bett steigen und nach guter altmodischer Manier mit ihr schlafen. Doch auch hierin hatte Piper seine

Prinzipien. Nachts im Bett blieben seine Aktvititäten strikt literarisch. Er las mehrere Seiten *Doktor Faustus*, dann widmete er sich seinem Katechismus, *Der moralische Roman*. Dann knipste er das Licht aus und entzog sich Sonias Reizen durch rasches Einschlafen.

Sonia lag wach und fragte sich, ob er nun schwul oder sie unattraktiv sei; schließlich kam sie zu dem Schluß, daß man sie mit einer Art Kombination aus hingebungsvollem Spinner und – hoffentlich – Genie zusammengesperrt hatte, und beschloß, eine Diskussion über Pipers sexuelle Vorlieben auf ein späteres Datum zu verschieben. Das wichtigste war schließlich, ihn auf der Publicity-Tour in einem Zustand der Ruhe und Gelassenheit zu halten, und wenn Piper unbedingt Keuschheit haben wollte, dann sollte er Keuschheit bekommen.

Doch dann war es Piper selbst, der das Thema eines Nachmittags zur Sprache brachte, als sie gerade auf dem Sonnendeck lagen. Er hatte sich darüber Gedanken gemacht, was Sonia zu seiner mangelnden Erfahrung gesagt hatte, und daß ein Schriftsteller Erfahrung brauche. Für Piper war Erfahrung gleichbedeutend mit Beobachtung. Er setzte sich aufrecht hin, zum Beobachten entschlossen; er tat das genau rechtzeitig, um aus erster Hand mitzubekommen, wie eine Frau mittleren Alters aus dem Schwimmbad stieg. Ihre Oberschenkel, stellte er fest, waren eingedellt. Piper griff nach seinem Hauptbuch für Redewendungen und notierte »Beine zerklüftet von den Fingerabdrücken leidenschaftlicher Zeit« und dann, als Alternative, »die Merkmale vergangener Leidenschaft«.

»Was meinst du damit?« sagte Sonia, die ihm über die Schulter schaute.

»Die Dellen an den Beinen dieser Frau«, erklärte Piper, »sie setzt sich gerade da drüben hin.«

Sonia sah sich die Frau kritisch an.

»Machen die dich scharf?«

»Ganz bestimmt nicht«, sagte Piper, »ich habe die Beobachtung nur schriftlich festgehalten. Womöglich kann ich sie einmal in einem Buch verwenden. Du sagtest, ich brauche mehr Erfahrung, und die sammle ich gerade.«

»Da hast du dir ja 'ne schöne Methode zum Erfahrungsammeln zurechtgelegt«, sagte Sonia, »bei steinalten Tussis Voyeur spielen.«

»Ich habe nirgendwo Voyeur gespielt. Ich habe lediglich beobachtet. Mit Sexualität hatte das nichts zu tun.«

»Das hätte ich mir denken können«, sagte Sonia und lehnte sich in ihrem Stuhl zurück.

»Was denken?«

»Daß es mit Sexualität nichts zu tun hatte. Das hat es bei dir nie.«

Piper saß da und dachte über diese Bemerkung nach. Sie hatte etwas Bitteres, das ihn beunruhigte. Sex. Sex und Sonia. Sex mit Sonia. Sex und Liebe. Sex mit Liebe und Sex ohne Liebe. Sex im allgemeinen. Ein überaus verwirrendes Thema, das zudem seit sechzehn Jahren seinen gesamten Tagesablauf durcheinanderbrachte und eine Fülle von – mit seinen literarischen Prinzipien nicht übereinstimmenden – Phantasien verursachte. Die großen Romane handelten nicht von Sex. Sie beschränkten sich auf Liebe, und Piper versuchte, es genauso zu machen. Er bewahrte sich auf für die große Liebesaffäre, in der sich Sex und Liebe zu einer allumfassenden und durch und durch lohnenden Ganzheit aus Leidenschaft und Sensibilität verbänden; in ihr sollten die Frauen seiner Phantasien, diese Trugbilder aus Armen, Beinen, Brüsten und Hintern – die unterschiedlichen Teile dienten als Reiz für verschiedene Wunschträume – zur perfekten Ehefrau verschmelzen. Da seine Gefühle auf höchstem Niveau angesiedelt waren, fühlte er sich voll und ganz berechtigt, mit ihr die niedrigsten nur vorstellbaren Dinge zu treiben. Die tiefe, trennende Kluft zwischen dem Tier in Piper und dem Engel in seiner Herzallerliebsten wurde dann überbrückt durch die zarte Flamme ihrer Leidenschaft – oder sowas Ähnliches. So stand es in den großen Romanen. Leider erklärten sie nicht, wie. Jenseits der mit Leidenschaft verschmolzenen Liebe erstreckte sich noch etwas; was es war, wußte Piper nicht genau. Vermutlich Glück. Jedenfalls würde ihn die Ehe von den störenden Streifzügen seiner Phantasie befreien, auf denen ein gemeiner und räuberischer Piper auf der Suche nach unschuldigen Opfern durch die dunklen Straßen schlich und sie sich nahm. Da Piper noch nie eine Frau genommen hatte und keinerlei Kenntnis der weiblichen Anatomie besaß, hätte ihn dieses Vorgehen entweder ins Krankenhaus oder vor Gericht gebracht.

Und jetzt hatte er in Sonia anscheinend eine Frau gefunden, die ihn schätzte und von Rechts wegen die vollkommene Frau sein sollte. Doch es gab einen Haken. Pipers ideale Frau, den großen Romanen entnommen, war ein Wesen, das Reinheit mit tiefempfundenem Begehren verband. Piper hatte nichts gegen tiefempfundenes Begehren, vorausgesetzt, es blieb tief. Bei Sonia war dem nicht so. Selbst Piper fiel das auf. Sie strahlte eine Bereitschaft zum Sex aus, durch die diese ganze Angelegenheit äußerst schwierig wurde. Sie beraubte ihn zunächst einmal seines Rechts, räuberisch vorzugehen. Wie sollte man auch richtig gemein sein, wenn der Engel, zu dem man gemein sein wollte, noch gemeiner war als man selbst. Gemeinheit war relativ. Außerdem erforderte sie eine Passivität, an der es Sonia offensichtlich fehlte – ihre Küsse bewiesen es. Wenn ihn gelegentlich ihre Arme umklammerten, spürte Piper, er war einer ungeheuer kraftvollen Frau auf Gedeih und Verderb ausgeliefert, und selbst der an mangelnder Einbildungskraft leidende Piper konnte sich nicht vorstellen, wie er sich ihr räuberisch nähern sollte. Das alles war äußerst kompliziert, und Piper ging, wie er so auf dem Sonnendeck saß und das sich zum Horizont hin auffächernde Kielwasser des Schiffs betrachtete, plötzlich wieder einmal der Unterschied zwischen Leben und Kunst auf. Um seine dräuenden Gefühle loszuwerden, öffnete er das Hauptbuch und schrieb: »Eine reife Beziehung erfordert die Opferung des Ideals im Interesse der Erfahrung, und man muß dem Realen nachgeben.«

An dem Abend wappnete sich Piper gehörig, um dem Realen nachgeben zu können. Er nahm vor dem Abendessen zwei große Wodkas zu sich, eine Flasche Nuits St. Georges – der Name schien ihm für die anstehende Begegnung gut getroffen – trank er zum Essen, gefolgt von einem Gläschen Benedictine zum Kaffee, bis er sich endlich im Fahrstuhl nach unten begab und Sonia mit alkoholisierten Zärtlichkeiten eindeckte.

»Schau mal, du mußt aber nicht«, sagte sie, als er im Fahrstuhl an ihr rumgrabschte. Piper blieb stur.

»Liebling, wir sind zwei erwachsene Menschen«, lallte er und schwankte in Richtung Kabine. Sonia trat ein und schaltete das Licht an. Piper machte es wieder aus.

»Ich liebe dich«, sagte er.

»Hör mal, du brauchst dein Gewissen nicht zu besänftigen«, sagte Sonia. »Und überhaut...«

Piper atmete schwer und schnappte sie sich mit leidenschaftlicher Hingabe. Im nächsten Augenblick lagen sie auf dem Bett.

»Deine Brüste, dein Haar, deine Lippen...«

»Meine Periode«, sagte Sonia.

»Deine Periode«, murmelte Piper. »Deine Haut, deine...«

»Periode«, sagte Sonia.

Piper hielt inne. »Wie meinst du das, deine Periode?« fragte er, sich vage bewußt, daß irgendwas nicht stimmte.

»Meine Periode, Schluß aus«, sagte Sonia. »Begriffen?«

Piper hatte begriffen. Mit einem Satz war der Ersatzautor von *Die Jahre wechseln, es lockt die Jungfrau* aus dem Bett und im Bad. Es gab mehr Widersprüche zwischen Leben und Kunst, als er sich je hätte träumen lassen. Beispielsweise physiologische.

In dem großen Haus mit Aussicht auf die Frenchman-Bay in Maine lag Baby Hutchmeyer, geborene Sugg, die Miss Penobscot 1935, träge auf ihrem großen Wasserbett und dachte über Piper nach. Neben ihr befanden sich ein Exemplar von

Jahre und ein Glas Scotch mit Vitamin C. Inzwischen hatte sie das Buch dreimal gelesen und bei jedem Lesen immer stärker gespürt, daß hier endlich ein junger Autor aufgetaucht war, der wirklich zu schätzen wußte, was eine ältere Frau zu bieten hatte. Nicht daß Baby in fast jeder Hinsicht eine ältere Frau gewesen wäre. Mit vierzig, sprich achtundfünfzig, hatte sie immer noch den Körper einer zu Unfällen neigenden Achtzehnjährigen und das Gesicht einer einbalsamierten Fünfundzwanzigjährigen. Kurz gesagt, sie hatte es faustdick hinter den Ohren, wobei sich Hutchmeyer das fragliche Es in den ersten zehn Jahren ihrer Ehe genommen und in den letzten dreißig hatte links liegen lassen. Was Hutchmeyer an Aufmerksamkeiten und dumpfer Leidenschaft zu vergeben hatte, das ließ er Sekretärinnen, Stenografinnen und ab und an einer Stripperin in Las Vegas, Paris oder Tokio zukommen. Für Babys Entgegenkommen revanchierte er sich mit Geld, duldete all ihre Schwärmereien, egal, ob auf künstlerischem, gesellschaftlichem, metaphysischem oder ökokulturellem Gebiet, und prahlte in der Öffentlichkeit mit ihrer glücklichen Ehe. Baby trieb es mit bronzefarbenen jungen Innenarchitekten und ließ das Haus und sich selbst häufiger generalüberholen, als unbedingt notwendig war. Sie besuchte häufig Kliniken, die auf kosmetische Chirurgie spezialisiert waren, und als Hutchmeyer eines Tages von einer seiner Lustexkursionen nach Hause gekommen war, hatte er sie nicht wiedererkannt. Bei dieser Gelegenheit kam zu erstenmal das Thema Scheidung zur Sprache.

»Ich turn' dich also nicht mehr an«, sagte Baby, »na, du turnst mich auch nicht an. Das letzte Mal hattest du im Herbst fünfundfünfzig einen stehen, und da warst du auch noch besoffen.«

»Das war wohl nötig«, sagte Hutchmeyer und bereute es sofort. Baby zog ihm den Teppich unter den Füßen weg.

»Ich habe mal deine Affären überprüft«, sagte sie.

»Na schön, ich habe Affären. Ein Mann in meiner Position muß seine Männlichkeit unter Beweis stellen. Glaubst du vielleicht, ich bekomme finanzielle Unterstützung, wenn ich zu alt zum Bumsen bin?«

»Du bist nicht zu alt zum Bumsen«, sagte Baby, »und ich rede nicht von diesen Affären. Ich spreche von Finanzaffären. Wenn du die Scheidung willst, bin ich dazu bereit. Wir machen halbe-halbe, und der Preis lautet zwanzig Millionen Dollar.«

»Bist du bescheuert?« brüllte Hutchmeyer. »Kommt nicht in Frage!«

»Dann eben keine Scheidung. Ich hab' deine Bücher überprüft, und da stehen die Affären drin, von denen ich rede. Also, wenn die Jungs vom Finanzamt, das FBI und die Gerichte erfahren sollen, daß du Steuern hinterzogen, Bestechungsgelder angenommen und für Verbrecherorganisationen Gelder gewaschen hast...«

Das sollten sie nicht, fand Hutchmeyer. »Du gehst deinen Weg, und ich meinen«, sagte er verbittert.

»Und nicht vergessen«, empfahl Baby, »wenn mir irgendwas zustößt, falls ich also zum Beispiel plötzlich sterbe, meinetwegen eines unnatürlichen Todes, so habe ich immer noch Fotokopien all deiner kleinen Vergehen bei meinem Anwalt und in einem Banksafe hinterlegt...«

Hutchmeyer vergaß es nicht. Er ließ in Babys Lincoln einen zusätzlichen Sicherheitsgurt einbauen und achtete darauf, daß sie keine Risiken einging. Die Innenarchitekten kehrten zurück, dazu Schauspieler, Maler und alle anderen, die es Baby angetan hatten. Sogar MacMordie wurde eines Nachts aufs Lager gezerrt und bekam prompt tausend Dollar vom Gehalt abgezogen für sein übertarifliches Stehvermögen, wie das Hutchmeyer wütend nannte. MacMordie sah das anders und beschwerte sich bei Baby. Hutchmeyer erstattete ihm zweitausend zurück und entschuldigte sich.

Doch Baby blieb trotz all dieser Nebenwirkungen unbefriedigt. Wenn sie niemanden oder nichts Interessantes zum Zeitvertreib finden konnte, las sie. Zunächst hatte Hutchmeyer diesen Schritt in Richtung Bildung als Zeichen dafür begrüßt, daß Baby entweder erwachsen würde oder allmählich abnipple. Wie üblich lag er falsch. Der Zwang zur Verschönerung ihrer selbst, der in den zahlreichen Schönheitsoperationen zutage getreten war, verband sich mit intellektuellen Ansprüchen zu einer schrecklichen Mischung. Baby schaffte den Sprung von einer einfachen, aber gezeichneten Puppe zur belesenen Frau. Diese Entwicklung bekam Hutchmeyer zum erstenmal andeutungsweise mit, als er von der Frankfurter Buchmesse nach Hause kam und sie bei der Lektüre von *Der Idiot* vorfand.

»Du hältst es für was?« sagte er auf ihre Bemerkung hin, sie halte es für faszinierend und relevant. »Relevant wofür?«

»Für die geistige Krise in der heutigen Gesellschaft«, sagte Baby. »Für uns.«

»*Der Idiot* ist für uns relevant?« sagte Hutchmeyer entrüstet. »Ein Typ hält sich für Napoleon, bringt 'ne alte Tussi mit 'm Eispickel um, und das ist relevant für uns? Das hat mir gerade noch gefehlt. Ein Loch im Kopf.«

»Das hast du schon. Das ist *Schuld und Sühne*, Dummkopf. Für 'n Verleger weißt du verflucht wenig.«

»Ich weiß, wie man Bücher verkauft. Ich muß die gottverdammten Dinger nicht auch noch lesen«, sagte Hutchmeyer. »Bücher sind für Leute da, die es nicht befriedigt, wenn sie was tun. Wie Ersatzbefriedigung.«

»Dir bringen sie vielleicht Sachen bei«, sagte Baby.

»Zum Beispiel? Wie man apoplektische Anfälle kriegt?« sagte Hutchmeyer, der inzwischen wieder wußte, was es mit *Der Idiot* auf sich hatte.

»Epileptische. Ein Zeichen des wahren Genius. Wie bei Mohammed.«

»Jetzt hab' ich also ein Lexikon zur Frau«, sagte Hutchmeyer, »dazu mit Arabern. Was hast du vor? Willst du dieses Haus zu einem literarischen Mekka oder sowas machen?« Dann ließ er Baby mit diesem zarten Pflänzchen von Idee allein und flog eilig nach Tokio, zu den rein körperlichen Freuden einer Frau, die kein Englisch sprechen, geschweige denn lesen konnte. Als er zurückkam, hatte sich Baby nicht nur in Dostojewskij vergraben, sie war auch schon am anderen Ende wieder rausgekommen. Bücher verschlang sie mit dem gleichen Mangel an kritischem Urteilsvermögen wie ihre Bären inzwischen Blaubeerbeete. Sie bemächtigte sich Ayn Rands mit gleicher Inbrunst wie Tolstojs, fegte erstaunlich rasch durch Dos Passos, duschte in Lawrence, nahm ein Schwitzbad in Strindberg und geißelte sich anschließend mit Céline. Die Liste nahm kein Ende, und Hutchmeyer stellte fest, daß er mit einer Büchernärrin verheiratet war. Zu allem Unglück fuhr Baby auf einmal auch noch auf Autoren ab. Hutchmeyer waren Autoren verhaßt. Sie redeten über ihre Bücher, und Hutchmeyer mußte plötzlich, bedroht von Baby, relativ höflich sein und Interesse heucheln. Sogar Baby fand sie enttäuschend, aber da die Anwesenheit auch nur eines einzigen Schriftstellers im Haus Hutchmeyers Blutdruck in die Höhe schnellen ließ, war sie mit ihren Einladungen freigebig und lebte weiterhin in der Hoffnung, auf einen Autor zu stoßen, der auch in Person hielt, was seine gedruckten Aussagen versprachen. Und bei Peter Piper und *Die Jahre wechseln, es lockt die Jungfrau* war sie ganz sicher: Hier gab es endlich keine Diskrepanz zwischen Mann und Buch. Sie lag auf dem Wasserbett und genoß ihre Erwartungen. Es war so ein romantisches Buch. Auf eine bedeutende Art und Weise. Und anders.

Hutchmeyer kam aus dem Badezimmer, angetan mit einem völlig unnötigen Bruchband. »Das Ding steht dir«, meinte Baby und unterzog den Gegenstand einer objektiven Würdigung. »Du solltest es öfter tragen. Es verleiht dir Würde.«

Hutchmeyer starrte sie zornig an.

»Nein, ich mein's ernst«, fuhr Baby fort. »Es stützt dich sozusagen ungemein.«

»Bei deiner Art von Unterstützung brauche ich es dringend«, sagte Hutchmeyer.

»Wirklich, wenn du einen Leistenbruch hast, solltest du ihn operieren lassen.«

»Wenn ich sehe, was sie mit dir angestellt haben, habe ich Operationen nicht nötig«, sagte Hutchmeyer. Er warf einen Blick auf *Jahre* und marschierte in sein Zimmer.

»Gefällt dir das Buch immer noch?« rief er von dort.

»Das erste gute Buch, was du seit Jahren veröffentlicht hast«, sagte Baby. »Es ist phantastisch. Eine Idylle.«

»Eine was?«

»Eine Idylle. Soll ich dir vielleicht erklären, was eine Idylle ist?«

»Nein«, sagte Hutchmeyer, »ich kann's mir schon denken.« Er ging zu Bett und dachte darüber nach. Eine Idylle? Tja, wenn sie es eine Idylle nannte, dann war es auch eine Idylle für eine Million andere Frauen. Baby war unfehlbar. Trotzdem, eine Idylle?

9

Die Szenerie, der sich Piper konfrontiert sah, als das Schiff in New York anlegte, hatte nichts Idyllisches an sich. Selbst der herrliche Anblick der Skyline und der Freiheitsstatue, den ihm Sonia zur Begrüßung versprochen hatte, blieb ihm versagt. Dichter Nebel lagerte über dem Fluß, und die Riesengebäude waren erst zu sehen, als sie langsam den Battery Park passierten und sich Stück für Stück in den Liegeplatz schoben. Inzwischen zog nicht mehr Manhattan Pipers Aufmerksamkeit auf sich, sondern eine große Anzahl von Leuten mit sichtlich unterschiedlichen Interessen und Ansichten, die sich auf der Fahrbahn außerhalb des Zollgebäudes versammelt hatten.

»Junge, Hutch verwöhnt dich wirklich«, sagte Sonia, als sie die Gangway hinuntergingen. Von der Straße klangen Schreie herüber, und ab und zu konnte man Spruchbänder erkennen; einige trugen die zweideutige Botschaft »Gay New York grüßt von hinten«, andere verkündeten noch unheilvoller »Piepmann Go Home«.

»Wer um alles in der Welt ist Piepmann?« fragte Piper.

»Frag mich nicht«, sagte Sonia.

»Piepmann?« sagte der Zollbeamte und machte sich nicht die Mühe, ihr Gepäck zu öffnen. »Keine Ahnung. Da draußen warten eine Million kesse Väter und Tanten auf ihn. Ein paar wollen ihn lynchen, andere haben noch Schlimmeres mit ihm vor. Gute Reise wünsche ich.«

Sonia schob Piper samt Gepäck durch eine Absperrung zu der Stelle, wo MacMordie mit einem Haufen Reporter auf sie wartete. »Sehr erfreut, Sie kennenzulernen, Mr. Piper«, sagte er. »Wenn Sie bitte hier entlang kommen würden.«

Piper kam hier entlang und war im Handumdrehen von Kameraleuten und Reportern umgeben, die unverständliche Fragen schrieen.

»Sagen Sie bloß ›Kein Kommentar‹«, rief MacMordie, als Piper zu erklären versuchte, daß er noch nie in Rußland war. »So kommt keiner auf falsche Ideen.«

»Dafür ist es ein bißchen spät, oder?« sagte Sonia. »Wer hat diesen Blödmännern erzählt, er wäre beim KGB?«

MacMordie schenkte ihr sein Komplizenlächeln, und der Schwarm bewegte sich mit Piper in der Mitte in die Eingangshalle. Ein Polizeiaufgebot kämpfte sich durch die Zeitungsleute hindurch und eskortierte Piper in den Fahrstuhl. Sonia und MacMordie nahmen die Treppe nach unten.

»Was zum Teufel ist hier los?« fragte Sonia.

»Befehl von Mr. Hutchmeyer«, sagte MacMordie. »Einen Aufstand will er haben, also kriegt er seinen Aufstand.«

»Sie brauchten aber wirklich nicht zu erzählen, er wäre ein Killer von Idi Amin«, sagte Sonia erbittert. »Heiliger Strohsack!«

Auf der Straße sah man schließlich deutlich, daß MacMordie die verschiedensten Gerüchte über Piper in Umlauf gebracht hatte, die sich alle widersprachen. Ein Kontingent Gulag-Überlebender tobte um den Eingang herum und brüllte: »Solschenizyn ja, Piperowskij nein.« Hinter ihnen prügelte sich ein Trupp propalästinensischer Araber – in der Annahme, Piper sei ein incognito reisender israelischer Minister mit dem Auftrag, Waffenkäufe zu tätigen – mit Zionisten, die MacMordie auf die Ankunft Piparfats von der Bewegung Schwarzer September aufmerksam gemacht hatte. Noch weiter hinten prangerte eine kleine Gruppe älterer Juden auf ihren Transparenten Piepmann an, sie wurden aber zahlenmäßig weit in den Schatten gestellt von einer Horde Iren, deren Informationen lauteten, O'Piper sei ein führendes Mitglied der IRA.

116

»Alle Bullen sind irischer Abstammung«, erklärte Mac-Mordie Sonia. »Die sollten wir besser auf unserer Seite haben.«

»Und welche gottverdammte Seite ist das?« wollte Sonia wissen, doch in diesem Augenblick öffneten sich die Fahrstuhltüren, und ein aschfahler Piper wurde von seiner Polizeieskorte in das Licht der Öffentlichkeit gezerrt. Während die Menschenmenge draußen nach vorn drängte, setzten die Reporter ihre rastlose Suche nach der Wahrheit fort.

»Mr. Piper, würden Sie uns bitte erzählen, wer und was Sie verdammt nochmal sind?« überschrie einer von ihnen den Lärm. Aber Piper war sprachlos. Die Augen quollen ihm aus dem Kopf, und sein Gesicht war grau.

»Stimmt das, Sie persönlich erschossen...«

»Können wir davon ausgehen, daß Ihre Regierung keine Verhandlungen über den Kauf von Minuteman-Raketen führt?«

»Wieviele Menschen befinden sich immer noch in psychiatrischen...«

»Ich kenne einen, der wird bald eingewiesen, wenn Sie nicht schnell was unternehmen«, sagte Sonia und stieß Mac-Mordie nach vorn. MacMordie warf sich ins Kampfgetümmel.

»Mr. Piper hat keine Stellungnahme abzugeben«, brüllte er überflüssigerweise, ehe ihn ein Polizist zur Seite schleuderte, den gerade die Seven-Up-Flasche eines Anti-Apartheid-Protestlers getroffen hatte, für den van Piper ein weißer südafrikanischer Rassist war. Sonia Futtle drängte sich an MacMordie vorbei.

»Mr. Piper ist ein berühmter britischer Schriftsteller«, rief sie, doch für solche unmißverständlichen Statements war es inzwischen zu spät. Noch mehr Geschosse regneten gegen die Fassade des Zollgebäudes, Transparente gingen zu Bruch und wurden zu Waffen umfunktioniert, also zerrte man Piper rasch in die Eingangshalle zurück.

»Ich habe niemanden erschossen«, protestierte er. »Ich bin

nie in Polen gewesen.« Doch keiner hörte ihn. Walkie-talkies knackten und gaben die dringende Bitte nach polizeilicher Verstärkung weiter. Draußen waren die Gulag-Überlebenden der für ihre eigene Sache kämpfenden Abordnung der Schwulenbewegung unterlegen. Eine Anzahl Transvestiten mittleren Alters durchbrach die Polizeikette und stürzte sich auf Piper.

»Nein, damit habe ich nichts im Sinn«, schrie er, als sie ihn vor den Polizisten retten wollten. »Ich bin bloß ein ganz normaler ...« Sonia schnappte sich eine Stange, an der mal ein Schild mit der Aufschrift »Wir Oldies lieben dich« befestigt gewesen war, und wischte damit die Plastiktitten eines Piper-Häschers zu Boden.

»O nein, ihr kriegt ihn nicht«, keifte sie, »er gehört mir!« und fegte einem anderen die Perücke herunter. Dann trieb sie wild um sich dreschend den schwulenbewegten Stoßtrupp aus der Eingangshalle. Hinter ihr kauerten die Polizisten samt Piper, von MacMordie kamen Anfeuerungsrufe. Im Wirrwarr draußen schlugen die propalästinensischen Araber und die proisraelischen Zionisten, die sich vorübergehend zusammengetan hatten, die Schwulenbewegung endgültig in die Flucht, um gleich darauf wieder aufeinander loszugehen. Sonia hatte Piper inzwischen in den Fahrstuhl gezerrt. MacMordie schloß sich ihnen an und drückte den Knopf. Die nächsten zwanzig Minuten fuhren sie immer hoch und runter, während draußen der Kampf um Piparfat, O'Piper und Piepmann weitertobte.

»Jetzt haben Sie wirklich alles versaut«, ließ Sonia MacMordie wissen. »Ich rede mir den Mund fusselig, um den armen Kerl über den Teich zu schaffen, und Sie müssen hier zur Begrüßung General Custers letztes Gefecht inszenieren.«

Der arme Kerl saß in einer Ecke auf dem Boden. MacMordie ignorierte ihn. »Das Produkt braucht Publicity, und die bekommt es auf jeden Fall. Das kommt zur Hauptsendezeit auf den Bildschirm. Würde mich nicht wundern, wenn jetzt schon die ersten Sondersendungen übertragen werden.«

»Toll«, sagte Sonia, »und was haben Sie uns nun zu bieten? Die Brandkatastrophe der ›Hindenburg‹?«

»Das trifft hundertprozentig ins Schwarze…«, setzte MacMordie gerade an, da kam aus der Ecke ein leises Stöhnen. Irgendetwas hatte Piper schon getroffen. Seine Hand blutete. Sonia kniete sich neben ihn.

»Was ist passiert, Schatz?« fragte sie. Piper deutete matt auf einen Frisbee, auf dem die Worte »Weg mit dem Gulag« standen. Der Rand der Scheibe war mit Rasierklingen bestückt. Sonia wandte sich an MacMordie. »Ich schätze, das war auch Ihre Idee«, brüllte sie. »Frisbees mit Rasierklingen. Mit so 'nem Ding könnte man jemanden guillotinieren.«

»Ich? Damit habe ich nichts…«, begann MacMordie, aber Sonia hatte den Fahrstuhl angehalten.

»Krankenwagen! Krankenwagen«, rief sie, doch es dauerte über eine Stunde, bis die Polizei Piper endlich aus dem Gebäude schaffen konnte. Mittlerweile waren Hutchmeyers Instruktionen bereits ausgeführt. Eine ganze Menge Demonstranten war auf dem schnellsten Weg ins Krankenhaus gefahren worden. Die Straßen waren übersät von Glassplittern, zerfetzten Transparenten und Tränengaskanistern. Als man Piper in den Krankenwagen half, strömten ihm die Tränen nur so aus den Augen. Er saß da, pflegte seine verletzte Hand und hegte die feste Überzeugung, in einem Irrenhaus gelandet zu sein.

»Was habe ich falsch gemacht?« fragte er Sonia pathetisch.

»Nichts. Rein gar nichts.«

»Sie waren toll, einfach großartig«, sagte MacMordie anerkennend und musterte Pipers Wunde. »Schade, daß nicht mehr Blut fließt.«

»Was wollen Sie denn noch?« knurrte Sonia. »Zwei Pfund rohes Fleisch? Reicht Ihnen das vielleicht nicht?«

»Blut«, sagte MacMordie. »Im Farbfernsehen kann man es von Ketchup unterscheiden. Das muß einfach authentisch sein.« Er wandte sich an die Krankenschwester. »Haben Sie Blutkonserven hier?«

»Blutkonserven? Für so einen Kratzer wollen Sie Blutkonserven?« sagte sie.

»Hören Sie«, sagte MacMordie, »dieser Bursche ist Bluter. Wollen Sie ihn vielleicht verbluten lassen?«

»Ich bin kein Bluter«, protestierte Piper, wurde aber von der Sirene übertönt.

»Er braucht eine Transfusion«, rief MacMordie. »Geben Sie mir das Blut.«

»Sind Sie denn total übergeschnappt?« brüllte Sonia, während MacMordie mit der Krankenschwester rang. »Als hätte er nicht so schon genug durchgemacht, jetzt wollen Sie ihm auch noch eine Bluttransfusion verpassen!«

»Ich will keine Transfusion«, quäkte Piper verzweifelt, »ich brauche keine.«

»Ja, aber die Fernsehkameras«, sagte MacMordie. »In Technicolor.«

»Ich werde dem Patienten keine...«, sagte die Schwester, doch MacMordie hatte sich bereits die Flasche geschnappt und kämpfte mit dem Verschluß.

»Sie kennen ja nicht mal seine Blutgruppe!« schrie die Schwester, als der Verschluß abging.

»Nicht nötig«, sagte MacMordie und goß Piper fast die ganze Flasche über den Kopf.

»Da sehen Sie, was Sie angerichtet haben«, kreische Sonia. Piper war in Ohnmacht gefallen.

»Na schön, dann machen wir eben einen Wiederbelebungsversuch«, sagte MacMordie. »Ein Bombenanschlag in Nordirland ist nichts dagegen«, und er stülpte Piper die Sauerstoffmaske übers Gesicht. Als man ihn schließlich aus dem Krankenwagen auf eine Bahre hob, sah Piper aus wie ein lebender Leichnam. Unter der Maske und dem Blut war sein Gesicht blaurot angelaufen. In der Aufregung hatte keiner daran gedacht, den Sauerstoffhahn aufzudrehen.

»Lebt er noch?« fragte ein Reporter, der dem Krankenwagen nachgefahren war.

»Wer weiß?« sagte MacMordie mit Begeisterung. Während

man Piper in die Notaufnahme trug, versuchte die blutbefleckte Sonia, die Krankenschwester zu beruhigen; die hatte
einen hysterischen Anfall bekommen.

»Es war einfach schrecklich! In meinem ganzen Leben hab'
ich sowas noch nicht erlebt, und dann ausgerechnet in meinem Krankenwagen«, kreischte sie Fernsehkameras und -re-
portern entgegen, bevor man sie hinter ihrem Patienten her-
führte. Als die blutbefleckte Bahre mit Piper auf einen Wagen
gehoben und weggekarrt wurde, rieb sich MacMordie zufrieden die Hände. Um ihn her surrten die Fernsehkameras. Das
Produkt hatte seine Publicity bekommen. Mr. Hutchmeyer
würde zufrieden sein.

Das war er auch. Mr. Hutchmeyer sah sich den Tumult im
Fernsehen mit augenscheinlicher Befriedigung und der ganzen Inbrunst eines echten Boxfans an.

»Gut so, gib ihm Saures, mein Junge«, brüllte er, als ein
junger Zionist einen unschuldigen japanischen Schiffspassa-
gier mit einem Transparent zu Boden streckte, auf dem »Ver-
geßt Lod nicht« stand. Ein Polizist versuchte einzugreifen
und wurde prompt von einem fummeltragenden Etwas zu
Boden gestreckt. Das Bild wackelte heftig, weil jemand dem
Kameramann von hinten eins überzog. Als es sich endlich
wieder stabilisierte, konnte man eine ältere Frau erkennen,
die blutend auf der Erde lag.

»Toll«, sagte Hutchmeyer, »MacMordie hat ausgezeich-
nete Arbeit geleistet. Was Action betrifft, ist der Junge echt
talentiert.«

»Das glaubst du«, sagte Baby, die es besser wußte.

»Was zum Teufel meinst du damit?« fragte Hutchmeyer,
für einen Augenblick abgelenkt. Baby zuckte die Achseln.

»Ich mag bloß keine Gewalt, das ist alles.«

»Gewalt? Das Leben ist eben gewalttätig. Konkurrenzbe-
tont. Da liegt doch der Hund begraben.«

Baby musterte den Bildschirm. »Da wurden gerade noch
zwei Hunde begraben«, meinte sie.

»Die menschliche Natur«, meinte Hutchmeyer, »ich habe die menschliche Natur schließlich nicht erfunden.«

»Beutest sie bloß aus.«

»Verdiene mit ihr meinen Lebensunterhalt.«

»Deinen Todesunterhalt, wenn du mich fragst«, meinte Baby. »Die Frau kommt nie und nimmer durch.«

»Scheiße«, sagte Hutchmeyer.

»Du nimmst mir das Wort aus dem Mund«, sagte Baby. Hutchmeyer konzentrierte sich auf den Bildschirm und versuchte, Baby zu ignorieren. Ein Polizeitrupp kam mit Piper aus dem Zollgebäude.

»Das ist er«, sagte Hutchmeyer. »Das Arschloch scheißt sich bestimmt in die Hosen.«

Baby sah hin und seufzte. Der gepeinigte Piper war genau das, was sie sich erhofft hatte: jung, blaß, sensibel und überaus verletzlich. Wie Keats vor Waterloo, dachte sie.

»Wer ist die fette Wachtel neben MacMordie?« fragte sie, als Sonia gerade einem Ukrainer ihr Knie in den Unterleib rammte, der ihr aufs Kleid gespuckt hatte.

»Gut so, das ist mein Mädel«, brüllte Hutchmeyer begeistert. Baby musterte ihn ungläubig.

»Du machst wohl Witze. Ein Nahkampf mit dieser russischen Kugelstoßerin, und du holst dir 'nen Leistenbruch.«

»Vergiß meine Scheiß Leisten«, sagte Hutchmeyer, »ich verrate dir nur eins, dieser Schatz ist die großartigste kleine Verkäuferin der ganzen Welt.«

»Großartig – meinetwegen«, sagte Baby, »klein bestimmt nicht. Der zusammengekrümmte Moskowiter, der sich da seine Eier hält, kann ein Lied davon singen. Wie heißt sie?«

»Sonia Futtle«, antwortete Hutchmeyer träumerisch.

»Hätte ich mir denken können«, meinte Baby, »gerade eben hat sie einem Iren furchtbar eine gefuttelt. Der kann nie wieder reiten.«

»Großer Gott«, sagte Hutchmeyer und zog sich in sein Arbeitszimmer zurück, um weiteren Desillusionierungen durch Babys Kommentare zu entgehen. Von seinem Büro in

New York ließ er sich die Computerprognose für die Verkaufszahlen von *Die Jahre wechseln, es lockt die Jungfrau* vor dem Hintergrund dieser neuen phantastischen Werbemaßnahmen durchgeben. Dann rief er die Produktionsabteilung an und orderte noch eine halbe Million Exemplare. Als letztes ein Anruf in Hollywood mit der Forderung nach zusätzlichen fünf Prozent Beteiligung an den Einnahmen aus der Fernsehserie. Und die ganze Zeit über war er mit lüsternen Gedanken an Sonia Futtle beschäftigt und mit der Suche nach einer natürlichen Methode, das umzubringen, was von Miss Penobscot 1935 übriggeblieben war, damit er nicht die zwanzig Millionen Dollar für eine Scheidung lockermachen mußte. Vielleicht würde ja MacMordie irgendwas einfallen. Sie zu Tode vögeln, beispielsweise. Das wäre was Natürliches. Und dieser Typ, Piper, war ganz geil auf alte Weiber. Vielleicht ließ sich da was deichseln.

Im Operationssaal der Unfallstation kämpften die Chirurgen und Spezialisten der Roosevelt-Klinik um Pipers Leben. Daß der äußere Anschein des Patienten sie zu der Vermutung veranlaßte, er sei an einer Kopfwunde verblutet, während die Symptome eindeutig auf Erstickung schließen ließen, machte ihre Aufgabe reichlich kompliziert. Die hysterische Krankenschwester war alles andere als eine Hilfe.

»Er hat gesagt, er wäre Bluter«, verriet sie dem Chefchirurgen, dem das auch schon aufgefallen war. »Er hat gesagt, er braucht eine Transfusion. Ich wollte das nicht machen, und er hat gesagt, er will keine haben, und dann hat sie ihm gesagt, er soll das lassen, und er hat sich an die Blutbank rangemacht, und dann wurde er ohnmächtig, und dann haben sie ihn an ein Wiederbelebungsgerät angeschlossen und...«

»Verpaßt ihr ein Beruhigungsmittel«, rief der Chirurg, als man die immer noch schreiende Schwester aus dem Saal zerrte. Auf dem Operationstisch lag Piper mit Vollglatze. Bei dem verzweifelten Versuch, die Wunde zu finden, waren ihm die Haare geschoren worden.

»Wo ist denn die verfluchte Blutung?« sagte der Chirurg und leuchtete in der Hoffnung, irgendeine Ursache für diesen furchtbaren Blutverlust zu finden, in Pipers linkes Ohr. Als der endlich zu sich kam, waren sie kein bißchen klüger. Der Kratzer an seiner Hand war desinfiziert und verbunden worden, und über eine Nadel in seinem rechten Handgelenk bekam er die von ihm so gefürchtete Transfusion. Schließlich wurde die Blutzufuhr abgestellt, und Piper durfte vom Tisch klettern.

»Sie sind dem Tod gerade nochmal von der Schippe gesprungen«, sagte der Chirurg. »Ich weiß nicht, woran Sie leiden, aber Sie sollten unbedingt eine Weile kürzer treten. Vielleicht kann die Mayo-Klinik eine Antwort finden. Wir können's nicht, das ist klar wie dicke Tinte.«

Piper schwankte in den Flur hinaus, kahl wie eine Billardkugel. Sonia brach in Tränen aus.

»O mein Gott, was haben sie nur mit dir gemacht, mein Liebling?« jammerte sie. MacMordie musterte nachdenklich Pipers Kahlkopf.

»Das sieht nicht besonders gut aus«, meinte er schließlich und ging in den Operationssaal. »Wir haben da ein Problem«, verkündete er dem Chirurgen.

»Wem sagen Sie das. In der Diagnostik habe ich sowas noch nie erlebt.«

»Nun ja«, sagte MacMordie, »es sieht also folgendermaßen aus. Was er unbedingt braucht, ist ein voll bandagierter Kopf. Sehen Sie, er ist berühmt, da draußen treiben sich die Burschen vom Fernsehen rum, wenn er da nun rauskommt und sieht wie Kojak aus – dabei ist er doch ein Autor. Seinem Image wird das nicht gerade guttun.«

»Sein Image ist Ihr Problem«, sagte der Chirurg, »meins ist zufällig seine Krankheit.«

»Sie haben ihm sämtliche Haare geschoren«, sagte MacMordie. »Wie wär's mit 'nem ganzen Haufen Bandagen? Übers ganze Gesicht rüber und so. Dieser Typ braucht seine Anonymität, bis ihm die Haare wieder gewachsen sind.«

»Kommt nicht in Frage«, sagte der Chirurg, getreu seinen ärztlichen Prinzipien.

»Tausend Dollar«, sagte MacMordie und ging Piper holen. Dieser kam widerwillig mit, mitleidheischend Sonias Arm umklammernd. Als er schließlich mit Sonia auf der einen und einer Krankenschwester auf der anderen Seite das Krankenhaus verließ, waren nur noch zwei verschreckte Augen und seine Nasenlöcher zu sehen.

»Mr. Piper hat nichts zu sagen«, gab MacMordie völlig unnötigerweise bekannt. Etliche Millionen Fernsehzuschauer sahen deutlich, daß es in Pipers bandagiertem Gesicht keinen Mund gab. Für sie hätte er genausogut Mr. Unsichtbar sein können. Die Kameras zoomten auf Großaufnahme, und MacMordie ergriff das Wort.

»Ich wurde von Mr. Piper ermächtigt, Ihnen mitzuteilen, daß er nicht die leiseste Ahnung hatte, daß sein großartiger Roman *Die Jahre wechseln, es lockt die Jungfrau* eine solche öffentliche Kontroverse verursachen würde, wie er sie zu Beginn seiner Vortragsreise durch dieses Land erlebt hat...«

»Sein was?« wollte ein Reporter wissen.

»Mr. Piper ist der bedeutendste Romancier Großbritanniens. Sein Roman *Die Jahre wechseln, es lockt die Jungfrau* erschien bei Hutchmeyer zum Preis von sieben Dollar neunzig...«

»Wollen Sie damit sagen, sein Roman hat das alles verursacht?« sagte ein Journalist.

MacMordie nickte. »*Die Jahre wechseln, es lockt die Jungfrau* ist der umstrittenste Roman dieses Jahrhunderts. Lesen Sie ihn und stellen Sie selbst fest, wodurch Mr. Pipers schrecklicher Opfergang hervorgerufen wurde...«

Neben ihm schwankte der angeschlagene Piper, dem man die Stufen zum wartenden Auto hinunterhelfen mußte.

»Wohin bringen Sie ihn jetzt?«

»Er wird zur diagnostischen Behandlung in eine Privatklinik geflogen«, sagte MacMordie, dann fuhr der Wagen los. Auf dem Rücksitz wimmerte Piper durch seine Bandagen.

»Was ist denn, Liebling?« fragte Sonia. Doch Piper gab nur ein unverständliches Gebrummel von sich.

»Was sollte das von wegen diagnostischer Behandlung?« fragte Sonia. »Er braucht keine...«

»Damit wollte ich nur Presse, Funk und Fernsehen abschütteln«, sagte MacMordie. »Mr. Hutchmeyer möchte, daß er bei ihm auf seinem privaten Landsitz in Maine wohnt. Wir fahren zum Flughafen. Mr. Hutchmeyers Privatflugzeug wartet bereits.«

»Ich werde Mr. Dummschwein Hutchmeyer mal was erzählen, wenn ich ihm begegne«, versprach Sonia. »Ist ja wirklich ein Wunder, daß Sie uns nicht alle ins Jenseits befördert haben.«

MacMordie drehte sich zu ihr um. »Hören Sie«, sagte er, »Sie wollen für einen ausländischen Schriftsteller die Werbetrommel rühren. Dazu brauchen Sie 'n Aufhänger wie zum Beispiel, er hat den Nobelpreis gewonnen oder ist in der Lubjanka gefoltert worden oder sowas. Charisma. Und was hat Piper? Gar nichts. Also bauen wir ihn auf. Wir besorgen uns 'n kleinen Aufstand, ein bißchen Blut und so, und über Nacht hat er die nötige Ausstrahlung. Und heute abend wird er mit diesen Bandagen auf jedem Bildschirm im Land auftauchen. Allein mit diesem Gesicht verkaufen wir eine Million Exemplare.«

Sie kamen zum Flughafen, dort gingen Sonia und Piper an Bord der *Impressum Eins.* Erst nach dem Start wickelte Sonia die Bandagen von Pipers Kopf ab.

»Den Rest müssen wir dranlassen, bis dein Haar wieder nachgewachsen ist,« sagte sie. Piper nickte mit seinem bandagiertem Kopf.

Aus Maine übermittelte Hutchmeyer telefonisch seine Glückwünsche an MacMordie. »Diese Szene vor der Klinik war die tollste überhaupt«, sagte er. »Dadurch bringen wir eine Million Zuschauer zum Ausrasten. Wir haben einen Märtyrer aus ihm gemacht. Sowas wie ein Opferlamm auf dem Altar großer Literatur. Ich sag' Ihnen, MacMordie, dafür kriegen Sie 'ne Prämie.«

»War nicht der Rede wert«, meinte MacMordie bescheiden.

»Wie hat er es aufgenommen?« wollte Hutchmeyer wissen.

»Tja, er schien bloß ein bißchen verwirrt zu sein«, sagte MacMordie. »Er wird darüber hinwegkommen.«

»Alle Autoren sind wirr im Kopf«, sagte Hutchmeyer, »das liegt in ihrer Natur.«

10

Und Piper verbrachte den Flug wirklich in geistiger Verwirrung. Er wußte immer noch nicht genau, was über ihn hereingebrochen war oder warum, und der gemischte Empfang seiner Person als O'Piper, Piparfat, Piepmann, Piperowskij u. s. w. fügte seinen bestehenden Problemen als angeblicher Autor von *Jahre* nur neue hinzu. Als vermeintliches Genie hatte Piper ohnehin bereits so viele verschiedene Identitäten angenommen, daß sich Charaktere der Vergangenheit mit denen aus der Gegenwart vermischten. Gleiches galt für seinen Schock, MacMordies Blutbad, das Ersticken, die Wiederbelebung und die Tatsache, daß er einen Turban aus Bandagen über einem unverletzten Skalp trug. Er stierte aus dem Fenster und fragte sich, was Conrad oder Lawrence oder George Eliot in seiner Lage getan hätten. Abgesehen von der Gewißheit, daß sie nie in so eine Bredouille geraten wären, fiel ihm nichts ein. Sonia war auch keine große Hilfe. Sie schien fest entschlossen zu sein, aus seiner Tortur den größtmöglichen Profit zu schlagen.

»Jedenfalls haben wir ihn in der Zange«, sagte sie, als das Flugzeug zum Landeanflug auf Bangor ansetzte. »Du bist zu krank, um diese Tournee durchzuziehen.«

»Ich bin unbedingt deiner Meinung«, sagte Piper.

Sonia vernichtete seine Hoffnungen im Ansatz. »Aber das wird er nicht schlucken«, sagte sie. »Bei Hutchmeyer zählt bloß der Vertrag. Du könntest am Tropf hängen und müßtest trotzdem deine Auftritte absolvieren. Wir sollten ihm allerdings eine Entschädigung abknöpfen. Sagen wir, nochmal fünfundzwanzigtausend Dollar.«

»Ich glaube, ich möchte lieber nach Hause zurück.«

»Wenn ich das Ding richtig ausreize, gehst du mit fünfzig Riesen nach Hause.«

Piper erhob Einwände. »Aber wird Mr. Hutchmeyer nicht sehr ungehalten sein?«

»Ungehalten? Der rastet aus.«

Piper dachte über die Aussicht nach, daß Mr. Hutchmeyer ausrastete; sie sagte ihm nicht zu. Sie war nur eine weitere schreckliche Zutat in einer Situation, die schon genug Stoff zur Beunruhigung bot. Als das Flugzeug schließlich landete, befand sich Piper in einem Zustand akuter Besorgnis, und Sonia mußte all ihre Überredungskunst aufbieten, um ihn die Treppe hinunter und in das wartende Auto zu bringen. Bald rasten sie durch Kiefernwälder dem Mann entgegen, den Frensic einmal in einem unbesonnenen Moment den Al Capone des Verlagswesens genannt hatte.

»Überlaß das Reden nur mir«, sagte Sonia, »und vergiß bitte nicht, du bist ein schüchterner, introvertierter Autor. Bescheidenheit heißt die Devise.«

Der Wagen bog in die Hauseinfahrt eines Anwesens ein, das sich bereits am Tor als »Residenz Hutchmeyer« zu erkennen gegeben hatte.

»Das kann man beim besten Willen nicht bescheiden nennen«, sagte Piper und starrte das Haus an. Es stand in einer fünfzig Morgen großen Parkanlage mit Birken und Kiefern, ein prunkvolles, schindelgedecktes Denkmal für den romantischen Eklektizismus des ausgehenden neunzehnten Jahrhunderts, von den Architekten Peabody und Stearns in Holz errichtet. Hoch aufragende Türme, Mansardenfenster, Ecktürmchen mit Taubenschlägen, überdachte Veranden mit ovalen Fenstern im Gitterwerk, gewundene Schornsteine und verwinkelte Balkone – die Residenz war ehrfurchtgebietend. Durch einen Torweg fuhren sie in einen bereits mit Autos vollgepackten Hof und stiegen aus. Einen Augenblick später öffnete sich die gewaltige Haustür, und ein großer rotgesichtiger Mann sprang die Stufen herunter.

»Sonia-Baby«, brüllte er und drückte sie an sein Hawaii-Hemd, »und Sie müssen Mr. Piper sein.« Er quetschte Pipers Hand und starrte ihm grimmig ins Gesicht. »Ist mir eine große Ehre, Mr. Piper, eine sehr große Ehre, Sie bei uns zu haben«; immer noch Pipers Hand haltend, zerrte er ihn die Stufen hoch und durch die Tür. Das Hausinnere war ebenso bemerkenswert wie das Äußere. Die riesige Eingangshalle enthielt einen Kamin aus dem dreizehnten Jahrhundert, eine Renaissance-Treppe, eine Empore, ein schrecklich grimmiges Porträtgemälde Hutchmeyers in der Pose J. P. Morgans, wie ihn Steichen fotografiert hatte, und zuunterst einen Mosaikfußboden, auf dem zahlreiche Stadien der Papierherstellung abgebildet waren. Piper stieg vorsichtig über fallende Bäume, eine Baumstamm-Stauung und einen Bottich mit kochender Holzfasermasse, dann ging er ein paar Stufen hinauf; oben stand eine Frau mit atemberaubender Figur.

»Baby«, sagte Hutchmeyer, »ich möchte dir Mr. Piper vorstellen. Mr. Piper, meine Frau Baby.«

»Lieber Mr. Piper«, murmelte Baby mit heiserer Stimme, ergriff dabei seine Hand und lächelte, soweit es die Chirurgen zuließen, »ich konnte es kaum erwarten, Sie kennenzulernen. Ich halte Ihren Roman für das entzückendste Buch, das mir je zu lesen vergönnt war.«

Piper starrte in die klaren, azurblauen Kontaktlinsen von Miss Penobscot 1935 und lächelte albern. »Zu feundlich«, murmelte er. Baby klemmte seine Hand unter ihren Arm, und gemeinsam gingen sie in den Salon.

»Trägt er immer einen Turban?« wollte Hutchmeyer von Sonia wissen, als sie den beiden folgten.

»Nur wenn er von einem Frisbee getroffen wird«, sagte Sonia kühl.

»Nur wenn er von einem Frisbee getroffen wird«, grölte Hutchmeyer und wollte sich ausschütten vor Lachen. »Hast du das gehört, Baby. Mr. Piper trägt nur einen Turban, wenn er von einem Frisbee getroffen wird. Ist das nicht zum Piepen?«

»Mit Rasierklingen bestückt, Hutch. Mit verfluchten Rasierklingen«, sagte Sonia.

»Tja, das ist natürlich was anderes«, sagte Hutchmeyer gedämpft. »Mit Rasierklingen ist was anderes.«

Im Salon standen etwa hundert Leute herum. Sie hielten Gläser umklammert und unterhielten sich in voller Lautstärke.

»Leute«, brüllte Hutchmeyer und brachte den Lärm zum Verstummen, »ich möchte euch allen Mr. Peter Piper vorstellen, den bedeutendsten Romancier, den England seit Frederick Forsyth hervorgebracht hat.«

Piper lächelte dümmlich und schüttelte den Kopf in ehrlicher Bescheidenheit. Er war nicht der bedeutendste Romancier Englands. Noch nicht. Seine Größe lag in der Zukunft, und dies klar und eindeutig auszusprechen, lag ihm schon auf der Zunge, da näherte sich die Menschenmenge, begierig, seine Bekanntschaft zu machen. Baby hatte ihre Gäste mit Sorgfalt ausgewählt. Vor diesem geriatrischen Hintergrund würden sich ihre eigenen renovierten Reize um so verführerischer abheben. Grauer Star und Senkfuß waren im Überfluß vorhanden. Das gleiche galt für Busen – im Gegensatz zu Brüsten –, Zahnprothesen, Hüfthalter, orthopädische Beinapparate, nicht zu vergessen das hervorstehende Flechtwerk aus Krampfadern. Und um jeden runzligen Hals, um jedes fleckige Handgelenk hing Schmuck, ein Arsenal von Perlen, Diamanten und Gold, das baumelte, klimperte und glitzerte, um das Auge von der verlorenen Schlacht gegen die Zeit abzulenken.

»Oh, Mr. Piper, ich wollte Ihnen nur versichern, welche Freude...«

»Ich kann Ihnen gar nicht sagen, was es mir bedeutet, Sie...«

»Ich finde es faszinierend, einen echten...«

»Wenn Sie mir bitte mein Exemplar signieren würden...«

»Sie haben so viel dazu beigetragen, daß die Menschen zueinander finden...«

Mit Baby am Arm wurde Piper von der lobhudelnden Menge verschlungen.

»Junge, der kommt wirklich prima an«, sagte Hutchmeyer, »und das hier ist Maine. Was wird er erst in den Großstädten anstellen?«

»Da mag ich gar nicht dran denken«, sagte Sonia und beobachtete besorgt, wie Pipers Turban zwischen all den Frisuren herumhüpfte.

»Der nimmt sie im Sturm. Haut sie vom Hocker. Wenn das hier auch nur andeutungsweise repräsentativ ist, verkaufen wir zwei Millionen Exemplare. Nach seinem Empfang in New York hab' ich 'ne Computerprognose erstellen lassen, und...«

»Empfang? Diesen Krawall nennst du Empfang?« sagte Sonia verbittert. »Wir hätten beide draufgehen können.«

»Tolle Reklame«, sagte Hutchmeyer, »MacMordie bekommt von mir 'ne Prämie. Der Junge hat Talent. Und wo wir schon mal beim Thema sind, ich hab' dir einen Vorschlag zu unterbreiten.«

»Ich kenne deine Vorschläge, Hutch. Die Antwort lautet immer noch nein.«

»Klar, aber hier geht's um was anderes.« Er bugsierte Sonia rüber zur Bar.

Als Piper fünfzig Exemplare *Die Jahre wechseln, es lockt die Jungfrau* signiert und gedankenlos vier Martinis getrunken hatte, waren seine alten Bedenken wie weggeblasen. Der Enthusiasmus, mit dem man ihn empfing, hatte den Vorzug, daß er kein Wort sagen mußte. Von allen Seiten wurde er mit Komplimenten und Kommentaren bombardiert. Diese Äußerungen traten in zwei Varianten auf. Die dünnen Frauen waren ernsthaft bemüht, die mit Gewichtsproblemen gurrten. Keine erwartete, daß Piper mehr beisteuerte als ein gnädiges Lächeln. Nur eine Frau schnitt das zentrale Thema seines Romans an, und da griff Baby sofort ein.

»Dich flachlegen, Chloe?« sagte sie. »Aus welchem Grund

sollte sich Mr. Piper mit dem Gedanken tragen? Er muß einen sehr knapp bemessenen Zeitplan einhalten.«

»Nun hat ja nicht jede den Vorteil eines Muschi-Lifts genossen«, sagte Chloe mit grauenhaftem Augenzwinkern Richtung Piper. »So wie ich Mr. Pipers Buch verstanden habe, handelt es davon, wie man im großen Maßstab in das Natürliche eindringt...«

Aber Baby zerrte Piper fort, ehe er hören konnte, was Chloe darüber zu sagen hatte, wie man im großen Maßstab in das Natürliche eindringt.

»Was ist ein Muschi-Lift?« fragte er.

»Diese Chloe ist eine regelrechte Katze«, sagte Baby und ließ Piper in der glücklichen Illusion, Muschi-Lifts seien Geräte, in denen Katzen rauf- und runterfahren. Als die Party zu Ende ging, war Piper erschöpft.

»Ich habe für Sie das Boudoir-Schlafzimmer vorgesehen«, sagte Baby, als sie und Sonia ihn die Renaissance-Treppe hinaufbegleiteten. »Von dort haben Sie eine wundervolle Aussicht über die Bucht.«

Piper betrat das Boudoir-Schlafzimmer und sah sich um. Der ursprüngliche Entwurf dieses Raums hatte eine Mischung aus Bequemlichkeit und mittelalterlicher Schlichtheit vorgesehen, doch Baby hatte ihn mit Betonung des angeblich Sinnlichen renovieren lassen. Ein herzförmiges Bett stand auf einem Teppich mit einem Muster aus ineinander verwobenen Regenbögen, deren Leuchtkraft mit der eines rüschenbesetzten Hockers und mit einer Art-Deco-Frisierkommode wetteiferte. Zur Vervollständigung dieses Ensembles stützte eine große und augenscheinlich debile Zigeunerin auf einem Nachttisch den mit Troddeln verzierten Lampenschirm, und eine schwarze Kommode hob sich dunkel schimmernd von den kornblumenblauen Wänden ab. Piper setzte sich und sah zu den hölzernen Deckenbalken hoch. Sie hatten etwas handwerklich Solides, das sich von der kurzlebigen Extravaganz der Einrichtung deutlich abhob. Er entkleidete sich, putzte sich die Zähne und stieg ins Bett.

Fünf Minuten darauf schlief er bereits.

Eine Stunde später war er wieder hellwach. Durch die Wand hinter dem gesteppten Kopfteil seines Betts drangen Stimmen. Einen Augenblick lang fragte sich Piper, wo er sei. Die Stimmen verrieten es ihm schnell. Offensichtlich befand sich das Hutchmeyersche Schlafzimmer neben seinem und war durch eine Tür mit dem Badezimmer verbunden. Im Verlauf der nächsten halben Stunde mußte er entrüstet erfahren, daß Hutchmeyer ein Bruchband trug, daß Baby an seiner Verwendung des Waschbeckens als Pissoir Anstoß nahm, daß Hutchmeyer scheißegal war, woran sie Anstoß nahm, daß Babys verstorbene und unbeweinte Mutter, Mrs. Suggs, der Welt mit einer Abtreibung vor Babys Geburt einen echten Dienst erwiesen hätte, und daß Baby schließlich bei einer traumatischen Gelegenheit eine Schlaftablette mit Kukident-Lösung aus einem Glas hinuntergespült hatte, in dem sich Hutchmeyers falsche Zähne befanden; er möge also freundlicherweise diese Dinger nicht ins Medizinschränkchen stellen. Nach diesen erschreckenden häuslichen Einzelheiten wandte sich das Gespräch persönlichen Dingen zu. Hutchmeyer hielt Sonia für enorm attraktiv. Nicht so Baby. Sonia hatte nur eins, und zwar ihre Krallen in einen süßen, kleinen, unschuldigen Menschen geschlagen. Es dauerte eine Zeit, bis Piper sich in dieser Beschreibung wiedererkannte, und als er gerade überlegte, ob er sich gern klein und süß nennen ließ, parierte Hutchmeyer mit der Bemerkung, er sei nichts weiter als ein arschkriechender votzenleckender Tommy, der zufällig einen Bestseller geschrieben habe. Das hörte Piper nun wirklich nicht gern. Er setzte sich auf, fummelte an der Anatomie der spanischen Zigeunerin herum und knipste das Licht an. Doch die Hutchmeyers hatten sich in den Schlaf bekriegt.

Piper stand auf und stapfte über den Teppich zum Fenster. Draußen in der Dunkelheit konnte er gerade noch die Umrisse eines Segelboots und einer großen Vergnügungsjacht ausmachen, die am Ende eines langen schmalen Landungsstegs vor Anker lagen. Auf der anderen Seite zeichnete sich hinter der Bucht die Silhouette eines Berges vor dem Sternenhimmel ab; schwach glänzten die Lichter eines Dorfes. Das Meer schlug gegen den felsigen Strand unterm Haus, und in jeder anderen Situation hätte sich Piper bemüßigt gefühlt, über die Schönheit der Natur und ihre Verwendung in einem späteren Roman nachzusinnen. Hutchmeyers Meinung von ihm hatte Gedanken dieser Art aus seinem Geist vertrieben. Er holte sich sein Tagebuch und brachte die Erkenntnis zu Papier, wonach Hutchmeyer den Inbegriff alles Vulgären, Erniedrigenden, Dummen und haarsträubend Kommerziellen im modernen Amerika verkörpere, während Baby Hutchmeyer eine ebenso sensible wie schöne Frau sei, die ein besseres Schicksal verdiene, als mit so einem ungehobelten Monstrum verheiratet zu sein. Dann kletterte er wieder ins Bett, las ein Kapitel aus *Der moralische Roman* zur Wiederherstellung seines Glaubens an die menschliche Natur und schlief ein.

Das Frühstück am nächsten Morgen erwies sich als neuerliche Tortur. Sonia lag noch im Bett, und Hutchmeyer war allerbester Laune.

»Eins mag ich an Ihnen: Sie geben Ihren Lesern eine prima Fick-Phantasie an die Hand«, verkündete er Piper, der sich gerade zu entscheiden versuchte, welche Frühstücksflocken er probieren sollte.

»Weizenkeime enthalten jede Menge Vitamin E«, sagte Baby.

»Das ist gut für die Potenz«, sagte Hutchmeyer. »Piper ist schon potent, was, Piper? Was er braucht, sind Ballaststoffe.«

»Ich bin überzeugt, den Ballast, den er braucht, bekommt er schon von dir«, sagte Baby. Piper nahm einen Teller voll Weizenkeime.

»Wie ich gerade bemerkte«, fuhr Hutchmeyer fort, »die Leser wollen eine...«

»Ich bin überzeugt, Mr. Piper weiß bereits, was die Leser wollen«, sagte Baby, »er braucht's nicht auch noch beim Frühstück zu hören.«

Hutchmeyer ignorierte sie. »Da kommt einer von der Arbeit nach Hause, und was macht er? Er schnappt sich ein Bier, hockt sich vor die Glotze, ißt, geht dann ins Bett, ist zu müde, um seine Frau zu vögeln, also liest er ein Buch...«

»Wenn er derartig müde ist, weshalb muß er dann noch ein Buch lesen?« fragte Baby.

»Er ist so verflucht müde, er kann gar nicht einschlafen. Braucht irgendwas zum Eindösen. Also greift er sich ein Buch und ist in seiner Phantasie nicht mehr in der Bronx, sondern in... wo spielt Ihr Buch?«

»East Finchley«, sagte Piper mühsam, den Mund voller Weizenkeime.

»Devon«, sagte Baby, »das Buch spielt in Devon.«

»Devon?« meinte Hutchmeyer. »Er sagt, es spielt in East Finchley, und er sollte es wissen, lieber Himmel. Er hat das verdammte Ding schließlich geschrieben.«

»Es spielt in Devon und Oxford«, sagte Baby eigensinnig. »Sie hat da ein großes Haus, und er...«

»Devon stimmt«, sagte Piper, »ich dachte gerade an mein zweites Buch.«

Hutchmeyer machte ein finsteres Gesicht. »Ja, schön, egal wo. Dieser Bursche in der Bronx ist also in seiner Phantasie mit der alten Schachtel in Devon zusammen, die verrückt nach ihm ist, und ehe er sich versieht, pennt er ein.«

»Das ist ja eine tolle Empfehlung«, sagte Baby, »aber ich bin nicht der Meinung, Mr. Piper schreibt seine Bücher mit an Schlaflosigkeit leidenden Kerlen aus der Bronx im Hinterkopf. Er schildert die Entwicklung einer Beziehung...«

»Sicher, klar, das tut er auch, aber...

»Es geht um das Zaudern und die Unsicherheit eines jungen Mannes, dessen Gefühle und emotionale Reaktionen von den gesellschaftlich akzeptierten Normen seiner sozio-sexuellen Altersgruppe abweichen.«

»Genau«, sagte Hutchmeyer, »da gibt's nichts dran zu rütteln. Er ist ein Abnormer und...«

»Er ist nicht abnorm«, sagte Baby, »sondern ein überaus begabter Jugendlicher mit einem Identitätsproblem, und Gwendolen...«

Während Piper seine Weizenkeime mampfte, tobte die Schlacht um seine Intentionen beim Verfassen von *Jahre* weiter. Da Piper das Buch nicht geschrieben und Hutchmeyer es nicht gelesen hatte, wurde Baby Sieger nach Punkten. Hutchmeyer zog sich in sein Arbeitszimmer zurück, und Piper war auf einmal allein mit einer Frau, die – aus völlig falschen Gründen – seine Auffassung teilte, daß er ein großer Schriftsteller sei. Und süß dazu. Piper hatte Bedenken, von einer Frau süß genannt zu werden, deren Reize sich gegenseitig so sehr widersprachen, daß er beunruhigt war. Im trüben Licht der Party gestern abend hatte er sie auf fünfunddreißig geschätzt. Jetzt war er sich nicht mehr so sicher. Ihre BH-freien Brüste unter der Bluse deuteten auf Anfang zwanzig hin. Nicht so ihre Hände. Und dann war da auch noch ihr Gesicht. Es hatte etwas Maskenähnliches, ihm fehlte auch nur der Schimmer von Individualität oder Unregelmäßigkeit, es stimmte völlig mit den Gesichtern der zweidimensionalen Frauen überein, die ihn von den Seiten der Frauenzeitschriften wie *Vogue* so unverwandt angestarrt hatten. Gestrafft, unpersönlich und charakterlos, übte es eine merkwürdige Faszination auf ihn aus, während ihre klaren, azurblauen Augen... Piper ertappte sich dabei, wie er an Yeats' Gedicht *Fahrt nach Byzanz* und an die Kriegslist mit den edelsteinbesetzten singenden Vögeln dachte. Zur Beruhigung las er das Etikett auf der Weizenkeim-Packung und stellte fest, daß er soeben 740 Milligramm Phosphor und 550 Milligramm Kalium vertilgt hatte, nicht zu vergessen die gewaltigen Mengen an anderen lebensnotwendigen Mineralien sowie jedes einzelne Vitamin B auf diesem Planeten.

»Da scheint ja eine Menge Vitamin B drin zu sein«, sagte er, wobei er dem verführerischen Blick dieser Augen auswich.

137

»Die Bs verleihen dir Energie«, murmelte Baby.

»Und die As?« fragte Piper.

»Vitamin A glättet die Schleimhäute«, sagte Baby, und wieder wurde sich Piper vage bewußt, daß, in diesem diätetischen Kommentar verborgen, unterschwellig eine gefährliche Anspielung lauerte. Er schaute vom Weizenkeim-Etikett auf, und von neuem schlugen ihn das maskenähnliche Gesicht und diese klaren, azurblauen Augen in seinen Bann.

11

Sonia Futtle stand spät auf. Sie war noch nie eine Frühaufste-
herin gewesen, doch heute hatte sie tiefer und fester geschla-
fen als gewöhnlich. Die Anstrengungen des vorhergehenden
Tages hatten ihren Tribut gefordert. Sie kam nach unten und
fand das Haus verlassen vor, abgesehen von Hutchmeyer, der
in seinem Arbeitszimmer ins Telefon knurrte. Sie machte sich
einen Kaffee, dann unterbrach sie ihn.

»Hast du Peter gesehen?« fragte sie.

»Baby ist mit ihm irgendwohin gefahren. Die kommen
schon wieder«, sagte Hutchmeyer. »Jetzt zu diesem Vorschlag, den ich dir unterbreitet habe...«

»Auf keinen Fall. F&F ist eine gute Agentur. Das Geschäft
läuft prima. Also was sollte ich dran ändern?«

»Immerhin biete ich dir den Posten der Vizepräsidentin
an«, sagte Hutchmeyer, »und das Angebot steht immer
noch.«

»Im Moment interessiert mich nur ein Angebot«, sagte Sonia, »das nämlich, was du meinem Klienten als Kompensa-
tion für den von ihm erlittenen physischen Schaden, die psychische Pein und den öffentlichen Spott zahlen wirst, alles
Resultate des gestern von dir am Hafen organisierten Auf-
ruhrs.«

»Physischer Schaden? Psychische Pein?« schrie Hutchmeyer ungläubig. »Das war die tollste Reklame-Aktion der
Welt, und du verlangst von mir ein Angebot?«

Sonia nickte. »Schadenersatz. Im Bereich von fünfundzwanzigtausend.«

»Fünfundzwanzig... Bist du bescheuert? Ich zahle ihm

zwei Millionen für dieses Buch, und du willst mich nochmal um fünfundzwanzig Riesen schröpfen?«

»So ist es«, sagte Sonia. »Im Vertrag steht kein Wort davon, daß mein Klient Gewaltanwendung, Körperverletzung und Annäherungsversuche tödlicher Frisbees hinnehmen muß. Und da du dieses krumme Ding organisiert hast...«

»Leck mich doch«, sagte Hutchmeyer.

»In diesem Fall werde ich Mr. Piper empfehlen, die Reise abzusagen.«

»Wenn du das tust«, schrie Hutchmeyer, »verklage ich euch auf Vertragserfüllung. Ich bringe ihn an den Bettelstab. Ich werde verdammt nochmal...«

»Bezahlen«, schlug Sonia vor, setzte sich und schlug ihre Beine provozierend übereinander.

»Mein Gott«, sagte Hutchmeyer bewundernd, »du hast vielleicht Nerven, das muß man dir lassen.«

»Nicht nur das«, sagte Sonia und legte noch etwas mehr Bein frei, »ich habe auch noch Pipers zweiten Roman.«

»Und ich habe das Vorkaufsrecht darauf.«

»Falls er ihn fertigschreibt, Hutch, falls er ihn fertigschreibt. Wenn du weiterhin solchen Druck auf ihn ausübst, dann wirft er sich noch unter eine Druckerpresse. Er ist sensibel und...«

»Das habe ich alles schon mal gehört. Von Baby. Schüchtern, sensibel – am Arsch. Der Kram, den er schreibt, ist nicht sensibel. Der hat 'ne Haut wie ein verdammtes Gürteltier.«

»Was bedeutet, da du es nicht gelesen hast...« sagte Sonia.

»Ich brauch's nicht zu lesen. MacMordie hat es gelesen und gesagt, er hat sich dabei fast übergeben müssen, und MacMordie übergibt sich nicht so schnell.«

Sie stritten sich weiter bis zum Mittagessen, glücklich verstrickt in Drohung, Gegendrohung und ein finanzielles Pokerspiel, in dem beide echte Experten waren. Nicht daß Hutchmeyer wirklich bezahlte. Das hatte Sonia auch nie erwartet, aber wenigstens war er mit seinen Gedanken nicht mehr bei Piper.

Das ließ sich von Baby nicht behaupten. Ihr Strandspaziergang nach dem Frühstück bis zum Atelier hatte ihren Eindruck gefestigt, daß sie endlich einem wahrhaft genialen Schriftsteller begegnet war. Piper hatte pausenlos über Literatur geredet, und zwar größtenteils in einer für Baby derartig beeindruckenden Unverständlichkeit, daß sie mit dem Gefühl zum Haus zurückging, sie hätte sich soeben einem überaus profunden kulturellen Erlebnis unterzogen. Pipers Eindrücke waren von anderer Art, eine Mischung aus Freude über ein so aufmerksames und interessiertes Publikum und Verwunderung darüber, daß eine so einfühlsame Frau für dieses angeblich von ihm verfaßte Buch etwas anderes als Abscheu empfinden konnte. Er ging die Treppe hoch in sein Zimmer, wo er gerade sein Tagebuch aufschlagen wollte, als Sonia hereinkam.

»Du warst hoffentlich diskret«, sagte sie. »Diese Baby ist ein Ghul.«

»Ein Ghul?« sage Piper. »Sie ist eine äußerst sensible...«

»Ein Ghul in Goldlaméhosen. Was hat sie nun den ganzen Morgen über mit dir gemacht?«

»Wir sind spazierengegangen, und sie hat mir von ihrem Interesse an der Denkmalpflege erzählt.«

»Das hätte sie gar nicht zu sagen brauchen. Du brauchst sie dir nur anzusehen, dann weißt du, sie hat prima Arbeit geleistet. An ihrem Gesicht beispielsweise.«

»Sie hält sehr viel von Reformkost.«

»Und von Sandstrahlgebläsen«, sagte Sonia. »Sieh dir mal ihren Hinterkopf an, wenn sie das nächstemal lächelt.«

»Ihren Hinterkopf? Wozu das denn um alles in der Welt?«

»Dann siehst du, wie weit sich die Haut spannt. Angenommen diese Frau lacht mal richtig, dann skalpiert sie sich selbst.«

»Dazu kann ich nur sagen, mir ist sie viel lieber als Hutchmeyer«, sagte Piper, der nicht vergessen hatte, wie er in der Nacht genannt worden war.

»Mit Hutch werde ich fertig«, sagte Sonia, »da gibt's keine

Probleme. Der frißt mir aus der Hand, also versau nicht alles, indem du seiner Frau schöne Augen machst und aus der Haut fährst, wenn es um was Literarisches geht.«

»Ich mache Mrs. Hutchmeyer keine schönen Augen«, sagte Piper beleidigt, »an sowas würde ich nicht einmal im Traum denken.«

»Na, aber sie macht dir welche«, sagte Sonia. »Und noch was, behalte den Turban auf. Er steht dir gut.«

»Das mag sein, aber er ist äußerst unbequem.«

»Wenn Hutch rausfindet, daß dich kein Frisbee getroffen hat, wird's noch viel unbequemer«, sagte Sonia.

Sie gingen zum Essen nach unten. Dank eines Anrufs aus Hollywood, der Hutchmeyer fast das gesamte Essen über aus dem Zimmer verbannte, war die Stimmung viel ungezwungener als beim Frühstück. Er kam rein, als sie gerade Kaffee tranken, und sah Piper mißtrauisch an.

»Haben Sie mal von einem Buch mit dem Titel *Harold and Maude* gehört?« fragte er.

»Nein«, sagte Piper.

»Warum?« sagte Sonia.

Hutchmeyer blickte sie böse an. »Warum? Ich werde dir erzählen, warum«, sagte er. »Weil *Harold and Maude* zufällig von einem Achtzehnjährigen handelt, der sich in eine Achtzigjährige verliebt, und den Film gibt's auch schon. Darum. Und ich will wissen, warum mir keiner erzählt hat, daß ich ein Buch kaufe, das schon ein anderer geschrieben hat und ...«

»Willst du damit andeuten, Piper habe sich des Plagiats schuldig gemacht?« sagte Sonia. »Wenn du das nämlich tust, werde ich ...«

»Plagiat?« brüllte Hutchmeyer. »Was für ein Plagiat? Ich sage, er hat die gottverdammte Story geklaut, ich sage, ich bin reingelegt worden, von irgendeinem miesen ...«

Hutchmeyer war blaurot angelaufen, und Baby intervenierte. »Wenn du da rumstehen und Mr. Piper beleidigen willst«, sagte sie, »dann bleibe ich nicht hier sitzen und höre dir zu. Kommen Sie, Mr. Piper. Sie und ich werden jetzt diese beiden...«

»Halt«, tönte Hutchmeyer, »ich habe zwei Millionen Dollar bezahlt und will wissen, was Mr. Piper dazu zu sagen hat. Zum Beispiel...«

»Ich versichere Ihnen, ich habe *Harold and Maude* nie gelesen«, sagte Piper. »Ich habe nicht einmal davon gehört.«

»Dafür kann ich mich verbürgen«, sagte Sonia. »Außerdem ist es etwas ganz anderes. Das kann man ganz und gar nicht vergleichen...«

»Kommen Sie, Mr. Piper«, sagte Baby und lotste ihn aus dem Zimmer. Hinter ihnen konnte man Hutchmeyer und Sonia schreien hören. Piper taumelte quer durch den Salon und ließ sich aschfahl im Gesicht in einen Stuhl sinken.

»Ich wußte, es würde schiefgehen«, murmelte er.

Baby blickte ihn neugierig an. »Was würde schiefgehen, Schatz?« fragte sie, Piper schüttelte niedergeschlagen den Kopf. »Sie haben das Buch doch nicht abgeschrieben, oder?«

»Nein«, sagte Piper, »ich habe noch nie davon gehört.«

»Dann brauchen Sie sich überhaupt keine Sorgen zu machen. Miss Futtle wird das schon mit ihm klären. Die sind sich beide sehr ähnlich. Warum ruhen Sie sich nicht ein Weilchen aus?«

Trübselig ging Piper mit ihr nach oben und in sein Zimmer. Baby ging gedankenverloren in ihr Schlafzimmer und schloß die Tür. Ihre Intuition arbeitete auf Hochtouren. Sie setzte sich aufs Bett und dachte über seine Worte nach: »Ich wußte, es würde schiefgehen.« Seltsam. Was würde schiefgehen? Eins stand für sie jedenfalls felsenfest. Von *Harold and Maude* hatte er noch nie etwas gehört. Aus ihm sprach die Aufrichtigkeit selbst. Und Baby Hutchmeyer hatte lange genug mit der Unaufrichtigkeit in Person zusammengelebt, um zu merken, wenn jemand die Wahrheit sagte. Ein Weilchen wartete sie noch, dann ging sie über den Flur und öffnete leise die Tür zu Pipers Zimmer. Er saß am Tisch beim Fenster und drehte ihr den Rücken zu. Neben seinem Ellbogen stand ein

Tintenfaß, vor ihm lag ein in Leder gebundenes Buch. Er schrieb. Eine Minute lang schaute Baby zu, dann machte sie ganz leise die Tür zu und und kehrte inspiriert auf ihr großes Wasserbett zurück. Sie hatte eben ein wahres Genie bei der Arbeit gesehen. Wie Balzac. Aus dem Erdgeschoß drang der Schlachtenlärm von Hutchmeyer und Sonia Futtle nach oben. Baby streckte sich aus und starrte ins Nichts, erfüllt vom schrecklichen Gefühl eigener Nutzlosigkeit. Nebenan rang ein Schriftsteller darum, sie und Millionen Leute wie sie von der Bedeutung all seiner Gedanken und Gefühle zu überzeugen; er versuchte, mit Hilfe seiner Phantasie eine bessere Welt zu schaffen, die ewige Freude und Schönheit in die Zukunft transponierte. Unten feilschten und kämpften diese beiden Wortkrämer – schließlich würden sie sein Werk vermarkten. Und sie tat gar nichts. Sie war ein unproduktives Wesen ohne Sinn oder Zweck, hemmungslos und unbedeutend. Sie drehte ihr Gesicht zur Wand und schlief sofort ein.

Eine Stunde später weckte sie das Geräusch von Stimmen aus dem Nachbarzimmer. Sie waren leise und unverständlich. Sonia und Piper redeten miteinander. Sie lag im Bett und lauschte, konnte aber nichts verstehen. Baby hörte, wie Pipers Zimmertür geschlossen wurde, dann ihre Stimmen draußen im Gang. Sie stand auf, ging ins Badezimmer und entriegelte die Verbindungstür. Einen Augenblick später befand sie sich in Pipers Zimmer. Das in Leder gebundene Buch lag immer noch auf dem Tisch. Baby durchquerte das Zimmer und setzte sich. Als Baby Hutchmeyer eine halbe Stunde später aufstand, war sie nicht mehr dieselbe. Sie ging durchs Bad zurück, verriegelte die Tür und setzte sich vor ihren Spiegel, von einer schrecklichen Absicht erfüllt.

Auch Hutchmeyers Absichten waren ziemlich schrecklich. Nach seinem Krach mit Sonia zog er sich ins Arbeitszimmer zurück, um MacMordie zur Sau zu machen, weil der ihm nichts von *Harold and Maude* erzählt hatte; doch es war Samstag, und MacMordie war nicht erreichbar, um sich zur

Sau machen zu lassen. Hutchmeyer wählte seine Privatnummer – ohne Ergebnis. Wütend lehnte er sich im Stuhl zurück und dachte über Piper nach. Irgendwas stimmte nicht mit dem Burschen, etwas, das er nicht genau erklären konnte, etwas, das nicht mit seiner Vorstellung von einem Autor übereinstimmte, der übers Vögeln alter Frauen schrieb. Irgendwas war da faul. Hutchmeyers Mißtrauen regte sich. Er kannte einen Haufen Autoren, keiner davon war wie Piper. Kein bißchen. Die erzählten andauernd von ihrer Arbeit. Aber dieser Piper... Er würde sich zu gern mal mit ihm unterhalten, ihn allein erwischen und ihm mit ein, zwei Drinks die Zunge lösen. Doch als er aus seinem Arbeitszimmer trat, fand er Piper von Frauen abgeschirmt vor. Baby hatte sich mit einer neuen Schicht Kriegsbemalung nach unten bequemt, und Sonia überreichte Hutchmeyer ein Buch.

»Was ist das?« fragte Hutchmeyer und wich zurück.

»*Harold and Maude*«, sagte Sonia. »Das haben Peter und ich dir in Bellsworth gekauft. Du kannst es lesen und dir eine eigene...«

Baby lachte schrill. »Das würde ich gern sehen. Er und lesen.«

»Halt die Klappe«, sagte Hutchmeyer. Er goß einen großen Highball in ein Glas und reichte es Peter. »Wie wär's mit 'nem Highball, Piper?«

»Lieber nicht, wenn es Ihnen nichts ausmacht«, sagte Piper. »Heute abend nicht.«

»Der erste verdammte Schriftsteller, der mir je begegnet ist und nicht trinkt«, sagte Hutchmeyer.

»Der erste richtige Schriftsteller, der dir je begegnet ist, Punkt«, sagte Baby. »Meinst du denn, Tolstoj hätte getrunken?«

»Lieber Himmel«, sagte Hutchmeyer, »woher soll ich das denn wissen?«

»Da draußen liegt ja eine wundervolle Jacht«, sagte Sonia, um das Thema zu wechseln. »Ich wußte gar nicht, daß du gern segelst, Hutch.«

»Tut er gar nicht«, sagte Baby, ehe Hutchmeyer darauf hinweisen konnte, es sei die beste Rennjacht, die man für Geld bekomme, und er würde sich mit jedem anlegen, der das Gegenteil behauptete. »Das gehört zu den Requisiten. Wie das Haus und die Nachbarn und ...«

»Halt den Mund«, sagte Hutchmeyer.

Piper ging hinaus und nach oben ins Boudoir-Schlafzimmer, um seinem Tagebuch noch ein paar finstere Gedanken über Hutchmeyer anzuvertrauen. Als er zum Abendessen wieder nach unten kam, war Hutchmeyers Gesicht röter als gewöhnlich und sein Streitlust-Index um etliche Punkte nach oben geklettert. Besonders ungern hatte sich Hutchmeyer einen kurzen Abriß seines Ehelebens durch Baby angehört, die mit Sonia – von Frau zu Frau – die symbolische Bedeutung des Tragens von Bruchbändern durch Ehemänner mittleren Alters sowie die Relevanz dieses Faktums für das Klimakterium des Mannes erörtert hatte. Aber diesmal hatte sein »Halt die Klappe« nicht funktioniert. Baby hielt die Klappe nicht, sie setzte durch die Enthüllung weiterer intimer Einzelheiten aus reiner Privatsphäre sogar noch eins drauf, und als Hutchmeyer ihr gerade empfahl, sie möge sich gefälligst ersäufen, trat Piper ein. Er war nicht in der Stimmung, sich mit Hutchmeyers fehlender Ritterlichkeit abzufinden. Sein Junggesellendasein und das jahrelange Studium der großen Romane hatten ihn mit einer tiefen Achtung vor der Frau und mit sehr strikten Ansichten hinsichtlich der Haltung von Männern gegenüber ihren Ehefrauen ausgestattet – die Aufforderung an die Frau, ins Wasser zu gehen, paßte nicht zu diesem Verhaltenskodex. Zudem waren ihm Hutchmeyers unverholenes Kommerzdenken und sein Kredo, die Leser wollten bloß eine prima Fick-Phantasie, den ganzen Tag über nicht aus dem Kopf gegangen. Seiner Meinung nach wollten die Leser ihre Sensibilität erweitern, wobei Fick-Phantasien nicht zur Kategorie der Dinge gehörten, die zur Erweiterung von Sensibilität beitrugen. Piper war mit dem festen Entschluß zum Essen erschienen, diesen Punkt klarzustellen.

Die Gelegenheit ergab sich bald, als nämlich Sonia, um das Thema zu wechseln, *Tal der Puppen* erwähnte. Froh, den frustrierenden Enthüllungen aus seinem Privatleben zu entkommen, meinte Hutchmeyer, es sei ein großartiges Buch.

»Ich bin ganz und gar nicht Ihrer Meinung«, sagte Piper. »Es befriedigt die Gier der Öffentlichkeit nach Pornographie.«

Hutchmeyer verschluckte sich an einem Stück Hummer. »Was tut es?« fragte er, als er sich erholt hatte.

»Es befriedigt die Gier der Öffentlichkeit nach Pornographie«, sagte Piper, ohne das Buch je gelesen zu haben; doch er hatte den Schutzumschlag gesehen.

»Ach ja, das tut es also«, sagte Hutchmeyer.

»Ja.«

»Und was soll daran falsch sein, wenn man die Gier der Öffentlichkeit befriedigt?«

»Es ist entwürdigend«, befand Piper.

»Entwürdigend?« sagte Hutchmeyer und beäugte ihn mit zunehmender Wut.

»Unbedingt.«

»Und was für Bücher wird die Öffentlichkeit Ihrer Meinung nach lesen, wenn man ihr nicht das gibt, was sie will?«

»Nun, ich glaube...«, setzte Piper an, ehe ihn Sonias Fußtritt unter dem Tisch zum Schweigen brachte.

»Ich glaube, daß Mr. Piper glaubt...«, sagte Baby.

»Was du glaubst, daß er glaubt, ist uninteressant«, knurrte Hutchmeyer, »ich will hören, was Piper glaubt, daß er glaubt.« Er schaute Piper erwartungsvoll an.

»Ich glaube, es ist falsch, den Lesern Bücher vorzusetzen, denen es an intellektuellem Gehalt mangelt«, sagte Piper, »und die mit Bedacht so konstruiert wurden, daß sie in der Vorstellungskraft der Leser sexuelle Phantasien entfachen, welche...«

»Sexuelle Phantasien entfachen?« brüllte Hutchmeyer, indem er das Zitat aus *Der moralische Roman* unterbrach. »Sie wollen mir weismachen, Sie seien gegen Bücher, die die sexuelle Phantasie ihrer Leser reizen, wo Sie doch das schweinischste Buch seit *Letzte Ausfahrt Brooklyn* geschrieben haben?«

Piper nahm all seinen Mut zusammen. »Ja, das will ich allerdings. Und außerdem will ich...«

Doch Sonia hatte genug gehört. Einer plötzlichen Eingebung folgend, griff sie nach dem Salzstreuer und kippte dabei den Wasserkrug um, genau in Pipers Schoß.

»Hast du sowas schon mal gehört?«, sagte Hutchmeyer, als Baby den Raum verließ, um einen Wischlappen zu holen, und Piper nach oben ging, um sich eine frische Hose anzuziehen. »Da besitzt dieser Kerl die Frechheit und sagt mir, ich dürfe kein Buch veröffentlichen...«

»Hör nicht auf ihn«, sagte Sonia, »er ist nicht er selbst. Er ist völlig durcheinander. Das liegt am gestrigen Krawall. Der Schlag auf seinen Kopf. Das hat ihn alles angegriffen.«

»Hat ihn angegriffen? Das kann man wohl sagen, und ich werde dieses kleine Arschloch auch noch angreifen. Sagt der mir doch glatt, ich sei ein verdammter Pornograph. Na, dem werd ich's zeigen...«

»Warum zeigst du mir nicht deine Jacht?« sagte Sonia und legte ihm die Arme um den Hals. Mit diesem Schachzug wollte sie zweierlei erreichen: einmal verhindern, daß Hutchmeyer aufsprang und den zurückweichenden Piper verfolgte, zum anderen eine neue Bereitschaft ihrerseits andeuten, daß sie allen möglichen Vorschlägen Hutchmeyers aufgeschlossen gegenüberstünde. »Wollen wir beide nicht hinausgehen und einen trauten kleinen Segeltörn in der Bucht machen?«

Hutchmeyer erlag ihrem besänftigenden Einfluß. »Für wen zum Teufel hält der sich eigentlich?« fragte er ungewollt scharfsinnig. Sonia gab keine Antwort. Sie klammerte sich an seinen Arm und lächelte verführerisch. Die beiden gingen hinaus auf die Terrasse und dann den Weg zum Landungssteg hinunter.

Vom Salon aus sah Baby ihnen gedankenverloren nach.

Jetzt war ihr völlig klar, in Piper hatte sie den Mann gefunden, auf den sie gewartet hatte, einen herausragenden Autor, der – ohne getrunken zu haben – Hutchmeyer Paroli bieten und glatt ins Gesicht sagen konnte, was er von ihm und seinen Büchern hielt. Außerdem schätzte er sie als sensible, intelligente und einfühlsame Frau. Das hatte sie Pipers Tagebuch entnommen. Piper hatte sich über das Thema offen und ehrlich ausgelassen, genauso, wie er seiner Auffassung Ausdruck verliehen hatte, Hutchmeyer sei ein ungehobelter, derber, dummer und von rein kommerziellen Motiven gelenkter Schwachkopf. Andererseits enthielt das Tagebuch diverse Anspielungen auf *Jahre*, die sie verwirrten, vor allem seine Feststellung, es sei ein ekelhaftes Buch. Dies schien ihr eine merkwürdig objektive Kritik eines Autors an seinem eigenen Werk zu sein, und obgleich sie seine Meinung nicht teilte, stieg er dadurch in ihrer Achtung noch höher. Darin zeigte sich, daß er nie mit sich zufrieden war – ein Schriftsteller, der sich seinem Metier hingebungsvoll widmete. Und wie sie so im Salon stand und mit ihren klaren, azurblauen Augen der sich langsam vom Landungssteg entfernenden Jacht nachsah, wurde auch Baby Hutchmeyer von einem Gefühl der Hingabe erfüllt, von mütterlicher Hingabe, die sich zur Euphorie steigerte. Die Tage nutzloser Inaktivität waren vorüber. Von nun an würde sie sich zwischen Piper und die schroffe Unsensibilität Hutchmeyers und der gesamten übrigen Welt stellen. Baby war glücklich.

Eine Treppe höher war Piper alles andere als glücklich. Die Euphorie über seine mutige Herausforderung Hutchmeyers war fürs erste verflogen, jetzt blieb ihm nur noch das schreckliche Gefühl, er befinde sich in großen Schwierigkeiten. Er zog seine feuchte Hose aus, setzte sich aufs Bett und fragte sich, was er um alles in der Welt machen solle. Er hätte die Pension Gleneagle in Exforth nie verlassen dürfen. Er hätte nie auf Frensic und Sonia hören dürfen. Er hätte nie nach Amerika kommen dürfen. Er hätte seine literarischen Grundsätze nie verraten dürfen. Als der Sonnenuntergang verblaßte und Piper aufstand, um sich nach einer anderen Hose umzusehen, klopfte es an der Tür, und Baby trat ein.

»Sie waren phantastisch«, sagte sie, »absolut phantastisch.«

»Wirklich sehr freundlich, daß sie das sagen«, meinte Piper und brachte den rüschenbesetzten Hocker zwischen seine hosenlose Person und Mrs. Hutchmeyer. Er wußte nur zu genau, falls es noch eines Umstands bedurfte, um Hutchmeyer zur Raserei zu bringen, dann war es genau der hier: sie beide in dieser kompromittierenden Situation anzutreffen.

»Und Sie sollen wissen, daß ich sehr nett finde, was Sie über mich geschrieben haben«, fuhr Baby fort.

»Über Sie geschrieben?« fragte Piper, im Schrank herumwühlend.

»In Ihrem Tagebuch«, sagte Baby. »Ich weiß ja, ich hätte nicht...«

»Was?« kreischte Piper aus der Tiefe des Schranks. Endlich fand er eine Hose und quälte seine Beine hinein.

»Ich konnte einfach nicht anders«, sagte Baby. »Es lag offen auf dem Tisch und...«

»Dann wissen Sie also alles?« fragte Piper, der gerade aus dem Schrank auftauchte.

»Ja«, sagte Baby.

»Guter Gott«, seufzte Piper und ließ sich auf den Hocker fallen. »Werden Sie es ihm sagen?«

Baby schüttelte den Kopf. »Das bleibt unter uns.«

Piper dachte darüber nach, fühlte sich aber kaum beruhigt. »Es war eine furchtbare Belastung«, bekannte er schließlich. »Daß ich mit keinem darüber reden konnte, meine ich. Abgesehen von Sonia natürlich, aber sie ist auch keine Hilfe.«

»Das kann ich mir denken«, sagte Baby, die keinen Moment lang annahm, Miss Futtle würde Gefallen daran finden, wenn man ihr erzählte, was für ein überaus sensibler intelligenter und einfühlsamer Mensch eine andere Frau sei.

»Nun ja, sie konnte es auch gar nicht sein«, sagte Piper. »Schließlich war es ja auch ihre Idee.«

»Tatsächlich?« fragte Baby.

»Sie meinte, es würde schon funktionieren, aber mir war klar, diese Verstellung könnte ich niemals durchhalten«, fuhr Piper fort.

»Ich finde, das spricht nur für Sie«, sagte Baby und versuchte sich verzweifelt vorzustellen, woran Miss Futtle wohl gedacht haben könnte, als sie Piper überredete, sich so zu verstellen, daß... Das alles war durch und durch verrückt. »Hören Sie, wir sollten hinuntergehen und uns einen Drink genehmigen, dann können Sie mir alles darüber erzählen.«

»Ich muß einfach mit jemandem reden«, sagte Piper, »aber sind denn die beiden nicht unten?«

»Sie sind mit der Jacht rausgefahren. Wir sind ganz unter uns.«

Sie gingen die Treppe hinunter in ein kleines Eckzimmer, dessen Balkon über den Felsen und dem Wasser hing, das auf den Strand schwappte.

»Das ist mein kleines Versteck«, sagte Baby; dabei deutete sie auf die Bücherreihen an den Wänden. »Hier kann ich ich selbst sein.« Während sie zwei Drinks eingoß, sah sich Piper traurig die Büchertitel an. Sie waren so verwirrend wie seine Lage und ließen einen Eklektizismus erkennen, der ihn überraschte. Maupassant lehnte gegen Hailey, der wiederum Tolkien stützte, und Piper, dessen Identität auf einigen wirklich großen Schriftstellern ruhte, konnte sich nicht vorstellen, wie irgend jemand in dieser Umgebung er selbst sein sollte. Außerdem standen da zahlreiche Kriminalromane und Reißer herum, und über solche banalen Werke hatte Piper ganz strenge Ansichten.

»Jetzt erzählen Sie mir mal die ganze Geschichte«, sagte Baby besänftigend und machte sich's auf einer Couch bequem. Piper nippte an seinem Drink und überlegte, wo er am besten anfangen solle.

»Sehen Sie, ich schreibe jetzt seit zehn Jahren«, meinte er schließlich, »und...«

Draußen wurde die Abenddämmerung zur Nacht, während Piper seine Geschichte erzählte. Neben ihm saß Baby, gefesselt. Das hier war besser als Bücher. Das war das Leben. Nicht das Leben, wie sie es kannte, sondern wie sie es sich immer erträumt hatte. Aufregend, geheimnisvoll, dazu voller seltsamer, ungewöhnlicher Gefahren, die ihre Phantasie anregten. Sie füllte die Gläser von neuem, und Piper, von ihrem Mitgefühl berauscht, redete weit flüssiger weiter, als er je geschrieben hatte. Er gab seine Lebensgeschichte zum besten, die Geschichte eines Genies, allein in einer Mansarde; in etlichen Mansarden saß er, schaute auf die windzerfurchte See hinaus und kämpfte monate- und jahrelang darum, mit Füllfederhalter, Tinte und diesen von ihr in seinen Aufzeichnungen so bewunderten graziösen Schnörkeln den Sinn des Lebens und seine tiefste Bedeutung auszudrücken.

Baby blickte ihm ins Gesicht und schmückte sich dies alles romantisch aus. Nebelschwaden, dick wie Erbensuppe, zogen wieder durch London. Gaslampen glimmten an den Stränden, während Piper seinen allnächtlichen Bummel auf der Promenade unternahm. Nach diesen Einzelheiten fischte Baby gründlich in ihrem Fundus aus halbvergessenen Romanen. Natürlich gab es auch Bösewichter, aufgedonnerte Schurken aus Dickens' Romanen, Oberspitzbuben der literarischen Welt in der Person von Frensic & Futtle aus der Lanyard Lane, die das Genie mit dem falschen Versprechen der Anerkennung aus seiner Mansarde lockten. Lanyard Lane! Allein der Name ließ in Babys Kopf ein sagenumwobenes London Gestalt annehmen. Und Covent Garden. Doch am allerbesten war und blieb Piper, wie er allein auf einem Deich stand, unter ihm brachen die Wellen, er starrte unverwandt über den Ärmelkanal, und der Wind zauste sein Haar. Dieser Mann saß hier vor ihr, mit verhärmtem, ängstlichem Gesicht und gequälten Augen, die Verkörperung eines unerkannten Genies, so wie sie sich Keats, Shelley und all die anderen so früh verstorbenen Dichter immer vorgestellt hatte. Und zwischen ihm und der rauhen, erbarmungslosen Realität von Hutchmeyer und Frensic & Futtle stand nur sie, Baby persönlich.

Zum ersten Mal fühlte sie, daß sie gebraucht wurde. Ohne sie würde man ihn hetzen, verfolgen, so lange jagen, bis... Baby sah Selbstmord oder Wahnsinn voraus, auf jeden Fall aber eine ruhelose, erbarmungslose Zukunft, in der Piper, die Beute kommerzieller Habgier, all jenen Mächten zum Opfer fallen würde, die sich zu seinem Verderben zusammengetan hatten. Babys Phantasie galoppierte auf ein veritables Melodrama zu.

»Wir dürfen das nicht zulassen«, stellte sie impulsiv fest, als Piper das Selbstmitleid ausging. Er blickte sie traurig an.

»Was kann ich tun?« fragte er.

»Sie müssen verschwinden«, sagte Baby, ging zur Balkontür und stieß sie auf. Piper schaute zweifelnd in die Nacht hinaus. Der Wind frischte auf, und die Natur imitierte die Kunst – oder Pipers Quentchen an Kunst –, indem sie Wellen gegen die Felsen unter dem Haus schleuderte. Die Windböen verfingen sich in den Vorhängen und wehten sie flatternd ins Zimmer. Baby stand zwischen ihnen und schaute hinaus auf die Bucht. Ihre Gedanken waren von Bildern aus Romanen erfüllt. Die nächtliche Flucht. Die See peitschte gegen ein kleines Boot. Ein großes Haus loderte in der Dunkelheit, zwei Liebende lagen sich in den Armen. In Gedanken sah sie sich als neuen Menschen, nicht mehr als die vernachlässigte Frau eines reichen Verlegers, eine Kreatur aus Gewohnheiten und chirurgischen Tricks, sondern als die Heldin in einem großen Roman: *Rebecca, Jane Eyre, Vom Winde verweht*. Sie drehte sich um, und Piper war von der Intensität ihres Gesichtsausdrucks überrascht. Ihre Augen glänzten, ihr Mund drückte wilde Entschlossenheit aus. »Wir verschwinden zusammen«, sagte sie und reichte ihm ihre Hand.

Piper ergriff sie vorsichtig. »Zusammen?« sagte er. »Sie meinen...«

»Zusammen«, sagte Baby. »Sie und ich. Heute nacht.« Pipers Hand fest im Griff, führte sie ihn hinaus in den Salon.

12

Mitten in der Bucht kämpfte Hutchmeyer mit dem Ruder. Für ihn war der Abend nicht erfolgreich verlaufen. Schlimm genug, von seinem eigenen Autor beleidigt zu werden – ein einzigartiges Erlebnis, auf das ihn nichts während seiner fünfundzwanzig Jahre im Buchgeschäft vorbereitet hatte; noch schlimmer war es, auf einer Jacht mitten in stockfinsterer Nacht in den Ausläufern eines Taifuns zu segeln, dazu mit einer schwer angeheiterten Frau als Mannschaft an Bord, die steif und fest behauptete, sie amüsiere sich.

»Find' ich toll«, rief sie, als die Jacht sich aufbäumte und eine Welle über das Deck schwappte. »England, wir kommen.«

»O nein, das tun wir nicht«, sagte Hutchmeyer und legte das Steuer um, weil er vermeiden wollte, daß sie womöglich Kurs auf den Atlantik nähmen. Er starrte in die Dunkelheit, dann hinunter auf die Kompaßhaube. In diesem Moment vollführte die *Romain du Roy* eine gewaltige Drehung; ein Wasserschwall spritzte über die Reling und in die Plicht. Hutchmeyer klammerte sich fluchend am Steuerrad fest. In der Dunkelheit neben ihm quiekte Sonia, ob aus Angst oder Erregung, wußte Hutchmeyer nicht; es war ihm auch herzlich egal. Er kämpfte gegen nautische Schwierigkeiten, denen seine spärlichen Kenntnisse nicht gewachsen waren. Aus den entlegensten Winkeln seines Gedächtnisses kramte er hervor, daß man bei Sturm keine Segel setzen dürfe. Stürme überstand man.

»Halt mal«, brüllte er Sonia zu; dann watete er nach unten

in die Kabine, um nach einem Messer zu suchen. Eine neue Welle ergoß sich über die Plicht und in sein Gesicht, als er wieder nach oben kam.

»Was hast du mit diesem Ding vor?« fragte Sonia. Hutchmeyer schwang das Messer und klammerte sich an die Reling.

»Ich werde verflucht nochmal dafür sorgen, daß wir nirgendwo auflaufen«, schrie er, während die Jacht in einem Höllentempo davonjagte. Er kroch das Deck entlang und hackte auf jedes Tau ein, das er finden konnte. Bald wälzte er sich in Segeltuch. Als er sich schließlich befreit hatte, war die wilde Jagd vorbei. Die Jacht schlingerte.

»Das hättest du nicht tun dürfen«, sagte Sonia, »ich hatte 'n echten Geschwindigkeitsrausch.«

»Aber ich nicht«, sagte Hutchmeyer und spähte hinaus in die Nacht. Man konnte unmöglich herausfinden, wo sie inzwischen waren. Der Himmel über ihnen war schwarz, die Lichter entlang der Küste waren anscheinend ausgegangen. Oder das Boot war abgetrieben worden – auf die offene See hinaus.

»Herrgott nochmal«, sagte Hutchmeyer kläglich. Neben ihm spielte Sonia vergnügt mit dem Steuerrad. Bei so einem Sturm in finsterer Nacht auf dem Meer zu sein, hatte etwas Erregendes, es sprach ihre Abenteuerlust an und weckte ihre kämpferischen Instinkte. Es war etwas Greifbares da, mit dem sie sich messen konnte. Außerdem hatte Hutchmeyers Niedergeschlagenheit einen durchaus beruhigenden Einfluß auf sie. Jedenfalls hatte sie erreicht, daß er nicht mehr an Piper dachte – und an sie auch nicht. Ein Sturm auf See gab absolut nicht den richtigen Rahmen für eine Verführung ab. Hutchmeyers Anstrengungen in dieser Richtung waren überdies eher ungeschickt gewesen. Sonja hatte Trost im Scotch gefunden. Als sich das Schiff nun mit der neuen Welle auf- und abbewegte, war sie endlich sturzbetrunken.

»Wir müssen einfach abwarten, bis sich der Sturm legt«, schlug Hutchmeyer vor, aber Sonia bestand auf Action.

»Laß den Motor an«, sagte sie.

»Wozu denn, verdammt nochmal? Wir wissen nicht, wo wir sind. Wir könnten auf Grund laufen.«

»Ich will den Wind in meinem Haar und die Gischt in meinem Gesicht spüren«, schrie Sonia.

»Gischt?« höhnte Hutchmeyer.

»Ich will einen Mann am Steuer, der die Hand an der Pinne hat...«

»Du hast einen Mann am Steuer«, sagte Hutchmeyer und nahm es ihr ab.

Die Jacht schlingerte im Wind, Wellen zerrten am treibenden Großsegel. Sonia lachte. »Einen richtigen Mann, einen männlichen Mann, einen Seemann. Einen Mann mit Salz in den Adern und einem Seesack im Herzen. Einen, der das Blut in Wallung bringt.«

»Blut in Wallung bringt«, murmelte Hutchmeyer. »Du kriegst soviel Blutwallung, wie du willst, wenn wir auf 'n Felsen laufen. Ich hätte nicht auf dich hören sollen. In so einer Nacht rauszusegeln!«

»Du hättest dir den Wetterbericht anhören sollen«, sagte Sonia, »auf den hättest du hören sollen. Ich hab' bloß gesagt...«

»Ich weiß, was du gesagt hast. Du hast gesagt: ›Laß uns einen Segeltörn in der Bucht machen‹. Das hast du gesagt.«

»Und jetzt segeln wir eben ein bißchen. Wir nehmen die Herausforderung der Elemente an. Ich finde es einfach phantastisch.«

Hutchmeyer nicht. Naß, kalt und verdreckt umklammerte er das Steuerrad und suchte in der Dunkelheit nach der Küste. Sie war nirgendwo zu sehen.

»Herausforderung der Elemente – am Arsch«, dachte er verbittert und fragte sich, weshalb Frauen bloß so wenig Realitätssinn hatten.

Dieser Gedanke hätte auch in Pipers Herz Anklang gefunden. Baby hatte sich verändert. Die überaus einfühlsame, intelligente Frau aus seinem Tagebuch war zu einem Wesen ge-

worden, das äußerst nachdrücklich darauf bestand, ja geradezu versessen darauf war, ihn mitten in einer gänzlich unge-
eigneten Sturmnacht aus dem Haus zu treiben. Um alles noch
schlimmer zu machen, schien sie wild entschlossen, mit ihm
zu gehen – ein Verhalten, das Pipers Meinung nach darauf angelegt war, seine bereits gespannte Beziehung zu Mr.
Hutchmeyer einer Zerreißprobe zu unterziehen, nach der
selbst eine Flucht aller Wahrscheinlichkeit nach nichts mehr
würde kitten können. Das gab er der vor ihm gehenden Baby
auf dem Weg durch den Salon und in die große Eingangshalle
zu bedenken.

»Ich finde, wir können hier nicht so einfach mitten in der
Nacht zusammen verschwinden«, protestierte er, die Füße
auf einem Mosaikbottich voll kochender Holzfasermasse.
Von seinem Porträt an der Wand blickte Hutchmeyer böse
herab.

»Warum nicht?« sagte Baby, deren Sinn fürs Melodramati-
sche in dieser grandiosen Umgebung offenbar zu Hochform
auflief. Piper suchte krampfhaft nach einer überzeugenden
Antwort, doch dann fiel ihm nur die nächstliegende ein, nämlich daß es Hutchmeyer nicht gefallen würde. Baby lachte
schrill.

»Dann hat er eben Pech gehabt«, sagte sie, und ehe Piper
einwenden konnte, Hutchmeyers Pech werde für ihn, Piper,
schwere Nachteile mit sich bringen, und auf jeden Fall streue
er lieber Hutchmeyer hinsichtlich der Autorschaft von *Jahre*
Sand in die Augen und nehme die damit verbundenen Gefahren auf sich, als daß er das furchtbare Risiko eingehe, mit seiner Frau abzuhauen, hatte sich Baby wieder seine Hand
geschnappt und führte ihn die Renaissance-Treppe hinauf.

»Packen Sie Ihre Sachen, so schnell Sie können«, flüsterte
sie ihm zu, als sie vor der Tür des Boudoir-Schlafzimmers angekommen waren.

»Ja, aber ...«, fing Piper an, ungewollt ebenfalls flüsternd.
Doch Baby war verschwunden. Piper ging in sein Zimmer
und machte das Licht an. Sein Koffer lehnte wenig einladend

an der Wand. Piper schloß die Tür und fragte sich, was er jetzt bloß unternehmen solle. Die Frau mußte verrückt sein, wenn sie ernsthaft glaubte, er würde... Piper wankte quer durchs Zimmer zum Fenster und versuchte, die Vorstellung loszuwerden, das alles sei Realität und passiere ausgerechnet ihm. Dieses Erlebnis hatte etwas schrecklich Halluzinatorisches und fügte sich nahtlos in alles, was geschehen war, seit er in New York amerikanischen Boden betreten hatte. Alle waren total verrückt. Und obendrein lebten sie ihr Verrücktsein aus, ohne einen Augenblick zu zögern. Die Redensart ›Ich finde dich zum Schießen‹ fiel ihm dabei ein. Fünf Minuten später drängte sie sich ihm geradezu auf, als Piper – den Koffer hatte er immer noch nicht gepackt – den Kopf durch die Tür des Boudoir-Schlafzimmers steckte. Baby kam den Korridor runter, in der Hand einen großen Revolver. Piper zog sich fluchtartig in sein Zimmer zurück.

»Den packen Sie am besten mit ein«, sagte sie.

»Einpacken?« meinte Piper und starrte das Ding verschreckt an.

»Für den Notfall«, sagte Baby. »Man kann nie wissen.«

Piper gehorchte. Er schlich kopfschüttelnd ums Bett herum. »Sie müssen einfach verstehen...«, setzte er an, doch Baby war in die Kommodenschubladen getaucht und stapelte seine Unterwäsche aufs Bett.

»Vergeuden Sie die Zeit nicht mit Reden. Schnappen Sie sich den Koffer«, sagte sie. »Der Wind flaut ab. Die beiden können jeden Moment wieder hier sein.«

Piper schaute sehnsüchtig aus dem Fenster. Wenn sie doch nur zurückkämen, jetzt sofort, ehe es zu spät war. »Ich meine wirklich, wir sollten uns das nochmal überlegen«, sagte er. Baby hörte auf, Schubladen auszuleeren, und drehte sich zu Piper um. Ihr gestrafftes Gesicht glühte von unerfüllten Wunschträumen. Sie war jede Heldin, von der sie einmal gelesen hatte, jede Frau, die voller Freude nach Sibirien gegangen oder ihrem Mann durch den von General Sherman verwüsteten Süden gefolgt war. Sie war mehr, Muse und Beschützerin dieses unglücklichen jungen Menschen in einer Person. Dies war ihre einzige Chance zur Selbstverwirklichung, die würde sie sich auf keinen Fall entgehen lassen. Hinter ihr lag Hutchmeyer, lagen Jahre der Knechtschaft im Dienst von Langeweile und Heimtücke, von chirurgischer Restaurierung und vorgetäuschter Begeisterung; vor ihr lag Piper, das Wissen, daß sie gebraucht wurde, ein neues Leben, durch den Dienst für dieses junge Genie sinnerfüllt und wichtig. Und in diesem Augenblick des höchsten Opfers, auf dem Höhepunkt so vieler erwartungsvoller Jahre, da zögerte er. Babys Augen füllten sich mit Tränen; flehend rang sie die Hände.

»Verstehen Sie denn nicht, was das alles bedeutet?« fragte sie. Piper glotzte sie mit offenem Mund an. Er wußte nur zu gut, was es bedeutete. Er war mit der wahnsinnigen Frau des reichsten und mächtigsten Verlegers von Amerika allein in einem riesigen Haus, und sie schlug vor, daß sie gemeinsam davonliefen. Und wenn er sich weigerte, würde sie sicher Hutchmeyer die Wahrheit über *Jahre* erzählen oder eine ähnlich furchtbare Geschichte erfinden, beispielsweise wie er versucht habe, sie zu verführen. Und dann war da noch die Waffe. Sie lag auf dem Bett, wo er sie hatte fallen lassen. Piper warf einen kurzen Blick auf das Ding; in dem Moment machte Baby einen Schritt nach vorn, und die Tränen, die sich in ihren Augen gestaut hatten, rannen ihr die Wangen hinunter und schwemmten eine Kontaktlinse mit sich fort. Baby tastete auf der Tagesdecke herum, dabei erwischte sie zufällig die Pistole. Piper zögerte nicht länger. Er griff sich den Koffer, warf ihn aufs Bett und packte im nächsten Moment hastig Hemden und Hosen hinein. Erst als alles verpackt war, seine Hauptbücher, der Füller und die Flasche mit Waterman's Midnight Black, hielt er inne. Schließlich setzte er sich noch auf den Koffer und machte die Schnallen zu. Dann erst sah er Baby an. Sie tastete immer noch auf dem Bett herum.

»Ich kann sie nicht finden«, sagte sie, »ich kann sie nicht finden.«

»Lassen Sie's bleiben, so ein Ding brauchen wir nicht«, sagte Piper, ängstlich darauf bedacht, keine nähere Bekanntschaft mit Handfeuerwaffen zu machen.

»Ich brauche sie aber«, sagte Baby, »ohne sie komme ich nicht zurecht.«

Piper wuchtete den Koffer vom Bett, Baby fand die Kontaktlinse – und die Pistole. Die eine fest umklammert, während sie versuchte, sich die andere wieder einzusetzen, folgte sie Piper hinaus auf den Korridor. »Bringen Sie Ihr Gepäck runter und holen Sie dann meins«, wies sie ihn an, dann ging sie in ihr Schlafzimmer. Piper trabte nach unten, begegnete unterwegs Hutchmeyers finsterem Porträt und kam wieder zurück. Baby stand im Nerzmantel neben dem großen Wasserbett, umgeben von sechs riesigen Reisetaschen.

»Hören Sie«, sagte Piper, »sind Sie wirklich sicher, daß Sie…«

»Ja, o ja«, sagte Baby. »Davon habe ich schon immer geträumt. Diese… diese ganze Falschheit verlassen und neu anfangen.«

»Glauben Sie denn nicht…« begann Piper von neuem, doch Baby glaubte gar nichts. Mit einer letzten großen Geste griff sie zum Schießeisen und feuerte mehrere Male ins Wasserbett. Kleine Fontänen sprangen in die Höhe, und das Zimmer hallte wider vom ohrenbetäubenden Echo der Schüsse. »Das ist symbolisch gemeint«, schrie sie und schleuderte die Pistole in eine Ecke. Doch Piper hörte nicht. Er wankte aus dem Schlafzimmer, in jeder Hand drei Reisetaschen, die er den Flur hinunterschleifte, während die Pistolenschüsse ihm noch in den Ohren gellten. Jetzt wußte er, sie war zweifellos verrückt; der Anblick des auslaufenden Wasserbetts erinnerte ihn auf schreckliche Weise an die eigene Sterblichkeit. Als er das Ende der Treppe erreichte, schnaufte er und rang nach Atem. Baby folgte ihm, ein Gespenst im Nerz.

»Was jetzt?« fragte er.

»Wir nehmen die Motorjacht«, sagte sie.

»Die Motorjacht?«

Baby nickte, ihre Phantasie war von neuem von Bildern aus Romanen beflügelt. Die nächtliche Flucht übers Wasser war absolut unerläßlich.

»Werden sie denn nicht...«, fing Piper an.

»Auf diese Weise erfahren sie nie und nimmer, wohin wir verschwunden sind«, sagte Baby. »Wir gehen im Süden an Land und kaufen uns ein Auto.«

»Ein Auto kaufen?« sagte Piper. »Ich habe doch kein Geld.«

»Aber ich«, sagte Baby; dann durchquerten die beiden den Salon und gingen den Weg zum Landesteg hinunter. Piper, mit den Reisetaschen beladen, immer hinter ihr her. Der Wind hatte sich zwar gelegt, doch die See war immer noch kabbelig und schlug gegen die Holzpfähle und Felsen, so daß Gischt Piper naß ins Gesicht spritzte.

»Bringen Sie die Taschen an Bord«, sagte Baby, »ich muß noch einmal zurück, etwas erledigen.«

Piper zögerte einen Augenblick und schaute mit gemischten Gefühlen auf die Bucht hinaus. Er war nicht sicher, ob er wollte, daß Sonia und Hutchmeyer jetzt in Sichtweite auf den Wellen schaukelten. Doch von ihnen war weit und breit nichts zu sehen. Schließlich ließ er die Taschen ins Boot fallen und wartete. Baby kehrte mit einer Aktentasche zurück.

»Mein Unterhalt«, erklärte sie, »aus dem Safe.« Sie preßte ihren Nerz fest an sich, kletterte in die Motorjacht hinunter und ging zu den Armaturen. Piper folgte ihr auf wackeligen Beinen.

»Wenig Treibstoff«, sagte sie. »Wir brauchen noch welchen.« Kurz darauf stapfte Piper zwischen dem Motorboot und dem Treibstofflager hinterm Haus hin und her. Es war dunkel, gelegentlich stolperte er.

»Reicht das immer noch nicht?« fragte er, als er nach dem fünften Mal die Kanister zu Baby ins Boot hinunterreichte.

»Fehler können wir uns keine leisten«, antwortete sie. »Sie wollen doch nicht, daß uns mitten in der Bucht der Sprit ausgeht?«

Piper machte sich wieder auf den Weg. Eins stand für ihn inzwischen felsenfest: Er hatte bereits einen schweren Fehler gemacht. Er hätte auf Sonia hören sollen. Sie hatte gesagt, diese Frau sei ein Ghul, und recht hatte sie. Ein wahnsinniger Ghul. Und was in aller Welt machte er hier eigentlich, daß er mitten in der Nacht eine Motorjacht mit Benzinkanistern volltankte? Keinesfalls eine Aktivität, die auch nur entfernt mit dem Metier eines Romanciers in Zusammenhang stand. Um nichts in der Welt hätte sich Thomas Mann zu so etwas breitschlagen lassen. D. H. Lawrence auch nicht. Conrad möglicherweise, aber auch nur vielleicht. Doch selbst das war äußerst unwahrscheinlich. Piper schlug in Gedanken in *Lord Jim* nach, fand jedoch nichts Ermutigendes darin, nichts was diese hirnrissige Beschäftigung rechtfertigte. Ja, hirnrissig war das richtige Wort. Zögernd stand Piper mit zwei weiteren Kanistern im Treibstofflager. Es gab nicht einen einzigen einigermaßen bedeutenden Romancier, der getan hätte, was Piper gerade tat. Sie alle hätten sich geweigert, bei solch einem Plan mitzuwirken. Das war zwar gut und schön, aber keiner von ihnen hatte sich jemals in einer solchen Zwickmühle befunden wie er jetzt. Stimmt, D. H. Lawrence war mit Frieda, der Frau von Mr. Wer-auch-immer durchgebrannt, doch vermutlich aus eigenem Antrieb und weil er sich in die Dame verliebt hatte. Piper war absolut nicht in Baby verliebt, und aus eigenem Antrieb handelte er auch nicht. Ganz bestimmt nicht. Nach Untersuchung dieser Präzedenzfälle überlegte Piper, wie er seinen Vorbildern gerecht werden könne. Schließlich hatte er ja nicht umsonst die letzten zehn Jahre seines Lebens als großer Schriftsteller zugebracht. Er würde einen moralischen Standpunkt vertreten. Das war aber leichter gesagt als getan. Baby Hutchmeyer war nicht die Sorte Frau, die einen verstand, wenn man einen moralischen Standpunkt vertrat. Außerdem fehlte die Zeit für Erklärungen. Am besten bliebe er, wo er war, und ginge nicht wieder zum Boot hinunter. Dann säße sie in der Klemme, wenn Hutchmeyer und Sonia zurückkamen. Sie hätte alle Hände voll zu tun, um ihnen zu erklären, was sie, mit vollen Reisetaschen und zehn Zwanzigliterkanistern Benzin über die ganze Kabine verteilt, an Bord der Motorjacht tue. Wenigstens konnte sie nicht einfach behaupten, er hätte sie gezwungen, mit ihm durchzubrennen – falls Durchbrennen das richtige Wort war, wenn man mit der Frau eines anderen davonlief. Jedenfalls nicht, wenn er, Piper, abwesend wäre. Andererseits war sein Koffer an Bord. Den mußte er unbedingt herunterholen. Aber wie? Wenn er nicht wieder zurückkäme, würde sie natürlich nach ihm suchen, und in dem Fall... Piper spähte aus dem Lagerhaus und schlich sich – als er sah, daß die Luft rein war – zur Vordertür und ins Haus hinein. Kurz darauf stand er hinter dem Verandagitter und blickte aufs Boot hinaus. Um ihn herum knarrte das große Holzhaus. Piper schaute auf seine Uhr. Sie zeigte eins. Wo blieben nur Sonia und Hutchmeyer? Sie hätten schon vor Stunden zurück sein müssen.

An Bord der Motorjacht dachte Baby das gleiche von Piper. Wo er nur blieb? Sie hatte den Motor angelassen, die Benzinuhr überprüft und war bereit zum Ablegen – nun brachte er alles ins Stocken. Nach zehn Minuten war sie ernstlich beunruhigt.

Und mit jder weiteren Minute nahm ihre Unruhe zu. Die See war jetzt ruhig, und wenn er nicht bald auftauchte...

»Genie ist so unberechenbar«, brummelte sie schließlich und kletterte auf den Landungssteg. Sie ging ums Haus herum, über den Hof zum Treibstofflager und machte Licht an. Leer. Zwei große Blechkanister in der Fußbodenmitte bezeugten stumm Pipers Meinungsänderung. Baby ging zur Tür.

»Peter«, rief sie; ihr dünnes Stimmchen erstarb in der Nachtluft. Dreimal rief sie, dreimal blieb die Antwort aus.

»O herzloser Knabe!« schrie sie, und diesmal gab es anscheinend eine Antwort. Leise drang sie in Form eines Krachens und eines gedämpften Schreis vom Haus herüber. Piper war über eine dekorative Vase gestolpert. Baby ging über den

Hof und die Stufen zur Haustür hinauf. Sobald sie im Haus war, rief sie noch einmal – vergebens. Mitten in der großen Eingangshalle stand Baby, sah zum Porträt ihres verhaßten Ehemannes auf und hatte dank ihrer überreizten Phantasie den Eindruck, ein Lächeln spiele um dessen dicke, arrogante Lippen. Wieder hatte er gewonnen. Er würde immer gewinnen, sie würde immer das Spielzeug seiner Mußestunden bleiben.

»Niemals!« schleuderte sie als Antwort den Klischees, die ihr hysterisch durch den Kopf wirbelten, und dem unausgesprochenen Hohn des Porträts entgegen. Sie war nicht so weit gekommen, um sich nun von einem feigen literarischen Genie ihr Recht auf Freiheit, Liebesabenteuer und wahre Bedeutung rauben zu lassen. Sie würde etwas unternehmen, etwas Symbolisches, das ihre Unabhängigkeit bezeugte. Aus dem Feuer der Vergangenheit würde sie sich aufs neue erheben, wie ein wilder Phönix aus der ... Glut? Asche? Diese Symbolik faszinierte sie. Es müßte eine Tat sein, nach der es kein Zurück mehr geben konnte. Sie würde die Schiffe hinter sich verbrennen. Und Baby, bestärkt von den Heldinnen etlicher hundert Romane, eilte über den Hof zurück, öffnete einen der großen Kanister und legte kurz darauf eine Benzinspur zum Haus. Sie goß Benzin über die Stufen, auf die Türschwelle, über den Mosaikfußboden mit seinen mannigfaltigen Tätigkeiten, auf die Treppe, in den Salon und quer über den Teppich bis zum Arbeitszimmer. Dann nahm sie mit der hemmungslosen Unbesorgtheit, die so gut zu ihrer neuen Rolle paßte, ein Tischfeuerzeug vom Schreibtisch und zündete das Benzin an. Ein Flammenmeer verschlang den Raum, eilte in den Salon, raste quer durch die Halle und hinaus in die Nacht. Dann, und erst dann, wandte Baby sich um und öffnete die Terrassentür.

Nach dem kurzen Zwischenfall mit der Ziervase machte Piper sich mittlerweile auf der Jacht zu schaffen. Er hatte Babys Rufe gehört und die Gelegenheit genutzt, seinen Koffer vom Boot zu holen. Piper rannte zum Steg hinunter und kletterte an Bord. Über ihm ragte das riesige Haus dunkel drohend auf. Seine Ruskin und Morris entlehnten Türme und Ecktürmchen, die durch die architektonische Extravaganz von Peabody und Stearns zu Schindelwerk aufgelöst worden waren, verschmolzen mit dem finsteren Himmel. Das einzige Licht war hinter den Gittern des Innenhofs auszumachen, und das war gedämpft. Auch im Inneren der Motorjacht herrschte ein trübes Halbdunkel. Zwischen Reisetaschen und Blechkanistern tastete Piper nach seinem Koffer. Wo war er bloß hingeraten, verdammt nochmal? Schließlich fand er ihn unter dem Nerzmantel und wollte ihn gerade hervorkramen, als ihn ein lautes Prasseln und züngelnde Flammen aus dem Haus innehalten ließen. Er warf den Mantel hin, stolperte zur Kabinentür und blickte verblüfft nach oben.

Die Residenz Hutchmeyer stand in Flammen. Aus den Fenstern von Hutchmeyers Arbeitszimmer schossen Flammen nach oben. Hinter dem Gitterwerk tanzten ebenfalls Flammen. Als die Fenster in der Hitze zersprangen, war das Krachen von splitterndem Glas zu hören; fast gleichzeitig erhob sich hinter dem Haus ein Feuerpilz in den Himmel, gefolgt von einer entsetzlichen Explosion. Piper starrte das alles mit offenem Mund an, durch das ungeheure Ausmaß der Ereignisse wie gelähmt. Während er so dastand, löste sich eine schmale Figur aus dem Schatten des Hauses und lief über die Terrasse auf ihn zu. Es war Baby. Die verflixte Frau mußte... aber Piper blieb keine Zeit, seinen völlig einleuchtenden Gedankengang bis zur Schlußfolgerung fortzusetzen. Als Baby auf ihn zugelaufen kam, tauchte seitlich vom Haus eine weitere Spur auf, eine tanzende, hüpfende Feuerspur, die einen Moment lang innehielt, um dann entlang der von Piper auf seinem Weg vom Treibstofflager zurückgelassenen Benzinspur weiterzuflackern. Piper sah das Feuer kommen und kletterte mit einer Geistesgegenwart, die er einzig und allein sich selbst und kein bißchen einer Anregung aus *Der moralische Roman* verdankte, auf den Landungssteg, wo er mit den Haltetauen der Jacht kämpfte.

»Wir müssen hier weg, bevor das Feuer ...« schrie er Baby zu, die inzwischen den Steg erreicht hatte und auf ihn zulief.

»O mein Gott«, kreischte sie. Die tänzelnden Flammen kamen immer näher. Sie sprang ins Boot und lief in die Kabine.

»Es ist zu spät«, rief Piper. Schon züngelten die Flammen am Landungssteg. Sie würden das Boot mit seiner Benzinfracht erreichen und dann ... Piper ließ die Leine los und floh. In der Bootskabine suchte Baby verzweifelt nach ihrem Geld, schnappte sich den Nerz, ließ ihn wieder fallen und fand endlich die Tasche, nach der sie gesucht hatte. Sie drehte sich zur Tür um, doch die Flammen hatten das Stegende erreicht und übersprangen unter ihren Augen die Lücke zum Boot. Es war hoffnungslos. Baby drehte sich um zum Steuerpult, stellte den Gashebel auf volle Kraft voraus, kletterte aus der Kabine, während die Jacht vorwärts preschte, und hechtete – die Aktentasche fest im Griff – über die Bootswand. Hinter ihr nahm das Boot Geschwindigkeit auf. Flackernde Flammen irgendwo in seinem Inneren markierten die Position, dann schienen sie zu erlöschen. Schließlich verschwand die Jacht im Dunkel der Bucht, und ihr Motorengeräusch wurde vom weit lauteren Knacken und Prasseln des brennenden Hauses übertönt. Baby schwamm an Land und stolperte den Felsenstrand hinauf. Auf dem Rasen stand Piper und starrte entsetzt auf das Haus. Die Flammen hatten inzwischen die oberen Stockwerke erreicht, leuchteten kurz hinter Fenstern auf, man hörte Glas splittern, als noch mehr Fenster zu Bruch gingen, dann schossen riesige Stichflammen empor und züngelten an den Seiten des Schindeldaches hoch. Innerhalb von Minuten brannte die gesamte Fassade. Stolz stand Baby neben Piper.

»Da geht sie hin, meine Vergangenheit«, flüsterte sie. Piper drehte sich um und sah sie an. Ihr Haar hing strähnig am Kopf, ihr Gesicht hatte die teigige Maske verloren. Einzig ihre Augen schienen echt und lebendig zu sein; im reflektierten Feuerschein konnte Piper erkennen, wie sie vor wahnsinnigem Vergnügen glänzten.

»Sie haben Ihr kleines bißchen Verstand verloren«, sagte er mit untypischer Offenheit. Babys Finger krallten sich in seinen Arm.

»Das hab' ich alles für Sie getan«, sagte sie. »Das begreifen Sie doch, nicht wahr? Ohne die Fesseln der Vergangenheit müssen wir uns in die Zukunft stürzen. Durch eine befreiende Tat müssen wir uns unwiderruflich festlegen und eine existentielle Wahl treffen.«

»Existentielle Wahl?« schrie Piper. Das Feuer hatte jetzt die dekorativen Taubenverschläge erreicht, die Hitze war ungeheuer groß. »Ihr eigenes Haus in Brand zu stecken, nennen Sie eine existentielle Wahl treffen? Das ist keine existentielle Wahl, das ist ein beschissenes Verbrechen, damit Sie's wissen.«

Baby lächelte ihn glücklich an. »Du mußt Genet lesen, Liebling«, murmelte sie und zog ihn, seinen Arm immer noch fest im Griff, vom Rasen hinunter und zu den Bäumen hin. In der Ferne hörte man Sirenengeheul. Piper beeilte sich. Sie waren gerade am Waldrand angekommen, als eine weitere Serie von Explosionen durch die Nachtluft peitschte. Weit draußen, am anderen Ende der Bucht, war das Motorboot explodiert. Zweimal. Und vor dem Hintergrund des zweiten Feuerballs kam es Piper so vor, als könne er die Silhouette eines Segelmasts erkennen.

»O mein Gott«, flüsterte er.

»O mein Liebster«, flüsterte Baby als Antwort und wandte ihm ihr Gesicht zu.

13

Hutchmeyer hatte schlechte Laune. Er war von einem Autor beleidigt worden, hatte sich als unfähiger Segler erwiesen, seine Segel verloren, und schließlich hatte Sonia auch noch durch ihre Weigerung, seine Annäherungsversuche ernst zu nehmen, seine Männlichkeit in Zweifel gezogen.

»Nun mach mal'n Punkt, Hutch-Baby«, hatte sie gesagt, »pack ihn wieder ein. Dies ist nicht die Zeit, deine Männlichkeit unter Beweis zu stellen. Na schön, du bist also ein Mann und ich eine Frau. Ich hab' dich schon verstanden. Und ich zweifle nicht dran, wirklich nicht. Das mußt du mir abnehmen, ich glaube dir. Und jetzt ziehst du wieder deine Klamotten an und...«

»Sie sind naß«, sagte Hutchmeyer. »Sie sind klitschnaß. Willst du vielleicht, daß ich an Lungenentzündung sterbe oder was?«

Sonia schüttelte den Kopf. »Laß uns einfach zurückfahren, dann bist du in Null Komma nichts warm und trocken.«

»Klar, du brauchst mir nur noch zu sagen, wie ich uns zurückbringen soll, wo das Großsegel im Wasser liegt. Wir drehen uns nämlich bloß noch im Kreis. Genau das machen wir. Na, komm schon, Süße...«

Aber Sonia wollte nicht. Sie ging an Deck und schaute übers Wasser. Im Kabineneingang stand Hutchmeyer, rosig-nackt und fröstelnd, und unternahm einen letzten Anlauf. »Du bist eine tolle Frau«, sagte er, »das weißt du. 'ne wirklich tolle Frau. Ich habe großen Respekt vor dir. Sie mal, ich habe...«

»Eine Ehefrau«, sagte Sonia unverblümt, »das hast du. Und ich habe einen Verlobten.«

»Du hast einen was?« fragte Hutchmeyer.

»Hast du doch gehört. Einen Verlobten. Peter Piper mit Namen.«

»Diesen kleinen...«, doch weiter kam Hutchmeyer nicht. Seine Aufmerksamkeit wurde auf die Küste gelenkt. Er konnte sie jetzt recht deutlich erkennen. Im Licht eines brennenden Hauses.

»Sieh dir das an«, sagte Sonia, »da gibt jemand eine höllisch heiße Einzugsparty.«

Hutchmeyer griff sich das Fernglas und sah hindurch.

»Was soll das heißen, jemand?« brüllte er kurz darauf. »Das ist nicht jemand. Das ist mein Haus!«

»Das war dein Haus«, meinte Sonia realistisch, ehe ihr die volle Tragweite des lodernden Feuers aufging. »O mein Gott!«

»Da hast du verflucht recht«, knurrte Hutchmeyer und stürzte sich auf den Anlasser. Der Motor sprang an, die Jacht setzte sich in Bewegung. Hutchmeyer rang mit dem Steuerrad und versuchte Kurs auf das Inferno zu halten, das einmal sein Zuhause gewesen war. Das an Backbord über dem Schandeckel hängende Großsegel wirkte wie ein Schleppnetz, daher drehte die *Romain du Roy* nach links ab. Der nackte und keuchende Hutchmeyer versuchte gegenzusteuern, doch es half nichts.

»Ich muß das Segel kappen«, schrie er; in diesem Moment zeichnete sich vor dem Feuerschein ein dunkler Umriß ab, der immer näher kam. Es war die Motorjacht. Sie kam nicht nur mit großer Geschwindigkeit auf sie zu, sondern brannte auch. »Mein Gott, der Scheißkerl wird uns noch rammen«, brüllte Hutchmeyer, doch im nächsten Moment strafte ihn die Motorjacht Lügen. Sie explodierte. Zuerst detonierten die Benzinkanister in der Kabine, woraufhin Teile der Jacht durch die Luft geschleudert wurden; als nächstes raste der restliche Schiffskörper auf sie zu, und die Hauptbenzintanks flogen in die Luft. Eine Feuerkugel stieg auf, aus ihr löste sich ein dunkles rechteckiges Teil, beschrieb einen Bogen durch die Luft und fiel mit furchtbarem Krachen durch das Vorderdeck der Segeljacht. Die *Romain du Roy* hob das Heck aus dem Wasser, plumpste wieder zurück und begann zu sinken. Sonia klammerte sich an die Reling und starrte verwirrt um sich. Das Motorboot gab beim Sinken zischende Geräusche von sich. Hutchmeyer war nirgends zu sehen; eine Sekunde später war Sonia im Wasser, gleich darauf kenterte die Segeljacht, kippte weg und sank. Sonia entfernte sich schwimmend vom Wrack. Fünfzig Meter weiter stand das Meer vom brennenden Treibstoff aus der Motorjacht in Flammen, und in diesem unheimlichen Licht konnte sie im Wasser hinter sich Hutchmeyer erkennen. Er hielt sich an einem Stück Holz fest.

»Bist du okay?« rief sie.

Hutchmeyer wimmerte. Offensichtlich war er keineswegs okay. Sonia schwamm zu ihm und trat Wasser.

»Hilfe, Hilfe«, jammerte Hutchmeyer.

»Immer mit der Ruhe«, empfahl Sonia, »nur keine Panik. Du kannst doch schwimmen, oder?«

Hutchmeyer glotzte sie mit großen Augen an. »Schwimmen? Wie meinst du das, ›schwimmen‹? Natürlich kann ich schwimmen. Was mache ich deiner Meinung nach gerade?«

»Dann bist du also okay«, sagte Sonia. »Wir brauchen jetzt bloß noch ans Ufer zu schwimmen...«

Doch Hutchmeyer hatte wieder Wasser im Mund. »Ans Ufer schwimmen? So weit kann ich nicht schwimmen. Dabei ertrinke ich. Ich schaffe das nie. Ich werde...«

Sonia ließ ihn allein und nahm Kurs auf das treibende Wrack. Vielleicht fand sie ja eine Schwimmweste. Statt dessen fand sie eine Anzahl leerer Blechkanister. Sie griff sich einen und schwamm damit zu Hutchmeyer.

»Halt dich dran fest«, befahl sie ihm. Hutchmeyer tauschte sein Holzstück gegen den Kanister und klammerte sich an ihn. Sonia entfernte sich wieder und kehrte mit noch zwei

Kanistern zurück. Ein Stück Seil hatte sie auch aufgetrieben. Sie band die Kanister zusammen, legte das Seil Hutchmeyer um die Hüfte und verknote es.

»Nun kannst du nicht mehr untergehen«, sagte sie. »Bleib jetzt einfach hier, dann wird noch alles gut.«

Hutchmeyer versuchte, auf seinem Kanisterfloß die Balance zu halten, und starrte sie mit irrem Blick an. »Gut?« schrie er. »Gut? Mein Haus brennt gerade ab, irgendein verrücktes Schwein versucht, mich mit einem Feuerboot zu ermorden, meine wunderschöne Segeljacht liegt unter mir auf dem Meeresgrund, und da soll einfach noch alles gut werden?«

Doch Sonia befand sich bereits außer Hörweite, unterwegs zum Ufer in einem regelmäßigen Seitenschwimmstil, der sie nicht ermüdete. Alle ihre Gedanken drehten sich um Piper. Als sie gegangen war, hatte er sich im Haus aufgehalten, und was jetzt noch vom Haus übrig war... Sie drehte sich um und blickte über das Wasser.

Am Horizont ragte immer noch der gewaltige Umriß des Hauses auf, eine rötlich-gelbe Masse, aus der ständig Funken nach oben stoben, und noch während sie hinsah, schlug eine mächtige Flamme gen Himmel. Offensichtlich war das Dach eingestürzt. Sonia legte sich wieder auf die Seite und schwamm weiter. Sie mußte zum Haus, mußte herausfinden, was passiert war. Vielleicht hatte der arme, liebe Peter wieder einen seiner Unfälle gehabt. Während sie sich insgeheim aufs Schlimmste gefaßt machte, flüchtete sie sich in die mütterliche Entschuldigung, er neige nun einmal zu Unfällen; da erst fiel ihr wieder ein, daß Piper seine Unfälle schließlich gar nicht selbst verschuldet hatte. MacMordie war es gewesen, der den Aufruhr bei ihrer Ankunft in New York organisiert hatte. Dafür konnte sie Piper wohl kaum die Schuld geben. Wenn jemand Schuld hatte, war es...

Sonia unterdrückte den Gedanken an ihre eigene Schuld, indem sie über das Boot nachdachte, das aus der Dunkelheit auf sie zugerast und explodiert war. Hutchmeyer hatte gesagt, irgend jemand hätte ihn zu ermorden versucht. Ihr kam diese Vorstellung merkwürdig vor; daß sein Haus Feuer gefangen hatte, war andererseits auch sehr merkwürdig. Nahm man diese beiden Ereignisse zusammen, deutete alles auf eine organisierte und vorsätzlich geplante Tat hin. In dem Fall war Piper nicht verantwortlich. Er hatte noch nie etwas organisiert oder vorsätzlich geplant. Er war schlicht und einfach unfallanfällig. Mit diesem beruhigenden Gedanken erreichte Sonia das Ufer und kletterte an Land. Um wieder zu Kräften zu kommen, blieb sie einige Minuten liegen, und wie sie da so lag, kam ihr noch eine furchtbare Möglichkeit in den Sinn. Falls Hutchmeyer recht hatte, und es hatte ihn tatsächlich jemand umbringen wollen, dann war es nur allzu wahrscheinlich, daß die Verbrecher Piper und Baby allein im Haus vorgefunden hatten und sie als erstes... Auf schwankenden Beinen machte sich Sonia durch das Wäldchen auf den Weg in Richtung Feuer. Sie mußte herausfinden, was passiert war. Mal angenommen, es war ein Unfall, da gab es immer noch die Möglichkeit, daß Piper einen Schock abbekommen hatte, weil er dabeigewesen war, als das Haus Feuer fing, und dann konnte er ausplaudern, daß er nicht der wahre Autor von *Jahre* war. In diesem Fall würde der Hund wirklich in der Pfanne verrückt. Falls er nicht schon längst ins Feuer gesprungen war. Das war die erste Frage, die sie einem Feuerwehrmann stellte, der im Garten einen brennenden Busch wässerte.

»Wenn das stimmt, dann ist er zu Asche verbrannt«, meinte der. »Irgendein Irrer hat 'ne Menge Schüsse losgeballert, als wir hier eintrafen, aber dann ist das Dach eingestürzt, und seitdem hat er nicht mehr geschossen.«

»Schüsse?« fragte Sonia. »Sagten Sie Schüsse?«

»Aus einem Maschinengewehr«, sagte der Feuerwehrmann, »im Kellergeschoß. Aber wie ich schon sagte, das Dach ist eingestürzt, und danach hat er nicht mehr geschossen.«

Sonia schaute sich die glühende Masse an. Hitzewellen wehten ihr ins Gesicht. Jemand hatte im Keller Schüsse aus einem Maschinengewehr abgegeben? Das ergab keinen Sinn. Nichts ergab einen Sinn. Es sei denn, man akzeptierte Hutchmeyers Theorie, jemand habe ihn mit voller Absicht ermorden wollen.

»Und Sie sind ganz sicher, es ist keiner entkommen?« fragte sie.

Der Feuerwehrmann schüttelte den Kopf.

»Keiner«, sagte er. »Unser Wagen war als erster hier, und außer den Schüssen kam da gar nichts mehr raus. Und der Bursche, der geschossen hat, hat das Handtuch längst geworfen.«

Das hatte Sonia ebenfalls. Einen Moment lang versuchte sie noch, sich auf den Beinen zu halten, dann brach sie zusammen. Der Feuerwehrmann hievte sie sich auf die Schulter und trug sie zum Krankenwagen. Eine halbe Stunde später lag Sonia Futtle fest schlafend im Krankenhaus. Man hatte ihr ein starkes Beruhigungsmittel verabreicht.

Hutchmeyer dagegen war hellwach. Von den Blechkanistern mal abgesehen, saß er splitternackt im Heck einer Barkasse der Küstenwache, die ihn gerettet hatte, und versuchte zu erklären, was er mitten in der Bucht um zwei Uhr nachts gesucht hatte. Augenscheinlich glaubte ihm die Küstenwache nicht.

»Na schön, Mr. Hutchmeyer, Sie befanden sich also an Bord Ihrer Motorjacht, als Sie in die Luft gejagt wurden...«

»Meine Motorjacht?« brüllte Hutchmeyer. »Das war nicht meine Motorjacht. Ich war an Bord meiner Segeljacht.«

Der Küstenwachmann betrachtete ihn skeptisch, dann zeigte er auf ein Wrackteil auf dem Barkassendeck. Hutchmeyer starrte es ungläubig an. Die Worte *Folio Drei*, auf Holz gemalt, waren deutlich erkennbar.

»*Folio Drei* ist mein Boot«, flüsterte er.

»Das habe ich mir beinahe gedacht«, meinte der Küstenwächter. »Doch wenn Sie sagen, Sie waren nicht an Bord...«

»An Bord? An Bord? Egal, wer auf dem Boot war, inzwischen ist er ein Spanferkel. Sehe ich vielleicht aus, als ob ich...«

Niemand sagte etwas, und kurze Zeit später legte die Barkasse unterhalb der ehemaligen Residenz Hutchmeyer an; man half dem in eine Decke gehüllten Hutchmeyer an Land. Im Gänsemarsch bahnten sie sich ihrem Weg durch den Wald bis zur Hauseinfahrt, wo ein Dutzend Polizeiwagen, Löschfahrzeuge und Krankenwagen versammelt waren.

»Haben Mr. Hutchmeyer mit den Dingern draußen aufgefischt«, erzählte der Mann von der Küstenwache dem Polizeichef, auf die Blechkanister deutend. »Dachte mir, das interessiert Sie vielleicht.«

Polizeichef Greensleeves schaute auf Hutchmeyer, auf die Kanister und wieder zurück. Offensichtlich war er sehr interessiert.

»Das auch«, sagte der Küstenwächter und holte ein Holzstück hervor, auf dem *Folio Drei* stand.

Polizeichef Greensleeves musterte den Namen. »*Folio Drei*, hm? Sagt Ihnen das was, Mr. Hutchmeyer?«

In eine Decke gehüllt, starrte Hutchmeyer die glühende Ruine seines Hauses an.

»Ich fragte, sagte Ihnen *Folio Drei* irgend etwas, Mr. Hutchmeyer?« wiederholte der Polizeichef und folgte sinnend Hutchmeyers Blick.

»Natürlich tut es das«, sagte Hutchmeyer, »es ist mein Motorboot.«

»Würden Sie uns freundlicherweise verraten, weshalb Sie zu dieser nachtschlafenden Zeit mit Ihrem Motorboot aufs Meer hinausgefahren sind?«

»Ich war nicht auf dem Motorboot, sondern auf meiner Segeljacht.«

»*Folio Drei* ist aber eine Motorjacht«, meinte der Mann von der Küstenwache beflissen.

174

»Das ist mir völlig klar«, sagte Hutchmeyer. »Ich versuche Ihnen bloß klarzumachen, daß ich nicht an Bord war, als sich die Explosion ereignete.«

»Welche Explosion, Mr. Hutchmeyer?« fragte Greensleeves.

»Was soll das heißen ›welche Explosion‹? Wie viele Explosionen hat's denn heute nacht gegeben?«

Polizeichef Greensleeves warf wieder einen Blick auf das Haus. »Das ist eine gute Frage«, sagte er, »eine sehr gute Frage. Diese Frage stelle ich mir selber andauernd. Warum hat beispielsweise keiner die Feuerwehr davon verständigt, daß das Haus brennt, bevor es zu spät war? Und als wir schließlich eintreffen, liegt irgend jemandem so viel daran, uns am Löschen zu hindern, daß wir mit einem schweren Maschinengewehr aus dem Keller heraus beschossen werden und ein Löschzug unter schweren Beschuß gerät.«

»Jemand hat aus dem Keller das Feuer eröffnet?« fragte Hutchmeyer ungläubig.

»Das sagte ich eben. Mit einem gottverdammten Maschinengewehr, schweres Kaliber.«

Hutchmeyer blickte unglücklich zu Boden. »Nun ja, das kann ich erklären«, begann er und brach ab.

»Das können sie erklären? Über Ihre Erklärung würde ich mich sehr freuen, Mr. Hutchmeyer.«

»Ich bewahre ein Maschinengewehr im Hobbyraum auf.«

»Sie bewahren ein schwerkalibriges Maschinengewehr im Hobbyraum auf? Möchten Sie mir nicht erzählen, warum Sie ein Maschinengewehr im Hobbyraum stationiert haben?«

Hutchmeyer schluckte unglücklich. Das mochte er ganz und gar nicht. »Zum Schutz«, murmelte er schließlich.

»Zum Schutz? Wovor?«

»Bären«, sagte Hutchmeyer.

»Bären, Mr. Hutchmeyer? Hörte ich Sie ›Bären‹ sagen?«

Hutchmeyer sah sich verzweifelt um, während er nach einer vernünftigen Antwort suchte. Am Ende sagte er die Wahrheit. »Sehen Sie, meine Frau stand früher mal auf Bären, und ich ...« Seine jämmerliche Stimme brach mitten im Satz ab.

Polizeichef Greensleeves betrachtete ihn jetzt mit noch größerem Interesse. »Mrs. Hutchmeyer stand mal auf Bären? Habe ich Sie eben richtig verstanden, Mrs. Hutchmeyer stand auf Bären?«

Aber Hutchmeyer hatte die Faxen dicke. »Fragen Sie nicht andauernd, ob Sie mich richtig verstanden haben«, schrie er. »Wenn ich sage, Mrs. Hutchmeyer stand auf Bären, dann stand sie eben auf diesen Scheißbären. Fragen Sie die Nachbarn, die werden es bestätigen.«

»Darauf können Sie sich verlassen«, sagte Greensleeves. »Dann sind Sie also losgezogen und haben sich 'ne Artillerie gekauft? Um Bären zu schießen?«

»Ich habe keine Bären geschossen. Ich hatte das MG bloß für den Notfall im Haus.«

»Sie haben also auch keine Löschfahrzeuge beschossen, nehme ich an?«

»Natürlich nicht. Warum zum Teufel sollte ich?«

»Das weiß ich wirklich nicht, Mr. Hutchmeyer, genausowenig wie ich weiß, was Sie splitterfasernackt und mit einem Haufen leerer Benzinkanister um die Hüfte mitten im Meer gemacht haben, und Ihr Haus steht in Flammen, aber niemand ruft die Feuerwehr.«

»Niemand hat... Meinen Sie damit, meine Frau hat nicht die...« Hutchmeyer starrte Greensleeves mit offenem Mund an.

»Ihre Frau? Wollen Sie damit sagen, Ihre Frau war nicht mit Ihnen draußen in der Bucht an Bord der Motorjacht?«

»Ganz bestimmt nicht«, sagte Hutchmeyer, »ich sagte Ihnen doch bereits, ich war nicht auf meiner Motorjacht. Meine Motorjacht hat versucht, mich auf meiner Segeljacht zu rammen und ist in die Luft geflogen und dann...«

»Und wo ist Mrs. Hutchmeyer?«

Hutchmeyer schaute sich verzweifelt um. »Ich habe keine Ahnung«, sagte er.

»Na schön, nehmt ihn mit zum Revier«, sagte der Polizeichef, »da sehen wir uns diese Geschichte mal gründlicher an.« Hutchmeyer wurde auf den Rücksitz des Polizeiwagens verfrachtet; etwas später waren sie unterwegs nach Bellsworth. Als sie im Polizeirevier eintrafen, befand sich Hutchmeyer in einem fortgeschrittenen Schockstadium.

Gleiches galt für Piper. Das Feuer, die explodierende Motorjacht, das Eintreffen der Löschfahrzeuge und Polizeiautos mit ihrem Sirengeheul und schließlich das Maschinengewehrschnellfeuer aus dem Hobbyraum hatten nach und nach das bißchen Durchsetzungsvermögen unterminiert, über das er verfügte. Als die Feuerwehrleute in Deckung liefen und die Polizisten sich flach auf den Boden warfen, ließ er sich von Baby widerstandslos durch den Wald führen. Sie liefen einen Pfad entlang bis zum Garten eines anderen großen Hauses. Vor der Haustür standen Menschen und sahen zu, wie jenseits der Bäume Rauch und Flammen in die Luft stiegen. Baby zögerte einen Augenblick, dann zerrte sie – durch einige Büsche vor Blicken geschützt – Piper unterhalb des Hauses auf die andere Seite in den Wald.

»Wohin gehen wir eigentlich?« fragte Piper nach einem weiteren Kilometer. »Schließlich können wir doch nicht einfach so weglaufen, als wäre nichts gewesen.«

»Willst du zurück?« zischte Baby.

Piper wollte nicht und sagte das auch.

»Gut, dann müssen wir für mehr Abstand sorgen«, sagte Baby. Sie zogen weiter und passierten noch drei Häuser. Wieder drei Kilometer später protestierte Piper noch einmal.

»Sie werden sich fragen, was aus uns geworden ist«, sagte er.

»Immer fragen lassen«, sagte Baby.

»Ich sehe nicht ein, was uns das nützt«, sagte Piper. »Sie werden herausfinden, daß du das Feuer vorsätzlich gelegt hast, und dann ist da auch noch das Motorboot. Das hat alle meine Sachen an Bord.«

»Es *hatte* alle Deine Sachen an Bord. Im Moment sind sie nicht mehr drauf. Entweder liegen sie auf dem Meeresgrund, oder sie treiben gleich neben meinem Nerz. Wenn sie die Sachen finden, weißt du, was sie glauben werden?«

»Nein«, antwortete Piper.

Baby kicherte. »Die werden denken, uns ist es genauso ergangen.«

»Genauso ergangen?«

»Daß wir tot sind«, sagte Baby und gab noch so ein unheimliches Kichern von sich. Komisch fand Piper das überhaupt nicht. Sogar ein scheinbarer Tod war kein bißchen witzig; außerdem hatte er seinen Paß verloren. Er war im Koffer mit seinen kostbaren Hauptbüchern gewesen.

»Nicht schlecht, dann werden sie wissen, daß du tot bist«, meinte Baby, als Piper ihr dies mitteilte. »Wie ich schon sagte, müssen wir mit der Vergangenheit brechen. Das haben wir nun getan. Vollkommen. Wir sind *frei*. Wir können überall hingehen und machen, was wir wollen. Wir haben die Fesseln der Verhältnisse durchtrennt.«

»Vielleicht siehst du das so«, sagte Piper, »ich für meinen Teil kann das nicht behaupten. Was mich betrifft, sind die Fesseln der Verhältnisse zufällig weit fester, als vor all diesen Ereignissen.«

»Ach, du bist ja bloß ein Pessimist«, sagte Baby. »Versteh doch, du mußt auch mal die Sonnenseite der Angelegenheit betrachten.«

Das tat Piper. Selbst die Bucht war durch den Großbrand und etliche Schiffe taghell erleuchtet, die vor der Küste Anker geworfen hatten, denn das Feuer wollte sich keiner entgehen lassen.

»Und was für eine Erklärung hast du dir für das alles zurechtgelegt?« sagte er; ihm war für den Augenblick entfallen, daß er frei war und es kein Zurück mehr gab. Baby drehte sich rasch um.

»Wem denn erklären?« wollte sie wissen. »Wir sind tot. Begreif das doch endlich, tot. In der Welt dieser Ereignisse existieren wir nicht mehr. Das ist alles Geschichte. Es hat mit uns rein gar nichts zu tun. Wir gehören der Zukunft.«

»Aber irgend jemand muß es doch erklären«, sagte Piper. »Sieh mal, man kann doch nicht einfach so Häuser abbrennen und Boote explodieren lassen und hoffen, die Leute stellen keine Fragen. Und was geschieht, wenn man unsere Leichen nicht in der Bucht findet?«

»Sie werden annehmen, daß wir ins offene Meer getrieben wurden oder die Haie uns gefressen haben oder sowas. Was die glauben, ist doch nicht unser Problem. Wir haben unser eigenes Leben zu leben.

»Dafür stehen die Chancen wirklich prima«, sagte Piper, der sich nicht trösten ließ. Doch Baby blieb ungerührt. Sie nahm Piper bei der Hand und führte ihn weiter durch den Wald.

»Gemeinsames Schicksal, hörst du, wir kommen«, frohlockte sie. Hinter ihr seufzte Piper auf. Sein Schicksal mit dieser Irren zu teilen, war so ungefähr das letzte, was er wollte. Bald darauf traten sie wieder aus dem Wald. Vor ihnen stand das nächste große Haus. Die Fenster waren dunkel, und kein Lebenszeichen war zu sehen.

»Hier verschanzen wir uns, bis die Kacke nicht mehr so dampft«, sagte Baby in einem Jargon, den Piper bisher nur in billigen Gangsterfilmen gehört hatte.

»Was ist mit den Leuten, die hier wohnen?« fragte er. »Haben die nichts dagegen, wenn wir einfach einziehen?«

»Sie erfahren's gar nicht. Das Haus gehört den van der Hoogens, und die sind auf einer Weltreise. Hier sind wir so sicher, als wären wir zu Hause.«

Wieder seufzte Piper. Angesichts dessen, was gerade mit dem Hutchmeyerschen Heim passiert war, schien ihm diese Redensart außerordentlich fehl am Platze. Sie gingen über den Rasen auf einen Kiesweg, der zu einer Seitentür führte.

»Sie lassen den Schlüssel immer im Gewächshaus«, sagte Baby. »Bleib du hier, ich geh' ihn eben holen. »Sie marschierte los, und Piper blieb, innerlich schwankend, vor der

Tür stehen. Wenn er fliehen wollte, dann jetzt oder nie. Doch er ließ die Chance ungenutzt verstreichen. Zu lange hatte Piper im Schatten der Identitäten anderer Schriftsteller gelebt, als daß er nun seine eigenen Entscheidungen fällen konnte. Als Baby schließlich wiederkam, zitterte er am ganzen Körper. Die Reaktion auf sein Dilemma machte sich bemerkbar. Er schwankte hinter ihr her ins Haus. Baby schloß die Tür hinter ihnen ab.

In Hampstead stand Frensic früh auf. Es war Sonntag, der Tag vor der Veröffentlichung, heute mußten die Rezensionen von *Die Jahre wechseln, es lockt die Jungfrau* in den Zeitungen stehen. Er ging den Hügel zum Kiosk hoch und kaufte sie alle, sogar *News of The World*, die gar keine Bücher besprachen, ihn aber trösten würden, falls die Rezensionen in den anderen schlecht sein sollten oder – und das wäre noch schlimmer – falls niemand das Buch besprochen hatte. Dann kostete er seine Selbstbeherrschung voll aus, schlenderte in seine Wohnung zurück, ohne unterwegs einen Blick in die Blätter zu werfen, und setzte das Kaffeewasser auf. Er würde Toast mit Marmelade zu sich nehmen und beim Frühstück die Zeitungen durchgehen. Gerade als er den Kaffee aufgoß, klingelte das Telefon. Es war Geoffrey Corkadale.

»Haben Sie schon die Rezensionen gesehen?« fragte er aufgeregt. Frensic verneinte.

»Ich bin eben erst aufgestanden«, sagte er ungehalten, weil ihn Geoffrey um das Vergnügen gebracht hatte, die offenbar ausgezeichneten Kritiken selbst zu lesen. »Ich entnehme Ihrem Ton, daß sie positiv sind.«

»Positiv? Es sind Hymnen, wahre Lobeshymnen. Hören Sie mal, was Frieda Gormley in der *Times* schreibt: ›Dies ist der erste seriöse Roman, der den Versuch unternimmt, die das sexuelle Tabu umgebende gesellschaftliche Komplizenschaft zu entwirren, die schon seit so langer Zeit die Jugend vom Alter trennt. In seinem Genre ist *Die Jahre wechseln, es. lockt die Jungfrau* ein Meisterwerk‹.«

»Blöde Pute«, murmelte Frensic.

»Ist das nicht umwerfend?« sagte Geoffrey.

»Es ist unsinnig«, sagte Frensic. »Wenn *Jahre* der erste Roman ist, der den Versuch unternimmt, die Komplizenschaft zu entwirren – und Gott allein weiß, wie man so was macht –, dann kann das nicht ›innerhalb seines Genres‹ geschehen. So ein Genre gibt es nicht. Das elende Buch ist einzigartig.«

»Das steht im *Observer*«, sagte Geoffrey, der sich keineswegs entmutigen ließ, »Sheila Shelmerdine schreibt hier: ›*Die Jahre wechseln* bla bla bla nimmt uns durch die geballte Intensität seiner literarischen Vorzüge gefangen, gleichzeitig demonstriert es mitfühlende Sorge um die älteren und sozial isolierten Mitbürger. Dieser einzigartige Roman unternimmt den Versuch, die Aspekte des Lebens zu ergründen, die zu lange schon von denen ignoriert wurden, deren Aufgabe es sein sollte, die gesellschaftliche Sensibilität weiter voranzubringen. Ein wundervolles Buch, dem man zahlreiche Leser wünscht.‹ Was halten Sie davon?«

»Ehrlich gesagt«, meinte Frensic, »halte ich es für kompletten Dünnschiß, nichtsdestotrotz bin ich entzückt, daß sich Miss Shelmerdine so ausdrückt. Ich habe ja schon immer gesagt, das Buch wird ein echter Renner.«

»Das haben Sie, das haben Sie zweifellos«, sagte Geoffrey, »das muß ich Ihnen lassen, Sie hatten hundertprozentig recht.«

»Das müssen wir erstmal abwarten«, sagte Frensic, ehe Geoffrey zu überschwenglich werden konnte. »Die Kritik ist schließlich nicht alles. Die Leute müssen das Buch auch kaufen. Allerdings verheißt es Gutes für den Absatz in Amerika. Gibt es sonst noch etwas?«

»Da wäre noch ein ziemlich gehässiges Geschreibsel von Octavian Dorr.«

»Oh, gut«, sagte Frensic. »Der trifft normalerweise den Nagel auf den Kopf, und sein Stil gefällt mir.«

»Mir nicht«, erwiderte Geoffrey. »Nach meinem Geschmack wird er viel zu persönlich, außerdem sollte er sich ans Buch halten. Dafür bezahlt man ihn. Statt dessen stellt er ein paar ziemlich abscheuliche Vergleiche an. Trotzdem nehme ich an, daß er uns einige zitierbare Zitate für den Klappentext von Pipers nächstem Buch geliefert hat, und das ist die Hauptsache.«

»Genau«, sagte Frensic und schlug genießerisch Octavian Dorrs Spalte im *Sunday Telegraph* auf, »ich hoffe nur, wir kommen bei den Wochenblättern genauso gut weg.«

Er legte den Hörer auf, toastete ein paar Scheiben Weißbrot, machte sich's mit Octavian Dorr gemütlich, dessen Artikel mit »Greisenalter ohne Hemmung« überschrieben war. Die ersten Sätze lauteten: »Es trifft sich gut, daß der Verlag, in dem *Die Jahre wechseln, es lockt die Jungfrau* von Peter Piper erschienen ist, sein erstes Buch während der Regentschaft von Katharina der Großen druckte. Die sogenannte Heldin dieser Neuerscheinung weist zahlreiche der weniger attraktiven Charakteristika jener Herrscherin aller Reußen auf. Vor allem eine Vorliebe für die Zärtlichkeiten junger Männer, die einem sexuellen Wahn gleichkommt, sowie eine Schwäche für Tratsch und Indisktretionen, die, um es milde zu sagen, bedauerlich ist. Gleiches gilt für den Verlag, Corkadales...«

Frensic war völlig klar, weshalb Geoffrey diese Rezension nicht leiden konnte. Sie war ganz nach Frensics Geschmack. Es war eine ausführliche und scharfe Kritik, die Autor, Verlag und die Öffentlichkeit geißelte, dank deren Appetit auf perverse Erotik die Vermarktung solcher Romane profitabel wurde, und anschließend die Gesellschaft als Ganzes für den Verfall literarischer Werte verantwortlich machte; dennoch lenkte sie die Aufmerksamkeit des Lesers auf das Buch. Mr. Dorr mochte perverse Erotik zwar mißbilligen, bei ihrer Vermarktung half er dennoch mit. Mit einem Seufzer der Erleichterung las Frensic die Rezension zu Ende und nahm sich die anderen vor. Ihre Lobhudeleien, ein überheblicher Brei aus progressivem Gehabe, ernst, humorlos und unerträglich wohlmeinend, verliehen *Jahre* den Stempel der Respektabilität, den Frensic sich erhofft hatte. Man nahm den Roman ernst, und wenn die Wochenblätter in dasselbe Horn stießen, mußte man sich keine Sorgen mehr machen.

»Bedeutungsschwere ist alles«, murmelte Frensic und gönnte seiner Nase eine Prise Schnupftabak. »Ölt das Getriebe mit bedeutungsschwangerem Gewäsch.«

Er lehnte sich in seinem Stuhl zurück und überlegte, ob er nicht irgendwas unternehmen könne, um *Jahre* die größtmögliche Publizität zu sichern. Eine hübsche, große Sensationsgeschichte für die Zeitungen...

14

Wie die Dinge lagen, hätte sich Frensic nicht zu sorgen brauchen. Fünf Stunden weiter westlich begann die sensationelle Geschichte von Pipers Tod durch Ertrinken langsam durchzusickern. Und Hutchmeyer drehte langsam durch. Er saß im Büro des Polizeichefs, starrte Greensleeves an und erzählte seinem ungläubigen Zuhörer zum zehnten Mal seine Geschichte. Die leeren Benzinkanister versauten ihm seine Version.

»Wie ich Ihnen schon sagte, Miss Futtle hat sie an mir festgebunden, damit ich nicht unterging, während sie Hilfe holte.«

»Sie wollte Hilfe holen, Mr. Hutchmeyer? Sie haben eine kleine Frau losgeschickt, um Hilfe zu holen...«

»Sie ist nicht klein«, sagte Hutchmeyer, »sie ist verdammt riesig.«

Angesichts dieses Mangels an Ritterlichkeit schüttelte Polizeichef Greensleeves traurig den Kopf. »Sie befanden sich also mit dieser Miss Futtle draußen in der Bucht. Was hat Mrs. Hutchmeyer die ganze Zeit über gemacht?«

»Wie zum Teufel soll ich das wissen? Hat mein Haus angezün...« Hutchmeyer schwieg abrupt.

»Das ist ja mächtig interessant«, sagte Greensleeves. »sie behaupten also, Mrs. Hutchmeyer ist eine Brandstifterin.«

»Nein, tu ich nicht«, rief Hutchmeyer, »ich weiß bloß, daß...« Er wurde von einem Lieutenant unterbrochen, der mit einem Koffer und verschiedenen, durchweg nassen, Kleidungsstücken hereinkam.

»Hat die Küstenwache draußen im Wrack gefunden«, sagte er, während er einen Mantel zur Prüfung in die Höhe hielt. Hutchmeyer starrte ihn entsetzt an.

»Der gehört Baby«, sagte er. »Nerz. Kostet ein Vermögen.«

»Und das hier?« fragte der Lieutenant und zeigte auf den Koffer.

Hutchmeyer zuckte die Achseln. Der Lieutenant öffnete den Koffer und entnahm ihm einen Reisepaß.

Greensleeves griff sich den Paß. »Britisch«, sagte er. »Britischer Paß auf den Namen Piper, Peter Piper. Sagt Ihnen der Name was?«

Hutchmeyer nickte. »Er ist Autor.«

»Freund von Ihnen?«

»Einer meiner Autoren. Einen Freund würde ich ihn nicht nennen.«

»Ein Freund Mrs. Hutchmeyers vielleicht?« Hutchmeyer knirschte mit den Zähnen.

»Das habe ich nicht verstanden, Mr. Hutchmeyer. Sagten Sie etwas?«

»Nein«, sagte Hutchmeyer.

Der Polizeichef kratzte sich nachdenklich am Kopf. »Sieht so aus, als hätten wir da noch ein Problemchen am Hals«, meinte er schließlich. »Ihre Motorjacht explodiert mitten im Wasser, als wäre sie gesprengt worden, und wenn wir nachschauen, was finden wir da? Einen Nerzmantel von Mrs. Hutchmeyer und den Koffer eines Mr. Piper, der zufällig mit ihr befreundet ist. Glauben Sie, es gibt einen Zusammenhang?«

»Wie meinen Sie das, ›einen Zusammenhang‹?« sagte Hutchmeyer.

»Daß sie zum Beispiel während der Explosion auf dem Motorboot waren?«

»Woher soll ich verdammt nochmal wissen, wo sie waren? Ich weiß bloß, daß, wer auch immer an Bord war, versucht hat, mich umzubringen.«

»Sehr interessant, was Sie da sagen«, meinte Polizeichef Greensleeves, »äußerst interessant.«

»Ich kann daran nichts interessant finden.«

»Könnte nicht andersrum passiert sein, oder?«

»Was könnte nicht andersrum passiert sein?« fragte Hutchmeyer.

»Daß Sie die beiden umgebracht haben?«

»Was habe ich?« schrie Hutchmeyer und ließ seine Decke los. »Beschuldigen Sie mich etwa...«

»Ich stelle nur Fragen, Mr. Hutchmeyer. Sie brauchen sich nicht aufzuregen.«

Doch Hutchmeyer war schon aus seinem Stuhl hoch. »Mein Haus brennt ab, meine Motorjacht explodiert, meine Segeljacht sinkt mir unter den Füßen weg, ich bin stundenlang im Wasser am Ertrinken, und Sie sitzen da und unterstellen mir, ich hätte meine... Sie fetter Bastard, ich lasse Sie durch meine Anwälte verklagen, bis Sie keinen Cent mehr haben. Ich werde...«

»Setzen Sie sich und halten Sie den Mund«, brüllte Greensleeves. »Vielleicht bin ich ein fetter Bastard, aber das lasse ich mir von keinem Gangster aus New York sagen. Wir wissen alles über Sie, Mr. Hutchmeyer. Wir sitzen hier nicht bloß auf unseren Ärschen rum und sehen zu, wie Sie hierherziehen und unseren guten Grund und Boden mit Geld aufkaufen, das Sie für die Mafia waschen, ohne daß wir's wissen. Wir sind hier nicht in Dummsdorf und nicht in New York. Sondern in Maine, und Sie haben hier überhaupt nichts zu melden. Und es paßt uns nicht, daß Leute von Ihrer Sorte hier auftauchen und uns aufkaufen. Vielleicht sind wir ein armer Bundesstaat, aber blöd sind wir nicht. Also, erzählen Sie uns, was Ihrer Frau und deren feinem Freund wirklich zugestoßen ist, oder müssen wir den Boden der Bucht mit 'nem Schleppnetz durchkämmen und die Asche Ihres Hauses sieben, bis wir sie finden?«

Der nackte Hutchmeyer ließ sich in seinen Stuhl fallen, entsetzt über den eben erhaltenen Einblick in seinen gesellschaftlichen Status in der Frenchman-Bay. Genau wie Piper wußte er nun, er hätte nie nach Maine kommen dürfen. Daß dies ein Fehler gewesen war, wurde ihm noch klarer, als der Lieutenant mit Babys Reisetaschen und ihrer Geldbörse auftauchte.

»Im Portemonnaie ist ein ganzer Haufen Geld«, informierte er Greensleeves. Der Chef durchwühlte die Börse und fischte ein Bündel nasser Scheine heraus. »Scheint, als wäre Mrs. Hutchmeyer mit einer Menge Geld irgendwohin unterwegs gewesen und dabei umgekommen«, sagte er. »Da haben wir nun ein echtes Problem vorliegen. Mrs. Hutchmeyer auf der Motorjacht mit ihrem Freund, Mr. Piper. Und dann explodiert das Boot, wumm, einfach so. Ich schätze, wir müssen Taucher runterschicken, vielleicht können sie die Leichen finden.«

»Dann aber bald«, sagte der Lieutenant. »Da die Flut eingesetzt hat, könnten sie jetzt schon im offenen Meer sein.«

»Also fangen wir sofort an«, sagte Greensleeves und ging ins Vorzimmer, wo ein paar Reporter warteten.

»Haben sie irgendeine Theorie?« fragten sie.

Greensleeves schüttelte den Kopf. »Wir haben zwei Vermißte, vermutlich ertrunken. Mrs. Baby Hutchmeyer und einen Mr. Piper. Er ist britischer Schriftsteller. Das wäre fürs erste alles.«

»Was ist mit dieser Miss Futtle?« sagte der Lieutenant. »Sie wird auch vermißt«

»Und wie steht's mit dem Haus, das abgebrannt ist?«

»Wir warten noch auf einen Bericht darüber«, sagte Greensleeves.

»Vermuten Sie Brandstiftung?«

Greensleeves zuckte die Achseln. »Baut ihr das mal alles zusammen und rechnet euch aus, was ich vermute«, sagte er und machte sich auf den Weg. Fünf Minuten später liefen die Drähte heiß und verbreiteten die Neuigkeit, daß Peter Piper, der berühmte Autor, unter bizarren Umständen verstorben sei.

In der van der Hoogenschen Villa hörten sich die Opfer der Tragödie in einem finsteren Schlafzimmer im obersten Stock die neuesten Nachrichten von ihrem Ableben an. Für die Finsternis waren die Fensterläden verantwortlich, teilweise aber auch – von Pipers Standpunkt aus – die Aussichten, die sich aus seinem Tod ergaben. Den Stellvertreter eines Autors abzugeben, war schlimm genug, aber Stellvertreter einer Leiche zu sein, war einfach unglaublich schrecklich. Baby dagegen begrüßte die Neuigkeiten frohgelaunt.

»Wir haben's geschafft«, sagte sie. »Nicht mal nach uns suchen werden sie. Du hast gehört, was sie sagen. Da die Flut eingesetzt hat, rechnen die Taucher nicht damit, die Leichen noch zu finden.«

Traurig schaute sich Piper im Schlafzimmer um. »Was du da sagst, klingt ja alles ganz gut«, meinte er. »Aber offenbar willst du nicht begreifen, daß ich keine Identität mehr habe. Mein Paß und meine gesamte Arbeit sind futsch. Wie soll ich denn jetzt nach England zurückkommen? Ich kann doch nicht zur Botschaft marschieren und um einen neuen Paß bitten. Und sobald ich in der Öffentlichkeit erscheine, wird man mich wegen Brandstiftung, Bootsverbrennung und versuchten Mordes festnehmen. Du hast uns in einen gräßlichen Schlamassel geritten.«

»Ich habe dich von der Vergangenheit befreit. Jetzt kannst du sein, wer immer du sein willst.«

»Ich will nur ich selbst sein«, sagte Piper.

Baby sah ihn zweifelnd an. »Nach allem, was du mir gestern nacht erzählt hast, warst du vorher schon nicht du selbst«, sagte sie. »Und was für ein Selbst soll das schon sein, als Autor eines Buches, das du nicht mal geschrieben hast?«

»Wenigstens wußte ich, was ich nicht war. Jetzt weiß ich nicht mal das.«

»Du bist zumindest keine Wasserleiche. Das hat doch auch sein Gutes.«

»Das wäre mir nun auch egal«, sagte Piper und sah mit traurigen Augen auf die Silhouetten der mit Laken abgedeckten Möbel, als wären es Leichentücher, die die vielen verschiedenen Schriftsteller verhüllten, die zu sein er erstrebt hatte. Das durch die geschlossenen Fenster dringende trübe Licht verstärkte seinen Eindruck, er sitze in einem Grab, im Mausoleum seiner literarischen Ambitionen. Ein Gefühl tiefer Melancholie bemächtigte sich seiner, gleichzeitig fühlte er sich verdammt, wie der fliegende Holländer über die Meere zu irren, bis zu dem Tag... doch für ihn, Piper, gab es keine Erlösung. Er war an einem Verbrechen beteiligt, an einer ganzen Reihe von Verbrechen, und selbst wenn er jetzt zur Polizei ginge, würde ihm dort niemand glauben. Weshalb sollten sie auch? Welchen Wahrscheinlichkeitsgrad hatte es denn, daß eine reiche Frau wie Baby ihr eigenes Zuhause niederbrennt, eine teure Motorjacht in die Luft jagt und das Segelboot ihres Mannes versenkt? Und selbst wenn sie zugäbe, für die ganze Angelegenheit verantwortlich zu sein, so drohte ihnen doch ein Prozeß, und Hutchmeyers Anwälte würden sicher wissen wollen, warum sein Koffer auf dem Boot gewesen war. Und am Ende fänden sie auch noch heraus, daß er *Jahre* nicht geschrieben hatte, und dann würden alle vermuten... nicht einmal vermuten, sie würden ganz sicher sein, daß er ein Betrüger und nur hinter Hutchmeyers Geld her gewesen war. Und Baby hatte eine Viertelmillion Dollar aus dem Safe in Hutchmeyers Arbeitszimmer gestohlen. Piper schüttelte den Kopf, es war hoffnungslos; als er aufschaute, betrachtete ihn Baby interessiert.

»Kommt nicht in Frage, Süßer«, sagte sie, die offenbar seine Gedanken lesen konnte. »Für uns heißt es jetzt gemeinsames Schicksal. Wenn du irgendwelche krummen Dinger machst, stelle ich mich und sage, du hast mich genötigt.«

Doch Piper hatte gar nicht vor, etwas zu unternehmen. »Was werden wir jetzt tun?« fragte er. »Schließlich können wir nicht ewig hier rumsitzen, obendrein in einem fremden Haus.«

»Zwei Tage, vielleicht drei«, sagte Baby, »dann ziehen wir weiter.«

»Wie? Wie wollen wir denn weiterziehen?«

»Ganz einfach«, sagte Baby, »ich bestelle ein Taxi, dann nehmen wir ab Bangor ein Flugzeug. Völlig risikolos. Auf dem Trockenen werden sie nicht nach uns suchen ...«

Sie wurde von knirschendem Kies auf der Einfahrt unterbrochen. Piper schaute durch die Fensterläden nach unten. Vor dem Haus stand ein Polizeiwagen.

»Die Polente«, flüsterte Piper. »Du hast gesagt, man würde nicht nach uns suchen.«

Baby trat zu ihm ans Fenster. Zwei Stockwerke tiefer läutete die Türglocke; es klang unheimlich. »Sie überprüfen die van der Hoogens nur, um zu fragen, ob sie letzte Nacht etwas Verdächtiges gehört haben«, sagte sie. »Die fahren wieder weg.« Piper starrte auf die beiden Polizisten hinunter. Jetzt brauchte er nur zu rufen, und ... doch Babys Finger krallten sich in seinen Arm, und Piper gab keinen Laut von sich. Die beiden Polizisten spazierten einmal ums Haus, dann stiegen sie wieder in ihr Auto und fuhren weg.

»Was habe ich gesagt?« meinte Baby, »kein Problem. Ich gehe mal eben in die Küche runter und hole uns was zu essen.«

Allein gelassen, ging Piper in dem halbdunklen Zimmer auf und ab und überlegte, weshalb er den beiden Polizisten nichts zugerufen hatte. Die einfachen, auf der Hand liegenden Gründe genügten nicht mehr. Hätte er gerufen, dann wäre es eine Art Beweis gewesen, daß er mit dem Feuer nichts zu tun gehabt hatte ... wenigstens ein Hinweis auf seine Unschuld. Doch er hatte sich nicht gerührt. Warum nicht? Da bot sich ihm die Chance, aus diesem Schlamassel zu entkommen, und er nutzte sie nicht. Nicht allein aus Angst, sondern – und das war noch erschreckender – aus einer Bereitschaft, beinahe einem Verlangen heraus, allein mit einer außergewöhnlichen Frau in diesem leeren Haus zu bleiben. Was für eine schreckliche Komplizenschaft hatte ihn davon abgehalten, sich bemerkbar zu machen? Baby war wahnsinnig. Daran hegte er nicht den geringsten Zweifel, doch übte sie eine merkwürdige Anziehungskraft auf ihn aus. In seinem ganzen Leben war ihm noch niemand wie sie begegnet. Konventionen und Gewohnheiten, die normalerweise das Leben anderer Menschen regierten, nahm sie überhaupt nicht wahr, sie konnte einfach in aller Ruhe auf die Polizisten hinabblicken und ›Die fahren wieder weg‹ sagen, als handle es sich nur um Nachbarn, die zufällig zu Besuch kamen. Und sie waren weggefahren. Und er hatte getan, was sie von ihm erwartete, er würde es auch weiter tun, sogar wenn es bedeutete, der zu sein, der er sein wollte in dieser von ihr für ihn geschaffenen, ziemlich eingegrenzten Freiheit, die letztlich ein Produkt ihrer Initiative war. Der sein, der er sein wollte? Ihm fielen nur andere Schriftsteller ein, aber keiner hatte in so einer Zwangslage gesteckt – und ohne ein leitendes Vorbild mußte Piper auf seine eigenen begrenzten Fähigkeiten zurückgreifen. Und auf die von Baby. Er würde das werden, was sie wollte. Das war die ganze Wahrheit. Piper konnte sich denken, weshalb sie so anziehend für ihn war. Sie wußte, was er war. Gestern nacht, ehe alles schief gelaufen war, hatte sie es ihm verraten. Sie hatte gesagt, er sei ein literarisches Genie, und sie hatte es ernst gemeint. Zum erstenmal war ihm jemand begegnet, der wußte, was er wirklich war; da er sie nun endlich gefunden hatte, konnte er sie nicht wieder verschwinden lassen. Von dieser erschreckenden Erkenntnis erschöpft, legte Piper sich aufs Bett und schloß die Augen. Als Baby mit einem Tablett die Treppe heraufkam, schlief er tief und fest. Sie schaute ihn liebevoll an, stellte ihr Tablett ab, nahm ein Laken von einem Stuhl und deckte ihn damit zu. Unter dem Leichentuch schlief Piper weiter.

Hutchmeyer hätte im Polizeirevier das gleiche gemacht, hätten sie ihn nur gelassen. Statt dessen stellte man ihm – er war unter der Decke immer noch nackt – endlose Fragen über seine Beziehungen zu seiner Frau und zu Miss Futtle, was Piper für Mrs. Hutchmeyer bedeute, und schließlich, weshalb er sich zum Segeln eine so stürmische Nacht ausgesucht habe.

»Segeln Sie eigentlich immer, ohne sich übers Wetter zu informieren?«

»Sehen Sie, ich hab's Ihnen doch schon gesagt, wir wollten nur mal kurz segeln. Wir hatten uns nicht konkret überlegt, wohin, wir standen einfach...«

»...vom Eßtisch auf und sagten: ›Laß uns beide, du und ich, einfach...‹«

»Es war Miss Futtles Vorschlag«, sagte Hutchmeyer.

»Ach, wirklich? Und was hatte Mrs. Hutchmeyer dazu zu sagen, daß Sie mit einer anderen Frau segeln gingen?«

»Miss Futtle ist keine andere Frau. Nicht *so* eine andere Frau. Sie ist Literaturagentin. Und wir sind Geschäftspartner.«

»Sie wickeln nackt auf einer Jacht mitten in einem Mini-Orkan Geschäfte ab? Was für Geschäfte?«

»Wir waren auf der Jacht nicht geschäftlich unterwegs. Es war eher ein geselliges Beisammensein.«

»Dacht' ich mir's doch. Ich meine nackt und so.«

»Ich war nicht von Anfang an nackt. Ich bin bloß naß geworden, darum habe ich mich ausgezogen.«

»Sie sind bloß naß geworden und haben sich deshalb ausgezogen? Sind Sie da ganz sicher, daß Sie nur aus diesem Grund nackt waren?«

»Natürlich bin ich da ganz sicher. Hören Sie, kaum waren wir draußen, da nahm der Wind zu...«

»Und das Haus ging in die Luft. Und Ihre Motorjacht ging in die Luft. Und Mrs. Hutchmeyer ging in die Luft, und dieser Mr. Piper...« Hutchmeyer ging in die Luft.

»Also gut, Mr. Hutchmeyer, wenn Sie's nicht anders wollen«, sagte Greensleeves, als man Hutchmeyer mit Gewalt in seinen Stuhl gedrückt hatte. »Jetzt werden wir mal andere Saiten aufziehen.«

Ein Wachtmeister kam herein und flüsterte Greensleeves etwas ins Ohr. Der seufzte. »Wissen Sie das genau?«

»Das hat sie gesagt. Ich war den ganzen Tag im Krankenhaus.«

Greensleeves ging hinaus und sah Sonia an. »Miss Futtle? Sie sagen, Sie sind Miss Futtle?«

Sonia nickte. »Ja«, sagte sie. Jetzt sah der Polizeichef mit eigenen Augen, daß Hutchmeyer doch die Wahrheit gesagt hatte. Miss Futtle war keine kleine Frau, auf gar keinen Fall.

»Schön, wir nehmen Ihre Aussage hier drinnen zu Protokoll«, sagte er und brachte sie in ein anderes Büro. Sonias Aussage dauerte zwei Stunden. Als Greensleeves den Raum verließ, hatte er eine völlig neue Theorie. Miss Futtle war überaus kooperativ gewesen.

»So«, sagte er zu Hutchmeyer, »jetzt hätten wir gern von Ihnen gehört, was bei Pipers Ankunft in New York passiert ist. Unseren Informationen zufolge haben Sie für ihn eine Art Aufstand organisiert.«

Hutchmeyer blickte verwirrt um sich. »Moment mal. Das war bloß ein Reklamegag. Ich würde sagen...«

»Und ich würde sagen«, unterbrach ihn Greensleeves, »Sie haben Mr. Piper als Zielscheibe aufgebaut für jede verrückte Pressure-group, die es gibt. Araber, Juden, Schwule, die IRA, die Schwarzen, alte Frauen – was man sich nur denken kann, haben Sie auf den Burschen gehetzt, und das nennen Sie einen Reklamegag?«

Hutchmeyer versuchte nachzudenken. »Wollen sie mir vielleicht erzählen, eine dieser Gruppen hat diese Geschichte auf dem Kerbholz?« fragte er.

»Ich erzähle Ihnen überhaupt nichts, Mr. Hutchmeyer. Ich frage Sie etwas.«

»Was fragen Sie mich?«

»Ich frage Sie, ob es Ihrer Meinung nach wirklich so verdammt schlau war, Mr. Piper diesen Leuten zum Fraß vorzuwerfen, wo der arme Kerl doch nichts weiter verbrochen hatte, als ein Buch für Sie zu schreiben? Sieht nicht so aus, als hätten Sie ihm oder sich einen Gefallen getan, so wie die Dinge gelaufen sind, oder?«

»Ich hab' nicht geglaubt, daß sowas...«

Greensleeves beugte sich vor. »Jetzt werde ich Ihnen mal

was erzählen, Mr. Hutchmeyer, zu Ihrem eigenen Besten. Sie nehmen jetzt die Beine in die Hand und kommen nicht wieder her. Nicht, wenn Sie wissen, was gut für Sie ist. Und wenn Sie sich das nächste Mal einen Werbegag für einen Ihrer Autoren einfallen lassen, dann besorgen Sie ihm verdammt nochmal vorher eine Leibwache.«

Hutchmeyer wankte aus dem Büro.

»Ich brauche was zum Anziehen«, sagte er.

»Tja, in Ihrem Haus werden Sie nichts finden. Das ist total abgebrannt.«

Sonia Futtle saß weinend auf einer Bank.

»Was hat sie denn?« sagte Hutchmeyer.

»Sie ist völlig am Boden zerstört, weil dieser Piper tot ist«, sagte Greensleeves, »und ich bin irgendwie überrascht, daß Sie wegen des Ablebens von Mrs. Hutchmeyer nicht untröstlich sind.«

»Das bin ich«, sagte Hutchmeyer, »ich zeige meine Gefühle bloß nicht offen.«

»Ist mir auch aufgefallen«, sagte Greensleeves. »Und Sie trösten jetzt am besten Ihr Alibi. Wir bringen Ihnen was zum Anziehen.«

In seine Decke gehüllt, ging Hutchmeyer zur Bank hinüber. »Tut mir leid...«, begann er, doch Sonia war schon aufgesprungen.

»Leid?« kreischte sie. »Erst bringst du meinen geliebten Peter um, und jetzt tut es dir leid?«

»Ihn umgebracht?« sagte Hutchmeyer. »Ich habe bloß...«

Greensleeves überließ die beiden sich selbst und schickte jemanden etwas zum Anziehen holen. »Den Fall können wir vergessen«, erklärte er dem Lieutenant, »dafür sind wir nicht mehr zuständig. Terroristen in Maine. Ich meine, wer zum Teufel hätte sowas für möglich gehalten?«

»Dann glauben Sie nicht, es war die Mafia?«

»Ist doch egal, wer es war. Ich weiß bloß, daß wir den Fall nie und nimmer aufklären. Da soll sich das FBI drum kümmern. Mir ist klar, wann ich passen muß.«

Schließlich wurden Hutchmeyer, der einen nicht besonders gut sitzenden dunklen Anzug trug, und die immer noch untröstliche Sonia zum Flugplatz gefahren, wo sie das Firmenflugzeug nach New York bestiegen.

Als sie landeten, hatte MacMordie schon die Medienleute in Position gebracht. Hutchmeyer trampelte die Treppe hinunter und gab eine Erklärung ab.

»Meine Herren«, verkündete er mit gebrochener Stimme, »dies ist für mich eine doppelte Tragödie. Ich habe die wunderbarste, warmherzigste kleine Frau verloren, die je ein Mann gehabt hat. Vierzig glückliche Ehejahre liegen...« Er brach ab, um sich die Nase zu schneuzen. »Es ist einfach furchtbar. Ich kann meine Gefühle in ihrer ganzen Tiefe gar nicht zum Ausdruck bringen. Peter Piper war ein Schriftsteller von unübertroffener Brillanz. Sein Hinscheiden ist ein schwerer Schlag für die ganze Literatur.« Als er sein Taschentuch wieder hervorkramte, betätigte sich MacMordie als Souffleur.

»Sagen Sie was über seinen Roman«, flüsterte er.

Hutchmeyer hörte auf zu schniefen und sagte was über *Die Jahre wechseln, es lockt die Jungfrau*, im Hutchmeyer Verlag erschienen zum Preis von sieben Dollar neunzig Cent und erhältlich bei allen... Hinter ihm weinte Sonia vernehmlich und mußte ins wartende Auto geleitet werden. Als sie losfuhren, weinte sie immer noch.

»Eine schreckliche Tragödie«, sagte Hutchmeyer, noch immer unter dem Eindruck seiner eigenen Rhetorik, »echt schrecklich.«

Er wurde von Sonia unterbrochen, die auf MacMordie eintrommelte.

»Mörder«, schrie sie, »Sie waren an allem Schuld. Sie haben all diesen verrückten Terroristen erzählt, er sei im KGB und in der IRA und homosexuell, und jetzt sehen sie, wo das hingeführt hat!«

»Was geht hier verdammt nochmal vor?« brüllte MacMordie, »ich habe überhaupt nichts...«

»Die Scheißbullen oben in Maine meinen, es war die Symbionesische Befreiungsarmee oder die Minutemen oder sowas«, sagte Hutchmeyer, »wir haben also noch ein Problem.«

»Das sehe ich auch so«, sagte MacMordie und bekam von Sonia ein blaues Auge verpaßt. Sie verschmähte schließlich die von Hutchmeyer angebotene Gastfreundschaft und bestand darauf, ins Gramercy Park Hotel gefahren zu werden.

»Keine Sorge«, sagte Hutchmeyer, als sie ausstieg, »ich werde dafür sorgen, daß Baby und Piper mit allem, was dazugehört, vor ihren Schöpfer treten. Blumen, Leichenzug, ein Sarg aus Bronze...«

»Zwei«, sagte MacMordie, »ich meine, sie passen doch nicht in...«

Sonia drehte sich zu ihnen um. »Sie sind tot«, schrie sie. »Tot. Bedeutet euch das denn gar nichts? Habt ihr überhaupt kein Gewissen? Das waren richtige Menschen, richtige lebende Menschen, aber jetzt sind sie tot, und ihr könnt nur immer von Begräbnissen und Särgen reden und von...«

»Also, zuerst müssen wir mal die Leichen finden«, sagte der praktisch denkende MacMordie, »ich meine, es hat keinen Sinn, über Särge zu reden, wenn wir keine Leichen haben.«

»Weshalb sind Sie nicht endlich still?« empfahl ihm Hutchmeyer, aber Sonia war schon ins Hotel geflüchtet.

Die beiden fuhren schweigend weiter.

Hutchmeyer hatte eine Zeitlang erwogen, MacMordie zu feuern, doch er hatte seine Meinung geändert. Das Haus in Maine hatte ihm schließlich nie gefallen, und da Baby tot war... »Es war ein furchtbares Erlebnis«, sagte er, »ein furchtbarer Verlust.«

»Das will ich meinen«, sagte MacMordie, »die ganze Schönheit ist futsch.«

»Das Haus war ein Prunkstück, echtes uramerikanisches Kulturgut. Sogar aus Boston sind Leute gekommen, um sich's anzusehen.«

»Ich dachte eigentlich an Mrs. Hutchmeyer«, sagte Mac-Mordie. Hutchmeyer sah ihn gehässig an.

»Das hätte ich mir bei Ihnen denken können, MacMordie. Zu so einem Zeitpunkt müssen Sie ausgerechnet an Sex denken.«

»Ich habe gar nicht an Sex gedacht«, sagte MacMordie. »Sie war eine bemerkenswerte Frau, charaktermäßig.«

»Das können sie laut sagen«, sagte Hutchmeyer. »Ich will ihr Andenken in Büchern verewigt sehen. Sie war eine große Bücherfreundin, wissen Sie. Ich möchte eine ledergebundene Ausgabe von *Die Jahre wechseln, es lockt die Jungfrau* mit Goldprägung machen. Die nennen wir dann Baby-Hutchmeyer-Gedenkausgabe.«

»Ich werde dafür sorgen«, versprach MacMordie. Und während so Hutchmeyer seine Rolle als Verleger wieder aufnahm, lag Sonia Futtle weinend auf ihrem Bett im Gramercy Park Hotel. Sie verzehrte sich vor Schuldgefühlen und Trauer. Der einzige Mann, den sie jemals geliebt hatte, war tot, und sie war an allem schuld. Sie schaute aufs Telefon und dachte daran, Frensic anzurufen, doch in England war es jetzt mitten in der Nacht. Statt dessen gab sie ein Telegramm auf: PETER VERMUTLICH TOT ERTRUNKEN MRS HUTCHMEYER DITO POLIZEI ERMITTELT STRAFTAT RUFE AN SOBALD ICH KANN SONIA.

15

Am nächsten Morgen traf Frensic bestens gelaunt in der Lanyard Lane ein. Die Welt war wunderschön, die Sonne schien, die Menschen würden bald in den Buchläden auftauchen und *Jahre* kaufen, und – das war das Allerbeste – Hutchmeyers Scheck über zwei Millionen Dollar nistete glücklich auf dem F & F-Bankkonto. Vor einer Woche war er eingegangen, jetzt brauchte er nur noch vierhunderttausend Dollar Provision abzuziehen und den Rest an Mr. Cadwalladine und seinen seltsamen Klienten zu überweisen. Frensic wollte sich noch am Morgen drum kümmern. Er holte seine Post aus dem Briefkasten und stapfte die Treppe hoch in sein Büro. Er setzte sich an den Schreibtisch und schnupfte die erste Prise des Tages, dann ging er die vor ihm liegenden Briefe durch. Fast am Boden des Stapels stieß er auf das Telegramm.

»Telegramme, also wirklich!« murmelte er vor sich hin, eine herbe Kritik an der übertriebenen Eile eines aufdringlichen Autors, und öffnete den Umschlag. Einen Augenblick später hatte sich Frensics rosiges Weltbild in nichts aufgelöst, an seine Stelle traten fragmentarische, aber erschreckende Bilder, Resultat der kryptischen Wörter auf dem Formular. Piper tot? Vermutlich ertrunken? Mrs. Hutchmeyer dito? Als er versuchte, mit den Informationen zurechtzukommen, wurde in seinem Kopf jede dieser abgehackten Nachrichten zu einer Frage. Es dauerte eine volle Minute, bis Frensic die ganze Bedeutung der Sache aufging, doch selbst dann zweifelte er noch und flüchtete sich in Ungläubigkeit. Piper konnte einfach nicht tot sein. In Frensics geruhsamer kleiner

Welt war der Tod etwas, worüber Autoren schrieben. Er war unwirklich, entlegen, eine Erfindung, ein Nichtereignis. Aber hier, in diesen wenigen Worten, bar jeder Interpunktion auf schiefe Papierstreifen getippt, mischte der Tod sich ein. Piper war tot. Mrs. Hutchmeyer ebenfalls, doch Frensics Interesse an ihr war gleich null. Für sie war er nicht verantwortlich; aber für Piper. Frensic hatte ihn überredet, in den Tod zu gehen. POLIZEI ERMITTELT STRAFTAT nahm ihm sogar den Trost, es könne sich um einen Unfall gehandelt haben. Straftat und Tod deuteten auf Mord hin; daß er sich nun mit Pipers Ermordung konfrontiert sah, verstärkte Frensics Entsetzen noch. Aschfahl vor Schrecken hing er in seinem Stuhl.

Es dauerte eine Weile, bis er sich dazu aufraffen konnte, das Telegramm noch einmal zu lesen. Doch es stand immer noch dasselbe drin: Piper tot. Frensic wischte sich das Gesicht mit dem Taschentuch ab und versuchte sich vorzustellen, was geschehen war. Diesmal fesselten ihn die Worte VERMUTLICH ERTRUNKEN. Wenn Piper tot war, weshalb vermutete man einen Tod durch Ertrinken? Man wußte doch sicherlich, wie er ums Leben gekommen war. Und warum konnte Sonia nicht anrufen? RUFE AN SOBALD ICH KANN verliehen der Nachricht eine ganz neue geheimnisvolle Dimension. Wo konnte sie sein, wenn sie nicht sofort telefonieren konnte? Frensic stellte sich vor, sie liege verletzt in einem Krankenhaus, doch in dem Fall hätte sie es ihm mitgeteilt. Er wollte den Hutchmeyer Verlag anrufen und griff nach dem Telefon, aber da fiel ihm ein, daß es in New York fünf Stunden früher als in London war, also würde noch niemand im Büro sein. Er mußte bis zwei Uhr nachmittags warten. Er starrte auf das Telegramm und versuchte, praktisch zu denken. Wenn die Polizei ein Verbrechen untersuchte, konnte man fast sicher sein, daß sie auch Nachforschungen in Pipers Vergangenheit anstellte. Für Frensic war absehbar, wann die Polizei herausfände, daß Piper *Jahre* gar nicht geschrieben hatte. Daraus ergab sich, daß... mein Gott, Hutchmeyer würde es erfahren, und dann wäre der Teufel los. Oder, genauer gesagt, Hutchmeyer. Der Mann würde die Rückzahlung seiner zwei Millionen Dollar verlangen. Er könnte sogar klagen, wegen Vertragsbruchs oder Betrugs. Gott sei Dank lag das Geld noch auf der Bank. Frensic seufzte erleichtert auf.

Um sich nach all den schrecklichen Möglichkeiten, die das Telegramm vermuten ließ, auf andere Gedanken zu bringen, ging Frensic in Sonias Büro, wo er im Aktenschrank nach Mr. Cadwalladines Brief suchte, in dem Piper autorisiert wurde, anstelle des wirklichen Autors die Amerikatour durchzuführen. Er nahm den Brief heraus, las ihn sorgfältig durch und legte ihn wieder zu den Akten. Was das betraf, war er wenigstens abgesichert. Sollte es Ärger mit Hutchmeyer geben, dann waren Mr. Cadwalladine und sein Klient an dem Täuschungsmanöver beteiligt. Und wenn er die zwei Millionen zurückzahlen mußte, konnten sie so jedenfalls nicht murren. Indem er sich auf alle diese Eventualitäten konzentrierte, hielt Frensic seine Schuldgefühle in Schach und schob sie dem anonymen Autor zu. Der war an Pipers Tod schuld. Hätte sich der Mistkerl nicht hinter einem Pseudonym versteckt, wäre Piper noch am Leben. Während sich der Morgen dahinschleppte und Frensic so dasaß, unfähig, sich mit irgend etwas anderem zu beschäftigen, wurde seine Trauer immer größer. Auf seltsame Art und Weise hatte er Piper gern gehabt. Und jetzt war er tot. Frensic schaute über die Dächer von Covent Garden und betrauerte Pipers Ableben. Der arme Kerl war ein Opfer der Natur oder ein Opfer der Literatur geworden. Bedauernswert. Ein Mann, der ums Verrecken nicht schreiben konnte...

Diese Formulierung ließ Frensic aufschrecken. Sie war zu passend. Piper war tot, und er hatte nie richtig gelebt. Solange er existierte, hatte er darum gekämpft, gedruckt zu werden – und hatte versagt. Was zwang wohl Menschen wie ihn dazu, immer wieder neue Schreibversuche zu unternehmen, welche Fixierung auf das gedruckte Wort fesselte sie jahrelang an ihre Schreibtische? In diesem Augenblick saßen auf der ganzen

Welt Tausende von anderen Pipers vor leeren Seiten und füllten sie im Nu mit Wörtern, die keiner je las, denen sie aber in ihrer naiven Einbildung irgendeine tiefe Bedeutung beimaßen. Dieser Gedanke ließ Frensic noch schwermütiger werden. Es war alles seine Schuld. Er hätte so mutig und vernünftig sein müssen, Piper klarzumachen, daß er nie ein Schriftsteller werden würde. Statt dessen hatte er ihn noch ermuntert. Hätte er Piper die Wahrheit gesagt, dann wäre er immer noch am Leben, wer weiß, vielleicht hätte er sogar seine wahre Bestimmung gefunden als Bankangestellter oder Klempner, hätte geheiratet und Wurzeln geschlagen – was immer das hieß. Egal, er hätte nicht diese einsamen Jahre in einsamen Pensionen in einsamen Seebädern zugebracht, nicht stellvertretend die Leben von Conrad, Lawrence und Henry James nachgelebt, jene schemenhaften Geister der verstorbenen Schriftsteller, die er so sehr verehrt hatte. Selbst Pipers Tod hatte ihn in seiner Rolle als Stellvertreter ereilt, als Autor eines Romans, den er nicht geschrieben hatte. Aber irgendwo lebte der Mann, der eigentlich hätte sterben sollen, ungestört weiter.

Frensic griff nach dem Telefon. Dieser Bastard sollte nicht so ungestört weiterleben. Mr. Cadwalladine könnte ihm etwas ausrichten. Er wählte Oxford an.

»So leid es mir tut, ich habe ziemlich schlechte Nachrichten für Sie«, sagte er, als Mr. Cadwalladine sich am anderen Ende meldete.

»Schlechte Nachrichten? Ich verstehe nicht«, sagte Mr. Cadwalladine.

»Sie betreffen den jungen Mann, der als angeblicher Autor des Romans, den Sie mir geschickt haben, nach Amerika gefahren ist«, sagte Frensic.

Mr. Cadwalladine hüstelte unbehaglich. »Hat er... ähem... sich indiskret verhalten?« fragte er.

»So können Sie's auch nennen«, sagte Frensic. »Es sieht sogar sehr danach aus, als bekämen wir Schwierigkeiten mit der Polizei.« Mr. Cadwalladine gab vor lauter Unbehagen noch mehr Geräusche von sich, was Frensic genoß. »Ja, mit der Polizei«, fuhr er fort. »Sie wird womöglich in Kürze Nachforschungen anstellen.«

»Nachforschungen?« sagte Mr. Cadwalladine, inzwischen eindeutig beunruhigt. »Was für Nachforschungen?«

»Das kann ich im Moment noch nicht mit Sicherheit sagen, aber ich dachte mir, ich sollte Sie und Ihren Klienten besser davon in Kenntnis setzen, daß er tot ist«, sagte Frensic.

»Tot?« krächzte Mr. Cadwalladine.

»Tot«, sagte Frensic.

»Herr im Himmel. Wie überaus bedauerlich.«

»Ganz recht«, sagte Frensic. »Obwohl das Wort ›bedauerlich‹ von Pipers Standpunkt aus ein wenig fehl am Platz zu sein scheint, zumal er offensichtlich ermordet wurde.«

Diesmal war Mr. Cadwalladines Beunruhigung nicht zu überhören. »Ermordet?« stieß er hervor. »Sagten Sie ›ermordet‹?«

»Genau das habe ich gesagt. Ermordet.«

»Herr im Himmel«, sagte Mr. Cadwalladine. »Wie überaus schrecklich.«

Frensic sagte nichts und gestattete Mr. Cadwalladine, bei der Schrecklichkeit von all dem zu verweilen.

»Ich weiß nicht recht, was ich sagen soll«, murmelte Mr. Cadwalladine schließlich.

Frensic nutzte seinen Vorteil auf der Stelle. »Wenn Sie mir in dem Fall einfach Namen und Adresse Ihres Klienten mitteilen, werde ich ihm die Nachricht persönlich übermitteln.«

Mr. Cadwalladine gab ablehnende Geräusche von sich. »Dazu besteht kein Grund. Ich werde ihn informieren.«

»Wie Sie wünschen«, sagte Frensic. »Und wenn Sie schon mal dabei sind, sollten Sie ihn besser davon in Kenntnis setzen, daß er auf seinen Vorschuß aus Amerika noch warten muß.«

»Auf den Vorschuß aus Amerika warten? Sie wollen doch nicht etwa andeuten...«

»Ich deute gar nichts an. Ich lenke nur Ihre Aufmerksamkeit auf die Tatsache, daß Mr. Hutchmeyer in den Austausch Ihres anonymen Klienten gegen Mr. Piper nicht eingeweiht war, und falls – vor diesem Hintergrund – die Polizei im Verlauf ihrer Nachforschungen unser kleines Täuschungsmanöver aufdecken sollte... Sie verstehen, was ich meine?«

Mr. Cadwalladine verstand. »Sie glauben, Mr.... äh... Hutchmeyer... äh... könnte auf Rückerstattung bestehen?«

»Oder klagen«, sagte Frensic geradeheraus, »in diesem Fall wäre es empfehlenswert, die gesamte Summe auf einmal zurückzahlen zu können.«

»Oh, unbedingt«, sagte Mr. Cadwalladine, für den die Aussicht, verklagt zu werden, offensichtlich wenig anziehend war. »Ich überlasse die Angelegenheiten völlig Ihnen.«

Frensic beendete das Gespräch mit einem Seufzer. Nun, da er nun einen Teil der Verantwortung an Mr. Cadwalladine und seinen verfluchten Klienten weitergegeben hatte, fühlte er sich etwas besser. Er nahm eine Prise Schnupftabak und war gerade dabei, sie so richtig zu genießen, als das Telefon klingelte. Sonia Futtle rief aus New York an. Sie klang extrem erschüttert.

»Oh Frenzy, es tut mir so leid«, sagte sie, »ich bin an allem schuld. Ohne mich wäre das nicht passiert.«

»Was soll das heißen, du bist schuld?« sagte Frensic. »Du willst doch nicht andeuten, du...«

»Ich hätte ihn nicht hierherlotsen dürfen. Er war so glücklich...« Sie brach ab, er konnte sie schluchzen hören.

Frensic schluckte. »Erzähl mir um Gottes willen, was passiert ist«, sagte er.

»Die Polizei hält es für Mord«, sagte Sonia und schluchzte wieder.

»Das habe ich deinem Telegramm entnommen. Aber ich weiß immer noch nicht, was passiert ist. Ich meine, wie ist er gestorben?»

»Das weiß keiner«, sagte Sonia, »das ist ja das Furchtbare. Sie suchen die Bucht mit Schleppnetzen ab und sieben die Asche vom Haus durch und...«

»Die Asche vom Haus?« sagte Frensic und probierte verzweifelt, ein abgebranntes Haus mit Pipers vermutlichem Tod durch Ertrinken in Einklang zu bringen.

»Also, ich war mit Hutch segeln, und dann kam ein Sturm auf, und dann fing das Haus an zu brennen, und jemand hat auf die Feuerwehrleute geschossen, und Hutchs Motorjacht hat versucht, uns zu rammen und ist explodiert, und wir sind dabei fast umgekommen und...«

Der Bericht war konfus und unzusammenhängend, und Frensic versuchte vergeblich, während er den Hörer fest an sein Ohr preßte, sich aus den Ereignissen ein stimmiges Bild zu machen. Am Ende sah er nur eine ganze Reihe chaotischer Einzelbilder vor sich, ein verrücktes Puzzle, in dem das fertige Bild überhaupt keinen Sinn ergab, obwohl die Puzzlestücke alle ineinanderpaßten. Ein riesiges Holzhaus lodert vor dem nächtlichen Himmel. In diesem Inferno vertreibt irgend jemand die Feuerwehrleute mit einem schweren Maschinengewehr. Bären. Hutchmeyer und Sonia auf einem Segelboot im Orkan. Motorjachten jagen quer durch die Bucht, und schließlich wird Piper – bizarrer ging es nicht mehr – gemeinsam mit Mrs. Hutchmeyer, die einen Nerzmantel trägt, ins Jenseits befördert. Das Ganze war sowas wie ein kurzer Blick in die Hölle.

»Hast du keine Ahnung, wer's getan hat?« fragte Frensic.

»Kann nur irgendeine Terroristengruppe gewesen sein«, sagte Sonia. Frensic schluckte.

»Terroristengruppe? Weshalb sollten Terroristen den armen Piper umbringen wollen?«

»Na, wegen der ganzen Publicity bei diesem Aufruhr in New York. Sieh mal, als wir an Land gingen...«

Sie erzählte die Geschichte ihrer Ankunft, Frensic hörte entsetzt zu. »Willst du damit sagen, Hutchmeyer hat absichtlich einen Aufstand angezettelt? Der Mann ist verrückt.«

»Er wollte größtmögliche Publicity«, erklärte Sonia.

»Na, da war er bestimmt erfolgreich«, sagte Frensic.

Doch Sonia schluchzte schon wieder. »Du bist einfach herzlos«, weinte sie. »Du begreifst anscheinend nicht, was das bedeutet...«

»Und ob«, sagte Frensic, »es bedeutet, die Polizei wird Pipers gesamten Background ausleuchten und...«

»Daß wir schuld haben«, rief Sonia, »wir haben ihn rübergeschickt, und wir sind es...«

»Moment mal«, sagte Frensic, »wenn ich gewußt hätte, daß Hutchmeyer zu seiner Begrüßung einen Aufstand anzetteln würde, wäre ich mit der Reise nicht einverstanden gewesen. Und was die Terroristen angeht...«

»Die Polizei ist sich nicht absolut sicher, daß es Terroristen waren. Sie dachten zuerst, Hutchmeyer hätte ihn umgebracht.«

»Klingt schon besser«, sagte Frensic. »Nach allem, was du mir erzählt hast, ist das nichts als die Wahrheit. Er hat sich der Beihilfe schuldig gemacht. Wäre er nicht...«

»Und dann glaubt die Polizei offenbar, die Mafia könnte etwas damit zu tun haben.«

Frensic mußte wieder schlucken. Das war ja sogar noch schlimmer. »Die Mafia? Weshalb sollte die Mafia Piper umbringen? Das arme Würstchen hat doch nichts...«

»Piper nicht. Aber Hutchmeyer.«

»Du meinst, die Mafia hat versucht, Hutchmeyer umzubringen?« sagte Frensic wehmütig.

»Ich weiß nicht, was ich meine«, sagte Sonia, »ich erzähle dir bloß, was die Polizei gesagt hat, und die erwähnte, Hutchmeyer habe etwas mit dem organisierten Verbrechen zu tun.«

»Wenn die Mafia Hutchmeyer umbringen wollte, wieso hat sie dann Piper fertiggemacht?«

»Weil Hutch und ich segeln waren, und Peter und Baby...«

»Was für ein Baby?« sagte Frensic und versuchte verzweifelt, diese neue, gräßliche Zutat in einer bereits überladenen Verbrechenslandschaft unterzubringen.

»Baby Hutchmeyer.«

»Baby Hutchmeyer? Ich hatte ja keine Ahnung, daß dieses Schwein auch...«

»So ein Baby doch nicht. Mrs. Hutchmeyer. Man nannte sie Baby.«

»Guter Gott«, sagte Frensic.

»Du brauchst gar nicht so herzlos zu sein. Du klingst, als kümmert dich das gar nicht.«

»Kümmert?« sagte Frensic. »Natürlich kümmert's mich. Die ganze Geschichte ist absolut furchtbar. Und du sagst, die Mafia...«

»Nein, tu ich nicht. Ich sagte, das hat die Polizei gesagt. Sie glauben, es war so was wie ein Versuch, Hutchmeyer Angst einzujagen.«

»Und ist es ihnen gelungen?« fragte Frensic, der versuchte, der Situation ein klitzekleines bißchen Trost abzugewinnen.

»Nein«, sagte Sonia, »er ist richtig blutrünstig geworden. Er sagt, er will sie verklagen.«

Frensic war entsetzt. »Sie verklagen? Was soll das heißen, ›sie verklagen‹? Man kann die Mafia nicht verklagen, und außerdem...«

»Die doch nicht. Die Polizei.«

»Hutchmeyer will die Polizei verklagen?« sagte Frensic, der nun völlig den Boden unter den Füßen verloren hatte.

»Also, zuerst beschuldigten sie ihn, er wär's gewesen. Sie haben ihn vier Stunden lang festgehalten und ausgequetscht. Sie haben ihm nicht geglaubt, daß er mit mir draußen beim Segeln war. Und dann haben die Benzinkanister auch nicht gerade geholfen.«

»Benzinkanister? Was für Benzinkanister?«

»Die ich ihm um die Hüfte gebunden hatte.«

»Du hast Hutchmeyer Benzinkanister um die Hüfte gebunden?« fragte Frensic.

»Ich mußte es tun. Sonst wäre er ertrunken.«

Frensic dachte über diese Bemerkung nach und befand, daß ihr die Logik fehlte. »Ich würde doch meinen...«, begann er, kam aber zu dem Schluß, es wäre nichts gewonnen, wenn er

206

jetzt bedauerte, daß sie Hutchmeyer nicht hatte ertrinken lassen. Allerdings hätte es ihnen einen Haufen Ärger erspart.

»Was wirst du jetzt unternehmen?« fragte er schließlich.

»Ich weiß nicht«, sagte Sonia, »ich muß einfach abwarten. Die Polizei stellt immer noch Nachforschungen an, und ich habe alle meine Kleider verloren... und – oh Frenzy, es ist alles so schrecklich.« Sie brach schon wieder zusammen und weinte. Frensic versuchte, sich etwas Aufmunterndes einfallen zu lassen.

»Hör mal, das wird dich interessieren: Die Rezensionen in den Sonntagszeitungen waren alle gut«, sagte er, doch Sonias Trauer ließ sich davon nicht lindern.

»Wie kannst du nur bei so etwas von Rezensionen reden? Es ist dir einfach gleichgültig, darauf läuft's hinaus.«

»Meine Liebe, das ist es nicht. Das ist es ganz und gar nicht«, sagte Frensic, »es ist eine Tragödie für uns alle. Ich sprach gerade mit Mr. Cadwalladine und erklärte ihm, daß sein Klient angesichts dieser Ereignisse auf sein Geld noch warten muß.«

»Geld? Geld? Denkst du an nichts weiter als an Geld? Mein geliebter Peter ist tot und...«

Frensic hörte sich eine Tirade gegen seine Person, gegen Hutchmeyer und einen Menschen namens MacMordie an, die nach Sonias Meinung allesamt nur ans Geld dachten. »Ich begreife deine Gefühle«, sagte er, als sie Atem holen mußte, »aber Geld spielt bei diesem Geschäft nun mal eine Rolle, und wenn Hutchmeyer herausfindet, daß Piper nicht der Autor von *Jahre* war...«

Doch die Leitung war tot. Er sah das Telefon vorwurfsvoll an und legte auf. Jetzt blieb ihm nur noch die Hoffnung, daß Sonia die Nerven behielt und die Polizei nicht zu tief in Pipers Vergangenheit buddelte.

In New York war Hutchmeyer genau entgegengesetzter Meinung. Seiner Auffassung nach bestand die Polizei aus einem Haufen Schwachsinniger, die überhaupt keine vernünftigen Untersuchungen durchführen konnten. Er hatte darüber schon mit seinem Anwalt gesprochen, der ihm jedoch mitteilte, es sei sinnlos, Polizeichef Greensleeves wegen ungerechtfertigter Festnahme zu verklagen, da er gar nicht festgenommen worden war.

»Der Mistkerl hat mich vier Stunden lang festgehalten, dabei hatte ich bloß eine Decke an«, protestierte Hutchmeyer. »Sie haben mich unter heißen Lampen ausgequetscht, und da sagen Sie mir, ich habe keinerlei Anspruch auf Schadensersatz. Es müßte ein Gesetz zum Schutz unschuldiger Bürger vor so einer Willkür geben.«

»Tja, wenn Sie beweisen könnten, daß man Sie ein bißchen grob angefaßt hat, dann könnten wir vielleicht etwas tun, aber wie die Dinge liegen...«

Da er bei seinen Anwälten nichts Zufriedenstellendes erreichte, wandte Hutchmeyer seine Aufmerksamkeit der Versicherungsgesellschaft zu; doch von dieser Seite erfuhr er noch weniger Trost. Mr. Synstrom von der Schadensabteilung kam zu ihm und äußerte Zweifel.

»Was soll das heißen, Sie teilen nicht unbedingt die Theorie der Polizei, daß irgendwelche verrückten Terroristen diese Sache auf dem Kerbholz haben?« wollte Hutchmeyer wissen.

Hinter den silbergerahmten Brillengläsern glänzten Mr. Synstroms Augen. »Dreieinhalb Millionen Dollar sind eine Menge Geld«, sagte er.

»Natürlich, keine Frage«, sagte Hutchmeyer, »aber ich habe meine Prämien bezahlt, und das ist auch'n Haufen Geld. Also, was haben Sie mir zu sagen?«

Mr. Synstrom konsultierte seine Aktentasche. »Die Küstenwache hat sechs Koffer geborgen, die Mrs. Hutchmeyer gehörten. Das ist Nummer eins. Sie enthielten ihren gesamten Schmuck und ihre besten Kleider. Das ist Nummer zwei. Nummer drei ist, Mr. Pipers Koffer war an Bord dieses Bootes und enthielt auch seine gesamte Kleidung, wir haben das überprüft.«

»Na und?« sagte Hutchmeyer.

»Falls es sich um einen politischen Mord handelt, macht es einen merkwürdigen Eindruck, daß die Terroristen sie zuerst ihre Koffer packen lassen, diese dann an Bord der Motorjacht bringen, anschließend das Boot anzünden und das Haus in Brand stecken. Das entspricht nicht dem Profil terroristischer Verbrechen. Es sieht nach etwas ganz anderem aus.«

Hutchmeyer starrte ihn bösartig an. »Wenn Sie damit unterstellen, ich hätte mich auf meiner Segeljacht selbst in die Luft gejagt und obendrein meine Ehefrau und meinen erfolgversprechendsten Autor über den Jordan geschickt...«

»Ich unterstelle gar nichts«, sagte Mr. Synstrom, »ich sage nur, daß wir den ganzen Komplex noch viel gründlicher untersuchen müssen.«

»Na schön, dann machen Sie das mal«, sagte Hutchmeyer, »und wenn Sie damit fertig sind, will ich mein Geld.«

»Keine Sorge«, sagte Mr. Synstrom, »wir gehen der Sache schon noch auf den Grund. Wenn es um dreieinhalb Millionen geht, haben wir Ansporn genug.« Er stand auf und strebte zur Tür. »Oh, nebenbei bemerkt, eines dürfte Sie noch interessieren: Wer auch immer an Ihrem Haus Brandstiftung beging, er wußte genau, wo sich alles befand. Das Treibstofflager zum Beispiel. Es könnte das Werk von Insidern gewesen sein.«

Er ließ Hutchmeyer mit dem unguten Eindruck zurück, daß die Bullen vielleicht Schwachköpfe waren, Mr. Synstrom und seine Schadensermittler jedoch nicht. Das Werk von Insidern? Hutchmeyer dachte über die Worte nach. Und Babys gesamter Schmuck an Bord. Womöglich... nur mal angenommen, sie war *tatsächlich* mit diesem Blödmann Piper abgehauen? Hutchmeyer gestattete sich den Luxus eines Lächelns. In dem Fall hatte die blöde Kuh verdient, was mit ihr passiert war. Solange nur diese belastenden Dokumente nicht plötzlich auftauchten, die sie bei ihren Anwälten deponiert hatte. Das war keine besonders angenehme Aussicht. Warum nur hatte sich Baby nicht auf einfachere Art verabschieden können, sagen wir mal mit 'm Herzanfall?

16

Die van der Hoogensche Villa in Maine war verlassen und verschlossen, und alle Möbel waren wieder zugedeckt. Wie Baby versprochen hatte, war ihre Abreise unbemerkt geblieben. Sie hatte Piper im düsteren Zwielicht des Hauses allein zurückgelassen, war einfach nach Bellsworth gelaufen und hatte ein Auto gekauft, einen gebrauchten Kombi.

»Wir lassen ihn in New York stehen und kaufen uns was anderes«, sagte sie auf dem Weg nach Süden. »Wir wollen schließlich keine Spuren hinterlassen.«

Piper, der im Fond auf dem Boden lag, teilte ihre Zuversicht keineswegs. »Klingt ja soweit ganz gut«, murrte er, »aber sie werden trotzdem nach uns weitersuchen, wenn sie unsere Leichen draußen in der Bucht nicht finden. Das sagt einem schließlich der gesunde Menschenverstand.«

Doch Baby fuhr gelassen weiter. »Die werden glauben, uns hat die Flut ins offene Meer gespült«, sagte sie. »Das wäre nämlich passiert, wenn wir wirklich ertrunken wären. Außerdem habe ich in Bellsworth gehört, daß sie deinen Paß und meinen Schmuck samt den dazugehörigen Taschen geborgen haben. Sie müssen einfach annehmen, wir sind tot. Eine Frau wie ich trennt sich von Perlen und Diamanten erst, wenn der Herr im Himmel sie zu sich ruft.«

Piper lag auf dem Wagenboden und hielt dieses Argument für recht einleuchtend. Bestimmt glaubten Frensic & Futtle, er sei tot, und ohne seinen Paß und seine Hauptbücher...

»Haben sie auch meine Notizbücher gefunden?« fragte er.

»Davon hat keiner was gesagt, aber wenn sie deinen Paß

haben – und den haben sie –, dann möchte ich wetten, daß deine Notizbücher dabei waren.«

»Ich weiß nicht, was ich ohne meine Aufzeichnungen machen soll«, sagte Piper, »sie enthalten mein gesamtes Lebenswerk.«

Er legte sich wieder hin, beobachtete die vorbeihuschenden Baumwipfel und den blauen Himmel dahinter und dachte über sein Lebenswerk nach. Jetzt würde er *Auf der Suche nach der verlorenen Kindheit* nie mehr beenden. Er würde nie als literarisches Genie anerkannt werden. All seine Hoffnungen hatten die Feuersbrunst und deren Nachwirkungen zerstört. Er würde den Rest seiner Erdentage als posthum berühmter Verfasser von *Die Jahre wechseln, es lockt die Jungfrau* verbringen. Dieser Gedanke war unerträglich, er weckte in Piper die Entschlossenheit, für klare Verhältnisse zu sorgen. Irgendeine Möglichkeit mußte es doch geben, ein Dementi zu veröffentlichen. Andererseits ließen sich Dementis aus dem Jenseits nicht besonders leicht fabrizieren. Er konnte schwerlich an *Times Literary Supplement* schreiben und darauf hinweisen, er habe *Jahre* gar nicht verfaßt, sondern Frensic & Futtle hätten ihm diese Autorenrolle aus eigenen zweifelhaften Absichten heraus untergeschoben. Briefe, die mit ›Peter Piper selig‹ unterschrieben waren... Nein, das ging absolut nicht. Andererseits wäre es unerträglich, wenn er in die Literaturgeschichte als Pornograph einginge. Während er noch mit diesem Problem rang, schlief Piper ein.

Als er aufwachte, hatten sie die Staatsgrenze überquert und befanden sich bereits in Vermont. Für die Nacht stiegen sie als Mr. und Mrs. Castorp in einem kleinen Motel am Ufer des Champlain-Sees ab. Baby trug sie im Gästebuch ein, während Piper zwei aus der van der Hoogenschen Villa entwendete leere Koffer in die Hütte trug.

»Morgen müssen wir uns was zum Anziehen und so weiter kaufen«, sagte Baby. Piper aber war an solchen materiellen Dingen nicht interessiert. Er stand am Fenster, starrte hinaus und versuchte, sich auf die außergewöhnliche Vorstellung einzulassen, daß er mit dieser Verrückten im Grunde verheiratet war.

»Dir ist doch klar, daß wir uns nie mehr trennen können?« sagte er endlich.

»Das leuchtet mir nicht ein«, hörte man Babys Stimme aus der Dusche.

»Also, aus einem ganz einfachen Grund: ich kann mich nicht ausweisen und bekomme keine Arbeit«, sagte Piper. »Außerdem hast du das ganze Geld, und wenn die Polizei einen von uns aufgreift, wandern wir beide bis ans Lebensende ins Kittchen.«

»Du machst dir zuviel Sorgen«, sagte Baby. »Dies ist das Land der unbegrenzten Möglichkeiten. Wir fahren irgendwohin, wo keiner nach uns sucht, und fangen noch mal ganz von vorne an.«

»Wo zum Beispiel?«

Baby kam aus der Duschkabine. »Ich denke da an den Süden. An den tiefen Süden«, sagte sie. »Da wird sich Hutchmeyer nie hinwagen. Er hat Bammel vor dem Ku-Klux-Klan. Südlich von der Mason-Dixon-Linie war er noch nie.«

»Und was zum Teufel soll ich im tiefen Süden machen?« fragte Piper.

»Du könntest jederzeit versuchen, Südstaaten-Romane zu schreiben. Hutch fährt zwar nicht in die Südstaaten, aber er bringt jede Menge Romane darüber auf den Markt. Normalerweise sieht man auf dem Einband einen Mann mit 'ner Peitsche und eine völlig verängstigte Frau. Todsichere Bestseller.«

»Klingt nach genau der richtigen Sorte Buch für mich«, meinte Piper mit grimmiger Miene und ging ebenfalls duschen.

»Du könntest doch immer unter Pseudonym veröffentlichen.«

»Mir bliebe gar nichts anderes übrig. Das habe ich verdammt nochmal dir zu verdanken.«

Als draußen die Nach anbrach, kletterte Piper ins Bett und

212

dachte über die Zukunft nach. Neben ihm im Doppelbett seufzte Baby.

»Ein tolles Gefühl, wenn man mit einem Mann zusammen ist, der nicht ins Waschbecken pinkelt«, murmelte sie. Piper widerstand der Einladung ohne Schwierigkeiten.

Am nächsten Morgen fuhren sie weiter, langsam, auf Nebenstraßen und immer gen Süden. Und permanent zerbrach sich Piper den Kopf, wie er seine unterbrochene Karriere wieder aufnehmen könne.

In Scranton gab Baby den Kombi in Zahlung und erwarb einen neuen Ford; Piper nutzte die Gelegenheit, sich zwei neue Hauptbücher, ein Fläschchen Higgins-Tinte und einen Füller der Marke Esterbrook zu kaufen.

»Wenn ich sonst schon nichts mache, kann ich wenigstens ein Tagebuch führen«, erklärte er Baby.

»Ein Tagebuch? Du guckst dir nicht mal die Gegend an, essen tun wir bei McDonalds, was willst du denn da in ein Tagebuch schreiben?«

»Ich habe mir gedacht, ich könnte es rückblickend führen. Als eine Art Ehrenrettung. Ich könnte...«

»Ehrenrettung? Und wie kann man ein Tagebuch rückblickend führen?«

»Also, ich könnte damit anfangen, wie Frensic wegen der USA-Reise an mich herantrat, und dann würde ich mich Tag für Tag voranarbeiten, mit der Schiffahrt und allem. Auf diese Weise wirkt es dann authentisch.«

Baby fuhr langsamer und parkte an einem Rastplatz. »Das wollen wir doch mal klarstellen. Du datierst das Tagebuch zurück...«

»Ja, ich glaube, Frensic hat mir am 10. April telegrafiert...«

»Nur weiter. Du fängst am 10. April an, und was dann?«

»Na, dann würde ich schreiben, wie ich nicht mitmachen wollte, und wie sie mich überredeten und versprachen, daß *Auf der Suche* veröffentlicht wird und alles.«

»Und wo würdest du aufhören?«

»Aufhören?« sagte Piper. »Ich dachte nicht ans Aufhören. Ich würde einfach weitermachen und...«

»Wie steht's dann mit dem Feuer und all dem?« sagte Baby.

»Tja, das würde ich auch reinschreiben. Ich muß es tun.«

»Und wie es aus Versehen ausbrach, nehme ich an?«

»Also, nein, das würde ich so nicht schreiben. Ich meine, schließlich war es nicht so, oder?«

Baby sah ihn an und schüttelte den Kopf. »Dann würdest du also schreiben, wie ich das Feuer legte und das Motorboot losschickte, um Hutchmeyer und die Futtle in die Luft zu jagen? War's das?«

»Ich denke schon«, sagte Piper. »Schließlich ist es auch so gewesen und...«

»Und das nennst du Ehrenrettung. Also, das kannst du vergessen. Kommt gar nicht in die Tüte. Wenn du dich persönlich rechtfertigen willst, habe ich nichts dagegen, aber zieh mich da nicht rein. Gemeinsames Schicksal hab' ich gesagt, und dabei bleibt's.«

»Du hast wirklich gut reden«, meinte Piper mißmutig, »an dir klebt nicht der Ruf, dieses schmutzige Buch verfaßt zu haben, und ich bin...«

»An mir klebt bloß ein Genie, das ist alles«, sagte Baby und ließ den Motor an. Piper hing schmollend in seinem Sitz.

»Das einzige, was ich kann, ist schreiben«, murrte er, »und du läßt mich nicht.«

»Das habe ich nicht gesagt«, widersprach Baby, »ich habe bloß gesagt, keine rückblickenden Tagebücher. Tote erzählen keine Geschichten. Schon gar nicht in Tagebüchern, und überhaupt begreife ich nicht, was du gegen *Jahre* hast. Ich fand das Buch ganz toll.«

»Das glaube ich gern«, sagte Piper.

»Ich wüßte nur zu gern, wer es geschrieben hat. Ich meine, er muß einen wirklich guten Grund haben, weiter unerkannt zu bleiben.«

»Du mußt das Mistbuch bloß lesen, dann weißt du, warum«, sagte Piper. »Schon mal allein der ganze Sex. Und jetzt wird jeder denken, ich hätte es geschrieben.«

»Und wenn, hättest du denn den ganzen Sex gestrichen?« fragte Baby.

»Selbstverständlich. Damit hätte ich angefangen, und dann...«

»Ohne den Sex hätte sich das Buch nicht verkauft. Soviel verstehe ich vom Buchgeschäft.«

»Um so besser«, sagte Piper. »Es zieht die Menschenwürde in den Schmutz. Das und nichts anderes macht das Buch.«

»Wenn das so ist, solltest du das Buch umschreiben, und zwar so, wie man es hätte schreiben sollen...« Erstaunt über diesen plötzlichen Geistesblitz, versank sie in nachdenkliches Schweigen.

Nach dreißig Kilometern kamen sie in eine Kleinstadt. Baby parkte den Wagen und ging in einen Supermarkt. Als sie zurückkam, hielt sie ein Exemplar von *Die Jahre wechseln, es lockt die Jungfrau* in der Hand.

»Die verkaufen sich wie warme Semmeln«, sagte sie und reichte ihm das Buch.

Piper betrachtete sein Foto hinten auf dem Umschlag. Es war in jenen glücklichen Tagen in London aufgenommen worden, als er sich in Sonia verliebt hatte; ein dummes Gesicht grinste ihn an, es sah aus wie das eines Fremden. »Was soll ich damit?« fragte er. Baby lächelte.

»Schreib es.«

»Es schreiben?« sagte Piper. »Aber es ist doch schon...«

»Nicht so, wie du es geschrieben hättest, und du bist der Autor.«

»Das bin ich nicht, verdammt nochmal.«

»Schatz, irgendwo da draußen in der großen weiten Welt lebt ein Mensch, der dieses Buch geschrieben hat. Er weiß es, Frensic weiß es, diese blöde Futtle weiß es, und du und ich, wir wissen es auch. Das ist alles. Hutch weiß es nicht.«

»Gott sei Dank«, sagte Piper.

»Stimmt. Aber wenn du so denkst, dann stell dir bloß mal

vor, was jetzt in Frensic & Futtle vorgeht. Zwei Millionen hat Hutch für den Roman bezahlt. Das ist ein Haufen Geld.«

»Die Summe ist grotesk«, sagte Piper. »Hast du gewußt, daß Conrad nur...«

»Nein, und es interessiert mich auch nicht. Im Moment interessiert mich nur, was passiert, wenn du diesen Roman in deiner wunderschönen Handschrift umschreibst, und Frensic das Manuskript bekommt.«

»Wenn Frensic das...«, setzte Piper an, aber Baby brachte ihn zum Schweigen.

»Dein Manuskript«, sagte sie, »aus dem Jenseits.«

»Mein Manuskript aus dem Jenseits? Der schnappt über.«

»Der Kandidat hat hundert Punkte; und dann schieben wir eine Forderung über den Vorschuß und die gesamten Tantiemen nach«, sagte Baby.

»Aber dann weiß er doch, daß ich noch lebe«, protestierte Piper. »Er wird sofort zur Polizei rennen und...«

»Wenn er das macht, wird er Hutch und allen anderen 'ne Menge erklären müssen. Hutch wird seine juristischen Bluthunde auf ihn hetzen. Jawohl, Sir, wir haben die Firma Frensic & Futtle genau da, wo wir sie haben wollen.«

»Du bist verrückt«, sagte Piper, »du hast einen Haschmich, der sich gewaschen hat. Wenn du allen Ernstes glaubst, ich schreibe dieses schreckliche...«

»Du wolltest doch schließlich deinen Ruf aufpolieren«, sagte Baby, als sie die Stadt hinter sich ließen. »Und das kannst du nur so erreichen.«

»Wenn ich nur verstünde, wie.«

»Das werde ich dir zeigen«, sagte Baby. »Überlaß das mal Mami.«

An jenem Abend öffnete Piper in einem anderen Motelzimmer sein Hauptbuch, legte Füller und Tinte ebenso systematisch zurecht, wie er sie sich früher in der Pension Gleneagle zurechtgelegt hatte, und fing an zu schreiben, vor sich ein Exemplar von *Jahre*. Oben auf die Seite schrieb er »Erstes

Kapitel« und darunter: »Das Haus stand auf einem Hügel. Umgeben von drei Ulmen, einer Buche und einer Himalayazeder, deren waagerecht abstehende Zweige ihr den Anschein von...«

Auf dem Bett hinter ihm entspannte sich Baby mit einem zufriedenen Lächeln auf den Lippen. »Ändere in dieser Fassung noch nicht zu viel«, sagte sie. »Es soll richtig echt aussehen.«

Piper hörte auf zu schreiben. »Ich dachte, es wäre Sinn der Übung, meinen lädierten Ruf wiederherzustellen, indem ich dieses Ding umschreibe...«

»Das kannst du mit der zweiten Fassung tun«, sagte Baby. »Mit der hier machen wir Frensic & Futtle Feuer unter den Hintern. Halte dich also an den Text.«

Piper nahm den Füller in die Hand und hielt sich an den Text. Er nahm pro Seite etliche Änderungen vor, dann strich er sie wieder durch und schrieb den Originaltext aus dem Buch darüber. Gelegentlich stand Baby auf, blickte ihm über die Schulter und war zufrieden.

»Das wird Frensic wirklich vom Hocker hauen«, sagte sie, doch Piper hörte es kaum. Er hatte seine alte Existenz wiedergefunden und damit seine Identität. Und so schrieb er wie besessen weiter, ein weiteres Mal untergetaucht in der Phantasiewelt eines anderen; noch während er schrieb, sah er die Änderungen voraus, die er in der Zweitfassung vornehmen würde, der Fassung, mit der er seinen Ruf retten würde. Als Baby um Mitternacht zu Bett gegangen war, schrieb er immer noch ab. Um eins schließlich, müde, aber einigermaßen zufrieden, putzte sich Piper die Zähne und stieg ebenfalls ins Bett. Am Morgen würde er weitermachen.

Doch am Morgen waren sie wieder unterwegs, und es wurde später Nachmittag, bis Baby vor einem Howard Johnson's Motel in Beanville, South Carolina, hielt und Piper seine Arbeit wiederaufnehmen konnte.

Während Piper sein Leben als umherreisender und kopierender Romancier von neuem begann, betrauerte Sonia Futtle sein Ableben mit einer Inbrunst, die ihr zur Ehre gereichte und Hutchmeyer aus der Fassung brachte.

»Was soll das heißen, sie will nicht am Begräbnis teilnehmen?« brüllte er MacMordie an, als man ihm mitteilte, daß Miss Futtle ihr Bedauern ausdrücke, jedoch nicht gewillt sei, an einer Farce teilzunehmen, die einzig und allein den Absatz von *Jahre* steigern solle.

»Sie hat gesagt, ohne Leichen in den Särgen...«, fing MacMordie an, ehe ihn ein cholerischer Hutchmeyer zum Schweigen brachte.

»Was glaubt sie denn, wo ich diese Leichen hernehmen soll, Scheiße, verdammte? Die Bullen können sie nicht finden. Die Versicherungsdetektive können sie nicht finden. Die beschissenen Taucher der Küstenwache finden sie schon gar nicht. Und ich soll losziehen und sie auftreiben? Die sind inzwischen mitten im Atlantik, oder die Haie haben sie gefressen.«

»Aber soviel ich weiß, haben Sie doch gesagt, sie wären gesunken wie mit Beton beschwert«, sagte MacMordie, »und wenn sie das sind...«

»Vergessen Sie, was ich gesagt habe, MacMordie. Jetzt sage ich, wir denken nur noch positiv, was Baby und Piper angeht.«

»Ist das nicht ein bißchen schwierig? Wo sie doch tot und vermißt sind und alles. Ich meine...«

»Und ich meine, wir haben's hier mit einer publicityträchtigen Konstellation zu tun, die kann *Jahre* voll die Bestsellerlisten hochtreiben.«

»Der Computer sagt, die Umsätze sind schon gut.«

»Gut? Gut ist nicht genug. Sie müssen phantastisch sein. So wie ich das sehe, haben wir die Chance, diesem Typ, Piper, einen Ruf zu verschaffen wie... Wie hieß noch der Scheißkerl, der sich bei 'm Autounfall selber um die Ecke gebracht hat?«

»Tja, da gab's so viele, ist ein bißchen schwierig, den...«

»In Hollywood. Echt berühmter Bursche.«

»James Dean«, sagte MacMordie.

»Der nicht. Ein Schreiber. Hat ein tolles Buch über Insekten geschrieben.«

»Insekten?« sagte MacMordie. »Sie meinen sowas wie Ameisen. Ich habe mal ein irres Buch über Ameisen gelesen...«

»Keine Ameisen, du lieber Himmel. Dinger mit langen Beinen, wie Grashüpfer. Fressen jeden verfluchten Krümel auf, meilenweit.«

»Ach, Heuschrecken. *Tag der Heuschrecke*. Ein toller Film. Da gab's diese Szene, wo so ein Kerl auf 'm kleinen Kind rumhüpft, hoch und runter, und...«

»Mich interessiert nicht der Film, MacMordie. Wer hat das Buch geschrieben?«

»West«, sagte MacMordie, »Nathanael West. Bloß, sein richtiger Name war Weinstein.«

»Wer will das wissen, wie sein richtiger Name war? Von dem hat keiner je was gehört, auf einmal geht er bei 'ner Massenkarambolage drauf, und zack, schon ist er berühmt. Bei Piper sind wir sogar noch besser dran. Will sagen, wir haben's mit einem geheimnisvollen Verbrechen zu tun. Vielleicht Gangster. Haus brennt, Boot explodiert, der Kerl verliebt sich in alte Weiber, und auf einmal stößt ihm alles mögliche zu.«

»Vergangenheitsform«, sagte MacMordie.

»Verdammt richtig, und das will ich von ihm wissen. Seine Vergangenheit. Kompletten Bericht über ihn, wo er gewohnt hat, was er getrieben hat, die Frauen, die er geliebt hat...«

»Miss Futtle zum Beispiel?« sagte MacMordie taktlos.

»Nein«, brüllte Hutchmeyer, »zum Beispiel nicht Miss Futtle. Die kommt ja nicht mal, wenn der arme Kerl begraben wird. Andere Frauen. Bei allem, was er in das Buch gepackt hat, muß es noch andere Frauen gegeben haben.«

»Bei allem, was er ins Buch gepackt hat, sind die vielleicht inzwischen gestorben. Ich meine, diese Heldin war achtzig und er siebzehn. Piper war inzwischen achtundzwanzig, dreißig, es muß also vor ungefähr elf Jahren passiert sein, damit wäre sie in den Neunzigern, und in dem Alter werden sie gerne vergeßlich.«

»Heiliger Strohsack, muß ich Ihnen denn alles sagen? Erfinden, MacMordie, erfinden. Rufen Sie London an, sprechen Sie mit Frensic, besorgen Sie sich die Zeitungsausschnitte. Da muß doch was aufzutreiben sein, was wir gebrauchen können.«

MacMordie verließ das Zimmer und ließ sich mit London verbinden. Zwanzig Minuten später kehrte er mit der Nachricht zurück, Frensic sei wenig entgegenkommend.

»Er sagt, er weiß gar nichts«, verkündete er einem finster dreinblickenden Hutchmeyer. »Sieht so aus, als hätte Piper einfach das Buch geschickt, Frensic es gelesen, an Corkadales weitergeleitet, denen hat's gefallen, sie haben es gekauft, und das wär' schon so ziemlich alles. Kein Background. Gar nichts.«

»Es muß irgendwas geben. Er ist doch irgendwo geboren worden, stimmt's? Und seine Mutter...«

»Keine Verwandten. Eltern bei Autounfall umgekommen. Verstehen Sie, es sieht so aus, als hätte er nie existiert.«

»Scheiße«, sagte Hutchmeyer.

Damit traf er mehr oder weniger genau das Wort, das Frensic in den Sinn kam, als er nach MacMordies Anruf den Hörer auflegte. Es war schon schlimm genug, einen Autor zu verlieren, der kein Buch geschrieben hatte, nun sollte er auch noch Hintergrundmaterial über dessen Leben liefern. Als nächstes würde die Presse auftauchen, irgendeine verfluchte Journalistin, Pipers tragischer Kindheit dicht auf den Fersen. Frensic ging in Sonias Büro und wühlte im Aktenschrank nach dem Briefwechsel mit Piper. Er war erwartungsgemäß umfangreich. Frensic nahm die Akte mit an seinen Schreibtisch, setzte sich und überlegte, was er mit dem Ding anfangen sollte. Einen ersten Impuls, die Akte zu verbrennen, verwarf er,

als ihm klarwurde, daß Piper ihm im Laufe der Jahre zig
Briefe aus ebenso vielen Pensionen geschrieben und er genau-
sooft geantwortet hatte. Die Kopien von Frensics Antwort-
briefen lagen in der Akte. Vermutlich wurden die Originale
immer noch irgendwo sicher verwahrt. Von einer Tante?
Oder von irgendeiner gräßlichen Pensionswirtin? Frensic saß
da und schwitzte. Zwar hatte er MacMordie erzählt, Piper
habe keine Verwandten; aber was war, wenn sich herausstel-
len sollte, daß noch eine ganze Rotte habgieriger Tanten,
Onkel und Vettern existierte, die darauf versessen waren, bei
den Tantiemen abzukassieren? Und wie stand es mit einem
Testament? So wie er Piper kannte, hielt Frensic das für unwahrscheinlich. In dem Fall würde die Erbschaftsfrage womöglich vor Gericht geklärt werden, und dann... Die entsetzlichen Konsequenzen konnte sich Frensic an fünf Fingern
abzählen. Auf der einen Seite der anonyme Autor, der seinen
Vorschuß forderte, und auf der anderen... Und mittendrin
wurden Frensic & Futtle durch den Dreck gezogen, als Betrüger enttarnt, von Hutchmeyer verklagt, von Pipers Verwandten verklagt, zur Zahlung enormer Schadensersatz-
summen und gewaltiger Gerichtskosten verdonnert, und am
Ende waren sie pleite. Und das alles, weil irgendso ein
schwachsinniger Klient von Cadwalladine auf der Wahrung
seiner Anonymität bestanden hatte.

Als er bei dieser grauenhaften Schlußfolgerung angelangt
war, trug Frensic die Akte wieder in den Schrank, beschrif-
tete sie als gelinde Vorsichtsmaßnahme gegen neugierige
Blicke mit »Mr. Smith« und versuchte, sich eine Rechtferti-
gung zu überlegen. Anscheinend gab es nur die eine Ausrede,
daß er lediglich die Instruktionen Mr. Cadwalladines ausgeführt hatte; und da Cadwalladine & Dimkins ausgesprochen
renommierte Anwälte waren, war ihnen vermutlich genauso-
sehr daran gelegen, einen juristischen Skandal zu vermeiden,
wie ihm selbst. Dies galt wahrscheinlich auch für den echten
Autor. Es war ein magerer Trost. Sobald Hutchmeyer von
dem Täuschungsmanöver Wind bekäme, wäre die Hölle los.

Außerdem war da noch Sonia, die sich, wenn man nach ihrem Verhalten am Telefon gehen konnte, in einem äußerst erregten Gemütszustand befand und möglicherweise voreilige Äußerungen machen konnte. Frensic griff zum Telefon, wählte die Auslandsvermittlung und ließ sich mit dem Gramercy Park Hotel verbinden. Es wurde Zeit, daß Sonia Futtle nach England zurückkehrte. Als die Verbindung zustande kam, erfuhr er, daß Miss Futtle schon abgereist sei und sich mittlerweile – laut Auskunft der Rezeption – mitten im Atlantik befinde.

»›Über‹ und ›ist‹«, korrigierte Frensic, ehe ihm einfiel, daß der amerikanische Sprachgebrauch einiges für sich hatte.

Sonia landete nachmittags in Heathrow und nahm sofort ein Taxi zur Lanyard Lane. Sie traf Frensic in augenscheinlich tiefer Trauer an.

»Ich bin selbst an allem schuld«, sagte er, ihre Anklage vorwegnehmend, »ich hätte von Anfang an nicht zulassen dürfen, daß der arme Piper seine Karriere aufs Spiel setzt, indem er in die Staaten fährt. Unser einziger Trost ist, daß er sich einen Namen als Schriftsteller gemacht hat. Es ist ungewiß, ob er je ein besseres Buch geschrieben hätte, wenn er am Leben geblieben wäre.«

»Er hat es doch gar nicht geschrieben«, sagte Sonia.

Frensic nickte. »Ich weiß, ich weiß«, murmelte er, »aber wenigstens hat er sich einen Ruf verschafft. Er hätte diese Ironie zu schätzen gewußt. Er war ein großer Bewunderer Thomas Manns, mußt du wissen. Am besten halten wir sein Andenken in Ehren, wenn wir schweigen.«

Nachdem er so Sonias Beschuldigungen zuvorgekommen war, ließ Frensic zu, daß sie ihre Gefühle abreagierte und ihm die Geschichte der Unglücksnacht erzählte, einschließlich Hutchmeyers späterer Reaktion. Am Ende war er kein bißchen klüger als zuvor.

»Kommt mir alles äußerst merkwürdig vor«, kommentierte er ihren Bericht. »Man kann nur vermuten, daß der Täter – wer es auch war – einen furchtbaren Fehler begangen

und den Falschen erwischt hat. Angenommen, Hutchmeyer
wäre umgebracht worden...«

»Dann wäre ich auch umgebracht worden«, sagte Sonia unter Tränen.

»Man muß schon mit wenigem zufrieden sein«, sagte Frensic.

Am nächsten Morgen trat Sonia Futtle wieder ihren Dienst im
Büro an. Während ihrer Abwesenheit war eine frische Liefe-
rung Tiergeschichten eingetroffen, und während Frensic sich
für seine Taktik beglückwünschte, am Schreibtisch saß und
betete, es möge keine neuen Rückschläge geben, beschäftigte
sich Sonia mit *Bernie der Biber*. Zwar mußte das Buch ein
wenig umgeschrieben werden, doch die Geschichte klang
vielversprechend.

17

In einer Hütte in den Smoky Mountains war Piper der gleichen Meinung, was *Jahre* betraf. Er saß auf der Treppe, schaute auf den See hinunter, wo Baby schwamm, und mußte zugeben, daß sein erster Eindruck von diesem Roman falsch gewesen war. Die eindeutigen Sex-Passagen hatten ihn getäuscht. Doch nun, da er das Buch Wort für Wort abgeschrieben hatte, konnte er erkennen, daß die eigentliche Erzählstruktur stimmig und solide war. Ja, große Teile des Buches beschäftigten sich sogar durchaus fundiert mit bedeutenden Fragen. Zog man den Altersunterschied zwischen Gwendolen und Anthony, dem Erzähler, ab und eliminierte die Pornographie, dann erfüllte *Die Jahre wechseln, es lockt die Jungfrau* alle Voraussetzungen großer Literatur. Es beschäftigte sich ausgesprochen tiefgründig mit dem Sinn des Lebens, mit der Rolle des Schriftstellers in der modernen Gesellschaft, mit der Anonymität des Individuums in städtischen Ballungsräumen sowie mit der Notwendigkeit, zu den Werten vergangener, zivilisierterer Zeitalter zurückzukehren. Besonders gut war das Buch, wenn es sich mit den Qualen der Pubertät und mit der Befriedigung beschäftigte, die das Schreinern von Möbeln verschafft: »Gwendolen ließ ihre Finger mit einer Sinnlichkeit über das knorrige, mit Ästen durchsetzte Eichenholz gleiten, die ihr Alter Lügen strafte. ›Die Beständigkeit der Zeit hat die Wildheit des Holzes gezähmt‹, sagte sie. ›Du wirst gegen den Strich schnitzen und dem Form verleihen, was form- und leblos war.‹« Piper nickte zustimmend. Passagen wie diese hatten wirklich literarische Qualität, besser noch, sie waren für ihn eine Inspiration. Auch er würde gegen den Strich dieses Romans schnitzen und ihm Form verleihen, so daß die Rohheit des Bestsellers in der revidierten Version eliminiert und die sexuellen Zutaten, die sich an der wirklichen Substanz des Buches vergingen, entfernt wurden; dann stünde das Werk als papiernes Monument seiner literarischen Talente da. Posthum vielleicht, aber wenigstens würde sein Ruf wiederhergestellt. In späteren Jahren würden Kritiker die beiden Fassungen vergleichen und aus seinen Streichungen schließen, daß in der früheren, nicht kommerziellen Form die eigentlichen Intentionen des Autors auf höchstem literarischem Niveau angesiedelt waren, daß aber der Roman anschließend geändert worden sei, um den Forderungen Frensics und Hutchmeyers sowie ihrer perversen Auffassung von Publikumsgeschmack gerecht zu werden. Die Schuld am Bestseller läge bei ihnen, er wäre entlastet. Mehr noch, er würde gefeiert werden. Als Baby aus dem Wasser stieg und zur Hütte hinaufkam, klappte er das Hauptbuch zu und stand auf.

»Fertig?« fragte sie. Piper nickte.

»Morgen fange ich mit der zweiten Version an«, sagte er.

»Dann werde ich inzwischen die erste mit nach Ashley nehmen und kopieren. Je eher Frensic sie bekommt, desto eher machen wir ihm Feuer unterm Hintern.«

»Mir wäre lieber, du würdest diesen Ausdruck nicht gebrauchen«, sagte Piper, »Feuer machen. Außerdem, von wo willst du das Buch denn abschicken? Sie könnten uns anhand des Poststempels aufspüren.«

»Übermorgen sind wir weg. Wir haben die Hütte für eine Woche gemietet. Ich fahre jetzt nach Charlotte, fliege nach New York und bringe es dort zur Post. Morgen nacht komme ich wieder, am Tag darauf ziehen wir weiter.«

»Ich wünschte, wir müßten nicht dauernd weiterziehen«, sagte Piper, »mir gefällt es hier. Gestört hat uns keiner, und ich hatte Zeit zum Schreiben. Weshalb können wir nicht einfach bleiben?«

»Weil das hier noch nicht der tiefe Süden ist«, sagte Baby, »als ich nämlich ›tief‹ sagte, meinte ich das auch so. Unten in Alabama, Mississippi, gibt's Nester, von denen hat noch keiner was gehört, und die will ich sehen.«

»Und nach allem, was ich über Mississippi gelesen habe, sind sie dort Fremden gegenüber nicht besonders aufgeschlossen«, sagte Piper, »sie werden Fragen stellen.«

»Du hast zu viel Faulkner gelesen«, sagte Baby, »und wo wir hin wollen, kann man für 'ne Viertelmillion Dollar eine Menge Antworten kaufen.«

Sie verschwand in der Hütte, um sich umzuziehen. Nach dem Essen ging Piper im See schwimmen, dann spazierte er am Ufer entlang, den Kopf voller Änderungsmöglichkeiten für *Jahre zwei*. Er war bereits fest entschlossen, den Titel zu ändern. Er würde das Buch *Work in Regress*, Werk in Nachbereitung, nennen. Das klang ein wenig nach *Finnegans Wake* und sagte seinem Sinn fürs Literarische zu. Außerdem hatte Joyce seine Romane auch immer und immer wieder umgearbeitet, ohne sich im mindesten um ihre kommerzielle Verwertbarkeit zu kümmern. Und im Exil hatte er auch gelebt. Einen Moment lang sah sich Piper in Joyces Fußstapfen treten, incognito und pausenlos ein und dasselbe Buch überarbeiten, mit dem einen Unterschied, daß er zu Lebzeiten niemals den Durchbruch von ›ferner liefen‹ zum Ruhm schaffen würde. Es sei denn natürlich, sein Werk wäre dermaßen unstrittig genial, daß Kleinigkeiten wie das Feuer, die brennenden Boote und selbst sein scheinbarer Tod Teil des geheimnisvollen Flairs eines großen Schriftstellers wurden. Jawohl, Größe würde ihn freisprechen. Piper drehte sich um, er eilte am Ufer entlang zurück zur Hütte. Er wollte sofort mit der Arbeit an *Werk in Nachbereitung* beginnen. Doch als er in der Hütte ankam, hatte sich Baby schon das Auto und sein erstes Manuskript geschnappt und war nach Ashville gefahren. Auf dem Tisch lag eine Nachricht für ihn. Sie besagte schlicht: ›Heute weg. Morgen hier. Halt dich ran. Baby.‹

Piper hielt sich ran. Den Nachmittag über ging er mit ei-

nem Füllfederhalter *Jahre* durch und veränderte alle Alters-
angaben. Gwendolen verlor fünfundfünfzig Jahre und wurde
fünfundzwanzig, Anthony legte zehn zu, was ihn siebenundzwanzig werden ließ. Zwischendurch strich Piper sämtliche
merkwürdigen sexuellen Aktivitäten, die das Buch in weiten
Kreisen populär gemacht hatten. Dabei ging er besonders
energisch vor, und als er fertig war, beseelte ihn ein Gefühl
der Rechtschaffenheit, das er seinem Ideen-Notizbuch anver-
traute: »Die Kommerzialisierung der Sexualität als Ware, die
man kauft und weiterverkauft, stellt die Wurzel des gegenwärtigen Verfalls unserer Zivilisation dar. Ich war in meinem
Werk darum bemüht, die Verdinglichung der Sexualität aus-
zulöschen, dagegen das essentiell Menschliche von Beziehungen einzufangen.« Anschließend aß er zu Abend und ging
schlafen.

Am Morgen war er früh auf den Beinen und an seinem
Tisch auf der kleinen Veranda. Vor ihm lag, weiß und leer, die
erste Seite seines neuen Hauptbuchs, als warte sie auf seine
Schriftzüge. Er tauchte seinen Füller in das Tintenfäßchen und
begann zu schreiben. »Das Haus stand auf einem Hügel. Umgeben von drei Ulmen, einer Buche und einer . . .« Piper hielt
inne. Er wußte nicht genau, was eine Himalayazeder war,
hatte aber auch kein Lexikon zur Hand. Er machte »Eiche«
daraus und hörte wieder auf. Hatten Eichen waagerecht abstehende Zweige? Vermutlich traf das auf einige Eichen zu.
Solche Details waren unwichtig. Worauf es wirklich ankam,
war, eine Analyse der Beziehung zwischen Gwendolen und
dem Erzähler hinzukriegen. Große Bücher gaben sich nicht
mit Bäumen ab. Sie handelten von Menschen, davon, welche
Gefühle Menschen für andere Menschen hegten und was sie
über diese dachten. Echte Einblicke waren wichtig, und dazu
trugen Bäume nichts bei. Die Himalayazeder konnte genausogut bleiben, wo sie war. Er strich »Eiche« durch und
schrieb »Himalayazeder« darüber. Er setzte die Beschreibung eine halbe Seite lang fort, dann stieß er auf das nächste
Problem. Wie konnte der Erzähler, Anthony, gerade Schul-

ferien haben, wo er jetzt siebenundzwanzig war? Es sei denn, er war Lehrer, dann müßte er etwas unterrichten, was bedeutete, er mußte auch darüber Bescheid wissen. Piper versuchte, sich an seine eigene Schulzeit zu erinnern, an ein Vorbild für Anthony; doch die Lehrer an seiner Schule waren durch die Bank unscheinbare Männer gewesen und hatten wenig Eindruck bei ihm hinterlassen. Ihm fiel nur Miss Pears ein, und die war Lehrerin gewesen.

Piper legte den Füller hin und dachte über Miss Pears nach. Angenommen, sie wäre ein Mann gewesen... oder sie wäre Gwendolen und er Anthony... und wenn Anthony statt siebenundzwanzig erst vierzehn gewesen wäre... oder noch besser, wenn seine, Pipers, Eltern in einem Haus auf einem Hügel gewohnt hätten, umgeben von drei Ulmen, einer Buche und einer... Piper stand auf und schritt auf der Veranda auf und ab, von neuer Inspiration durchdrungen. Ihm war plötzlich aufgegangen, daß sich aus dem Rohmaterial von *Die Jahre wechseln, es lockt die Jungfrau* möglicherweise die Quintessenz von *Auf der Suche nach der verlorenen Kindheit* herausarbeiten ließ. Oder wenn das nicht ging, konnte er wenigstens ein Konglomerat aus beiden Büchern anfertigen. Er würde beträchtliche Änderungen vornehmen müssen. Schließlich wohnten tuberkulöse Klempner nicht in Villen auf Hügeln. Andererseits hatte sein Vater gar nicht an Tuberkulose gelitten. Er hatte sich bei D.H. Lawrence und Thomas Mann angesteckt. Eine Liebesaffäre zwischen einem Schuljungen und seiner Lehrerin war allerdings ein ganz natürliches Ereignis, freilich unter der Voraussetzung, daß sie sich nicht auf das Körperliche ausweitete. Ja, das war es. Er würde *Werk in Nachbereitung* als *Auf der Suche* schreiben. Er setzte sich an den Tisch, griff zum Füller und schrieb weiter ab. Jetzt brauchte er sich über Veränderungen an der zentralen Handlungsstruktur nicht mehr den Kopf zu zerbrechen. Himalayazeder, Haus auf dem Hügel, sämtliche Beschreibungen von Häusern und Orten konnten so bleiben. Neue Inhalte waren seine schwierige Jugendzeit und die Gegenwart seiner geplagten Eltern. Nicht zu vergessen Miss Pears als Gwendolen, seine Mentorin, Ratgeberin und Lehrerin, mit der er eine wertvolle Beziehung eingehen würde, sexuell bedeutungsvoll und ganz ohne Sex.

Und so nahmen wieder einmal die Wörter in ihrer ganzen alten Eleganz, die ihn in der Vergangenheit so zufriedengestellt hatte, ihre unauslöschliche schwarze Gestalt auf der Seite an.

Unter ihm glänzte der See im Licht der Sommersonne, eine Brise zauste die Bäume in der Umgebung seiner Hütte, doch Piper nahm seine Umwelt gar nicht wahr. Er hatte den Faden seiner Existenz aufgenommen, dort wo er in der Pension Gleneagle in Exforth abgerissen war, und befand sich wieder *Auf der Suche*.

Als Baby am Abend von ihrem Flug nach New York zurückkehrte, wo sie die Kopie seines ersten Manuskripts gefahrlos an Frensic & Futtle, Lanyard Lane, London, aufgegeben hatte, war Piper wieder ganz der alte. Das traumatische Erlebnis Feuer und ihre Flucht waren vergessen.

»Sieh mal, ich kombiniere meinen eigenen Roman mit *Jahre*«, erläuterte er, während sie sich einen Drink eingoß. »Gwendolen ist nicht länger eine...«

»Erzähl mir morgen früh davon«, sagte Baby. »Heute habe ich einen anstrengenden Tag hinter mir, und morgen müssen wir uns wieder auf den Weg machen.«

»Ich sehe, du hast ein anderes Auto gekauft«, sagte Piper und besah sich den roten Pontiac.

»Mit Klimaanlage, Nummernschilder aus South Carolina. Wenn einer nach uns suchen sollte, dann wird er sich ganz schön schwertun. Den alten habe ich diesmal nicht einmal in Zahlung gegeben. Habe den Ford in Beanville verkauft, einen Greyhound-Bus nach Charlotte genommen und den hier auf dem Rückweg in Ashville gekauft. Weiter südlich wechseln wir wieder. Wir verwischen unsere Spuren.«

»Nicht indem wir Kopien von *Jahre* an Frensic schicken,

dadurch bestimmt nicht«, sagte Piper. »Ich meine, so muß er erfahren, daß wir nicht tot sind.«

»Dabei fällt mir ein: Ich habe ihm in deinem Namen ein Telegramm geschickt.«

»Du hast was?« kreischte Piper.

»Ihm ein Telegramm geschickt.«

»Was stand drin?«

»Bloß, Zitat: Überweisen Vorschuß Tantiemen zu Händen First National Bank of New York Kontonummer 478776 Grüße Piper, Zitatende.«

»Ich habe doch gar kein Konto...«

»Jetzt hast du eins, Schätzchen. Ich habe dir eins eingerichtet und die erste Einzahlung vorgenommen. Eintausend Dollar. Und wenn dann Frensic sein Geburtstagsglückwunsch-Telegramm bekommt...«

»Geburtstagsglückwunsch? Du schickst ein Telegramm, in dem du Geld verlangst, und nennst das Geburtstagsglückwunsch?«

»Ich mußte es irgendwie zurückhalten, bis er die Zeit gefunden haben würde, das Original von *Jahre* zu lesen«, sagte Baby, »deshalb sagte ich, er hat am 19. Geburtstag, und sie halten es bis dahin zurück.«

»Du lieber Himmel«, sagte Piper, »was für miese Glückwünsche zum Geburtstag. Dir ist doch wohl klar, daß er ein Herzleiden hat? Sieh mal, so ein Schock könnte ihn umbringen.«

»Damit seid ihr schon zwei«, sagte Baby. »Dich hat er tatsächlich umgebracht...«

»Von wegen! *Du* hast meinen Totenschein unterschrieben und meine Karriere als Schriftsteller beendet.«

Baby trank ihr Glas aus und seufzte. »Das nenne ich echte Dankbarkeit. Deine Karriere als Schriftsteller fängt gerade erst an.«

»Posthum«, meinte Piper verbittert.

»Tja, besser spät als niemals«, sagte Baby und verzog sich ins Bett.

Am nächsten Morgen fuhr der rote Pontiac vor der Hütte ab und schraubte sich die serpentinenreiche Gebirgsstraße in Richtung Tennessee hoch.

»Wir fahren nach Westen bis Memphis«, sagte Baby, »dort lassen wir den Wagen stehen und fahren mit dem Greyhound zurück nach Chattanooga. Ich wollte schon immer mal den Choo Choo sehen.«

Piper sagte nichts. Ihm war gerade eingefallen, wie er Miss Pears/Gwendolen kennengelernt hatte. Es war in den Sommerferien gewesen, seine Eltern hatten ihn mit nach Exforth genommen, dort war er nicht mit ihnen an den Strand, sondern in die Stadtbücherei gegangen, wo... Das Haus stand nicht mehr auf einem Hügel. Es befand sich auf einer Anhöhe in der Nähe der Klippen, seine Fenster blickten aufs Meer hinaus. Das war vielleicht doch keine ganz glückliche Idee. Nicht in der Zweitfassung. Nein, er würde es lassen, wo es war, und sich auf Beziehungen konzentrieren. Auf diese Weise gab es mehr Übereinstimmung zwischen *Jahre* und *Werk in Nachbereitung*, größere Authentizität. Doch bei der dritten Überarbeitung würde er sich um den Schauplatz kümmern, dann würde das Haus über den Klippen von Exforth stehen. Mit jeder weiteren Fassung würde er sich dem großen Roman ein wenig nähern, an dem er seit zehn Jahren arbeitete. Bei dieser Erkenntnis lächelte Piper still in sich hinein. Als Verfasser von *Die Jahre wechseln, es lockt die Jungfrau* hatte er den Ruhm bekommen, nach dem er so lange schon strebte, er war ihm geradezu aufgedrängt worden; doch nun würde er durch langsames, ausdauerndes Umschreiben das literarische Meisterwerk schaffen, auf das er sein Leben ausgerichtet hatte. Und Frensic konnte absolut nichts dagegen machen.

Die Nacht verbrachten sie in getrennten Motels in Memphis, am Morgen darauf trafen sie sich am Busbahnhof und nahmen den Greyhound nach Nashville. Der rote Pontiac war verschwunden. Piper fragte gar nicht erst, wie Baby ihn losgeworden war. Er hatte Wichtigeres im Kopf. Was würde

beispielsweise passieren, wenn Frensic das echte Originalmanuskript von *Jahre* hervorzöge und zugäbe, daß er Piper
als Ersatzautor nach Amerika geschickt hatte?

»Zwei Millionen Dollar«, sagte Baby kurz und bündig, als
er ihr gegenüber diese Möglichkeit erwähnte.

»Ich verstehe nicht, was die damit zu tun haben«, sagte Piper.

»Soviel war das Risiko wert, das er einging, als er mit
Hutch seinen Menschenpoker abzog. Wenn du zwei Millionen auf einen Bluff setzt, mußt du schon gute Gründe haben.«

»Die kann ich mir nicht vorstellen.«

Baby lächelte. »Zum Beispiel, wer der echte Autor ist. Und
verschone mich mit dem Mist von dem Burschen mit sechs
Kindern und Arthritis im Endstadium. Sowas gibt's nicht.«

»Gibt es nicht?«

»Nie im Leben. Wir haben also Frensic, der gewillt ist, seinen Ruf als Literaturagent für seinen Anteil von zwei Millionen aufs Spiel zu setzen, und einen Autor, der zustimmt, damit seine wertvolle Anonymität nicht auffliegt. Das alles
summiert sich zu 'ner ganzen Reihe merkwürdiger Umstände. Wenn Hutch hört, was da abläuft, bringt er sie um.«

»Wenn Hutchmeyer hört, was wir getan haben, wird er
auch nicht gerade begeistert sein«, prophezeite Piper düster.

»Ja, aber wir sind im Gegensatz zu Frensic nicht greifbar.
Der sitzt in der Lanyard Lane und muß inzwischen ganz
schön schwitzen.«

Frensic schwitzte nicht zu knapp. Als ein großes Paket eintraf, das in New York aufgegeben und zu Händen Frederick
Frensic adressiert war, hatte das seine Neugier nur leicht erregt. Er war früh ins Büro gekommen, hatte das Paket mit
nach oben genommen und etliche Briefe geöffnet, ehe er ihm
seine Aufmerksamkeit schenkte. Doch von da an saß er wie
versteinert vor dem Paket und starrte dessen Inhalt an. Vor
ihm lagen, sauber fotokopiert, Blatt um Blatt in Pipers un-

verwechselbarer Handschrift; ebenso unverwechselbar handelte es sich um das Originalmanuskript von *Die Jahre wechseln, es lockt die Jungfrau.* Was unmöglich war. Piper hatte das dämliche Buch nicht geschrieben. Er konnte es nicht getan haben. Das stand ganz außer Frage. Und überhaupt, weshalb sollte ihm jemand die Fotokopie eines Manuskripts schicken? Das Manuskript. Frensic stöberte die Seiten durch und bemerkte die Korrekturen. Das verdammte Ding *war* das Manuskript von *Jahre.* Und in Pipers Handschrift. Frensic erhob sich vom Schreibtisch, kramte im Aktenschrank, nahm die inzwischen mit Mr. Smith gekennzeichnete Akte heraus und verglich die Schrift in Pipers Briefen mit der des Manuskripts. Kein Zweifel möglich. Er nahm sogar ein Vergrößerungsglas, um die einzelnen Buchstaben besser vergleichen zu können. Identisch. Herrgott. Was ging da bloß vor? Frensic hatte ein ganz seltsames Gefühl. Eine Art Alptraum im Wachzustand hatte sich seiner bemächtigt. Piper hatte *Jahre* geschrieben? Vor einer derartigen Spekulation türmten sich unüberwindbare Hindernisse auf. Das kleine Arschloch konnte überhaupt nichts schreiben, und falls doch... selbst wenn er es wie durch ein Wunder geschafft hätte, was war mit Mr. Cadwalladine und seinem anonymen Klienten? Warum hätte ihm Piper die maschinengeschriebene Kopie des Buches durch den Anwalt in Oxford zukommen lassen sollen? Ohnehin war das Würstchen tot. War er das wirklich? Nein, er war ganz sicher tot, ertrunken, ermordet... Sonias Trauer war viel zu echt und glaubwürdig gewesen. Piper war tot. Was ihn wieder zur Ausgangsfrage zurückbrachte: Wer hatte dieses post-mortem-Manuskript abgeschickt? Aus New York? Frensic schaute auf den Stempel. New York. Und weshalb fotokopiert? Dafür mußte es einen Grund geben. Frensic griff sich das Paket und wühlte in ihm herum in der Hoffnung, irgendeinen Hinweis zu finden, einen Begleitbrief beispielsweise. Doch das Paket war leer. Er nahm sich die Verpackung vor. Die Adresse war mit der Maschine getippt worden. Auf der Suche nach einer Absenderadresse drehte Frensic das Paket um, aber da stand auch nichts. Er nahm sich noch einmal die Seiten vor, las ein paar von ihnen durch. An der Echtheit der Schrift bestand kein Zweifel. Die Korrekturen auf jeder Seite waren eindeutig. Sie fanden sich in genau der gleichen Form in den alljährlichen Exemplaren von *Auf der Suche nach der verlorenen Kindheit*, ein säuberlich durchgestrichener Satz und ein neuer darübergeschrieben. Das schlimmste war, auch die gleichen Rechtschreibfehler tauchten wieder auf. Piper hatte rational immer mit z geschrieben und parallel mit zwei r, und da waren sie wieder, ein schlüssiger Beweis, daß der kleine Irre tatsächlich das Buch niedergeschrieben hatte, das mit seinem Namen auf der Titelseite erschienen war. Doch die Entscheidung, seinen Namen zu verwenden, hatte nicht Piper getroffen. Sie hatten ihn erst befragt, als das Buch bereits verkauft war...

Frensics Überlegungen zogen immer weitere Kreise. Er versuchte, sich zu erinnern, wer Piper vorgeschlagen hatte. War es Sonia gewesen, oder hatte er persönlich...? Es fiel ihm nicht ein, und Sonia konnte ihm im Moment auch nicht helfen. Sie war nach Somerset zu einem Gespräch mit dem Verfasser von *Bernie der* (Scheiß) *Biber* gefahren, weil sie ihn um Änderungen an seinem Opus bitten wollte. Biber, selbst redselige Biber, sagten nicht »Ach du dickes Ei« oder »Verdammte Scheiße«, nicht wenn sie Wert darauf legten, als Kinderbuchbestseller gedruckt zu werden. Frensic dagegen wählte diese Ausdrücke sogar mehrmals, als er die vor ihm liegenden Seiten anstarrte. Er riß sich mühsam zusammen, dann griff er nach dem Telefon. Diesmal würde Mr. Cadwalladine auspacken, wer sein Klient war. Aber das Telefon war schneller als Frensic. Es klingelte. Frensic fluchte und nahm den Hörer ab.

»Frensic & Futtle, Literaturagenten...«, begann er, dann unterbrach ihn die Dame vom Amt.

»Spreche ich mit Mr. Frensic, Mr. Frederick Frensic?«

»Ja«, sagte Frensic gereizt. Seinen Vornamen hatte er nie gemocht.

»Ich habe ein Geburtstagsglückwunsch-Telegramm für Sie«, meinte das Fräulein.

»Für mich?« sagte Frensic. »Aber ich habe gar nicht Geburtstag.«

Doch schon säuselte eine Stimme vom Band »Happy Birthday To You, Happy Birthday, Lieber Frederick, Happy Birthday To You.«

Frensic hielt den Hörer vom Ohr weg. »Ich sagte Ihnen doch eben, heute ist nicht mein Scheiß Geburtstag«, schrie er die Bandaufnahme an. Jetzt war die Dame vom Amt wieder dran.

»Das Glückwunschtelegramm lautet: UEBERWEISEN VORSCHUSS TANTIEMEN ZU HAENDEN FIRST NATIONAL BANK OF NEW YORK KONTONUMMER VIER SIEBEN ACHT SIEBEN SIEBEN SECHS GRUESSE PIPER. Ich wiederhole: UEBERWEISEN...« Frensic saß da und hörte zu. Er fing an zu zittern.

»Möchten Sie, daß ich die Kontonummer noch einmal wiederhole?« fragte die Stimme.

»Nein«, sagte Frensic. »Doch.« Er griff mit unsicherer Hand nach einem Bleistift und notierte die Nachricht.

»Vielen Dank«, sagte er, ohne nachzudenken, als er fertig war.

»Nichts zu danken«, sagte die Dame vom Amt. Die Verbindung wurde unterbrochen.

»Da bist du aber schief gewickelt«, sagte Frensic, dann legte er den Hörer auf. Einen Augenblick starrte er noch auf das Wort »Piper«, dann hangelte er sich quer durch den Raum zur Nische, wo Sonia immer Kaffee kochte und Tassen abwusch. Dort stand auch eine Flasche Brandy für Notfälle: zur Wiederbelebung abgelehnter Autoren. »Abgelehnt?« murmelte Frensic und goß sich ein großes Glas ein. »Dann schon eher ins Leben zurückgeholt.« Er kippte das halbe Glas hinunter, aber danach ging es ihm kaum besser. Die Alptraumhaftigkeit des Manuskripts hatte sich durch das Telegramm verdoppelt, dafür war es nicht mehr so unverständlich. Er wurde erpreßt. »Überweisen Vorschuß Tantiemen...« Fren-

235

sic fühlte sich plötzlich ganz elend. Er stand von seinem Stuhl auf, legte sich auf den Fußboden und schloß die Augen.

Nach zwanzig Minuten stand er wieder auf. Mr. Cadwalladine sollte lernen, daß es sich nicht lohnte, mit Frensic & Futtle aneinanderzugeraten. Es hatte keinen Zweck, den Mistkerl nochmal anzurufen. Jetzt waren härtere Maßnahmen gefragt. Er würde dafür sorgen, daß dieser Bastard den Namen seines Klienten ausspuckte, er würde diesem ganzen Gerede von Berufsehre und Vertraulichkeit ein Ende setzen. Die Lage war ausweglos, also waren unorthodoxe Auswege angesagt. Frensic ging nach unten und verließ das Haus. Eine halbe Stunde später betrat er wieder das Büro, bewaffnet mit einem Paket, in dem sich Sandalen, Sonnenbrille, ein leichter Tropenanzug und ein Panamahut befanden. Jetzt brauchte er bloß noch einen skrupellosen Spitzenanwalt mit dem Spezialgebiet Verleumdungsklagen. Den Rest des Vormittags akkerte sich Frensic auf der Suche nach einer passenden Identität durch *Jahre*, dann rief er die Anwaltskanzlei Ridley, Coverup, Makeweight und Jones an. Ihr Ruf als Rechtsverdreher bei Verleumdungsfällen war unübertroffen. Mr. Makeweight würde Professor Facit um sechzehn Uhr empfangen.

Fünf Minuten vor vier saß Frensic, bewaffnet mit einem Exemplar von *Die Jahre wechseln, es lockt die Jungfrau*, im Wartezimmer und spähte durch die getönte Brille auf seine Sandalen. Auf sein Schuhwerk war er ziemlich stolz. Wenn ihn etwas von Frensic, dem Literaturagenten, unterschied, so waren es – dies spürte er – jene schrecklichen Sandalen.

»Mr. Makeweight ist jetzt frei«, sagte die Empfangssekretärin. Frensic stand auf, ging den Korridor entlang zur Tür mit der Aufschrift »Mr. Makeweight« und trat ein. Dem Raum haftete sowas wie ein ehrwürdiger Rechtsmief an. Das galt nicht für Mr. Makeweight. Er war klein, dunkel, exaltiert und zu fix für die Umgebung. Frensic gab ihm die Hand und setzte sich. Mr. Makeweight schaute ihn erwartungsvoll an.

»Soviel ich verstanden habe, sind Sie persönlich von einer Romanpassage betroffen«, sagte er.

Frensic legte sein *Jahre*-Exemplar auf den Schreibtisch.

»Nun ja, das bin ich, sozusagen...«, meinte er zögernd. »Sehen Sie... also, ich wurde von einigen Kollegen, die Romane lesen, darauf aufmerksam gemacht – ich selbst bin kein Leser von Romanen, müssen Sie wissen – aber sie wiesen mich darauf hin... nun, es muß sich einfach um einen Zufall handeln, da bin ich mir sicher... aber sie fanden es bestimmt sehr komisch, daß...«

«Daß eine Figur in diesem Roman Ihnen in gewisser Weise ähnelt?« unterbrach Mr. Makeweight den zögernden Frensic.

»Tja, ich würde ungern behaupten, daß er mir ähnelt... ich meine, bei den von ihm begangenen Straftaten...«

»Straftaten?« fragte Mr. Makeweight und nahm den Köder an. »Eine Figur, die Ihnen ähnlich ist, begeht Straftaten? In diesem Roman?«

»Es geht um den Namen, verstehen Sie. Facit«, sagte Frensic, beugte sich vor und öffnete *Jahre* auf einer von ihm zuvor markierten Seite. »Wenn Sie die fragliche Passage lesen, werden Sie verstehen, was ich meine.«

Mr. Makeweight las drei Seiten, dann schaute er auf – mit besorgtem Blick, um seine Freude zu verbergen. »Ach du liebe Güte«, sagte er, »jetzt begreife ich allerdings, was Sie meinen. Das sind Anschuldigungen äußerst ernster Natur.«

»Das sind sie in der Tat, nicht wahr?« sagte Frensic pathetisch. »Dabei muß meine Berufung als Professor für Ethik an die Wabash-Universität erst noch bestätigt werden, aber um ganz ehrlich zu sein, wenn man auch nur den leisesten...«

»Ich verstehe vollkommen«, sagte Mr. Makeweight. »Ihre Karriere wäre in Gefahr.«

»Ruiniert«, sagte Frensic.

Mr. Makeweight griff fröhlich zu einer Zigarre. »Und ich nehme an, wir können davon ausgehen, daß Sie noch nie... daß diese Anschuldigungen jeder Grundlage entbehren. Sie haben beispielsweise nie einen Ihrer Studenten verführt?«

»Mr. Makeweight!« sagte Frensic indigniert.

»Schon recht. Sie hatten auch nie Geschlechtsverkehr mit einem vierzehnjährigen Mädchen, nachdem Sie ihr ein Schlafmittel in die Limonade getan hatten?«

»Auf gar keinen Fall. Ich finde allein die Vorstellung abstoßend. Außerdem bin ich mir nicht sicher, ob ich weiß, wie man so etwas tut.«

Mr. Makeweight musterte ihn kritisch. »Nein, ich glaube, das wüßten Sie wirklich nicht«, meinte er schließlich. »Und an der Anschuldigung, daß Sie ständig Studenten durchfallen lassen, die sich Ihren sexuellen Annäherungsversuchen widersetzen, ist auch nichts dran?«

»Ich unternehme bei Studenten keinerlei Annäherungsversuche, Mr. Makeweight. Übrigens bin ich weder im Prüfungsausschuß, noch halte ich Kolloquien ab. Ich gehöre der Universität gar nicht an. Ich bin zu meinem Forschungsjahr hier und beschäftige mich mit privaten wissenschaftlichen Untersuchungen.«

»Verstehe«, sagte Mr. Makeweight und notierte etwas.

»Was das Ganze noch viel peinlicher macht«, sagte Frensic, »ist die Tatsache, daß ich zeitweise wirklich in der De Frytville Avenue gewohnt habe.«

Mr. Makeweight notierte sich das ebenfalls. »Ungewöhnlich«, sagte er, »höchst ungewöhnlich. Die Parallelen sind geradezu frappierend. Ich glaube, Professor Facit, das ist zu vage gehalten, ich weiß, daß... natürlich immer vorausgesetzt, Sie haben keine dieser widernatürlichen Akte begangen... ich gehe davon aus, daß Sie nie einen Pekinesen hatten... nein. Also, wie ich bereits sagte, vorausgesetzt, Sie haben nicht – und selbst falls Sie haben – so kann ich Ihnen jetzt schon mitteilen, daß Sie gute Gründe haben, gegen Autor und Verleger dieses skandalösen Romans ein Gerichtsverfahren anzustrengen. Ich würde die Schadensersatzhöhe etwa in einer Region von... nun ja, um die Wahrheit zu sagen, ich wäre keineswegs überrascht, wenn wir einen neuen Rekord in der Geschichte der Verleumdungsklage aufstellen.«

»Du lieber Himmel«, sagte Frensic mit einer geheuchelten Mischung aus Besorgnis und Habgier, »ich hoffte eigentlich, einen Prozeß, wenn irgend möglich, zu vermeiden. Die Wirkung in der Öffentlichkeit, Sie verstehen.«

Mr. Makeweight verstand recht gut. »Wir müssen einfach abwarten, wie der Verlag reagiert«, sagte er. »Corkadales ist natürlich keine wohlhabende Firma, sie wird aber gegen Verleumdung versichert sein.«

»Das bedeutet doch hoffentlich nicht, daß der Autor keinerlei...«

»Oh, der wird schon zahlen, Professor Facit. Im Laufe der Jahre. Dafür wird die Versicherung schon sorgen. Ein so vorsätzlicher Fall von böswilliger Verleumdung ist mir noch nie untergekommen.«

»Mir wurde zugetragen, der Autor, Mr. Piper, habe in Amerika ein Vermögen gemacht«, sagte Frensic.

»Wenn dem so ist, wird er sich davon trennen müssen«, sagte Mr. Makeweight.

»Wenn Sie die Angelegenheit etwas beschleunigen könnten, wäre ich Ihnen sehr dankbar. Meine Berufung an die Wabash...«

Mr. Makeweight versicherte, er wolle dafür sorgen, daß die Angelegenheit umgehend erledigt werde, worauf Frensic, nachdem er seine Adresse mit Randolph Hotel, Oxford, angegeben hatte, das Büro sehr zufrieden verließ. Mr. Cadwalladine würde der Schock seines Lebens versetzt werden.

Das galt auch für Geoffrey Corkadale. Frensic war gerade erst in die Lanyard Lane zurückgekehrt und entledigte sich eben der furchtbaren Sandalen samt Tropenanzug, als das Telefon klingelte. Geoffrey stand kurz vor einem hysterischen Anfall. Frensic hielt den Hörer vom Ohr weg und ließ einen Schwall von Beschimpfungen über sich ergehen.

»Mein lieber Geoffrey«, sagte er, als dem Verleger keine Schimpfwörter mehr einfielen, »was habe ich bloß getan, daß ich einen solchen Wutausbruch verdiene?«

»Getan?« brüllte Corkadale. »Getan? Erst mal, was Sie unserer Firma angetan haben. Sie und dieser gräßliche Piper...«

»De mortuis nihil nisi bene...«, begann Frensic.

»Und was ist mit den verdammten Lebenden?« schrie Geoffrey. »Und erzählen Sie mir bloß nicht, er hätte nicht schlecht über Professor Facit geschrieben, obwohl er genau wußte, daß der fiese Hund lebt, weil...«

»Welcher fiese Hund?« sagte Frensic.

»Professor Facit. Der Mensch im Buch, der diese ganzen schrecklichen Sachen angestellt hat...«

»War er nicht die Figur mit Satyriasis, die...«

»War?« grölte Geoffrey. »War? Der verfluchte Irre ist.«

»Ist was?« sagte Frensic.

»Ist! Ist! Der Mann lebt und reicht eine Verleumdungsklage gegen uns ein.«

»Du lieber Himmel. Höchst bedauerlich.«

»Bedauerlich? Das ist eine Katastrophe. Er ging zu Ridley, Coverup, Makeweight und...«

»O nein«, sagte Frensic, »das sind doch die reinsten Gangster.«

»Gangster? Das sind Blutsauger. Blutegel. Die würden noch aus 'm Stein Blut pressen, aber wo im Buch soviel Schmutz über Professor Facit steht, haben sie einen hieb- und stichfesten Fall. Die wollen uns Millionen abknöpfen. Wir sind erledigt. Wir können nie...«

»Ihr Ansprechpartner ist ein Mr. Cadwalladine«, sagte Frensic. »Er hat Piper vertreten. Ich gebe Ihnen seine Telefonnummer.«

»Wozu soll das denn gut sein? Es ist vorsätzliche Verleumdung...«

Doch Frensic diktierte ihm schon Mr. Cadwalladines Telefonnummer, entschuldigte sich, weil im Zimmer nebenan ein Kunde warte, und legte, während Geoffrey noch tobte, den Hörer auf. Dann zog er den Tropenanzug aus, buchte auf den Namen Professor Facit telefonisch ein Zimmer im Randolph Hotel und wartete. Mr. Cadwalladine mußte wohl oder übel anrufen, und wenn es so weit war, würde Frensic vorbereitet sein. Inzwischen versuchte er, sich durch genaues Studium des Piperschen Telegramms inspirieren zu lassen. »Überweisen Vorschuß Tantiemen auf Kontonummer 478776.« Dabei war das kleine Aas angeblich tot. Was, in Gottes Namen, ging da bloß vor? Und was, um alles in der Welt, sollte er bloß Sonia erzählen? Und wo paßte Hutchmeyer ins Bild? Laut Sonia hatte ihn die Polizei stundenlang ausgequetscht – ein Erlebnis, das Hutchmeyer schwer erschüttert hatte; er hatte sogar damit gedroht, die Polizei zu verklagen. Das klang nicht nach dem Vorgehen eines Mannes, der... Die Vorstellung, daß Hutchmeyer Piper entführt habe und nun sein Geld über den Umweg Piper zurückfordere, verwarf Frensic als unwahrscheinlich und irrwitzig. Hätte Hutchmeyer gewußt, daß Piper nicht der Verfasser von *Jahre* ist, wäre er vor Gericht gegangen. Aber anscheinend hatte Piper *Jahre* wirklich geschrieben. Der Beweis lag in Form des fotokopierten Manuskripts vor ihm. Na, dann würde er eben die Wahrheit aus Cadwalladine herausquetschen, und da Mr. Makeweight mit seiner gewaltigen Schadensersatzforderung im Hintergrund lauerte, würde Mr. Cadschweinewalladine wohl oder übel auspacken müssen.

Das tat er. »Ich weiß nicht, wer der Autor dieses schrecklichen Buches ist«, gab er stammelnd zu Protokoll, als Frensic ihn eine halbe Stunde später anrief.

»Das wissen Sie nicht?« fragte Frensic, selbst ungläubig stammelnd. »Sie müssen es aber wissen. Sie haben mir das Buch überhaupt erst geschickt. Sie gaben mir die Genehmigung, Piper in die Staaten zu schicken. Wenn Sie es nicht wußten, hatten Sie nicht das Recht...« Mr. Cadwalladine gab verneinende Geräusche von sich. »Aber ich habe hier einen Brief von Ihnen, in dem steht...«

»Das weiß ich ja«, sagte Mr. Cadwalladine mit dünner Stimme. »Der Autor gab seine Zustimmung und...«

»Sie sagten doch gerade, Sie wissen nicht, wer der Scheiß Autor ist«, schrie Frensic, »und jetzt wollen Sie mir erzählen, er hat seine Zustimmung gegeben. Seine schriftliche Zustimmung?«

»Ja«, sagte Mr. Cadwalladine.

»Wenn das stimmt, müssen Sie wissen, wer er ist.«

»Das weiß ich aber nicht«, sagte Mr. Cadwalladine. »Sehen Sie, ich habe nur über die Lloyds Bank mit ihm verhandelt.«

Frensic hielt's im Kopf nicht aus. »Lloyds Bank?« murmelte er. »Sagten Sie eben Lloyds Bank?«

»Ja. Zu Händen des Direktors. Das ist eine dermaßen renommierte Bank, daß ich nicht im Entferntesten ahnen konnte...«

Er beendete den Satz nicht. Er brauchte ihn auch nicht zu beenden. Frensic hatte ihn gedanklich schon überholt. »Das Ganze läuft also darauf hinaus, daß der Autor – wer auch immer den Scheiß Roman geschrieben hat – Ihnen das Ding über die Lloyds Bank in Oxford zugestellt hat, und wenn Sie mit ihm Verbindung aufnehmen wollten, mußten Sie das ebenfalls über die Bank tun. Ist das richtig?«

»Genau«, sagte Mr. Cadwalladine, »und nun, wo diese schreckliche Verleumdungsklage vor Gericht kommt, weiß ich auch, warum. Sie bringt mich in eine schlimme Lage. Mein Ruf...«

»Sie können sich Ihren Ruf sonstwohin stecken«, schrie Frensic, »was ist denn mit meinem? Ich habe in gutem Glauben im Auftrag eines Klienten gehandelt, der gar nicht existiert, außerdem habe ich Ihre Anweisungen befolgt, und jetzt haben wir einen Mord am Hals, aber...«

»Diese schreckliche Verleumdungsklage«, sagte Mr. Cadwalladine. »Wie mir Mr. Corkadale mitteilte, muß sich der Schadensersatz in astronomischen Höhen bewegen.«

Aber Frensic hörte nicht zu. Wenn Mr. Cadwalladines Klient über die Lloyds Bank mit seinem Anwalt in Verbindung trat, dann mußte der falsche Fuffziger was zu verbergen haben. Es sei denn, es war Piper. Frensic suchte nach einem Anhaltspunkt. »Als der Roman damals bei Ihnen eintraf, gab es doch bestimmt ein Begleitschreiben.«

242

»Das Manuskript kam von einem Schreibbüro«, sagte Mr. Cadwalladine. »Das Begleitschreiben kam ein paar Tage zuvor über die Lloyds Bank.«

»Mit einer Unterschrift?« sagte Frensic.

»Unterschrieben vom Fillialleiter der Bank«, sagte Mr. Cadwalladine.

»Mehr will ich gar nicht wissen«, sagte Frensic. »Wie heißt der Mann?«

»Mr. Cadwalladine zögerte. »Ich glaube kaum...«, setzte er an, doch Frensics Geduld war am Ende.

»Scheiß auf Ihre blöden Skrupel, Mann«, knurrte er, »den Namen des Filialleiters, aber pronto.«

»Der verstorbene Mr. Bygraves«, sagte Mr. Cadwalladine traurig.

»Der was?«

»Der verstorbene Mr. Bygraves. Er starb Ostern an einem Herzinfakt, als er den Mount Snowdon besteigen wollte.«

Frensic sackte merklich zusammen. »Er starb beim Besteigen von Snowdon am Herzinfakt«, flüsterte er.

»Sie sehen also, er wird Ihnen leider keine große Hilfe sein können«, fuhr Mr. Cadwalladine fort, »Banken sind ohnehin sehr zurückhaltend, wenn es darum geht, die Namen ihrer Kunden zu verraten. Sie brauchen einen Durchsuchungsbefehl, wissen Sie.«

Das wußte Frensic. Es handelte sich um eins der wenigen Dinge, die er früher an Banken bewundert hatte. Doch da war noch etwas, das Mr. Cadwalladine hatte fallen lassen... etwas über ein Schreibbüro. »Sie sagten, das Manuskript kam von einem Schreibbüro«, sagte er. »Haben Sie eine Vorstellung, von welchem?«

»Nein. Ich könnte mir aber denken, wenn Sie mir etwas Zeit geben, finde ich das heraus.« Frensic saß da, mit dem Hörer in der Hand, während Mr. Cadwalladine herausfand. »Es handelt sich um den Cynthia Bogden-Schreibservice«, verriet er Frensic nach geraumer Zeit. Seine Stimme hatte einen regelrecht unterwürfigen Unterton.

»Jetzt können wir endlich Nägel mit Köpfen machen«, sagte Frensic. »Rufen Sie sie an unf fragen Sie...«

»Das möchte ich lieber nicht«, sagte Mr. Cadwalladine.

»Das möchten Sie lieber nicht? Da befinden wir uns mitten in einem Verleumdungsprozeß, der Sie aller Wahrscheinlichkeit nach Ihren Ruf kostet, und...«

»Darum geht es nicht«, unterbrach ihn Cadwalladine. »Sehen Sie, ich habe ihren Scheidungsprozeß bearbeitet...«

»Na und, das macht doch nichts...«

»Ich war der Anwalt ihres Ex-Ehemanns«, sagte Mr. Cadwalladine. »Sie würde nicht sehr viel Verständnis haben, denke ich, wenn...«

»Also gut, dann mach' ich's«, sagte Frensic. »Geben Sie mir die Nummer.« Er notierte sie sich, legte den Hörer auf und wählte nochmal.

»Cynthia Bogden-Schreibservice«, sagte eine kokett professionelle Stimme.

»Ich versuche, den Eigentümer eines Manuskripts aufzuspüren, das von Ihrem Büro geschrieben wurde...«, setzte Frensic an. Weiter kam er nicht.

»Wir geben die Namen unserer Kunden nicht preis«, sagte die Stimme.

»Ich frage doch nur, weil ein Freund von mir...«

»Wir sind unter gar keinen Umständen bereit, vertrauliche Informationen dieser Art weiterzugeben...«

»Wenn ich vielleicht mit Mrs. Bogden sprechen könnte«, sagte Frensic.

»Das tun Sie«, sagte die Stimme; dann legte Mrs. Bogden auf. Frensic saß fluchend am Schreibtisch.

»Vertrauliche Informationen – am Arsch«, sagte er und knallte den Hörer auf die Gabel. Eine Weile saß er noch da und wälzte finstere Gedanken über Mrs. Bogden, dann rief er noch einmal Mr. Cadwalladine an.

»Diese Bogden«, sagte er, »wie alt ist sie?«

»Um die fünfundvierzig«, sagte Mr. Cadwalladine, »warum wollen Sie das wissen?«

»Unwichtig«, sagte Frensic.

Frensic deponierte einen Zettel auf Sonja Futtles Schreibtisch mit der Information, dringende Geschäftsangelegenheiten hätten ihn für einen oder zwei Tage nach außerhalb gerufen; am Abend fuhr er mit dem Zug nach Oxford. Er trug einen leichten Tropenanzug, Sonnenbrille und einen Panamahut. Die Sandalen lagen zu Hause in seinem Abfalleimer. In einem Koffer führte er das fotokopierte Manuskript von *Jahre*, einen von Piper verfaßten Brief und einen gestreiften Schlafanzug mit sich. In letzteren gekleidet, stieg er nachts um elf in sein Bett im Randolph Hotel. Sein Zimmer war auf den Namen Professor Facit reserviert worden.

18

In Chattanooga hatte Baby ihren Ehrgeiz gestillt und endlich
den Choo Choo gesehen. In ihrem Pullman-Wagen Nummer
neun lag sie auf dem Messingbettgestell und blickte aus dem
Fenster auf den jenseits der Gleise sprudelnden Springbrun-
nen. Über dem Bahnhofsgebäude zierten Leuchtstoffröhren
mit den Worten »Hilton Choo Choo« den nächtlichen Himmel, während unten, im ehemaligen Warteraum, das Abendessen serviert wurde. Neben dem Restaurant befand sich ein
Souvenirladen, und vor beiden standen mächtige Lokomotiven aus einer längst vergangenen Zeit, die mit ihren frisch ge-
strichenen Kuhfängern und glänzenden Schornsteinen aussa-
hen, als seien sie in Erwartung einer großen Reise. Dabei fuhren sie nirgendwohin. Ihre Feuerräume waren kalt und leer,
die Kolben würden sich nie wieder bewegen. Nur in der
Phantasie derjenigen, die in den prunkvollen, in Compart-
ments unterteilten Pullman-Wagen nächtigten, blieb noch die
Hoffnung erhalten, daß die Loks bald aus dem Bahnhof fahren und den langen Weg nach Norden oder Westen in Angriff
nehmen würden. Der Ort war teils Museum, teils Hirngespinst, aber durch und durch kommerziell. An der Park-
platz-Einfahrt saßen in einem Häuschen uniformierte Wachen und blickten auf einen Bildschirm, der zum Schutz der
Gäste jeden Bahnsteig und jede dunkle Bahnhofsecke erfaßte.
Außerhalb des Bahnhofsbereichs erstreckte sich Chattanooga, ein dunkler, übler Ort voller mit Brettern verbarrikadier-
ter Hotelfenster und verfallener Gebäude, ein Opfer der Ein-
kaufszentren am Stadtrand.

Baby dachte aber nicht an Chattanooga, nicht einmal an den Choo Choo. Beide hatten sich zu den Illusionen ihrer verblichenen Jugend gesellt. Das Alter hatte sie eingeholt, sie fühlte sich müde, bar jeder Hoffnung. Alle Romantik war aus ihrem Leben verschwunden. Dafür hatte Piper gesorgt. Dadurch, daß sie Tag für Tag mit einem selbsternannten Genie herumreiste, dessen Gedanken ausschließlich um literarische Unsterblichkeit kreisten, hatte Baby neue Einsichten in die Monotonie der Piperschen Denkweise gewonnen. Verglichen damit, kam ihr Hutchmeyers Fixierung auf Geld, Macht und Geschäftemacherei inzwischen richtig gesund vor. Piper bekundete weder Interesse an der Landschaft noch an den Städten, durch die sie fuhren, und daß sie sich inzwischen im – oder wenigstens an der Grenze zum – tiefen Süden befanden, dem wilden, von riesigen Maiskolben bewachsenen Land ihrer Phantasie, schien ihm nichts zu bedeuten. Er hatte kaum einen Blick auf die im Bahnhof haltenden Lokomotiven geworfen und war höchstens ein bißchen überrascht gewesen, daß sie in diesem Zug nirgendwo hinfuhren. Als ihm das aufgegangen war, hatte er sich in sein Schlafwagenabteil zurückgezogen und die Arbeit an der zweiten Version von *Jahre* wiederaufgenommen.

»Für einen großen Schriftsteller bist du aber extrem unaufmerksam«, sagte Baby, als sie sich im Restaurant zum Abendessen trafen. »Ich meine, schaust du dich nicht mal um und fragst dich, was da so passiert?«

Piper schaute sich um. »Scheint mir ein komisches Gebäude für ein Restaurant zu sein«, sagte er. »Jedenfalls ist es hübsch kühl.«

»Zufällig liegt das an der Klimaanlage«, meinte Baby gereizt.

»Ach so, daran«, sagte Piper. »Hat mich gewundert.«

»Es hat ihn gewundert. Und was ist mit all den Leuten, die genau hier gesessen und auf den Zug nach Norden gewartet haben, nach New York, Detroit oder Chikago, wo sie ihr Glück machen wollten, anstatt sich mühsam von einem Stück

Dreck zu ernähren? Bedeutet dir denn das überhaupt nichts?«

»Anscheinend sind von denen nicht besonders viele hier«, meinte Piper und schaute gelangweilt auf die übergewichtige Frau in Shorts mit Schottenmuster, »außerdem war mir so, als hättest du gesagt, die Züge führen gar nicht mehr.«

»Oh, mein Gott«, sagte Baby, »manchmal frage ich mich, in welchem Jahrhundert du lebst. Wahrscheinlich interessiert es dich auch nicht, daß hier im Bürgerkrieg eine Schlacht stattgefunden hat?«

»Nein«, sagte Piper. »In der großen Literatur spielen Schlachten keine Rolle.«

»Ach nein? Und was ist mit *Vom Winde verweht* oder *Krieg und Frieden*? Das ist vermutlich keine große Literatur.«

»Keine englische Literatur«, sagte Piper. »In der englischen Literatur sind die Beziehungen zwischen Menschen von Bedeutung.«

Baby fiel über ihr Steak her. »Aber in Schlachten stehen die Menschen nicht in Beziehung zueinander? Ist es das?«

Piper nickte.

»Wenn also ein Bursche einen anderen tötet, dann ist das keine nennenswerte Beziehung der beiden zueinander?«

»Höchstens eine vorübergehende«, sagte Piper.

»Und wenn Shermans Truppen plündernd, brandschatzend und vergewaltigend von Atlanta zum Meer ziehen und entwurzelte Familien und brennende Herrenhäuser hinter sich zurücklassen, dann verändert auch das keine Beziehungen, darum schreibst du nicht darüber?«

»Die besten Schriftsteller würden es nicht tun«, sagte Piper. »Sie haben es nicht selbst erlebt, deshalb könnten sie gar nicht.«

»Könnten sie was nicht?«

»Darüber schreiben.«

»Willst du damit sagen, ein Schriftsteller kann nur über das schreiben, was er selbst erlebt hat? Willst du das sagen?« fragte Baby mit einem ganz neuen schneidenden Unterton.

»Ja«, sagte Piper, »sieh mal, es läge sonst außerhalb seines Erfahrungsbereichs, und daher...«

Er zitierte des langen und breiten aus *Der moralische Roman*, während sich Baby langsam durch ihr Steak kaute und sich finsteren Gedanken über Pipers Theorie hingab.

»Wenn das so ist, kann ich bloß sagen: dir fehlen noch eine Menge Erfahrungen.«

Piper spitzte die Ohren. »Augenblick mal«, sagte er, »falls du glaubst, ich lasse mich in noch mehr Häuserverbrennungen, Bootsexplosionen und ähnliche Unternehmen hineinziehen...«

»An solche Erfahrungen dachte ich nicht. Ich meine, schließlich zählen ja Dinge wie Häuser-Verbrennen nicht, stimmt's? Beziehungen sind wichtig. Was du brauchst, sind Erfahrungen auf der Beziehungsebene.«

Piper war beim Essen unbehaglich zumute. Die Unterhaltung hatte eine unangenehme Wendung genommen. Sie beendeten ihr Essen schweigend. Anschließend kehrte Piper in sein Schlafwagenabteil zurück, wo er weitere fünfhundert Wörter über seine qualvolle Jugend und seine Gefühle für Gwendolen/Miss Pears zu Papier brachte. Später drehte er die elektrische Öllampe über seinem Messingbett aus und entkleidete sich.

Im Abteil nebenan bereitete sich Baby auf Pipers erste Beziehungslektion vor. Sie legte ein sehr kleines Nachthemd und große Mengen Parfüm an, dann öffnete sie die Tür zu Pipers Abteil.

»Um Gottes willen«, quengelte Piper, als sie zu ihm ins Bett kroch.

»Hiermit beginnt alles, Schätzchen«, sagte Baby, »beziehungsmäßig.«

»Nein, stimmt nicht«, widersprach Piper. »Es geht...«

Babys Hand legte sich auf seinen Mund, ihre Stimme flüsterte ihm ins Ohr.

»Und glaube ja nicht, daß du hier rauskommst. Auf jedem Bahnsteig stehen Fernsehkameras. Wenn du da draußen splitternackt herumhoppelst, werden die Wachen wissen wollen, was geschehen ist.«

»Ich bin nicht splitternackt«, sagte Piper, als Baby ihre Hand von seinem Mund nahm.

»Noch nicht, Süßer«, flüsterte Baby, während ihre Hand seine Pyjamahose aufknöpfte.

»Bitte«, sagte Piper wehleidig.

»Aber mit Vergnügen, Süßer, dein Wunsch ist mir Befehl«, sagte Baby. Sie zog sich ihr Nachthemd aus, und ihre großen Brüste gruben sich in Pipers Brustkorb. Die nächsten zwei Stunden ächzte und knarrte das Messingbettgestell, während Baby Hutchmeyer, geborene Sugg, die Miss Penobscot 1935, mit ihrem ganzen im Laufe der Jahre erworbenen Geschick Piper bearbeitete. Piper war, trotz seiner Vorbehalte und obwohl er die Prinzipien aus *Der moralische Roman* beschwor, für die Welt der Literatur verloren und von einer aufkeimenden Leidenschaft ergriffen. Er wand sich unter ihr, wühlte auf ihr rum, sein Mund nuckelte an ihren Silikonbrüsten und glitt über die winzigen Narben auf ihrem Bauch. Die ganze Zeit über streichelten, kneteten, kratzten und drückten Babys Finger an Piper herum, bis sein Rücken wund war und sein Hintern die Spuren ihrer Nägel trug; und die ganze Zeit über starrte Baby leidenschaftslos ins Halbdunkel des Schlafwagenabteils, selber über ihre Gleichgültigkeit verwundert. »Die Jugend muß sich austoben«, dachte sie, als Piper sich von neuem in sie bohrte. Doch sie war nicht mehr jung, und sich ohne Gefühl auszutoben war nicht ihre Sache. Das Leben hatte mehr zu bieten als bumsen. Viel mehr, und sie würde es finden.

In Oxford war Frensic drauf und dran, es zu finden, während Baby in ihr Abteil zurückkehrte und den erschöpften Piper nebenan schlafen ließ. Frensic war früh aufgestanden und hatte vor acht gefrühstückt. Um halb neun hatte er den Cynthia Bogden-Schreibservice in der Fenet Street gefunden. Mit dem, wie er hoffte, erwartungsvollen Blick eines amerikanischen Touristen suchte er die Kirche auf der anderen Straßenseite auf, wo er sich auf eine Bank setzte und durch die offene Eingangstür auf das Bogden-Büro blickte. Wenn ihn seine Erfahrung mit geschiedenen Frauen mittleren Alters, die ein eigenes Geschäft führten, nicht trog, würde Miss Bogden morgens als erste kommen und abends als letzte gehen. Um Viertel nach neun hoffte Frensic inständig, daß dem so sei. Er hatte diverse Frauen das Büro betreten sehen, von denen keine nach seinem Geschmack war, doch die erste konnte sich noch am ehesten sehen lassen. Sie war zwar eine große Frau, aber Frensics prüfender Blick hatte ihm verraten, daß ihre Beine in Ordnung waren, und wenn Mr. Cadwalladine recht hatte mit ihrem Alter, so sah sie jedenfalls jünger aus als fünfundvierzig. Frensic verließ die Kirche und dachte über seinen nächsten Schritt nach. Einfach ins Büro zu gehen und Miss Bogden rundheraus zu fragen, wer ihr *Jahre* geschickt hatte, war sinnlos. Ihr Tonfall am Tag zuvor ließ darauf schließen, daß eine subtilere Taktik angebracht war.

Frensic machte den nächsten Schachzug. Er fand einen Blumenladen und ging hinein. Zwanzig Minuten später wurden zwei Dutzend rote Rosen im Bogden-Schreibservice abgegeben, dazu eine Karte, auf der einfach stand: »An Miss Bogden – ein Verehrer«. Frensic hatte mit dem Gedanken gespielt, »glühender Verehrer« zu schreiben, sich dann aber dagegen entschieden. Zwei Dutzend teure rote Rosen waren schließlich auch so glühend genug. Miss Bodgen, oder richtiger Mrs. Bogden – die Änderung sollte die Gedanken der Dame in eine romantische Richtung lenken – würde schon für das Adjektiv sorgen. Frensic wanderte durch Oxford, nahm unterwegs einen Kaffee zu sich und aß im Randolph Hotel zu Mittag. Als er fand, es sei genug Zeit vergangen, und Miss Bogden müsse die Bedeutung der Rosen inzwischen verdaut haben, ging er in Professor Facits Zimmer und rief das Schreibbüro an. Wie beim erstenmal war Miss Bogden am Apparat. Frensic holte tief Luft, schluckte und hörte sich mit quälend echter Verschämtheit in der Stimme fragen, ob sie ihm die Ehre und das Vergnügen erweisen und mit ihm im Elizabeth zu Abend speisen wolle. Es entstand eine zischelnde Pause, ehe Miss Bogden antwortete.

»Kenne ich Sie?« fragte sie kokett. Frensic grauste es.

»Ein Verehrer«, murmelte er.

»Oh«, sagte Miss Bogden. Wieder entstand eine Pause, womit sie die Anstandsregel einhielt, daß man zu zögern habe.

»Rosen«, gurgelte Frensic wie von einer Garrotte gewürgt.

»Sind Sie ganz sicher? Ich meine, es ist schließlich ziemlich ungewöhnlich...«

Dem stimmte Frensic im stillen zu. »Es ist nur so, daß...«, setzte er an, dann sprang er ins kalte Wasser. »Ich habe mich nicht früher getraut...« Die Garrotte wurde immer enger.

Miss Bogden indessen war das personifizierte Verständnis. »Es ist selten zu spät«, sagte sie leise.

»Das dachte ich mir auch«, log Frensic.

»Sagten Sie im Elizabeth?«

»Ja«, sagte Frensic, »sagen wir um acht in der Bar?«

»Wie erkenne ich Sie?«

»Ich kenne Sie«, sagte Frensic und kicherte unwillkürlich. Miss Bogden verstand das als Kompliment.

»Sie haben mir noch nicht Ihren Namen verraten.«

Frensic zögerte. Seinen eigenen konnte er nicht nennen, und Facit stand in *Jahre*. Es mußte ein anderer her. »Corkadale«, murmelte er endlich, »Geoffrey Corkadale.«

»Nicht *der* Geoffrey Corkadale?« sagte Miss Bogden.

»Doch«, stammelte Frensic und hoffte inbrünstig, daß Geoffreys bisexuelle Neigungen noch nicht bis zu ihr durchgedrungen waren. Sie waren es nicht. Miss Bogden gurrte förmlich.

»Also, wenn das so ist...« Sie ließ den Rest ungesagt.

»Bis acht Uhr dann«, sagte Frensic.

»Bis acht Uhr dann«, tönte Miss Bogdens Echo. Frensic legte den Hörer auf und saß schlaff auf dem Bett.

Dann legte er sich hin und hielt ein langes Nickerchen. Um

vier wachte er auf und ging nach unten. Eins mußte er noch erledigen. Er kannte Miss Bogden nicht, eine Verwechslung konnte er sich nicht leisten. Frensic spazierte zur Fenet Street und bezog Posten in der Kirche. Dort war er immer noch, als um halb sechs die furchtbaren Frauen eine nach der anderen das Büro verließen. Frensic gab einen Seufzer der Erleichterung von sich. Keine von ihnen trug einen Strauß roter Rosen. Endlich tauchte die große Frau auf und schloß die Tür ab. Sie preßte Rosen an ihren üppigen Busen, als sie die Straße hinuntereilte. Frensic verließ die Kirche und sah ihr nach. Miss Bogden hatte sich wirklich gut gehalten. Angefangen bei ihrem dauergewellten Haar über das türkisfarbene Kostüm bis zu den rosa Schuhen umgab diese Frau eine fast genial zu nennende Geschmacksverirrung. Frensic ging ins Hotel zurück, wo er sich einen großen Gin genehmigte. Dann nahm er noch einen zur Brust, legte sich in die Badewanne und übte etliche Methoden ein, mit denen er womöglich Miss Bogden den Namen des Autors von *Jahre* entlocken konnte.

Auf der anderen Seite Oxfords bereitete sich Cynthia Bogden auf den Abend mit der gleichen Gründlichkeit vor, mit der sie alles tat. Ihre Scheidung lag einige Jahre zurück, und von einem Verleger ins Elizabeth zum Abendessen eingeladen zu werden, verhieß Gutes. So auch die sorgfältig in einer Vase arrangierten Rosen, und nicht zuletzt die Nervosität ihres Verehrers. Die Stimme am Telefon hatte kein bißchen aufdringlich geklungen. Es war eine gebildete Stimme gewesen, außerdem war Corkadales ein sehr renommierter Verlag. Hinzu kam, daß Cynthia Bogden Verehrer gut brauchen konnte. Sie wählte ihr verführerisches Kostüm, sprayte sich an diversen Stellen mit diversen Wohlgerüchen ein, legte Make-up auf und zog los, bereit, mit Wein und einem guten Abendessen traktiert sowie – um ehrlich zu sein – gevögelt zu werden. Vage Hochnäsigkeit verströmend betrat sie das Foyer des Elizabeth und war ziemlich erstaunt, als ein kleiner, ausgebeulter Mann heranschlich und ihre Hand ergriff.

»Miss Bogden«, murmelte er, »Ihr schmachtender Verehrer.«

Miss Bogden schaute zweifelnd auf ihren schmachtenden Verehrer hinunter. Eine halbe Stunde und drei rosa Gins später schaute sie immer noch auf ihn hinunter, als sie zu ihrem Tisch gingen, den Frensic im entlegendsten Winkel des Restaurants hatte reservieren lassen. Er hielt ihr den Stuhl, dann ging er – vielleicht im Bewußtsein, daß er ihren Erwartungen nicht voll und ganz entsprach – mit einer derartig verzweifelten Galanterie und einem solchen Einfallsreichtum an die Rolle des schmachtenden Verehrers, daß beide überrascht waren.

»Ich sah Sie zum erstenmal flüchtig vor einem Jahr, als ich auf einer Konferenz hier weilte«, verkündete er, nachdem er den Getränkekellner angewiesen hatte, ihnen eine Flasche nicht zu trockenen Champagner zu bringen, »ich sah Sie auf der Straße und folgte Ihnen bis zum Büro.«

»Sie hätten sich vorstellen sollen«, sagte Miss Bogden.

Frensic errötete überzeugend. »Ich war zu schüchtern«, murmelte er, »außerdem nahm ich an, Sie wären...«

»Verheiratet?« half ihm Miss Bogden.

»Ja, genau«, sagte Frensic, »oder sagen wir lieber: gebunden. Eine Frau, so... äh... schön... äh...«

Jetzt war Miss Bogden mit dem Erröten an der Reihe. Frensic stieß nach. »Ich war überwältigt. Ihr Charme, Ihre ruhige, reservierte Art, Ihr... wie soll ich es formulieren...« Er brauchte es nicht zu formulieren. Während Frensic eine Avocado aushölte, kostete Cynthia Bogden eine Garnele. Mochte dieser kleine Mann auch ausgebeult sein, er war eindeutig ein Gentleman, ein Mann von Welt. Champagner für zwölf Pfund die Flasche war Indiz genug für seine ehrenhaften Absichten. Als Frensic eine zweite orderte, protestierte Miss Bogden schwach.

»Besonderer Anlaß«, sagte Frensic und fragte sich, ob er das Ganze nicht ein bißchen übertreibe, »außerdem gibt es für uns etwas zu feiern.«

»Ach ja?«

»Einmal, daß wir uns hier begegnen«, sagte Frensic, »und dann der Erfolg eines gemeinsamen Projekts.«

»Gemeinsames Projekt?« sagte Miss Bogden, deren Gedanken eine riskante Wendung in Richtung Traualtar vollführten.

»Etwas, an dem wir beide beteiligt waren«, fuhr Frensic fort, »ich meine, normalerweise veröffentlichen wir derartige Bücher nicht, doch ich muß sagen, es war ein phantastischer Erfolg.«

Miss Bogdens Gedanken nahmen Abschied vom Altar. Frensic goß sich noch etwas Champagner ein. »Wir sind ein sehr traditionsbewußtes Verlagshaus«, sagte er, »doch *Die Jahre wechseln, es lockt die Jungfrau* ist genau das, was das Publikum heutzutage verlangt.«

»Es war ziemlich schrecklich, nicht wahr?« sagte Miss Bogden. »Ich habe es persönlich getippt, müssen Sie wissen.«

»Tatsächlich?« sagte Frensic.

»Nun ja, ich wollte nicht, daß meine Mädels sich damit abgäben, und dann war man auch noch so eigen.«

»War man das?«

»Ich mußte immer wieder anrufen«, sagte Miss Bogden. »Aber davon wollen Sie ja nichts hören.«

Frensic wollte, doch Miss Bogden blieb hart. »Wir dürfen unseren ersten Abend nicht damit verderben, daß wir über geschäftliche Dinge reden«, sagte sie, und ungeachtet des reichlich fließenden Champagners und eines großes Cointreaus schlugen alle Versuche Frensics fehl, die Unterhaltung wieder auf dieses Thema zu bringen. Miss Bogden wollte etwas über Corkadales erfahren. Anscheinend gefiel ihr der Name.

»Weshalb kommen Sie nicht mit zu mir?« fragte sie, als sie nach dem Essen am Fluß entlangspazierten. »Auf einen Schlummertrunk.«

»Das ist furchtbar nett von Ihnen«, sagte Frensic, der sich vorgenommen hatte, seine Suche bis zum bitteren Ende fortzuführen. »Sind Sie sicher, daß ich mich Ihnen auch nicht aufdränge?«

»Ich hätte nichts dagegen«, sagte Miss Bogden kichernd und griff nach seinem Arm, »wenn Sie sich mir aufdrängen.« Sie lotste ihn auf den Parkplatz zu einem hellblauen MG. Frensic starrte den Wagen mit offenem Mund an. Er paßte nicht mit seiner Vorstellung zusammen, was die fünfundvierzigjährige Chefin eines Schreibbüros zu fahren hatte; außerdem war er keine Schalensitze gewöhnt. Frensic quetschte sich hinein, dann mußte er Miss Bogden wohl oder übel erlauben, ihn anzuschnallen. Nun fuhren sie um einiges schneller, als ihm lieb war, die Banbury Road entlang ins reihenhausbestandene Hinterland. Miss Bogden wohnte in der Viewpark Avenue 33, einer Mischung aus Rauhputz und Tudor-Stil. Sie parkte vor der Garage. Frensic suchte nach dem Verschluß seines Sicherheitsgurts, doch Cynthia Bogden war schneller als er und beugte sich erwartungsvoll vor. Frensic bereitete sich seelisch auf das Unvermeidliche vor und nahm sie in die Arme. Es war ein langer, ein leidenschaftlicher Kuß, der für Frensic besonders bitter war, da sich der Schaltknüppel in seine rechte Niere bohrte. Als sie fertig waren und aus dem Wagen kletterten, kam ihm das ganze Unterfangen extrem suspekt vor. Aber es stand zuviel auf dem Spiel, es gab kein Zurück mehr. Frensic folgte ihr ins Haus. Miss Bogden schaltete das Licht im Hausflur ein.

»Wie wär's mit einem Tröpfchen?« fragte sie.

»Nein«, sagte Frensic mit einer Entschiedenheit, die hauptsächlich von seiner Befürchtung herrührte, sie würde ihm Würz-Sherry anbieten. Miss Bogden nahm seine Weigerung als Kompliment, und wieder gingen sie zum Nahkampf über, diesmal in Gesellschaft eines Hutständers. Dann nahm sie ihn bei der Hand und führte ihn nach oben.

»Das Du-weißt-schon-was ist dort«, sagte sie hilfsbereit. Frensic schwankte ins Bad und schloß die Tür. Einige Minuten lang starrte er sein Spiegelbild an und fragte sich, woher es wohl komme, daß ihn nur Frauen mit besonders viel Haaren auf den Zähnen attraktiv fanden, wünschte inbrünstig, daß dem nicht so wäre und ging – nachdem er sich selbst das Versprechen abgenommen hatte, nie mehr über Geoffrey Corkadales sexuelle Vorlieben herzuziehen – aus dem Bad und ins Schlafzimmer. Cynthia Bogdens Schlafzimmer war rosa. Die Vorhänge waren rosa, der Teppich war rosa, das wattierte und gesteppte Deckbett war rosa, und rosa war natürlich auch der Lampenschirm neben dem Bett. Schließlich gab es dann noch einen rosa Frensic, der mit den Feinheiten der rosafarbenen Unterwäsche Cynthia Bogdens rang, während er rosarote Zärtlichkeiten in ihr rosa Ohr flüsterte.

Eine Stunde später war Frensic nicht mehr rosa. Er hob sich puterrot von den rosa Laken ab und litt obendrein an Herzbeschwerden. Seine anstrengenden Versuche, ihr Herz und andere, weniger appetitliche Körperteile zu erobern, hatten irgendwas mit seinem Kreislauf angerichtet; außerdem hatten Miss Bogdens sexuelle Fertigkeiten, in einer zu Recht zerbrochenen Ehe gehegt und gepflegt, und, wie Frensic vermutete, einem furchtbaren Handbuch zum Thema »Wie mache ich aus Sex ein Abenteuer« entlehnt, dazu geführt, daß er Verrenkungen vollführen mußte, die selbst die Vorstellungskraft seiner sexbesessensten Autoren überfordert hätten. Als er nun schwer atmend dalag, abwechselnd seinem Schöpfer dankte und sich fragte, ob er kurz vor einem Herzinfakt stehe, neigte Cynthia ihren dauergewellten Kopf über ihn.

»Zufrieden?« fragte sie. Frensic glotzte sie an, dann nickte er hektisch. Jede andere Antwort kam einer Einladung zum Selbstmord gleich.

»Und jetzt genehmigen wir uns ein Tröpfchen«, sagte sie, hüpfte zu Frensics Erstaunen locker vom Bett, ging nach unten und kam mit einer Flasche Whisky wieder. Sie setzte sich auf den Bettrand und goß zwei Schlückchen ein.

»Auf uns«, sagte sie. Frensic trank das Glas mit einem Schluck aus und hielt es ihr zum Nachfüllen hin. Cynthia lächelte und reichte ihm die Flasche.

In New York hatte Hutchmeyer ebenfalls Probleme. Sie waren anderer Art als Frensics, aber da sie sich um dreieinhalb Millionen Dollar drehten, war die Wirkung weitgehend die gleiche.

»Was soll das heißen, sie wollen nicht zahlen?« brüllte er MacMordie an, der ihm die Neuigkeit überbracht hatte, daß die Versicherung die Entschädigungssumme zurückhalte. »Sie müssen zahlen. Ich meine, weshalb sollte ich mein Haus versichern, wenn sie bei Brandstiftung nichts zahlen?«

»Keine Ahnung«, meinte MacMordie, »ich sage Ihnen bloß, was mir Mr. Synstrom erzählt hat.«

»Holen Sie mir diesen Synstrom her«, brüllte Hutchmeyer. MacMordie holte Synstrom her. Der kam in Hutchmeyers Büro, setzte sich hin und starrte den großen Verleger durch stahlgerahmte Brillengläser ausdruckslos an.

»Also, ich habe keine Ahnung, was Sie damit erreichen wollen...«, fing Hutchmeyer an.

»Wir wollen die Wahrheit hören«, sagte Mr. Synstrom. »Nichts als die Wahrheit.«

»Dagegen hab' ich nichts«, sagte Hutchmeyer, »solange Sie zahlen, sobald Sie die Wahrheit haben.«

»Die Sache ist die, Mr. Hutchmeyer, wir wissen, wie das Feuer anfing.«

»Wie?«

»Jemand hat das Haus absichtlich mit einem Kanister Benzin in Brand gesteckt. Und dieser Jemand war Ihre Frau...«

»Das wissen Sie?«

»Mr. Hutchmeyer, wir haben Chemiker, die können den Nagellack analysieren, den Ihre Frau trug, als sie die Viertelmillion Dollar aus Ihrem Safe nahm.«

Hutchmeyer beäugte ihn mißtrauisch. »Ach, wirklich?« fragte er.

»Klar. Wir wissen auch, daß Ihre Frau die Motorjacht mit zweihundert Litern Benzin beladen hat. Sie und dieser Piper. Er hat die Kanister ans Wasser getragen, wir haben die Fingerabdrücke von beiden.«

258

»Weshalb sollte sie das tun, verdammt nochmal?«

»Wir dachten, Sie könnten uns das vielleicht beantworten«, sagte Mr. Synstrom.

»Ich? Ich war draußen, mitten in dieser Scheiß Bucht. Woher soll ich wissen, was inzwischen in meinem Haus passiert ist?«

»Das dürfen Sie uns nicht fragen, Mr. Hutchmeyer. Sieht aber nach einem merkwürdigen Zufall aus, daß Sie gerade mit Miss Futtle in einem Sturm segeln, während Ihre Frau sich daranmacht, Ihr Haus niederzubrennen und ihren eigenen Tod vorzutäuschen.«

Hutchmeyer wurde blaß. »Ihren eigenen Tod vorzutäuschen? Sagten Sie...«

Mr. Synstrom nickte. »In unserem Beruf nennt man das das Stonehouse-Syndrom«, sagte er. »Dann und wann kommt es vor, daß jemand die Welt glauben machen will, er sei tot, also verschwindet er und überläßt es seinen Lieben, die Versicherungsprämie einzustreichen. Nun haben Sie einen Anspruch auf drei und eine halbe Million Dollar geltend gemacht, aber uns liegt kein Beweis dafür vor, daß Ihre Frau nicht mehr irgendwo am Leben ist.«

Hutchmeyer sah ihn unglücklich an. Er dachte über die entsetzliche Möglichkeit nach, daß Baby sich immer noch irgendwo herumtrieb und sämtliche Beweise für seine Steuerhinterziehungen, Bestechungszahlungen und illegalen Geschäfte mit sich herumschleppte, die ihn ins Gefängnis bringen konnten. Verglichen damit war der Verlust von dreieinhalb Millionen Dollar nichts weiter als ein Klacks.

»Ich kann einfach nicht glauben, daß sie so etwas tun würde«, meinte er schließlich. »Verstehen Sie, wir führten eine glückliche Ehe. Völlig problemlos. Ich gab ihr alles, was sie wollte...«

»Zum Beispiel junge Männer?« sagte Mr. Synstrom.

»Nein, zum Beispiel keine jungen Männer«, schrie Hutchmeyer und fühlte seinen Puls.

»Also, dieser Schriftsteller Piper war ein junger Mann«,

sagte Mr. Synstrom, »und nach allem, was wir so hören, hatte Mrs. Hutchmeyer eine Vorliebe für ...«

»Bezichtigen Sie meine Frau des ... Mein Gott, ich werde ...«

»Wir bezichtigen niemanden irgendeiner Sache, Mr. Hutchmeyer. Wie ich vorhin schon sagte, versuchen wir, die Wahrheit herauszufinden.«

»Und dann haben Sie die Stirn und erzählen mir, meine Frau, meine eigene, liebe kleine Baby, hat dieses Boot mit Benzin beladen und absichtlich versucht, mich umzubringen, indem sie meine Segeljacht aufs Korn nahm, mitten in ...«

»Genau das meine ich. Es könnte allerdings auch ein Unfall gewesen sein«, sagte Mr. Synstrom, »daß das Motorboot ausgerechnet dort in die Luft flog.«

»Tja, von da, wo ich war, sah es nicht wie ein Unfall aus. Auf keinen Fall, das können Sie mir glauben«, sagte Hutchmeyer. »Lassen Sie erstmal mitten in der Nacht so 'ne Motorjacht genau auf sich zukommen, ehe Sie rumlaufen und solche Anschuldigungen verbreiten.«

Mr. Synstrom stand auf. »Dann wollen Sie also, daß wir unsere Nachforschungen fortsetzen?« fragte er.

Hutchmeyer zögerte. Falls Baby noch am Leben war, waren Nachforschungen das letzte, was er wollte. »Ich kann einfach nicht glauben, daß meine Baby sowas getan haben soll«, sagte er.

Mr. Synstrom setzte sich wieder. »Wenn sie es getan hat, und wir können es beweisen, dann wird sich Mrs. Hutchmeyer leider vor Gericht verantworten müssen. Brandstiftung, versuchter Mord, Versicherungsbetrug. Und dann ist da noch Mr. Piper. Er ist mitschuldig. Bestsellerautor, wie ich höre. Ich nehme an, er könnte immer in der Gefängnisbücherei arbeiten. Gibt auch einen Sensationsprozeß ab. Also, wenn Sie all das nicht wollen ...«

Hutchmeyer wollte das alles nicht. Sensationsprozesse, und Baby im Zeugenstand gibt zu Protokoll, daß ... Oh nein! Auf gar keinen Fall. Und *Jahre* verkaufte sich zu Hunderttausenden, hatte die Millionengrenze überschritten, und jetzt, wo der Film zum Buch gedreht wurde, lief der Computer heiß vor lauter phantastischen Hochrechnungen. Sensationsprozesse kamen nicht in Frage.

»Wie lautet die Alternative?« fragte er.

Mr. Synstrom beugte sich vor. »Wir können uns arrangieren«, sagte er.

»Schon möglich«, stimmte Hutchmeyer zu, »aber da bleibt immer noch die Polizei . . .«

Mr. Synstrom schüttelte den Kopf. »Die sitzt herum und wartet ab, was wir herausfinden. Also, ich sehe die Sache so . . .«

Als er fertig war, sah es Hutchmeyer genauso. Die Versicherungsgesellschaft würde bekanntgeben, daß alle Ansprüche zur Gänze erfüllt worden seien, dafür würde Hutchmeyer eine Verzichtserklärung abgeben. Das tat Hutchmeyer. Baby weiterhin »tot« sein zu lassen, war jeden Cent der dreieinhalb Millionen Dollar wert.

»Was passiert, wenn Sie recht haben, und sie aus heiterem Himmel wieder auftaucht?« fragte Hutchmeyer, als Synstrom gehen wollte.

»Dann kriegen Sie wirklich Probleme«, war die Antwort. »Das ist meine Meinung.«

Als er weg war, lehnte sich Hutchmeyer zurück und dachte über diese Probleme nach. Er konnte nur *einen* Trost finden, daß nämlich Baby, sollte sie noch am Leben sein, ebenfalls Probleme hätte. Beispielsweise wieder zum Leben zu erwachen und dann ins Gefängnis zu wandern. Dafür war sie nicht dumm genug. Also konnte Hutchmeyer seine eigenen Wege gehen. Er konnte sogar wieder heiraten. Seine Gedanken wanderten zu Sonia Futtle. Also, das war eine *richtige* Frau.

19

Dreitausend Kilometer weiter südlich hatten Babys Probleme eine neue Dimension angenommen. Ihr Versuch, Piper beziehungsmäßig die nötige Erfahrung zu vermitteln, war nur allzu erfolgreich verlaufen: während er sich früher in seine Arbeit an *Werk in Nachbereitung* gestürzt hatte, bestand er nun darauf, sich auch noch in Baby zu stürzen. Die Jahre reinen Zölibats waren vorüber, und Piper hatte es eilig, die verlorene Zeit nachzuholen. Während er nun Nacht für Nacht ihre runderneuerten Brüste küßte und ihre abgespeckten Schenkel knetete, erlebte Piper eine Ekstase, wie er sie bei keiner anderen Frau gefunden hatte. Babys Künstlichkeit war ganz nach seinem Geschmack. Da ihr so viele Originalteile fehlten, hatte sie auch keine der natürlichen physiologischen Nachteile, wie sie ihm bei Sonia aufgefallen waren. Baby war sozusagen generalüberholt, so daß Piper, der gerade selbst eine gereinigte Fassung von *Jahre* erstellte, eine enorme Befriedigung dabei empfand, daß er mit Baby die Rolle des Erzählers aus dem Buch durchspielen konnte, allerdings mit einer Frau, die zwar viel älter war als er, der man dies aber nicht ansah. Babys Reaktionen steigerten noch seine Lust. Sie kombinierte mangelnde Begierde mit sexuellem Geschick, so daß er sich durch ihre Leidenschaft nicht bedroht fühlte. Sie war einfach bloß da, um genossen zu werden, ohne sich in seine schriftstellerische Tätigkeit einzumischen, indem sie ihm ständige Zuwendung abverlangte. Außerdem bedeutete ihre gründliche Kenntnis des Romans, daß sie auf seine Stichworte textsicher und präzise antworten konnte. Flüsterte er kurz vor dem Höhepunkt: »Liebling, wir sind so überaus heuristisch kreativ«, dann konnte Baby, ohne irgendwas zu fühlen, in Übereinstimmung mit ihrem Urbild, der steinalten Gwendolen auf Seite 185, antworten: »Ich pflichte dir bei, mein Süßer« und somit wortwörtlich die Fiktion aufrechterhalten, die den Angelpunkt des Piperschen Wesens ausmachte.

Nun entsprach Baby zwar Pipers Anforderungen an seine ideale Liebhaberin, doch umgekehrt galt dies keinesfalls. Als Ersatz für ein reines Hirngespinst zu fungieren, fand Baby überhaupt nicht schmeichelhaft, dabei war es nicht einmal sein eigenes Hirngespinst, sondern das des echten Autors von *Jahre*. Da auch Piper das wußte, nahm seine Leidenschaft beinahe makabre Züge an, so daß Baby, wenn sie über seine Schulter die Decke anstarrte, das schreckliche Gefühl hatte, eigentlich brauchte sie gar nicht anwesend zu sein. In solchen Augenblicken kam es ihr so vor, als sei sie den Seiten von *Jahre* entstiegen, ein wahres Phantom dieses Opus, wie Pipers hochtrabende Bezeichnung für das lautete, wozu er *Werk in Nachbereitung* gerade ausbaute und was er auch für eine weitere Fassung plante. Anscheinend sah ihre Zukunft so aus, daß sie zur Empfängerin seiner angelesenen Gefühle bestimmt war, ein sexuelles Kunstprodukt, aus Wörtern auf Seiten kompiliert, damit er in sie ejakulieren und sie dann beiseite legen konnte, wenn er zur Feder griff. Selbst ihre tägliche Routine hatte sich verändert. Piper bestand darauf, jeden Morgen zu schreiben, dann aufzubrechen, wenn es heiß wurde, und früh in einem Motel haltzumachen, damit er ihr das am Morgen Geschriebene vorlesen und anschließend mit ihr die Beziehung festigen konnte.

»Kannst du nicht wenigstens ab und zu mal ›ficken‹ sagen?« fragte Baby eines Abends in einem Motel in Tuscaloosa. »Ich meine, schließlich tun wir's doch, weshalb nennst du es nicht beim Namen?«

Doch Piper wollte nicht. Das Wort stand nicht in *Jahre*, und der Begriff »die Beziehung festigen« wurde in *Der moralische Roman* ausdrücklich gutgeheißen.

»Was ich für dich fühle...«, fing er an, aber Baby fiel ihm ins Wort.

»Hör mal, ich habe das Original gelesen. Ich brauche mir nicht auch noch den Film anzusehen.«

»Wie ich bereits sagte«, meinte Piper, »was ich für dich fühle, ist...«

»Null«, sagte Baby, »absolut null. Du empfindest mehr für dein Tintenfaß, in das du immer deinen Füller tauchst, als für mich.«

»Na, du machst mir Spaß...«, sagte Piper.

»Du mir nicht«, sagte Baby, und in ihrer Stimme schwang Verzweiflung mit. Einen Augenblick lang dachte sie daran, Piper im Motel zurückzulassen und allein weiterzureisen. Doch dieser Augenblick verstrich. Durch die unwiderrufliche Tat der Brandstiftung und ihr Verschwinden war sie an diesen literarischen Schwachsinnigen gebunden, der sich nur vorstellen konnte, große Literatur zu verfassen, indem er in die Vergangenheit zurückging und seine Zeit mit sinnloser Nachahmung von lange verstorbenen Romanciers verbrachte. Am schlimmsten war, daß sie in Piper und seiner manischen Beschäftigung mit längst vergangener Herrlichkeit ein Spiegelbild ihrer selbst erkannte. Auch sie hatte vierzig Jahre lang einen Krieg gegen die Zeit geführt, hatte dank chirurgischer Unterstützung die äußere Erscheinung des hübschen Dummchens beibehalten, das Miss Penobscot 1935 geworden war. Sie hatten soviel gemeinsam, daß Piper ihr als ständige Erinnerung an ihre eigene Dummheit dienen konnte. Inzwischen war all das verschwunden, das Verlangen, wieder jung zu sein, und das Bewußtsein, sie sei immer noch sexuell attraktiv. Was blieb, waren nur der Tod und die Gewißheit, daß niemand nach dem Einbalsamierer rufen würde, wenn sie tot wäre. Dafür hatte sie schon vorgesorgt.

Sie hatte für noch mehr gesorgt. Sie war bereits durch Feuer, durch Wasser und durch die bizarren Umstände ihres romantischen Wahnsinns gestorben. Somit hatten sie und Piper noch etwas gemeinsam. Sie beide waren Nicht-Existenzen, lebende Nullen, unterwegs zwischen monotonen Motels, er mit seinen Hauptbüchern und mit ihr, sie jedoch mit nichts weiter als dem hoffnungslosen Gefühl, sinn- und nutzlos zu sein. Während Piper in jener Nacht die Beziehung festigte, faßte Baby, wie leblos unter ihm liegend, einen Entschluß. Sie würden diesen Trott von einem Motel zum nächsten beenden und über unbefestigte Straßen irgendwo ins Hinterland des tiefen Südens fahren. Alles weitere lag nicht in ihrer Macht.

Was mit Frensic geschah, lag ganz eindeutig nicht in seiner Macht. Er saß an dem Resopaltisch in Cynthia Bogdens Küche und versuchte, seine Cornflakes zu essen und zu vergessen, was sich gegen Morgengrauen ereignet hatte. Durch Cynthias unersättliche Sexualität zur Verzweiflung getrieben, hatte er der Frau einen Heiratsantrag gemacht. In seinem whiskybenebelten Zustand schien ihm dies die einzig mögliche Abwehr eines tödlichen Herzinfarkts zu sein, außerdem konnte er ihr auf diese Weise womöglich den Namen dessen entlocken, der ihr *Jahre* geschickt hatte. Miss Bogden aber war zu überwältigt gewesen, um mitten in der Nacht über derartige Trivialitäten zu sprechen. Schließlich hatte Frensic ein paar Stunden Schlaf ergattert, ehe er von einer strahlenden Cynthia mit einer Tasse Tee geweckt wurde. Frensic war ins Badezimmer gewankt, hatte sich mit einem fremden Rasierapparat rasiert und war, fest entschlossen, eine Antwort zu erzwingen, am Frühstückstisch aufgetaucht. Aber Miss Bogdens Gedanken drehten sich allein um ihren Hochzeitstag.

»Wollen wir uns kirchlich trauen lassen?« fragte sie Frensic, der miesgelaunt ein gekochtes Ei befingerte.

»Was? Oh. Ja.«

»Ich wollte schon immer kirchlich getraut werden.«

»Genau wie ich«, sagte Frensic so enthusiastisch, als hätte sie statt der Kirche ein Krematorium vorgeschlagen. Er machte sich über das Ei her und entschied sich für die direkte Methode. »Übrigens, hast du den Autor von *Die Jahre wechseln, es lockt die Jungfrau* je kennengelernt?«

Miss Bogden löste ihre Gedanken widerwillig von Seitenkapellen, Altären und Mendelssohn. »Nein«, sagte sie, »das Manuskript kam mit der Post.«

»Mit der Post?« sagte Frensic und ließ seinen Löffel fallen. »Ist das nicht ziemlich ungewöhnlich?«

»Du ißt dein Ei ja gar nicht«, sagte Miss Bogden. Frensic stopfte sich einen Löffel Ei in den trockenen Mund.

»Woher kam es eigentlich?«

»Lloyds Bank«, sagte Miss Bogden und goß sich noch eine Tasse Tee ein. »Möchtest du auch noch eine Tasse?«

Frensic nickte. Er brauchte irgendwas, um das Ei runterzuspülen. »Lloyds Bank?« meinte er schließlich. »Bestimmt gab es Wörter, die du nicht lesen konntest. Was hast du dann gemacht?«

»Oh, ich habe einfach angerufen und gefragt.«

»Du hast telefoniert? Willst du damit sagen, du hast bei Lloyds Bank angerufen, und sie haben...«

»Ach, du bist vielleicht albern, Geoffrey«, sagte Miss Bogden, »ich habe doch nicht die Lloyds Bank angerufen. Ich hatte da eine andere Nummer.«

»Was für eine andere Nummer?«

»Die ich anrufen sollte, Dummerchen«, sagte Miss Bogden und sah auf ihre Uhr. »Oh, schau mal, wie spät es schon ist. Kurz vor neun. Deine Schuld, daß ich so spät dran bin, du ungezogener Junge.« Damit eilte sie aus der Küche. Als sie wiederkam, hatte sie sich schon umgezogen. »Du kannst dir ein Taxi rufen, wenn du fertig bist«, sagte sie, »wir treffen uns dann im Büro.« Sie gab Frensic einen leidenschaftlichen Kuß auf seinen mit Ei gefüllten Mund und ging.

Frensic stand auf, spuckte das Ei in die Spüle und drehte den Wasserhahn auf. Dann nahm er eine Prise Schnupftabak, goß sich noch etwas Tee ein und versuchte nachzudenken. Eine Telefonnummer, die sie anrufen mußte? Je tiefer er in diese Sache eindrang, desto merkwürdiger kam sie ihm vor. Ausnahmsweise war »eindringen« das passende Wort. Um den Urheber von *Jahre* aufzuspüren, hatte er so tief nachbohren müssen... Frensic erschauerte. Bohren war auch richtig. Beim Gedanken an die letzte Nacht wurde ihm wieder ganz anders. Er ging auf die Toilette, wo er unglücklich die nächsten zehn Minuten mit dem Versuch zubrachte, sich auf seinen nächsten Schritt zu konzentrieren. Eine Telefonnummer? Ein Autor, der darauf bestand, Korrekturen übers Telefon zu erledigen? Das Ganze hatte etwas so Irres an sich, daß ihm seine eigenen Unternehmungen der letzten paar Tage richtig vernünftig vorkamen. Dabei war überhaupt nichts Vernünftiges daran, Miss Cynthia Bogden einen Heiratsantrag zu machen. Frensic beendete sein Geschäft und verließ das Klo. Auf einem kleinen Tisch im Flur stand ein Telefon. Dorthin ging Frensic und blätterte Miss Bogdens privates Telefonverzeichnis durch, ohne freilich einen Hinweis auf den Autor zu finden. Er marschierte wieder in die Küche, machte sich eine Tasse Pulverkaffee, nahm noch etwas Schnupftabak und bestellte sich schließlich ein Taxi.

Es kam um zehn; um halb elf schlurfte Frensic ins Schreibbüro. Miss Bogden wartete bereits auf ihn. Und mit ihr zwölf scheußliche Frauen, die vor ihren Schreibmaschinen saßen.

»Mädels«, rief Miss Bogden honigsüß, als Frensic verängstigt ins Büro spähte, »ich möchte euch allen meinen Verlobten vorstellen, Mr. Geoffrey Corkadale.«

Alle Frauen erhoben sich und schnatterten Frensic Glückwünsche entgegen, während aus Miss Bogden das Glück troff.

»Und jetzt den Ring«, sagte sie, als die Glückwünsche vorüber waren. Sie ging voran, Frensic folgte ihr aus dem Büro. Das dämliche Weib wollte auch noch einen Ring. Hauptsache, er war nicht zu teuer. Er war es.

»Ich glaube, ich nehme den Solitär«, verkündete sie dem Juwelier. Frensic zuckte bei dem Preis zusammen und war schon kurz davor, den ganzen Plan abzublasen, als ihm ein brillanter Einfall kam. Was waren schließlich fünfhundert Pfund, wenn seine ganze Zukunft auf dem Spiel stand?

»Sollten wir ihn nicht gravieren lassen?« schlug er vor, als

Cynthia gerade den Ring auf ihren Finger steckte und seinen strahlenden Glanz bewunderte.

»Womit denn?« gurrte sie.

Frensic zierte sich. »Ein Geheimnis«, flüsterte er, »eins, das nur wir beide kennen. Einen *code d'amour.*«

»Oh, du bist schrecklich«, sagte Miss Bogden. »Wie kannst du nur an sowas denken!«

Frensic warf dem Juwelier einen unbehaglichen Blick zu, ehe er seine Lippen wieder gegen die Dauerwelle preßte.

»Einen Liebes-Code.«

»Einen Liebes-Code?« echote Miss Bogden. »Was für einen Code denn?«

»Eine Nummer«, sagte Frensic und machte eine Pause. »Irgendeine Nummer, die uns zusammengebracht hat und die nur wir beide wissen.«

»Du meinst...?«

»Genau«, sagte Frensic, um jede Alternative im Keim zu ersticken, »schließlich hast du das Buch getippt, und ich habe es verlegt.«

»Können wir nicht einfach ›Bis daß der Tod uns scheidet‹ nehmen?«

»Klingt zu sehr nach einer Fernsehserie«, sagte Frensic, dessen Planung nicht ganz so langfristig angelegt war. Der Juwelier kam ihm zu Hilfe.

»Das bekommen Sie nie in den Ring rein. Nicht ›Bis daß der Tod uns scheidet‹. Zuviele Buchstaben.«

»Aber Ziffern wären möglich?« sagte Frensic.

»Kommt drauf an, wieviele.«

Frensic schaute Miss Bogden fragend an. »Fünf«, sagte sie nach kurzem Zögern.

»Fünf«, sagte Frensic. »Fünf klitzekleine Ziffern, aus denen unser Liebes-Code besteht, unser eigenes, unser ureigenstes, süßes kleines Geheimnis.«

Es war seine letzte mutige Tat der Verzweiflung. Miss Bogden gab nach. Einen Moment lang hatte sie... aber nein, ein Mann, der in Gegenwart eines strengen Juweliers und königlichen Hoflieferanten offen von fünf kleinen Ziffern, aus denen ihr Liebes-Code bestand, redete, solch ein Mann war über jeden Zweifel erhaben.

»Zwei null drei fünf sieben«, säuselte sie.

»Zwei null drei fünf sieben«, sagte Frensic mit lauter Stimme. »Bist du auch ganz sicher? Wir möchten doch keinen Fehler machen.«

»Natürlich bin ich sicher«, sagte Miss Bogden, »mir unterlaufen normalerweise keine Fehler.«

»Gut«, sagte Frensic, pflückte ihr den Ring vom Finger und reichte ihn dem Juwelier, »stechen Sie das auf die Innenseite von dem Ding. Ich hole ihn heute nachmittag ab.« Dann packte er Miss Bogden fest am Arm und lotste sie zur Tür.

»Verzeihen Sie, Sir«, sagte der Juwelier, »aber wenn es Ihnen nichts ausmacht...«

»Wenn mir was nichts ausmacht?« sagte Frensic.

»Mir wäre es lieber, wenn Sie jetzt gleich bezahlen, Sir. Sie verstehen, bei Gravuren müssen wir...«

Frensic verstand nur zu gut. Er ließ Miss Bogden los und schlich zum Ladentisch zurück.

»Äh... also...«, fing er an, doch Miss Bogden stand immer noch zwischen ihm und der Tür. Dies war nicht der Zeitpunkt für Halbheiten. Frensic nahm sein Scheckbuch heraus.

»Ich bin gleich so weit, Liebes«, rief er. »Geh du schon mal über die Straße und schau dir Kleider an.«

Cynthia Bogden gehorchte ihrem Instinkt und blieb, wo sie war.

»Haben Sie eine Scheckkarte, Sir?« sagte der Juwelier.

Frensic schaute ihn dankbar an. »Eigentlich nicht. Nicht dabei, um genau zu sein.«

»Dann muß ich leider auf Barzahlung bestehen, Sir.«

»Bar?« sagte Frensic. »Wenn das so ist...«

»Gehen wir zur Bank«, sagte Miss Bogden energisch. Sie gingen zur Bank in der High Street. Miss Bogden setzte sich, während er am Schalter verhandelte.

»Fünfhundert Pfund?« sagte der Kassierer. »Da brauchen

wir Ihren Ausweis, außerdem müssen wir die kontoführende Filiale anrufen.«

Frensic schaute zu Miss Bogden hinüber und begann zu flüstern. »Frensic«, sagte er nervös, »Frederick Frensic, Glass Walk, Hampstead, aber mein Geschäftskonto wird bei der Filiale in Covent Garden geführt.«

»Sobald wir die Bestätigung haben, rufen wir Sie auf«, sagte der Kassierer.

Frensic erbleichte. »Ich wäre Ihnen dankbar, wenn Sie das nicht...«, setzte er an.

»Nicht was?«

»Vergessen Sie's«, sagte Frensic und ging zu Miss Bogden hinüber. Er mußte sie aus der Bank schaffen, bevor dieser Scheiß Kassierer nach Mr. Frensic brüllte.

»Es wird einige Zeit dauern, Liebling. Warum zwitscherst du nicht zurück ins...«

»Aber ich habe mir den ganzen Tag freigenommen und dachte...«

»Den Tag freigenommen?« wiederholte Frensic. Wenn dieser Streß noch lange anhielt, würde er ihm Jahre der Freiheit nehmen. »Aber...«

»Aber was?« sagte Miss Bogden.

»Aber ich bin mit einem Schriftsteller zum Essen verabredet. Professor Dubrowitz aus Warschau. Er ist nur einen Tag hier und...« Mit dem Versprechen, sobald er könne, zu ihr ins Büro zu kommen, scheuchte er sie aus der Bank. Mit einem Seufzer der Erleichterung ging er zurück und kassierte die fünfhundert Pfund.

»Nichts wie hin zum nächsten Telefon«, sagte er sich, als er das Geld einsteckte und die Treppe hinunterging. Unten stand immer noch Cynthia Bogden.

»Aber...«, begann Frensic und gab es auf. Bei Miss Bogden war mit »aber« nichts zu wollen.

»Ich dachte mir, wir holen zuerst den Ring ab«, sagte sie und hakte sich bei ihm ein, »dann kannst du meinetwegen mit deinem langweiligen alten Professor zu Mittag essen.«

Sie gingen zu dem Juwelier, wo Frensic fünfhundert Pfund berappte. Dann erst ließ ihn Miss Bogden frei.

»Ruf mich an, sobald du fertig bist«, sagte sie und drückte ihm ein Küßchen auf die Wange. Frensic versprach's, dann rannte er zur Hauptpost. Übelgelaunt wählte er 23507.

»Restaurant Ente von Bombay«, sagte ein Inder, sehr wahrscheinlich nicht der Autor von *Jahre*. Frensic knallte den Hörer auf die Gabel und probierte eine andere Kombination der Ziffern auf dem Ring aus. Diesmal hatte er MacLoughlin's Fisch-Zentrale an der Strippe. Dann ging ihm das Kleingeld aus. Er marschierte zum Hauptschalter, zahlte mit einer Fünfpfund-Note für eine sechseinhalb Penny teure Briefmarke und hatte nun seine Hosentasche voll Kleingeld. Die Telefonzelle war besetzt. Frensic stellte sich daneben und warf agressive Blicke, während ein offenbar schwachsinniger Bursche einem Mädchen, das permanent hörbar kicherte, seine picklige Hand fürs Leben reichen wollte. Frensic vertrieb sich die Zeit mit Zahlenkombinationen, und als der Junge endlich fertig war, fiel ihm die richtige ein. Frensic betrat die Zelle und wählte 20357. Es klingelte eine ganze Weile, bevor jemand den Hörer abnahm. Frensic schmiß eine Münze in den Apparat.

»Ja«, sagte eine dünne mißmutige Stimme, »wer spricht da?«

Frensic zögerte einen Moment, dann gab er seiner Stimme einen rauheren Klang. »Hier spricht das Fernmeldeamt, Störungsstelle«, sagte er. »Wir versuchen gerade, einer Leitungsstörung in einem Verteilerkasten auf die Spur zu kommen. Nennen Sie uns bitte Ihren Namen und die Adresse.«

»Ein Defekt?« sagte die Stimme. »Wir hatten hier keinen Defekt.«

»Den werden Sie bald kriegen. Es gibt einen Hauptwasserrohrbruch, und wir brauchen Ihren Namen und die Adresse.«

»Haben Sie nicht eben gesagt, es gäbe eine Leitungsstörung?« sagte die Stimme gereizt. »Auf einmal sagen Sie was von einem Wasserhauptrohr...«

»Gute Frau«, sagte Frensic beflissen, »der Hauptwasserrohrbruch wirkt sich auf den Verteilerkasten aus, und um den
Schaden zu lokalisieren, brauchen wir Ihre Hilfe. Wenn Sie
jetzt so nett wären, mir Ihren Namen und Ihre Adresse zu geben...« Es entstand eine lange Pause, während der Frensic an
einem Fingernagel kaute.

»Na schön, wenn's sein muß«, sagte die Stimme endlich,
»mein Name ist Dr. Louth, und die Adresse lautet 44 Cowpasture Gardens... Hallo, sind Sie noch dran?«

Doch Frensic war meilenweit entfernt in einer Welt ent-
setzlicher Mutmaßungen. Ohne ein weiteres Wort legte er auf
und wankte auf die Straße.

In der Lanyard Lane saß Sonia vor ihrer Schreibmaschine und
starrte auf den Kalender. Sie war aus Somerset zurückgekehrt, zufrieden darüber, daß sich Bernie der Biber in Zukunft einer weniger unverblümten Sprache befleißigen würde, und hatte zwei Nachrichten vorgefunden. Die eine
stammte von Frensic und besagte, er sei für einige Tage geschäftlich unterwegs, sie möge sich bitte um die anfallende
Arbeit kümmern. Das war schon recht merkwürdig. Normalerweise hinterließ Frensic eine ausführlichere Erläuterung
samt Telefonnummer, unter der sie ihn erreichen konnte,
falls Not am Mann war. Die zweite Nachricht hatte die Form
eines langen Telegramms von Hutchmeyer und war noch
seltsamer: POLIZEINACHWEIS TOD PIPERS UND BABYS DURCH
UNFALL KEINE TERRORISTENBETEILIGUNG WOLLTEN GEMEIN-
SAM ABHAUEN VERRÜCKT NACH DIR ANKOMME DONNERSTAG
IN LIEBE HUTCHMEYER.

Sonia las den Text aufmerksam durch und fand ihn zunächst unverständlich. Tod durch Unfall? Keine Terroristenbeteiligung wollten gemeinsam abhauen? Was sollte das bloß
heißen? Sie zögerte kurz, dann wählte sie die Auslandsvermittlung und ließ sich mit dem Hutchmeyer Verlag in New
York verbinden. Am anderen Ende war MacMordie.

»Im Augenblick ist er in Brasilien«, sagte er.

»Was soll das alles heißen, das mit Pipers Tod war ein Unfall?« fragte sie.

»Auf die Idee ist die Polizei gekommen«, sagte MacMordie, »daß sie mit all dem Treibstoff an Bord irgendwohin durchbrennen wollten, als der Kahn in die Luft flog.«

»Durchbrennen? Piper mit diesem Miststück durchbrennen? Mitten in der Nacht, auf einem Kajütboot? Irgend jemand spinnt doch da total.«

»Dazu kann ich nichts sagen«, meinte MacMordie, »ich sage bloß das, was die Bullen und die Versicherung rausgefunden haben. Außerdem hatte doch dieser Piper für alte Frauen was übrig. Nehmen Sie bloß mal sein Buch. Das beweist's doch.«

»Denkste«, sagte Sonia, bevor ihr einfiel, daß MacMordie nicht wußte, daß Piper das Buch nicht geschrieben hatte.

»Wenn Sie mir nicht glauben, rufen Sie doch die Polizei in Maine oder die Versicherung an. Die werden Ihnen alles erzählen.«

Sonia rief die Versicherung an. Die würde eher mit der Wahrheit herausrücken. Für sie stand Geld auf dem Spiel. Man stellte sie zu Mr. Synstrom durch.

»Ja, glauben Sie denn wirklich, er wollte mit Mrs. Hutchmeyer durchbrennen, und das Ganze war ein Unfall?« sagte sie, nachdem sie sich seine Version der Ereignisse angehört hatte. »Ich meine, Sie wollen mich nicht auf den Arm nehmen?«

»Dies ist die Schadensabteilung«, sagte Mr. Synstrom entschieden. »Wir nehmen niemanden auf den Arm. Das gehört nicht zu unserem Geschäftsgebaren.«

»Also ich finde, es hört sich verrückt an«, sagte Sonia, »sie war doch alt genug, um seine Mutter zu sein.«

»Falls Sie weitere Auskünfte über die mit dem Unfall zusammenhängenden Umstände erhalten wollen, schlage ich vor, daß Sie mit der Landespolizeidirektion in Maine sprechen«, sagte Mr. Synstrom und beendete die Unterhaltung.

Sonia saß da, wie gelähmt von diesen neuesten Informationen. Daß Piper diese furchtbare alte Hexe ihr vorgezogen hatte... War ihre Erinnerung an ihn eben noch voller Liebe gewesen, so war diese Liebe nun aus und vorbei. Piper hatte sie verraten; mit dieser Erkenntnis kam in ihr ein neues Gefühl der Verbitterung auf, zugleich aber eins der Ernüchterung. Wenn sie sich's recht überlegte, war er eigentlich ein wenig langweilig gewesen, ihre Liebe hatte weniger ihm als Mann, als vielmehr seiner Eignung als Ehemann gegolten. Wäre dazu Gelegenheit gewesen, sie hätte aus ihm etwas machen können. Noch vor seinem Tod hatte sie ihn als Schriftsteller berühmt gemacht; wäre er noch am Leben, sie beide hätten noch größere Taten in Angriff genommen. Nicht umsonst hieß ihr Lieblingskomponist Brahms. Sie hätte kleine Pipers in die Welt gesetzt, von denen jeder, dank der Hilfe einer Frau, die in Personalunion Mutter und Literaturagentin war, eine angemessene Karriere gemacht hätte. Dieser Traum war ausgeträumt. Piper war gestorben, zusammen mit einem chirurgisch frischgehaltenen Miststück im Nerzmantel.

Sonia sah sich nochmal das Telegramm an. Jetzt hielt es für sie eine neue Botschaft bereit. Piper war nicht der einzige Mann, der sie attraktiv gefunden hatte. Da war immer noch Hutchmeyer, ein verwitweter Hutchmeyer, dessen Frau ihr, Sonia, den Liebsten gestohlen hatte. Die Vorstellung, daß Baby es Hutchmeyer durch ihre Tat ermöglicht hatte, noch einmal zu heiraten, entbehrte nicht der Ironie. Und er würde sie heiraten. Die Devise hieß Heirat oder nichts. Daran gab es nichts zu rütteln.

Sonia griff nach einem Blatt Papier und spannte es in die Schreibmaschine. Frenzy mußte es erfahren. Der arme alte Frenzy, sie würde ihn vermissen, doch der Bund fürs Leben rief, und sie mußte antworten. Sie würde ihre Gründe darlegen und dann gehen. Das schien ihr das beste zu sein. So gab es keinerlei gegenseitige Beschuldigungen, außerdem opferte sie sich in gewisser Weise für ihn. Aber wohin um alles in der Welt hatte er sich verzogen, und warum?

20

Frensic hatte sich in Blackwell's Buchhandlung verzogen. Halb verborgen zwischen Stapeln englischer Literaturkritik stand er da, ein Exemplar von *Streben nach Größe* in der Hand, vor sich auf dem Regal hatte er *Jahre* aufgeklappt. *Streben nach Größe* war Dr. Sydney Louths neuestes Werk, eine F. R. Leavis gewidmete Essay-Sammlung und das Zeugnis einer lebenslangen Abscheu vor dem Seichten, Obszönen, Unreifen und Unbedeutenden in der englischen Literatur. Generationen von Anfangssemestern hatten der schwülstigen Schwerfälligkeit ihres Stils wie gebannt gelauscht, wenn sie nicht nur den modernen Roman anprangerte, sondern auch die moderne Welt samt den Werten einer kranken, ja todgeweihten Zivilisation. Frensic war einer dieser Studenten gewesen und hatte die Gemeinplätze in sich aufgesogen, auf denen Dr. Louths Renommee als Gelehrte und Kritikerin beruhte. Sie hatte die offenkundig Großen gerühmt und den Rest verdammt; dank dieser simplen Formel kannte man sie als bedeutende Wissenschaftlerin. Und all dies geschah in einer Sprache, die im krassen Gegensatz stand zu der stilistischen Brillanz der von ihr gepriesenen Schriftsteller. Doch es war ihr Bannfluch, der Frensic im Gedächtnis haften geblieben war, jene bitteren, schroffen Verurteilungen, mit denen sie andere Kritiker und jeden überhäuft hatte, der nicht ihrer Meinung war. Mit ihren Denunziationen hatte sie anderen die Hemmungen eingepflanzt, durch die Frensic und viele, die wie er Schriftsteller werden wollten, verdorben worden waren. Um ihr zu schmeicheln, hatte er die groteske Syntax ihrer

Vorlesungen und Essays übernommen. An ihrem Stil konnte man Louthianer sofort erkennen. Und an ihrer Sterilität.

Drei Jahrzehnte lang hatte sie die englische Literatur mit ihrer Bösartigkeit beeinflußt. All ihre Verwünschungen der Gegenwart waren durch die große Vergangenheit geheiligt, die nie groß gewesen wäre, wenn sie zu jener Zeit schon ihren Einfluß ausgeübt hätte. Wie eine religiöse Fanatikerin hatte sie die bereits Heiliggesprochenen abgesegnet und eine intellektuelle Intoleranz erzeugt, die allen nicht gar so Großartigen das Lebensrecht absprach. Es gab nur Heilige in Dr. Louths Kalender, Heilige und Teufel, die den Test auf Größe nicht bestanden. Hardy, Forster, Galsworthy, Moore und Meredith, selbst Peacock wurden der Dunkelheit und dem Vergessen überantwortet, weil sie nicht an Conrad oder Henry James heranreichten. Und was war mit dem armen Trollope und mit Thackeray? Ebenfalls Teufel. Die nicht ganz so Großartigen. Auch Fielding... Die Liste nahm kein Ende. Für die heutige Generation gab es nur eine Hoffnung auf Rettung: Kniefall vor ihren Ansichten und das auswendige Herbeten der Antworten auf ihren literarischen Katechismus. Und diese dröge Wachtel hatte *Die Jahre wechseln, es lockt die Jungfrau* geschrieben. Frensic kehrte den Titel um und fand ihn treffend. Dr. Louth hatte nie ein Meisterwerk geboren. Die totgeborenen Ansichten in *Der moralische Roman* und jetzt auch in *Streben nach Größe* würden in ein paar Jahren auf den Bücherregalen vermodern, zerfallen und vergessen sein. Sie hatte das gewußt und *Jahre* geschrieben, um anonym Unsterblichkeit zu erlangen. Die nötigen Anhaltspunkte waren deutlich sichtbar. So auf Seite 269 von *Jahre*: »Und so verwandelte sich ihr Leben unaufhaltsam in Lieben, in ein rhythmisches Lieben, das sie in eine neue Dimension des Fühlens transponierte, so daß das wahrhaft Wahre zu einer...« Frensic klappte das Buch zu, ehe er bei »erahnten Totalität« angelangt war. Wie oft hatte er in seiner Jugend diese furchtbaren Worte gehört? Wie oft hatte er sie in seinen Seminararbeiten für sie selbst verwendet? Dieses »transponierte« war schon Beweis genug, doch nach so vielen sinnlosen Abstraktionen und einem »wahrhaft Wahren« war der Beweis unumstößlich. Er klemmte sich beide Bücher unter den Arm, ging zur Kasse und zahlte. Alle Zweifel waren beseitigt, für alles war eine Erklärung gefunden, für die krankhaften Vorsichtsmaßnahmen zur Wahrung der Anonymität des Autors, für die Bereitwilligkeit, Piper als Ersatzmann einspringen zu lassen... Aber nun behauptete Piper, er habe *Jahre* geschrieben.

Tief in Gedanken versunken spazierte Frensic langsamer durch den Park. Zwei Verfasser für ein und dasselbe Buch? Und Piper hatte Dr. Louth verehrt. *Der moralische Roman* war seine Bibel gewesen. So gesehen, konnte er wirklich... Nein. Miss Bogden hatte nicht gelogen. Frensic beschleunigte seine Schritte und ging den Fluß entlang auf Cowpasture Gardens zu. Dr. Louth sollte erfahren, daß sie einen schweren Fehler begangen hatte, als sie ihr Manuskript einem ihrer ehemaligen Studenten schickte. Darauf kam es nämlich an. Eingebildet wie sie war, hatte sie Frensic unter Hunderten von Agenten ausgewählt. Die Ironie dieser Geste hätte ihr gefallen. Für ihn hatte sie nie viel Zeit gehabt. »Ein mediokrer Verstand«, hatte sie an den Schluß eines seiner Essays geschrieben. Frensic hatte ihr nie verziehen. Er würde seine Rache bekommen.

Er verließ den Park und betrat Cowpasture Gardens. Dr. Louths Haus stand ganz am Ende, ein großes viktorianisches Herrenhaus, das von der Atmosphäre gewollter Vernachlässigung umgeben war, als seien die Bewohner intellektuell zu sehr beansprucht, um überwucherte Rabatten und ungepflegte Rasen zu bemerken. Früher waren, wie Frensic wieder einfiel, immer Katzen dagewesen.

Katzen waren immer noch da. Auf einer Fensterbank saßen zwei und sahen zu, wie Frensic zur Haustür ging und klingelte. Wenn überhaupt, so hatte sich der Garten noch deutlicher zu der Art von Schäferidylle zurückentwickelt, die Dr. Louth in der Literatur so gerühmt hatte. Und die Araukarie stand auch noch immer da, so unbesteigbar wie eh und je. Wie oft hatte er aus dem Fenster auf diese Araukarie geblickt, während Dr. Louth die Notwendigkeit pries, im gesamten Bereich der Kunst ein reifes moralisches Ziel zu verfolgen. Frensic stand kurz davor, in nostalgische Reminiszenzen zu verfallen, da öffnete sich die Tür, und Miss Christian blinzelte ihn unsicher an.

»Wenn Sie einer von diesen Telefonleuten sind...«, begann sie, doch Frensic schüttelte den Kopf.

»Mein Name ist...« Er zögerte und versuchte, sich an einen von Dr. Louths Lieblingsstudenten zu erinnern. »Bartlett. Ich war 1955 einer ihrer Studenten.«

Miss Christian machte einen Schmollmund. »Sie empfängt niemanden«, sagte sie.

Frensic lächelte. »Ich wollte ihr nur meine Aufwartung machen. Für mich war sie immer der wichtigste Einfluß in meiner gesamten Entwicklung. Von zentraler Bedeutung, Sie verstehen.«

Miss Christian genoß »zentrale Bedeutung«. Das war die Parole. »Im Jahr 1955?«

»Im selben Jahr, als sie *Die intuitive Glückseligkeit* veröffentlichte«, sagte Frensic, um das Bouquet dieses Jahrgangs deutlicher herauszuarbeiten.

»Das war damals. Es scheint heute so lange her zu sein«, sagte Miss Christian und machte die Tür ein Stückchen weiter auf. Frensic trat in die dunkle Diele, in der farbige Glasfenster über der Treppe die geweihte Atmosphäre noch unterstrichen. Noch zwei Katzen saßen dort auf den Stühlen.

»Wie war doch gleich Ihr Name?« fragte Miss Christian.

»Bartlett«, sagte Frensic. (Bartlett hatte ein »Sehr gut« bekommen.)

»Ach ja, Bartlett«, sagte Miss Christian. »Ich werde mal fragen, ob sie Sie empfangen will.«

Sie ging einen abgewetzten Flur hinunter zu dem Arbeitszimmer. Frensic blieb stehen und biß als Schutz gegen den Katzengestank und die beinahe greifbare Atmosphäre aus hochtrabender Intellektualität und moralischer Intensität die Zähne zusammen. Alles in allem zog er die Katzen vor.

Miss Christian kam wieder angeschlurft. »Sie empfängt Sie. Heutzutage läßt sie selten Besucher vor, aber bei Ihnen macht sie eine Ausnahme. Sie kennen den Weg.«

Frensic nickte. Er kannte den Weg. Er ging den langen abgetretenen Teppich entlang und öffnete die Tür.

Im Arbeitszimmer war es 1955. In den zwanzig Jahren seither hatte sich nichts verändert. Dr. Sydney Louth saß neben einem kleinen Feuer in einem Sessel, einen Papierstapel auf dem Schoß. Eine Zigarette hing schräg auf dem Rand eines Aschenbechers, und eine halbvolle Tasse mit kaltem Tee stand auf dem Tisch neben ihrem Ellbogen. Als Frensic eintrat, sah sie nicht auf. Auch das war eine alte Angewohnheit, Zeichen tiefster Konzentration, die stören zu dürfen als höchste Ehre galt. Ein roter Kugelschreiber kritzelte Unleserliches an den Rand einer Arbeit. Frensic setzte sich ihr gegenüber auf einen Stuhl und wartete. Aus ihrer Arroganz konnte man sich Vorteile ableiten. Das immer noch in seiner Verpackung eingeschlagene Exemplar von *Jahre* auf den Knien, musterte er den gebeugten Kopf und die geschäftige Hand. Alles war genauso wie in seiner Erinnerung. Plötzlich hörte die Hand auf zu schreiben, legte den Kugelschreiber weg und griff nach der Zigarette.

»Bartlett, lieber Bartlett«, sagte sie und blickte hoch. Sie starrte ihn mit trüben Augen an, und Frensic starrte zurück. Er hatte sich geirrt. Es gab Veränderungen. Er blickte in ein Gesicht, das anders war als das in seiner Erinnerung. Damals war es glatt und leicht pausbäckig gewesen. Jetzt war es aufgeschwemmt und schrumpelig. Als Folge der Wassersucht hatte ein Runzelgeflecht unter ihren Augen Tränensäcke entstehen lassen und ihre Wangen eingekerbt; zwischen den Lippen dieser geäderten Maske baumelte die Zigarette. Nur der Ausdruck ihrer Augen war noch derselbe; zwar waren sie schwächer, doch sie strahlten immer noch ihre ganze Selbstgerechtigkeit aus.

Diese Sicherheit schwand, als Frensic sie ansah. »Ich dachte...«, begann sie und betrachtete ihn sich genauer, »Miss Christian hat doch ganz deutlich...«

»Frensic. 1955 waren Sie meine Tutorin«, sagte Frensic.

»Frensic?« Jetzt zeigte sich in ihren Augen eine Vermutung. »Aber Sie sagten doch Bartlett...«

»Eine kleine Täuschung«, sagte Frensic, »damit diese Unterredung ganz bestimmt zustande käme. Ich bin jetzt Literaturagent. Frensic & Futtle. Sie haben bestimmt noch nicht von uns gehört.«

Doch Dr. Louth hatte. Die Augen zuckten. »Nein. Tut mir leid, noch nie gehört.«

Frensic zögerte, dann entschied er sich für eine umständliche Methode. »Da Sie... also... da Sie meine Tutorin waren, dachte ich mir, nun ja, ob Sie vielleicht unter Umständen... ich meine, Sie würden mir einen großen Gefallen tun, wenn Sie...« Frensic stellte Respekt zur Schau.

»Was wollen Sie?« sagte Dr. Louth.

Frensic entfernte das Papier vom Päckchen in seinem Schoß. »Sehen Sie, wir haben da einen Roman, und wenn Sie darüber etwas schreiben könnten...«

»Einen Roman?« Die Augen hinter den Runzeln funkelten die Verpackung an. »Was für einen Roman?«

»Den hier«, sagte Frensic und hielt ihr *Die Jahre wechseln, es lockt die Jungfrau* hin. Einen Augenblick lang starrte Dr. Louth das Buch an; die Zigarette klebte schräg an ihrer Unterlippe. Dann krümmte sie sich im Sessel zusammen.

»Den?« flüsterte sie. Die Zigarette fiel ihr von der Lippe und schwelte auf dem Essay in ihrem Schoß weiter. »Den?«

Frensic nickte und beugte sich vor, um die Zigarette zu entfernen, dann legte er das Buch ab. »Es schien mir das richtige Buch für Sie zu sein«, sagte er.

»Das richtige Buch für mich?«

Frensic lehnte sich in seinen Stuhl zurück. Das Machtzentrum war auf ihn übergegangen. »Da Sie es verfaßt haben«, sagte er, »hielt ich es nur für fair...«

»Wie haben Sie das herausbekommen?« Sie starrte ihn jetzt mit neuer Intensität an. In dieser Intensität gab es kein hohes moralisches Ziel mehr. Nur noch Angst und Haß. Frensic suhlte sich darin. Er schlug die Beine übereinander und sah auf die Araukarie hinaus. Endlich hatte er den Baum erklettert.

»Hauptsächlich durch den Stil«, sagte er, »außerdem, um ganz offen zu sein, durch kritische Analyse. Sie haben die gleichen Wörter zu oft in Ihren anderen Büchern verwendet, und ich habe daraus meine Schlüsse gezogen. Das haben Sie mir beigebracht, verstehen Sie.«

Es entstand eine lange Pause, in der sich Dr. Louth eine neue Zigarette anzündete. »Und Sie erwarten von mir, daß ich eine Rezension darüber schreibe?« sagte sie schließlich.

»Eigentlich nicht«, sagte Frensic, »Es verstößt gegen das Berufsethos, wenn eine Schriftstellerin ihr eigenes Werk bespricht. Ich wollte mit Ihnen nur erörtern, wie wir diese Neuigkeit am besten der Welt kundtun.«

»Welche Neuigkeit?«

»Daß Dr. Sydney Louth, die hochangesehene Literaturkritikerin, sowohl *Jahre* als auch *Streben nach Größe* verfaßt hat. Ich dachte mir, ein Artikel im *Times Literary Supplement* reicht fürs erste, damit die Kontroverse so richtig losbricht. Schließlich kommt es nicht jeden Tag vor, daß eine richtige Gelehrte einen Bestseller schreibt, noch dazu ein Buch von der Sorte, die sie ihr Leben lang als obszön verdammt hat...«

»Das verbiete ich«, stieß Dr. Louth hervor. »Als mein Agent...«

»Als Ihr Agent habe ich dafür zu sorgen, daß sich das Buch verkauft. Und ich kann Ihnen versichern, daß der durch diese Bekanntgabe ausgelöste Skandal, und zwar in Kreisen, in denen Ihr Name bisher verehrt wurde...«

»Nein«, sagte Dr. Louth, »das darf nie geschehen.«

»Sie denken an Ihren Ruf?« erkundigte sich Frensic liebenswürdig. Dr. Louth gab keine Antwort.

»Daran hätten Sie früher denken müssen. So haben Sie

mich in eine äußerst peinliche Situation gebracht. Auch ich habe einen Ruf zu wahren.«

»Ihr Ruf? Was für ein Ruf soll das denn sein?« Sie spie ihm die Worte entgegen.

Frensic beugte sich vor. »Ein makelloser Ruf«, zischte er, »der Ihr Begriffsvermögen übersteigt.«

Dr. Louth versuchte zu lächeln. »Groschenromane«, murmelte sie.

»Ja. Groschenromane«, sagte Frensic, »und ich bin stolz drauf. Wegen des Gelds geschrieben, von Leuten, die keine Heuchler sind.«

»Mammon, schnöder Mammon.«

Frensic grinste. »Wofür haben Sie denn geschrieben?«

Die Maske sah ihn giftig an. »Um zu beweisen, daß ich es kann«, sagte sie, »daß ich auch so einen Müll schreiben kann, der sich verkauft. Sie dachten, ich schaffe es nicht. Eine sterile Kritikerin, unfähig, eine Akademikerin. Ich habe sie widerlegt.« Ihre Stimme wurde lauter.

Frensic zuckte die Achseln. »Wohl kaum«, sagte er. »Ihr Name steht nicht auf der Titelseite. Ehe das nicht geschieht, erfährt es keiner.«

»Keiner darf es je erfahren.«

»Aber ich werde es weitererzählen«, sagte Frensic. »Das gibt faszinierenden Lesestoff ab. Der anonyme Autor, die Lloyds Bank, das Schreibbüro, Mr. Cadwalladine, Corkadales, Ihr amerikanischer Verleger...«

»Sie dürfen es nicht tun«, wimmerte sie, »niemand darf es erfahren. Ich untersage es Ihnen noch einmal.«

»Das liegt nicht mehr in Ihrer Macht«, sagte Frensic. »Ich habe alles unter Kontrolle, und ich werde meine Hände nicht mit Ihrer Heuchelei besudeln. Außerdem habe ich noch einen Klienten.«

»Noch einen Klienten?«

»Den Sündenbock, Piper, der statt Ihrer nach Amerika gegangen ist. Er hat auch einen Ruf, müssen Sie wissen.«

Dr. Louth lachte hämisch. »Makellos wie der Ihre?«

»Ursprünglich ja«, sagte Frensic.

»Er war aber bereit, diesen Ruf für Geld aufs Spiel zu setzen.«

»Wenn Sie meinen. Er wollte schreiben, und er brauchte das Geld. Sie brauchen es nicht, denke ich mir. Sie sprachen von Mammon, von schnödem Mammon. Ich bin bereit, zu verhandeln.«

»Erpressung«, bellte Dr. Louth und drückte ihre Zigarette aus.

Frensic sah sie mit ganz neuem Abscheu an. »Für einen moralischen Feigling, der sich hinter einem Pseudonym versteckt, bedienen Sie sich einer sehr unpräzisen Sprache. Wären Sie zuerst zu mir gekommen, hätte ich Piper nicht engagiert, aber da Sie sich auf Kosten der Ehrlichkeit für Anonymität entschieden, muß ich mich nun zwischen zwei Autoren entscheiden.«

»Zwei? Wieso zwei?«

»Weil Piper behauptet, er hat das Buch geschrieben.«

»Lassen Sie ihn doch behaupten. Er hat die Verantwortung akzeptiert, nun soll er sie auch tragen.«

»Er beansprucht auch das Geld.«

Dr. Louth blickte in das schwelende Feuer. »Er wurde entlohnt«, sagte sie nach einer Weile. »Was will er denn noch?«

»Alles«, sagte Frensic.

»Sind Sie gewillt, es ihm zu geben?«

»Ja«, sagte Frensic. »Auch mein Ruf steht auf dem Spiel. Sollte es einen Skandal geben, werde ich darunter leiden.«

»Einen Skandal?« Dr. Louth schüttelte den Kopf. »Es darf keinen Skandal geben.«

»Den wird es aber geben«, sagte Frensic. »Sehen Sie, Piper ist tot.«

Auf einmal zitterte Dr. Louth. »Tot? Sie sagten doch eben...«

»Die Erbschaftsangelegenheiten müssen noch abgewickelt werden. Der Fall geht vor Gericht, und bei zwei Millionen Dollar... Muß ich noch mehr sagen?«

Dr. Louth schüttelte den Kopf. »Was verlangen Sie von mir?« fragte sie.

Die Anspannung wich von Frensic. Die Krise war vorüber. Er hatte das Ekel kleingekriegt. »Dementieren Sie schriftlich, die Autorin dieses Buchs zu sein. Sofort.«

»Wird das genügen?«

»Für den Anfang«, sagte Frensic. Dr. Louth stand auf und ging zum Schreibtisch. Dort saß sie eine oder zwei Minuten und schrieb. Als sie fertig war, reichte sie Frensic den Brief. Er las ihn durch und war zufrieden.

»Und jetzt das Manuskript«, sagte er, »das Originalmanuskript in Ihrer Handschrift, inklusive sämtlicher Kopien, die Sie je angefertigt haben.«

»Nein«, sagte sie, »ich werde es vernichten.«

»Wir vernichten es«, sagte Frensic, »bevor ich gehe.«

Dr. Louth drehte sich zum Schreibtisch um, schloß eine Schublade auf und nahm eine Schachtel heraus. Sie ging zum Stuhl am Feuer und setzte sich. Dann öffnete sie die Schachtel und entnahm ihr die Seiten. Frensic warf einen kurzen Blick auf die zuoberst liegende Seite. Sie begann mit: »Das Haus stand auf einem Hügel. Umgeben von drei Ulmen, einer Buche und einer Himalayazeder, deren waagerecht abstehende Zweige...« Er hatte das Original von *Jahre* vor sich. Einen Augenblick später brannte die Seite und loderte den Schornstein hinauf. Frensic saß da und sah zu, wie eine Seite nach der anderen aufflammte, wellig und schwarz wurde, bis die Wörter darauf wie weißer Spitzenbesatz hervorstachen, dann zerbrach, vom Luftzug gepackt wurde und den Schornstein hinaufsegelte. Und während die Blätter aufleuchteten, schien es Frensic, als habe er aus den Augenwinkeln gesehen, wie in den Runzeln auf Dr. Louths Wangen Tränen glänzten. Er zögerte einen Moment. Die Frau war dabei, ihr eigenes Werk einzuäschern. Müll hatte sie es genannt, und doch weinte sie jetzt darüber. Er würde Schriftsteller nie verstehen, sie und die widersprüchlichen Impulse, aus denen sie ihre Vorstellungskraft bezogen.

Als die letzte Seite verschwand, stand er auf. Sie kauerte immer noch über dem Feuer. Zum zweitenmal geriet Frensic in Versuchung, sie zu fragen, warum sie das Buch geschrieben hatte. Um ihre Kritiker zu widerlegen? Das war nicht die Antwort. Dahinter steckte mehr, der Sex, die leidenschaftliche Liebesaffäre... Von ihr würde er es nie erfahren. Leise verließ er das Zimmer und ging den Flur entlang bis zur Haustür. Draußen war die Luft voller kleiner schwarzer Flocken, die aus dem Schornstein herabschwebten, und neben dem Gartentor sprang eine junge Katze hoch und angelte nach einem Fetzen, der im Winde tanzte.

Frensic atmete die frische Luft tief ein, dann eilte er die Straße hinunter. Er mußte im Hotel noch seine Sachen einsammeln und dann einen Zug nach London erwischen.

Irgendwo südlich von Tuscaloosa warf Baby die Straßenkarte aus dem Autofenster. Sie flatterte hinter ihnen in den Staub und war verschwunden. Wie üblich hatte Piper nichts bemerkt. Seine Gedanken drehten sich um *Werk in Nachbereitung*. Er war auf Seite 178 angekommen und machte prächtige Fortschritte. Nochmal vierzehn Tage harte Arbeit, und er war fertig mit dem Buch. Anschließend würde er gleich mit der dritten Bearbeitung beginnen, in der er nicht nur die Personen, sondern auch die Schauplätze verändern wollte. Er hatte beschlossen, diese Version *Nachwort auf eine Kindheit* zu nennen, als Vorläufer auf den endgültigen, kommerziell nicht verfälschten Roman *Auf der Suche nach der verlorenen Kindheit*, den dieselben Kritiker, die *Jahre* über den grünen Klee gelobt hatten, rückblickend als allerersten Entwurf jenes widerwärtigen Romans identifizieren würden. Auf diese Weise rettete er nicht nur seinen Ruf vor dem Vergessen, das oberflächlicher Erfolg mit sich brachte, sondern so konnte später auch die Wissenschaft den heimtückischen Einfluß von Frensics kommerziellen Ratschlägen auf sein ursprüngliches Talent zurückverfolgen. Piper freute sich im stillen über seinen Scharfsinn. Schließlich konnten ja durchaus noch weitere unveröffentlichte Romane ihrer Entdeckung harren. Er würde immer wieder »posthum« schreiben, und alle paar Jahre würde ein neuer Roman auf Frensics Schreibtisch landen, um der Welt vorgelegt zu werden. Frensic konnte überhaupt nichts dagegen tun. Baby hatte recht. Mit dem Betrug an Hutchmeyer hatten sich Frensic & Futtle verwundbar gemacht. Frensic mußte tun, was man ihm sagte. Piper schloß die Augen und lehnte sich zufrieden in seinem Sitz zurück. Eine halbe Stunde später öffnete er sie wieder und setzte sich auf. Der Wagen, ein von Baby in Rossville erstandener Ford, ruckelte über eine holprige Fahrbahn. Piper schaute aus dem Fenster und stellte fest, daß sie über eine Straße fuhren, die auf einer Art Deich angelegt war. Zu beiden Seiten standen hohe Bäume in dunklem Wasser.

»Wo sind wir?« fragte er.

»Ich habe keine Ahnung«, sagte Baby.

»Keine Ahnung? Du mußt doch wissen, wohin wir unterwegs sind.«

»In die hinterste Provinz, mehr weiß ich nicht. Und wenn wir irgendwo ankommen, werden wir's schon merken.«

Piper schaute auf das dunkle Wasser unter den Bäumen. Der Wald hatte etwas Düsteres, Unheilverkündendes, das ihm gar nicht gefiel. Bisher waren sie immer nette, fröhliche Straßen entlang gefahren, neben denen nur gelegentlich eine Ranke der über Bäume oder Böschungen hinwegkletternden Koupou-Wicke wildes Wachstum andeutete. Hier war es anders. Weit und breit keine Reklametafeln, keine Häuser, keine Tankstellen, keine dieser Einrichtungen, die Zivilisation bedeutet hatten. Dies hier war Wildnis.

»Und was passiert, wenn wir irgendwohin kommen, wo es kein Motel gibt?« wollte er wissen.

»Dann müssen wir eben mit dem auskommen, was es dort gibt«, sagte Baby. »Ich sagte dir doch, wir fahren in den tiefen Süden, und das hier, das ist es eben.«

»Was ist was?« sagte Piper, glotzte auf das schwarze Wasser hinunter und dachte an Alligatoren.

»Um das herauszufinden, bin ich hier«, lautete Babys rätselhafte Antwort, ehe sie auf die Bremse trat und das Auto an einer Straßenkreuzung zum Stehen brachte. Durch die Frontscheibe konnte Piper ein Schild erkennen. In verblichenen Lettern stand dort BIBLIOPOLIS 15 MEILEN.

»Dürfte genau die richtige Stadt für uns sein«, sagte Baby und lenkte den Wagen auf die Nebenstraße. Bald darauf lichtete sich der dunkle Sumpfwald, und plötzlich befanden sie sich in einer offenen Landschaft mit saftigen Wiesen, die vor Hitze flimmerten und wo im hohen Gras Rinder weideten und Baumgruppen Abstand zueinander wahrten. Die Szenerie hatte fast etwas Englisches, wie eine Art heruntergekommene englische Parklandschaft, üppig, doch voller halbvergessener ungenutzter Möglichkeiten. Überall verschwamm der Horizont vor flimmernder Hitze. Piper blickte über die Wiesen und fühlte sich wohler und entspannter. Die Gegend hatte etwas Heimeliges, das ihm ein Gefühl der Sicherheit gab. Gelegentlich kamen sie an einer Holzhütte vorbei, die hinter Vegetation halb versteckt und anscheinend unbewohnt war. Und schließlich war da noch Bibliopolis selbst, ein kleines Dorf, fast nur ein Flecken, und ein Fluß, der träge neben einem verfallenen Kai dahinfloß. Eine Brücke gab es nicht. Am anderen Ufer lag eine uralte Seil-Fähre, offenbar die einzige Möglichkeit zum Übersetzen.

»Na los, zieh an der Glocke«, sagte Baby. Piper stieg aus und zog an einer Glocke, die an einem Pfahl hing.

»Fester«, sagte Baby, als Piper am Strick zog. Im selben Augenblick sah man am anderen Ufer einen Mann, und die Fähre setzte sich in Bewegung.

»Wollen Sie irgendwas?« sagte der Mann, als die Fähre anlegte.

»Wir suchen eine Unterkunft«, meinte Baby. Der Mann schielte auf das Kennzeichen des Fords und war anscheinend beruhigt. Dort stand Georgia.

»Gibt kein Motel in Bibliopolis«, sagte der Mann. »Fahren besser nach Selma zurück.«

«Irgendwas muß es doch geben«, sagte Baby, während der Mann immer noch zögerte.

»Mrs. Mathervitie's Touristen-Herberge«, sagte der Mann, dann trat er zur Seite. Baby fuhr auf die Fähre und stieg aus.

»Ist dieser Fluß der Alabama?« fragte sie. Der Mann schüttelte den Kopf.

»Der Ptomaine, Ma'am«, sagte er und zog am Seil.

»Und das?« fragte Baby, dabei zeigte sie auf ein großes baufälliges Herrenhaus, augenscheinlich ein Vorkriegsprodukt.

»Das ist Pellagra. Da wohnt keiner mehr. Sind alle weggestorben.«

Piper blieb im Auto und starrte trübsinnig auf den trägen Fluß. Die Bäume an seinen Ufern waren mit spanischem Moos behangen, als trügen sie Trauerkleider, und das baufällige Haus unterhalb des Dorfes erinnerte ihn an Miss Havisham. Doch als Baby wieder ins Auto stieg und von der Fähre herunterfuhr, war sie von der ganzen Atmosphäre wie in Hochstimmung versetzt.

»Ich hab's dir doch gesagt, hier ist es«, sagte sie triumphierend. »Und jetzt auf zu Mrs. Mathervitie's Touristen-Herberge.«

Sie fuhren eine baumbestandene Allee entlang und hielten vor einem Haus. Auf dem Schild stand »Willkommen«. Mrs. Mathervitie war nicht ganz so überschwenglich. Sie saß im Schatten einer Veranda und beobachtete sie beim Aussteigen.

»Sucht ihr Leute nach was?« fragte sie, dabei glitzerte ihre Brille in der Sonne.

»Nach Mrs. Mathervitie's Touristen-Herberge«, sagte Baby.

»Verkaufen oder wohnen? Wenn's nämlich um Kosmetik geht, ist bei mir nichts zu holen.«

»Wohnen«, sagte Baby.

Mit der Miene einer Expertin für unstatthafte Beziehungen musterte Mrs. Mathervitie sie kritisch.

»Hab' bloß Einzelzimmer«, sagte sie und spuckte ins Zentrum einer Sonnenblume, »keine Doppelzimmer.«

»Gelobt sei Gott«, sagte Baby unwillkürlich.

»Amen«, sagte Mrs. Mathervitie.

Sie gingen ins Haus und einen Flur entlang.

»Das ist Ihres«, sagte Mrs. Mathervitie zu Piper und öffnete eine Tür. Das Zimmer ging auf ein Maisfeld hinaus. An der Wand hing ein Öldruck, der »Jesus vertreibt die Wechsler aus dem Tempel« darstellte, daneben ein Pappschild mit der Anordnung KEIN ESSEN AUF ZIMMER. Piper sah es zweifelnd an. Es schien ihm eine absolut unnötige Verfügung zu sein.

»Nun?« sagte Mrs. Mathervitie.

»Sehr hübsch«, sagte Piper, der auf einem Regal eine Reihe Bücher entdeckt hatte. Er sah sie sich genauer an; es waren lauter Bibeln. »Guter Gott«, murmelte er.

»Amen«, sagte Mrs. Mathervitie, dann ging sie mit Baby weiter den Flur entlang und überließ es Piper, die finstere Bedeutung von KEIN ESSEN AUF ZIMMER zu ergründen. Als sie zurückkamen, war er des Rätsels Lösung nicht näher gerückt.

»Der Reverend und ich schätzen uns glücklich, Ihre Gastfreundschaft annehmen zu dürfen«, sagte Baby. »Nicht wahr, Reverend?«

»Was?« sagte Piper. Mrs. Mathervitie sah sie mit neu erwachtem Interesse an.

»Ich erzählte Mrs. Mathervitie gerade, wie sehr Sie sich für amerikanische Religion interessieren«, sagte Baby. Piper schluckte und überlegte, was er sagen sollte.

»Ja«, schien am sichersten zu sein.

Es folgte ein extrem peinliches Schweigen, das schließlich durch Mrs. Mathervities Geschäftssinn beendet wurde.

»Zehn Dollar am Tag. Mit Andacht sieben. Vorsehung geht extra.«

»Ja, das kann ich mir vorstellen«, sagte Piper.

»Soll heißen?« sagte Mrs. Mathervitie.

»Daß es der Herr schon richten wird«, warf Baby ein, ehe sich Pipers leichte Hysterie wieder äußern konnte.

»Amen«, sagte Mrs. Mathervitie. »Also, wie soll's denn sein? Mit Andacht oder ohne?«

»Mit«, sagte Baby.

»Vierzehn Dollar«, sagte Mrs. Mathervitie, »im voraus.«

»Jetzt zahlen, später beten?« sagte Piper hoffnungsvoll.

Mrs. Mathervities Augen funkelten kalt. »Für einen Pfarrer...«, begann sie, doch Baby schritt ein.

»Der Reverend meint, wir sollen beten ohn' Unterlaß.«

»Amen«, sagte Mrs. Mathervitie und kniete auf dem Linoleum nieder.

Baby folgte ihrem Beispiel. Piper sah überrascht auf die beiden hinunter.

»Herr im Himmel«, murmelte er.

»Amen«, sagten Mrs. Mathervitie und Baby unisono.

»Sprechen Sie die richtigen Worte, Reverend«, sagte Baby.

»Um Gottes willen«, sagte Piper zur Inspiration. Er kannte keine Gebete, und was die richtigen Worte betraf... Auf dem Boden verfiel Mrs. Mathervitie in ein gefährliches Zucken. Piper fand die richtigen Worte. Sie kamen aus *Der moralische Roman*.

»Unsere Pflicht ist nicht, daß wir etwas genießen, sondern daß wir etwas zu schätzen wissen«, intonierte er. »Wir sollen nicht unterhalten werden, sondern uns erbauen lassen, nicht lesen, um vor den Verantwortungen des Lebens zu fliehen, vielmehr sollen wir durch Lesen besser verstehen, was wir eigentlich sind und tun, damit wir neugeboren in der stellvertretenden Erfahrung anderer unser Bewußtsein und unsere Sensibilität erweitern und so – durch unsere Lektüre bereichert – bessere Menschen werden können.«

»Amen«, sagte Mrs. Mathervitie inbrünstig.

»Amen«, sagte Baby.

»Amen«, sagte Piper und setzte sich aufs Bett. Mrs. Mathervitie stand auf.

»Ich danke Ihnen für diese guten Worte, Reverend«, sagte sie und verließ das Zimmer.

»Was sollte das verdammt nochmal bedeuten?« fragte Piper, als ihre Schritte verhallt waren. Baby stand auf und hielt den Zeigefinger vor die Lippen.

»Kein Fluchen. Kein Essen auf Zimmer.«

»Das ist auch so etwas...«, fing Piper an, doch Mrs. Mathervities Schritte kamen schon wieder den Flur entlang.

»Konventikel ist um acht«, sagte sie und steckte ihren Kopf zur Tür hinein. »Würde an Ihrer Stelle nicht zu spät kommen.«

Piper blickte sie gereizt an. »Konventikel?«

»Konventikel der Kirche des Siebenten Tags der Diener Gottes«, sagte Mrs. Mathervitie. »Sie haben gesagt, Sie wollten mit Andacht.«

»Der Reverend und ich kommen gleich«, sagte Baby. Mrs. Mathervitie zog ihren Kopf zurück. Baby nahm Piper beim Arm und zerrte ihn zur Tür.

»Guter Gott, da hast du uns aber in ein...«

»Amen«, sagte Baby, als sie auf den Flur traten. Mrs. Mathervitie wartete auf der Veranda.

»Die Kirche steht auf dem Dorfplatz«, sagte sie, während alle drei in den Wagen stiegen; schon fuhren sie die dunkler werdende Straße entlang. Das spanische Moos sah in Pipers Augen noch unheilvoller aus. Als sie schließlich vor einer kleinen Holzkirche auf dem Platz anhielten, war Piper in Panik.

»Die wollen doch hoffentlich nicht, daß ich wieder bete, oder?« flüsterte er Baby zu, als sie die Treppe hinaufgingen. Aus dem Kircheninneren erklang ein Choral.

»Wir sind spät dran«, sagte Mrs. Mathervitie und scheuchte sie durch den Mittelgang. Die Kirche war gut besetzt, aber ganz vorn waren noch mehrere Plätze frei. Augenblicke später fand Piper sich dort wieder, umklammerte ein Gesangbuch und sang ein seltsames Kirchenlied mit dem Titel »Telefonat mit der himmlischen Herrlichkeit«.

Als das Lied beendet war, hörte man Füße scharren, die Versammlung kniete nieder, und der Prediger kam zum Gebet.

»O Herr, wir sind alle Sünder«, versicherte er.

»O Herr, wir sind alle Sünder«, brüllten Mrs. Mathervitie und der Rest der Gemeinde.

»O Herr, wir sind alle Sünder, die auf ihre Rettung warten«, fuhr der Prediger fort.

»Die auf ihre Rettung warten. Die auf ihre Rettung warten.«

»Vor den Feuern der Hölle und den Fallen Satans.«

»Vor den Feuern der Hölle und den Fallen Satans.«

Neben Piper hatte Mrs. Mathervitie angefangen zu zucken. »Halleluja«, rief sie.

Nach dem Gebet intonierte eine große schwarze Frau, die neben dem Klavier stand, »Reingewaschen im Blute des Lammes«, und von da war es nur noch ein kurzer Schritt bis »Jericho«, und zum Schluß ein Lied, das mit der Zeile »Dem Herrn nur wollen wir glauben, ihm zu dienen wir geloben« begann und dessen Refrain lautete: »Glauben, glauben, glauben an Gott, glauben an Jesus macht jedes Schwert zu Schrott«. Sehr zu seinem eigenen Erstaunen sang Piper ebenso laut mit wie die anderen, die Begeisterung hatte ihn erfaßt. Inzwischen stampfte Mrs. Mathervitie mit dem Fuß rhythmisch mit, etliche andere Frauen klatschten in die Hände. Sie sangen diesen Choral zweimal, dann ging es nahtlos über in ein Lied über Eva und den Apfel. Als das Echo verklungen war, erhob der Prediger die Hände.

»Brüder und Schwestern...«, begann er, aber weiter kam er nicht.

»Her mit den Schlangen!« schrie jemand von hinten.

Der Prediger ließ die Hände sinken. »Schlangennacht ist Samstag«, sagte er. »Das wißt ihr doch.«

Doch die Forderung »Her mit den Schlangen« wurde von anderen aufgenommen, und die große schwarze Dame stimmte ein neues Lied an, »Glaubt an den Herrn, und die Schlange beißt nicht zu, wer den Glauben hat, den läßt sie in Ruh«.

»Schlangen?« sagte Piper zu Mrs. Mathervitie. »Soviel ich weiß, sagten Sie was von den Dienern Gottes.«

»Schlangen sind samstags dran«, sagte Mrs. Mathervitie, die ebenfalls beunruhigt aussah. »Ich komme nur donnerstags her. Ich bin gegen Schlangendienst.«

»Schlangendienst?« sagte Piper, dem plötzlich bewußt wurde, was gleich geschehen würde. »Du lieber Gott, ich glaub', ich spinne.« Neben ihm schien Baby bereits zu spinnen: sie weinte vor sich hin; doch Piper war zu sehr um seine eigene Sicherheit besorgt, als daß er sich auch noch um sie kümmern konnte. Ein langer dürrer Mann trug einen Sack den Mittelgang hinunter. Es war ein großer Sack, ein Sack, der sich wand. Dasselbe tat Piper. Sekunden später schnellte er von seinem Platz hoch und wollte zur Tür, die allerdings, wie er erkennen mußte, von einem Haufen anderer Leute blockiert wurde, die augenscheinlich genau wie er keinen besonderen Wert darauf legten, zusammen mit einem Sack Giftschlangen in einer kleinen Kirche eingesperrt zu sein. Eine Hand schob ihn beiseite, und Piper plumpste wieder auf seinen Platz zurück. »Laß uns hier verdammt schnell die Kurve kratzen«, schrie er Baby zu, aber die schaute wie gebannt dem Pianisten zu, einem kleinen dünnen Mann, der die Tasten mit einer Inbrunst bearbeitete, die sich möglicherweise mit etwas erklären ließ, das wie eine kleine Boa constrictor aussah und sich um seinen Hals schlängelte. Hinter dem Klavier schlenkerte die große Schwarze zwei Klapperschlangen als Rumbarasseln und sang »Bibliopolis, du bist unser Hort, aus dir treibt uns keine Schlange fort« – was ganz sicher nicht für Piper galt. Gerade wollte er den nächsten Sprintversuch in Richtung Tür unternehmen, als irgendwas über seine Füße rutschte; es war Mrs. Mathervitie. Piper blieb wie erstarrt sitzen und stöhnte. Baby neben ihm stöhnte ebenfalls. Ihr Gesicht hatte einen merkwürdig verzückten Ausdruck angenommen. In diesem Moment hob der Mann eine Schlange aus dem Sack, die am ganzen Körper rotschwarz geringelt war.

»Die Korallenschlange«, zischte jemand. Die Klänge von »Bibliopolis, du bist unser Hort« verstummten abrupt. Während der nun folgenden Stille erhob sich Baby und ging wie hypnotisiert nach vorn. Im trüben Kerzenlicht sah sie majestätisch und schön aus. Sie nahm dem Mann die Schlange ab und hob sie hoch, ihr Arm wurde zum Caduceus, dem Symbol der Medizin. Dann wendete sie ihr Gesicht der Gemeinde zu, zerriß ihre Bluse bis zur Taille und entblößte zwei üppige, spitze Brüste. Vor Entsetzen war die Versammlung wie vom Donner gerührt. In Bibliopolis waren nackte Brüste out. Andererseits war die Korallenschlange in. Als Baby den Arm sinken ließ, schlug die Schlange ihre Giftzähne in fünfzehn Zentimeter dickes Silikon. Dort wand sie sich zehn Sekunden lang, bis Baby sie abnahm und ihr die andere Brust anbot. Aber die Korallenschlange war bedient. Piper ebenfalls. Mit einem Stöhnen gesellte er sich zu Mrs. Mathervitie auf dem Fußboden. Triumphierend und oben ohne schmiß Baby die Schlange in den Sack und wandte sich an den Klavierspieler.

»Hau in die Tasten, Bruder«, rief sie.

Und noch einmal hallte die Kirche wider von den Klängen des Liedes »Bibliopolis, du bist unser Hort, aus dir treibt uns keine Schlange fort«.

2 1

In seinem Appartement in Hampstead nahm Frensic sein Morgenbad und fummelte mit dem großen Zeh am Heißwasserhahn, um die Temperatur konstant zu halten. Daß er sich mal wieder richtig hatte ausschlafen können, trug dazu bei, die verheerenden Auswirkungen von Cynthia Bogdens Leidenschaft aus der Welt zu schaffen, und er hatte es überhaupt nicht eilig, ins Büro zu kommen. Er mußte über allerhand nachdenken. Es war ja schön und gut, wenn er sich selbst dazu gratulierte, daß er die wahre Autorin von *Jahre* so scharfsinnig aufgespürt und gezwungen hatte, auf alle Rechte am Buch zu verzichten, doch Schwierigkeiten gab es immer noch jede Menge. Die erste hatte mit dem Weiterleben Pipers und mit seiner ungeheuerlichen Forderung zu tun, für einen Roman bezahlt zu werden, den er nicht geschrieben hatte. Oberflächlich betrachtet war das nur ein Problemchen. Frensic konnte jetzt einfach die zwei Millionen Dollar abzüglich seiner und Corkadales Provision auf das Konto Nummer 478776 bei der First National Bank in New York überweisen. Auf den ersten Blick schien das ganz vernünftig zu sein. Zahl Piper aus, und du hast den Gauner vom Hals. Andererseits hieß das aber, sich einer Erpressung zu beugen, und Erpresser neigten dazu, ihre Forderungen immer neu zu stellen. Gab er einmal nach, so mußte er immer und immer wieder nachgeben, außerdem bedeutete der Transfer des Geldes nach New York, daß er Sonia über Pipers Weiterleben informieren mußte. Sobald sie davon Wind bekäme, würde sie hinter ihm herrennen wie eine Katze, die sich verbrüht hat. Vielleicht

295

konnte er ja dem Problem ausweichen und ihr weismachen, Mr. Cadwalladines Klient habe die Anweisung gegeben, die Tantiemen auf diese Weise zu bezahlen.

Doch abgesehen von all diesen technischen Problemen nagte an Frensic der Verdacht, daß Piper diesen Betrugskomplott nie und nimmer allein ausgebrütet hatte. Zehn Jahre lang *Auf der Suche nach der verlorenen Kindheit* waren Beweis genug, daß Piper nicht die Spur Phantasie besaß – aber wer auch immer diesen hinterhältigen Plan ausgeheckt hatte, der besaß eine erstaunlich lebhafte Phantasie. Frensics Verdacht konzentrierte sich auf Mrs. Baby Hutchmeyer. Wenn Piper – der angeblich mit ihr gestorben war – immer noch lebte, lag die Vermutung nahe, daß sie mit ihm überlebt hatte. Frensic wagte sich an eine Ferndiagnose der Psyche von Hutchmeyers Frau. Daß sie eine vierzigjährige Ehe mit diesem Ungeheuer ertragen hatte, sprach entweder für Masochismus oder für eine außergewöhnliche Unverwüstlichkeit. Wer dann noch ein riesiges Haus bis auf die Grundmauern niederbrannte, ein Motorboot in die Luft jagte und eine Segeljacht versenkte, alle miteinander Eigentum des Ehemanns, und das auch noch innerhalb von zwanzig Minuten... Die Frau war eindeutig wahnsinnig, auf sie war kein Verlaß. Sie konnte jeden Augenblick auferstehen und den elenden Piper aus seinem vorläufigen Grab zerren. Was sich aus diesem folgenschweren Ereignis ergeben würde, sprengte Frensics Vorstellungsvermögen. Hutchmeyer würde zu toben anfangen, prozeßsüchtig werden und jeden verklagen, der gerade greifbar war. Piper würde von einem Gericht zum nächsten geschleppt werden, und die ganze Geschichte von seinem Einspringen für die richtige Autorin würde vor aller Welt publik. Frensic stieg aus der Badewanne und trocknete sich ab, um sich des Alptraums, daß Piper im Zeugenstand stünde, zu entledigen.

Noch während er sich ankleidete, wurden die Schwierigkeiten zusehends komplizierter. Selbst wenn sich Baby Hutchmeyer gegen eine Selbst-Exhumierung entschied, standen die Chancen nicht schlecht, daß sie von irgendeinem neugierigen Journalisten entdeckt würde, der womöglich in diesem Augenblick schon gierig an ihren Fersen klebte. Was würde bloß verdammt nochmal passieren, wenn Piper die Wahrheit verriete? Frensic dachte über die möglichen Auswirkungen der Piperschen Enthüllungen nach und machte sich gerade einen Kaffee, da fiel ihm plötzlich das Manuskript ein. Das Manuskript in Pipers Handschrift. Oder zumindest die Fotokopie. Das war der Ausweg. Er konnte jederzeit Pipers Behauptung abstreiten, er hätte *Jahre* nicht geschrieben, und die Manuskriptkopie als Beweis vorzeigen. Selbst wenn die psychotische Baby Piper Schützenhilfe leistete, würde ihr dann doch keiner glauben. Frensic seufzte erleichtert auf. Er hatte einen Ausweg aus dem Dilemma gefunden. Nach dem Frühstück spazierte er den Hügel hinauf zur U-Bahn-Station und stieg durch und durch gut gelaunt in einen Zug. Er war ein cleverer Bursche, da mußten schon andere kommen als der unbedarfte Piper samt Baby Hutchmeyer, um ihn über den Tisch zu ziehen.

Als er in der Lanyard Lane eintraf, war das Büro verschlossen. Sehr seltsam. Sonia Futtle hätte schon den Tag zuvor von Bernie dem Biber zurück sein müssen. Frensic schloß die Tür auf und ging hinein. Von Sonia keine Spur. Er ging zu seinem Schreibtisch, dort lag, fein säuberlich von der übrigen Post getrennt, ein Umschlag. Er war an ihn adressiert und trug Sonias Handschrift. Frensic setzte sich und öffnete ihn. Der Umschlag enthielt einen langen Brief, der mit »Liebster Frenzy« begann und mit »Deine verliebte Sonia« endete. Zwischen diesen Zärtlichkeiten erläuterte Sonia mit einer Fülle gräßlicher Sentimentalitäten und einer gehörigen Portion Selbstbetrug, wie Hutchmeyer um ihre Hand angehalten und weshalb sie eingewilligt habe, ihn zu heiraten. Frensic war platt. Erst vor einer Woche hatte dieses Mädel über Pipers Tod geheult wie ein Schloßhund. Frensic griff sich seine Schnupftabakdose und das rotgepunktete Taschentuch und dankte seinem Schöpfer, daß er immer noch Junggeselle war. Die weiblichen Ticks und Tricks waren ihm ziemlich unbegreiflich.

Geoffrey Corkadale waren sie auch ziemlich unbegreiflich. Wegen der angedrohten Verleumdungsklage von Professor Facit gegen Autor, Verleger und Drucker von *Die Jahre wechseln, es lockt die Jungfrau* war er immer noch in einem Zustand nervöser Erregung, als er einen Anruf von Miss Bogden erhielt.

»Was habe ich gemacht?« fragte er in einer Mischung aus völliger Ungläubigkeit und Abscheu. »Und nennen Sie mich gefälligst nicht dauernd Liebling. Selbst wenn ich über Sie stolpern sollte, würde ich Sie nicht erkennen.«

»Aber Geoffrey-Schatzi«, sagte Miss Bogden, »du warst so leidenschaftlich, so männlich...«

»Das war ich nicht!« schrie Geoffrey. »Sie sind falsch verbunden. Sie können solche Sachen nicht behaupten.«

Miss Bogden konnte und tat es. Detailliert. Geoffrey Corkadale gerann das Blut in den Adern.

»Aufhören«, brüllte er, »ich habe keine Ahnung, was zum Teufel passiert ist, aber wenn Sie auch nur für einen Augenblick glauben, ich hätte die vorletzte Nacht in Ihren grauslichen Armen verbracht... mein Gott... dann müssen Sie Ihr letztes bißchen Scheiß Verstand verloren haben.«

»Dann hast Du wohl auch nicht um meine Hand angehalten«, schrie Miss Bogden, »und mir einen Verlobungsring gekauft und...«

Geoffrey knallte den Hörer auf die Gabel, um diesem widerlichen Katalog ein Ende zu setzen. Die Lage an der juristischen Front war schon hoffnungslos genug, da brauchte er nicht auch noch verrückte Frauen, die behaupteten, er habe um ihre Hand angehalten. Um einer möglichen Fortsetzung dieser Anschuldigungen durch Miss Bogden vorzubeugen, verließ Geoffrey sein Büro und machte sich auf den Weg zu seinen Anwälten, um die Verteidigungstaktik im Verleumdungsfall zu besprechen.

Sie waren alles andere als eine Hilfe. »Es ist ja keineswegs so, als sei die Diffamierung Professor Facits zufällig passiert«, ließen sie Geoffrey wissen. »Dieser Piper hat sich offensichtlich in böswilliger Absicht darangemacht, den Ruf des Professors zu ruinieren. Eine andere Erklärung gibt es nicht. Unserer Meinung nach liegt die Schuld voll und ganz beim Autor.«

»Zufällig ist er auch noch tot«, sagte Geoffrey.

»Wenn dem so ist, sieht es ganz danach aus, als müßten Sie die gesamten Kosten des Verfahrens tragen; und, mit Verlaub, wir raten Ihnen zu einem Vergleich.«

Völlig verzweifelt verließ Geoffrey Corkadale die Anwaltskanzlei. An allem war nur dieser elende Frensic schuld. Es war dumm von ihm gewesen, sich mit einem Literaturagenten einzulassen, der bereits in eine katastrophale Verleumdungsklage verwickelt war. Frensic war eben verleumdungsanfällig. Anders konnte man das beim besten Willen nicht nennen. Geoffrey nahm ein Taxi zur Lanyard Lane. Er würde Frensic mal seine Meinung sagen. Er traf ihn in selten guter Laune an.

»Mein lieber Geoffrey, wirklich nett, daß Sie mal vorbeischauen«, sagte er.

»Ich bin nicht gekommen, um Komplimente auszutauschen«, erwiderte Geoffrey. »Ich bin hier, weil ich Ihnen sagen will, daß ich durch Sie in einen entsetzlichen Schlamassel geraten bin und...«

Frensic hielt eine Hand in die Höhe.

»Sie meinen Professor Facit? Oh, seinetwegen würde ich mir an Ihrer Stelle keine allzu großen Sorgen machen...«

»Keine großen Sorgen machen? Ich habe das Recht, mir Sorgen zu machen und was ›allzu groß‹ angeht, wie groß ist eigentlich zu groß, wo mir der Bankrott ins Angesicht glotzt?«

»Ich habe einige private Nachforschungen angestellt«, sagte Frensic, »und zwar in Oxford.«

»Ach ja?« sagte Geoffrey. »Sie wollen doch nicht etwa sagen, er hat all diese furchtbaren Dinge tatsächlich gemacht? Mit diesem schauderhaften Pekinesen beispielsweise?«

»Ich will damit sagen«, meinte Frensic salbungsvoll, »daß kein Mensch in Oxford jemals was von einem Professor Facit gehört hat. Ich habe mich beim Verband der Hausvermieter und bei der Universitäts-Bibliothek erkundigt, sie hatten keinerlei Unterlagen darüber, daß ein Professor Facit je eine Lesekarte beantragt hat. Was übrigens seine Behauptung angeht, er habe mal in der De Frytville-Avenue gewohnt, da ist auch nichts Wahres dran.«

»Ach du meine Güte«, sagte Geoffrey, »wenn dort keiner von ihm gehört hat...«

»Sieht ganz so aus, als hätten die Herren Ridley, Coverup, Makeweight und Jones einmal zu oft versucht, ans leichte Geld zu kommen, und sind dabei in ihre eigene Falle getappt.«

»Mein lieber Mann, das muß gefeiert werden!« rief Geoffrey. »Und Sie wollen wirklich behaupten, Sie sind nach Oxford gefahren und haben das alles rausgefunden...«

Doch Frensic war die Bescheidenheit in Person. »Sehen Sie, ich kannte Piper recht gut. Schließlich hat er mir jahrelang Sachen zugeschickt«, sagte er auf dem Weg nach unten, »und er war beileibe kein Mensch, der jemanden vorsätzlich verleumdete.«

»Aber Sie haben mir doch erzählt, *Jahre* sei sein erstes Buch«, sagte Geoffrey.

Frensic bedauerte seine Gedankenlosigkeit. »Sein erstes *richtiges* Buch«, sagte er, »alles andere war einfach... na ja, ein bißchen kopiert. War nichts dabei, was ich hätte verkaufen können.«

Zum Mittagessen schlenderten sie ins Wheelers rüber. »Da wir gerade bei Oxford sind«, sagte Geoffrey, nachdem sie bestellt hatten, »heute morgen bekam ich einen überaus sonderbaren Anruf von einer Verrückten namens Bogden.«

»Tatsächlich?« sagte Frensic und goß sich trockenen Martini übers Hemd. »Was wollte sie denn?«

»Sie behauptete, ich hätte sie gebeten, mich zu heiraten. Es war absolut unerträglich.«

»Das kann ich mir vorstellen«, sagte Frensic, trank seinen Cocktail aus und bestellte noch einen. »Einige Frauen schrecken wirklich vor nichts zurück, wenn...«

»So wie ich es verstanden habe, war ich derjenige, der vor nichts zurückgeschreckt ist. Sie sagte, ich hätte ihr einen Verlobungsring gekauft.«

»Hoffentlich haben Sie ihr klargemacht, daß sie zum Teufel gehen soll«, sagte Frensic; »da wir gerade übers Heiraten reden, dazu habe ich auch 'ne Neuigkeit. Sonia Futtle wird Hutchmeyer heiraten.«

»Hutchmeyer heiraten?« sagte Geoffrey. »Dabei hat der Mann doch eben erst seine Frau verloren. Man sollte meinen, er hätte den Anstand, ein Weilchen zu warten, bevor er seinen Kopf wieder in die Schlinge steckt.«

»Ein treffendes Bild«, sagte Frensic lächelnd und erhob sein Glas.

Seine Sorgen war er nun los. Ihm war gerade bewußt geworden, daß sich Sonia durch ihre Heirat mit Hutchmeyer klüger verhalten hatte, als sie selbst ahnte. Sie hatte dem Gegner effektiv den Wind aus den Segeln genommen. Ein bigamistischer Hutchmeyer stellte keine Bedrohung mehr dar, außerdem mußte ein Mann, der Sonia attraktiv fand, völlig liebestoll sein, und ein liebestoller Hutch würde nie und nimmer glauben, daß seine Frau in ein Komplott verwickelt gewesen sei, mit dem er betrogen werden sollte. Jetzt mußte nur noch Piper finanziell in die Sache verwickelt werden. Nach einem hervorragenden Essen spazierte er wieder zur Lanyard Lane und anschließend zur Bank. Dort zog er Corkadales zehn Prozent und seine eigene Provision ab und überwies dann eine Million vierhunderttausend Dollar auf das Konto Nummer 478776 bei der First National Bank in New York. Seine vertraglichen Verpflichtungen hatte er damit erfüllt. Frensic fuhr mit dem Taxi nach Hause. Er war ein reicher und glücklicher Mann.

Hutchmeyer auch. Daß Sonia seinen stürmischen Antrag so stürmisch annahm, hatte ihn überrascht. Endlich gehörten ihm die Schenkel, die ihn all die Jahre so erregt hatten. Ihr üppiger Körper war ganz nach seinem Geschmack. An ihr fand er keine Narben, keine der chirurgischen Modifikationen, die ihn bei Baby immerzu an seine Untreue und an die Künstlichkeit ihrer Beziehung erinnert hatten. Bei Sonia konnte er ganz er selbst sein. Er brauchte nicht mehr den starken Maxen zu markieren, indem er Nacht für Nacht ins Waschbecken pißte, oder seine Männlichkeit zu beweisen, indem er fremde Mädchen in Rom, Paris oder Las Vegas bearbeitete. Er konnte ins häusliche Glück eintauchen, und das mit einer Frau, deren Energie für sie beide ausreichte. Sie wurden in Cannes getraut, und als Hutchmeyer in jener Nacht träge zwischen Sonias rastlosen Schenkeln lag, da blickte er zu ihren Brüsten auf und wußte, das war das einzig Wahre. Sonia lächelte auf sein zufriedenes Gesicht hinunter und war selbst zufrieden. Endlich war sie eine verheiratete Frau.

Und sie hatte einen reichen Mann geheiratet. In der folgenden Nacht machte Hutchmeyer einen drauf, indem er vierzig Riesen in Monte Carlo verspielte, anschließend charterte er – zur Erinnerung an den glücklichen Zufall, der sie zusammengebracht hatte – eine riesige Jacht samt erfahrenem Kapitän und eingespielter Mannschaft. Sie segelten durch die Ägäis. Sie erkundeten die Ruinen des antiken Griechenland und – das versprach profitabler zu werden – einen Deal mit Supertankern, die billig verscherbelt wurden. Schließlich flogen sie zurück nach New York zur Premiere von *Jahre*, dem Film.

In der Dunkelheit des Kinos brach Sonia, mit Diamanten behängt, am Ende weinend zusammen. Hutchmeyer saß neben ihr und begriff. Es war ein überaus bewegender Film, in dem schnieke Radikale Gwendolen und Anthony in einer Mischung aus *In Fesseln von Shangri La, Sunset Boulevard, Deep Throat* und *Tom Jones* verkörperten. Unter MacMordies finanzieller Anleitung gerieten die Kritiker ins

Schwärmen. Dazu strömten weiterhin die Gewinne aus dem Romanverkauf. Der Film kurbelte den Umsatz an, man sprach sogar von einem Broadway-Musical mit Maria Callas in der Hauptrolle. Um die Verkaufsziffern noch weiter nach oben zu treiben, befragte Hutchmeyer den Computer und gab einen neuen Schutzumschlag in Auftrag, mit dem Ergebnis, daß Leute, die das Buch schon gekauft hatten, es sich jetzt nochmal zulegten. Nach dem Musical würden sie es zweifellos ein drittes Mal kaufen. Die Umsätze der Ausgabe für die Buchgemeinschaften waren gewaltig, und die in Leder gebundene Baby-Hutchmeyer-Gedenkausgabe mit goldener Punzarbeit war innerhalb einer Woche verkauft. Im ganzen Land hinterließ *Jahre* Spuren. Ältere Frauen tauchten aus der Abgeschiedenheit ihrer Bridge-Clubs und Schönheitssalons auf, um junge Männer ins Bett zu zerren. Die Vasektomie-Rate fiel rapide. Schließlich gab Sonia – um Hutchmeyers Erfolgen die Krone aufzusetzen – auch noch bekannt, daß sie schwanger sei.

In Bibliopolis, Alabama, hatte sich ebenfalls einiges verändert. Die Opfer des außerplanmäßigen Schlangen-Gottesdienstes wurden zwischen den Eichen am Ufer des Ptomaine beerdigt. Es gab sieben Opfer zu beklagen, allerdings starben nur zwei davon an Schlangenbissen. Drei waren beim panikartigen Ansturm auf die Kirchentür zerquetscht worden. Reverend Gideon war einem Herzinfakt erlegen, und Mrs. Mathervitie fiel einem schweren Schock zum Opfer, als sie aus ihrer Ohnmacht erwachte und Baby oben ohne auf der Kanzel stehen sah. Aus dieser furchtbaren Heimsuchung ergab sich für Baby ein bemerkenswerter Ruf. Der war ebensosehr auf die Perfektion ihrer Brüste wie auf ihre Immunität zurückzuführen; zusammengenommen waren diese beiden Vorzüge unwiderstehlich. Noch nie zuvor war Bibliopolis Zeuge eines solchen Glaubensbeweises geworden, darum bot man Baby in Ermangelung des verstorbenen Reverend Gideon das Amt der Seelsorgerin an. Sie akzeptierte dankend. Damit waren Pipers sexuelle Exzesse beendet, und sie hatte endlich ihre Berufung gefunden. Von der Kanzel herab geißelte sie die Sünde der Fleischeslust derart emphatisch, daß sie die Frauen für sich einnahm und die Männer erregte; da sie einen so großen Teil ihres Lebens in der Gesellschaft Hutchmeyers verbracht hatte, konnte sie aus eigener Erfahrung über die Hölle berichten. Vor allem durfte sie in aller Ruhe das sein, was von ihr noch übriggeblieben war. Während also die Särge in die Erde gesenkt wurden, stimmte Reverend Hutchmeyer für ihre Gemeinde »Wir woll'n uns versammeln am Flusse« an, und die wenigen Einwohner von Bibliopolis senkten die Köpfe und erhoben ihre Stimmen. Selbst den Schlangen, die laut zischten, als sie aus dem Sack in den Ptomaine geschüttet wurden, war nun geholfen. Im Verlauf einer langen Predigt über Eva und den Apfel, bei der Baby darauf hingewiesen hatte, daß Schlangen Kreaturen Satans seien, hatte sie den Schlangendienst abgeschafft. Die Verwandten der Verstorbenen neigten dazu, ihr beizupflichten. Schließlich blieb noch das Problem Piper übrig. Nun, da sie ihren Glauben gefunden hatte, fühlte sich Baby dem Mann verpflichtet, der sie gegen seinen Willen zum Glauben geführt hatte.

Mit Hilfe der Tantiemen von *Jahre* gab sie dem Haus Pellagra seine ganze Vorkriegspracht zurück und ließ Piper sich dort einrichten, damit er weiter an der dritten Fassung arbeiten konnte, an *Nachschrift auf eine verlorene Kindheit*. Und so wurden die Tage zu Wochen, die Wochen zu Monaten, Piper schrieb ununterbrochen weiter; nach und nach nahm er seine tägliche Routine aus der Pension Gleneagle wieder auf. Nachmittags spazierte er die Ufer des Ptomaine entlang, abends las er Passagen aus *Der moralische Roman* sowie die dort empfohlenen Klassiker. Da ihm so viel Geld zur Verfügung stand, hatte Piper sie sich alle zugelegt. Sie säumten die Regale seines Arbeitszimmers in Pellagra, Ikonen jener literarischen Religion, der er sein Leben verschrieben hatte. Jane Austen, Conrad, George Eliot, Dickens, Henry James, Lawrence, Mann – da standen sie alle, um ihn anzuspornen. Sein großer Kummer blieb, daß die einzige Frau, der seine wahre Liebe galt, sexuell nicht mehr zugänglich war. Baby hatte ihm klar zu verstehen gegeben, daß sie als Predigerin nicht mehr mit ihm schlafen könne.

»Du mußt eben einfach sublimieren«, erklärte sie ihm.

Piper versuchte es mit Sublimieren, doch das Verlangen blieb so konstant wie sein Ehrgeiz, ein großer Schriftsteller zu werden. »Es hat keinen Zweck«, sagte er, »ich muß dauernd an dich denken. Du bist so wunderschön, so rein, so...«

»Du hast noch zuviel freie Zeit«, meinte Baby. »Angenommen, du hättest noch etwas anderes zu tun...«

»Als da wäre?«

Baby sah sich die prächtige Schrift auf der Seite an. »Du könntest den Leuten zum Beispiel beibringen, wie man schreibt«, sagte sie.

»Ich kann doch nicht mal selber schreiben«, klagte Piper. Es war einer jener Tage, an denen er sich dem Selbstmitleid hingab.

»Natürlich kannst du. Schau doch mal, wie du dein ›f‹ gestaltest oder das entzückende Schleifchen am ›y‹. Wenn du den Leuten nicht beibringen kannst, wie man schreibt, wer dann?«

»Oh, du meinst ›schreiben‹«, sagte Piper. »Das könnte ich wohl machen. Aber wer will denn sowas lernen?«

»Jede Menge Leute. Du wirst überrascht sein. Als ich klein war, gab es fast in jeder Stadt noch Schönschreib-Schulen. Du tätest etwas wirklich Nützliches.«

»Nützliches?« sagte Piper, der dem Wort einen eher traurigen Klang verlieh. »Ich will nur eins, und zwar...«

»Schreiben«, sagte Baby eilig, um seinem unsittlichen Vorschlag zuvorzukommen. »Tja, auf diese Art kannst du Kunst mit Erziehung verbinden. Du kannst jeden Nachmittag Kurse abhalten und so deine Gedanken von dir ablenken.«

»Meine Gedanken beschäftigen sich nicht mit mir. Sie sind bei dir. Ich liebe dich...«

»Wir alle sollen unseren Nächsten lieben«, verkündete Baby salbungsvoll und ging.

Eine Woche später wurde die Schönschreib-Schule eröffnet. Statt den lieben langen Nachmittag an den trägen Wassern des Ptomaine vor sich hin zu brüten, stand Piper nun vor seinen Schülern und lehrte sie, wie man schön schreibt. Die Kursteilnehmer waren meist Kinder, aber später kamen auch Erwachsene und saßen da, den Füller in der Hand und das Fäßchen Higgins Kondenstinte bereit, während Piper erklärte, daß eine diagonale Ligatur einen Aufstrich erfordere und eine gewellte Serife aufdringlich sei. Im Laufe der Monate wuchs sein Renommee, und dementsprechend legte er sich eine geeignete Theorie zu. Besuchern, die bis aus Selma und Meridian zu ihm kamen, erläuterte Piper die Doktrin des perfekten Wortes. Er nannte sie Logosophie und fand Anhänger. Es schien, als wäre der Prozeß, durch den er als Romancier gescheitert war, bei seiner Schreibarbeit vom Kopf auf die Füße gestellt worden. Damals, als er von der Idee des großen Romans besessen gewesen war, hatte die Theorie die Praxis vorweggenommen, ja sie war ihr sozusagen vorausgeeilt. Was *Der moralische Roman* verurteilt hatte, das hatte Piper gemieden. In der Schreibkunst war Piper sein eigener Praktiker und Theoretiker. Aber der alte Ehrgeiz, seinen Roman veröffentlicht zu sehen, blieb bestehen; daher schickte er jede überarbeitete Version von *Jahre* – sobald sie fertig war – an Frensic. Erst schickte er sie nach New York, wo sie umadressiert und in die Lanyard Lane weitergeleitet wurden, doch als die Monate ins Land gingen, nahm Pipers Vertrauen in sein neues Leben zu, und er schickte das Manuskript direkt nach London. Außerdem bestellte er sich Monat für Monat das Buchhandelsblatt und *Times Literary Supplement* und durchforschte die Listen mit den neuen Romanen, nur um immer wieder enttäuscht zu werden. *Auf der Suche nach der verlorenen Kindheit* war nie darunter.

Eines Nachts endlich, spät und bei Vollmond, entschied er sich für eine ganz neue Methode: Er nahm seinen Füller und schrieb an Frensic. Sein Brief war deutlich und unumwunden. Falls Frensic & Futtle als seine Literaturagenten nicht willens wären, ihm zu garantieren, daß sein Roman veröffentlicht würde, sähe er sich gezwungen, einen anderen Agenten mit der zukünftigen Wahrnehmung seiner Interessen zu beauftragen.

»Ich trage mich sogar ernstlich mit dem Gedanken, mein Manuskript direkt an Corkadales zu schicken«, schrieb er. »Wie Sie sicherlich noch wissen werden, habe ich mit diesem Verlag einen Vertrag abgeschlossen, in dem er sich verpflichtet, meinen zweiten Roman zu veröffentlichen, und ich sehe keinen vernünftigen Grund, weshalb diese spezielle Vereinbarung nicht mehr gelten sollte. Hochachtungsvoll, Peter Piper.«

22

»Der Mann muß sein letztes bißchen Scheiß Verstand verloren haben«, murmelte Frensic eine Woche später. »›Ich sehe keinen vernünftigen Grund, weshalb diese spezielle Vereinbarung nicht mehr gelten sollte‹.« Frensic sah einen. »Dieser Blödmann glaubt doch nicht im Ernst, ich gehe zu Corkadales rüber und zwinge sie, das Buch einer Leiche zu veröffentlichen.«

Doch aus dem Ton des Briefes war ersichtlich, daß Piper genau das glaubte. Im Laufe der letzten Monate hatte Frensic vier fotokopierte und veränderte Fassungen von Pipers Roman erhalten und sie einem Aktenschränkchen anvertraut, das er immer sorgfältig verschlossen hielt. Wollte Piper wirklich seine Zeit damit vergeuden, das verdammte Buch so lange umzuarbeiten, bis er auch die allerletzten lesbaren Zeilen aus *Jahre* entfernt hatte, so konnte er das gern tun. Frensic fühlte sich kein bißchen verpflichtet, mit diesem Schrott von einem Verlag zum nächsten hausieren zu gehen. Doch Pipers Drohung, direkt mit Corkadales zu verhandeln, war, gelinde gesagt, eine schöne Bescherung. Piper war tot und begraben, dafür wurde er auch noch gut bezahlt. Allmonatlich sorgte Frensic dafür, daß die Verkaufserlöse von *Jahre* auf das Konto Nummer 478776 überwiesen wurden, und wunderte sich über die ungeheure Unfähigkeit der amerikanischen Steuerbehörden, denen es offenbar schnurzegal war, daß ein Steuerzahler angeblich tot war. Zweifellos zahlte Piper seine Steuern pünktlich, vielleicht hatte Baby Hutchmeyer sich auch irgendwelche komplizierten Buchhaltungstricks einfallen lassen und eine Art Tantiemenwaschanlage eingerichtet. Dies alles ging Frensic nichts an. Er zog seine Provision ab und überwies den Rest. Doch es ging ihn auf jeden Fall eine ganze Menge an, wenn Piper drohte, zu Corkadales oder zu einem anderen Agenten zu rennen. Solche Pläne mußten unbedingt zunichte gemacht werden.

Frensic drehte den Brief um und studierte den Poststempel auf dem Umschlag. Der stammte aus einem Ort namens Bibliopolis, Alabama. »Klingt genau nach der idiotischen Sorte Stadt, die sich dieser Piper aussuchen würde«, dachte er mißmutig und überlegte, wie er antworten solle. Oder ob er überhaupt antworten solle. Wahrscheinlich war es das beste, wenn er die Drohung einfach ignorierte. Jedenfalls hatte er nicht die Absicht, irgendwelche Worte zu Papier zu bringen, mit deren Hilfe sich vor Gericht beweisen ließ, daß er von Pipers Weiterleben wußte. »Als nächstes wird er von mir verlangen, daß ich ihn besuchen kommen und die Angelegenheit mit ihm besprechen soll. Da hat er aber ziemlich schlechte Karten.« Von der Phantom-Autoren-Jagd hatte Frensic die Schnauze gestrichen voll.

Dagegen hatte Miss Bogden die Jagd auf den Mann, der ihr die Ehe versprochen hatte, noch keineswegs aufgegeben. Nach ihrem schrecklichen Telefonat mit Geoffrey Corkadale hatte sie kurz geweint, sich frisch geschminkt und war dann wie gewöhnlich ihrer Arbeit nachgegangen. Etliche Wochen lang hoffte sie, er rufe wieder an oder es tauche plötzlich ein frischer Strauß Rosen auf, aber diese Hoffnungen lösten sich in nichts auf. Nur der an ihrem Finger glitzernde Solitär ließ sie den Mut nicht verlieren – hinzu kam die Notwendigkeit, vor ihren Angestellten die Fiktion aufrechtzuerhalten, daß die Verlobung immer noch Bestand habe. Zu diesem Zweck erfand sie lange Wochenenden mit ihrem Verlobten und Gründe, weswegen die Hochzeit auf sich warten ließ. Doch als die Wochen zu Monaten wurden, verwandelte sich Cynthias Enttäuschung in Entschlossenheit. Sie war aufs Kreuz gelegt worden, aber wenn es einerseits besser war, aufs Kreuz gelegt als gar nicht flachgelegt zu werden, brachte es sie andererseits zur Raserei, daß sie in den Augen ihrer Angestellten als die Gelackmeierte dastand. Miss Bogden setzte ihre grauen Zellen in Bewegung, um ein Problem zu lösen, das da hieß: Wie finde ich meinen Verlobten? Während sein Verschwinden bewies, daß er sie nicht haben wollte, deuteten die fünfhundert Pfund für den Ring darauf hin, daß er etwas anderes gewollt hatte. Es war ihr Geschäftssinn, der Miss Bogden erkennen ließ, daß ihr erotisches Entgegenkommen in jener Liebesnacht wohl kaum die Kosten des Verlobungsrings rechtfertigte. Nur ein Verrückter wäre zu einer so versponnen-übertriebenen Geste fähig gewesen, und ihr Stolz verbot ihr zu glauben, daß der einzige Mann, der seit ihrer Scheidung um ihre Hand angehalten hatte, total meschugge sei.

Nein, es mußte ein anderes Motiv geben; als sie sich die Ereignisse dieser herrlichen vierundzwanzig Stunden noch einmal in Erinnerung rief, dämmerte ihr allmählich, daß es ein zentrales Thema ihrer Begegnung gegeben hatte: den Roman *Die Jahre wechseln, es lockt die Jungfrau*. Erstens hatte sich ihr Verlobter als Geoffrey Corkadale ausgegeben, zweitens war er zu oft auf das maschinengeschriebene Manuskript zurückgekommen, als daß es sich um einen Zufall handeln konnte, und drittens war da noch der *code d'amour*. Und jener *code d'amour* war die Telefonnummer gewesen, die sie bei Rückfragen bezüglich des Romanmanuskripts hatte anrufen müssen. Cynthia Bogden wählte die Nummer, doch es meldete sich niemand; als sie es eine Woche später nochmal versuchte, gab es keinen Anschluß mehr unter dieser Nummer. Sie schlug im Telefonbuch den Namen Piper nach, doch kein Teilnehmer dieses Namens hatte die Nummer 20357. Sie rief die Auskunft an und verlangte für diese Nummer die dazugehörige Adresse und den Namen, aber man verweigerte ihr diese Information. Da ihre Anstrengungen in dieser Richtung nicht von Erfolg gekrönt waren, schlug sie eine andere ein. Damals hatte sie die Anweisung erhalten, das fertig getippte

Manuskript an die Anwälte Cadwalladine & Dimkins zu schicken und den handgeschriebenen Entwurf an die Lloyds Bank zurückzusenden. Miss Bogden rief Mr. Cadwalladine an, mußte aber zu ihrer Verblüffung feststellen, daß er sich offenbar an das Manuskript überhaupt nicht erinnern konnte. »Vielleicht hatten wir am Rande etwas damit zu tun«, sagte er, »doch leider wickeln wir so viele geschäftliche Dinge ab, daß...«

Miss Bogden ließ nicht locker, bis sie erfuhr, es verstoße gegen das Berufsethos eines Anwalts, vertrauliche Informationen weiterzugeben. Mit dieser Antwort war Miss Bogden nicht zufrieden. Nach jeder Abfuhr wuchs ihre Entschlossenheit, die sich durch die abfälligen Erkundigungen ihrer Mädels noch steigerte. Ihr Verstand arbeitete zwar langsam, aber zuverlässig. Sie verfolgte die Spur von der Bank zu ihrem Schreibbüro, von dort zu Mr. Cadwalladine, und von Mr. Cadwalladine zu Corkadales, dem Verlag. Inzwischen faszinierte sie die Geheimnistuerei regelrecht, mit der man die ganze Transaktion umgab. Ein Autor, mit dem man telefonisch Kontakt aufnehmen mußte, ein Rechtsanwalt... Weniger phantasievoll als Frensic, aber ebenso beharrlich, verfolgte sie die Spur so weit sie konnte, und eines späten Abends wurde ihr die volle Bedeutung von Mr. Cadwalladines Weigerung klar, ihr den Empfänger des Manuskripts zu nennen. Schließlich hatte Corkadales das Buch ja veröffentlicht. Es mußte also zwischen Cadwalladine und Corkadales jemanden geben, und dieser Jemand war mit ziemlicher Sicherheit ein Literaturagent. In jener Nacht konnte Cynthia Bogden vor lauter Entdeckerstolz nicht schlafen. Sie hatte das fehlende Glied in der Kette gefunden. Am nächsten Morgen stand sie früh auf und war um halb neun im Büro. Um neun rief sie bei Corkadales an, wo sie den Lektor zu sprechen wünschte, der sich um *Jahre* gekümmert hatte. Der Lektor war nicht im Haus. Um zehn Uhr rief sie noch einmal an. Er war immer noch nicht eingetroffen. Erst um Viertel vor elf erwischte sie ihn, und bis dahin hatte sie genügend Zeit gehabt, sich eine Strategie auszudenken. Sie entschied sich für die direkte Methode.

»Ich leite ein Schreibbüro«, sagte sie, »und habe einen Roman für eine Freundin von mir getippt, die ihn wirklich gern an einen guten Literaturagenten schicken würde, und da dachte ich mir...«

»Leider geben wir in solchen Dingen keine Ratschläge«, sagte Mr. Tate.

»Oh, das verstehe ich sehr gut«, meinte Miss Bogden liebenswürdig, »aber Sie haben doch diesen wunderschönen Roman *Die Jahre wechseln, es lockt die Jungfrau* herausgebracht, und meine Freundin wollte ihren Roman demselben Agenten anbieten. Es wäre furchtbar nett von Ihnen, wenn Sie...«

Mr. Tate war für Schmeicheleien immer empfänglich und war nett.

»Frensic & Futtle in der Lanyard Lane?« wiederholte sie.

»Tja, inzwischen nur noch Frensic«, sagte Tate, »Miss Futtle ist ausgestiegen.«

Das galt auch für Miss Bogden. Sie hatte aufgelegt und den Hörer gleich wieder abgenommen, um die Auskunft anzurufen. Einige Minuten später hatte sie Frensics Nummer. Ihre Intuition sagte ihr, daß sie jetzt kurz vor dem Ziel war. Eine Weile saß sie da und starrte nach einer Eingebung suchend in die Tiefe des Solitärs. Sollte sie anrufen oder... Mr. Cadwalladines Weigerung, ihr den Empfänger des Manuskripts zu verraten, überzeugte sie. Sie stand vom Schreibmaschinentisch auf, bat ihr erfahrenstes »Mädel«, für den Rest des Tages das Büro zu leiten, fuhr zum Bahnhof und erwischte den Zug um 11 Uhr 15 nach London. Zwei Stunden später ging sie die Lanyard Lane bis zur Nummer 36 hinunter und stieg die Treppen zu Frensics Büro hoch.

Frensic hatte Glück, er speiste bei Miss Bogdens Ankunft gerade mit einem vielversprechenden neuen Autor im italienischen Restaurant um die Ecke. Um Viertel nach zwei verließen sie das Restaurant und gingen zurück zum Büro. Als sie die Treppe hinaufgingen, machte Frensic auf dem ersten Treppenabsatz halt.

»Gehen Sie schon mal hoch«, sagte er, »ich komme gleich nach.« Er ging auf die Toilette und schloß die Tür. Der vielversprechende neue Autor ging die zweite Treppe hoch. Frensic beendete sein Geschäft, verließ das Klo und wollte gerade weiter hochgehen, als er eine Stimme hörte.

»Sind Sie Mr. Frensic?« fragte sie. Frensic blieb wie angewurzelt stehen.

»Ich?« sagte der vielversprechende junge Autor mit einem Lachen. »Nein, ich bin hier wegen eines Buchs. Mr. Frensic ist eine Treppe tiefer. Er wird jeden Moment kommen.«

Doch Frensic kam nicht. Er flitzte wieder runter ins Erdgeschoß und auf die Straße. Diese gräßliche Frau hatte ihn aufgespürt. Was sollte er jetzt bloß machen? Er ging wieder in das italienische Restaurant, wo er sich in einer Ecke niederließ. Wie hatte sie's nur geschafft, ihn zu finden? Hatte vielleicht dieser Cadschweinewalladine... Ganz egal, wie. Die Frage war, was sollte er nun tun? Er konnte nicht den ganzen Tag im Restaurant herumsitzen, und er würde sich ebensowenig Miss Bogden stellen, wie er aus eigener Kraft fliegen konnte. Fliegen? Das Wort gewann für ihn eine ganz neue Bedeutung. Wenn er nicht im Büro erschien, würde der vielversprechende junge Autor... Zur Hölle mit vielversprechenden jungen Autoren. Er hatte dieser schrecklichen Frau einen Antrag gemacht, und ... Frensic winkte einen Kellner heran.

»Ein Blatt Papier, bitte.« Auf das Blatt kritzelte er eine kurze Entschuldigung an den Autor, in der er ihm mitteilte, er sei plötzlich erkrankt, dann reichte er die Nachricht samt einer Fünfpfund-Note dem Kellner, den er bat, sie für ihn zu überbringen. Als der Mann das Haus verließ, ging Frensic mit und hielt ein Taxi an. »Glass Walk, Hampstead«, sagte er beim Einsteigen. Nicht daß es ihm irgendwie helfen würde, wenn er nach Hause fuhr. Miss Bogden war so gut im Aufspüren, sie würde ihn bald finden. Also schön, dann ließe er eben die Tür geschlossen. Aber was dann? Eine Frau mit der Ausdauer von Miss Bogden, eine fünfundvierzigjährige Frau, die sich etliche Monate lang sorgfältig an ihr Ziel herangearbeitet hatte... so eine Frau jagte ihm Angstschauer über den Rücken. Jetzt würde sie niemals von ihm ablassen. Als er in seiner Wohnung ankam, war er völlig aufgelöst. Er ging hinein, dann verriegelte und verrammelte er die Tür. Anschließend setzte er sich in sein Arbeitszimmer, um nachzudenken. Das Klingeln des Telefons unterbrach ihn. Gedankenlos nahm er den Hörer ab. »Hier spricht Frensic«, sagte er.

»Hier spricht Cynthia«, sagte die rauhputzige Stimme. Frensic knallte den Hörer auf die Gabel. Um zu verhindern, daß sie wieder anrief, hob er einen Augenblick später den Hörer ab und wählte Geoffreys Nummer.

»Geoffrey, lieber Freund«, sagte er, als der sich meldete, »könnten Sie mir wohl...«

Doch Geoffrey ließ ihn nicht ausreden. »Ich versuche schon den ganzen Nachmittag, Sie zu erreichen«, sagte er. »Man hat mir das unglaublichste Manuskript aller Zeiten zugeschickt. Sie werden's nicht glauben, aber da gibt's irgend 'n Irren in einem Ort, der ausgerechnet auch noch Bibliopolis heißt... ich meine, das ist doch unschlagbar! Bibliopolis, Alabama... Na, egal, der Mensch verkündet also in aller Ruhe, er sei unser verstorbener Peter Piper, und ob wir freundlicherweise, Zitat, den in meinem Vertrag enthaltenen Verpflichtungen nachkommen, Zitatende, und seinen Roman *Auf der Suche nach der verlorenen Kindheit* veröffentlichen würden. Ich meine, es ist einfach unglaublich, und die Unterschrift...«

»Geoffrey – Lieber«, sagte Frensic, indem er, als Prophylaktikum gegen Miss Bogdens feminine Reize und um Corkadale auf das Schlimmste vorzubereiten, diese intime, zärtliche Anrede wählte, »könnten Sie mir wohl einen Gefallen tun...«

Fünf Minuten lang redete er fast pausenlos, dann legte er

auf. Erstaunlich flink packte er zwei Koffer, bestellte telefonisch ein Taxi, hinterließ dem Milchmann einen Zettel, auf dem er seinen täglichen Liter Milch abbestellte, griff sich sein Scheckheft, seinen Paß sowie eine Aktentasche mit sämtlichen Manuskripten Pipers und schleppte eine halbe Stunde später seine Habe Geoffrey Corkadale ins Haus. Die Wohnung im Glass Walk blieb verschlossen zurück; auf Cynthia Bogdens Klingeln erfolgte keinerlei Reaktion. Frensic saß mittlerweile in Geoffrey Corkadales guter Stube, nippte an einem großen Brandy und weihte seinen Gastgeber in das ganze Betrugsmanöver gegen Hutchmeyer ein. Geoffrey glotzte ihn ungläubig an.

»Sie meinen, Sie haben Hutchmeyer – und übrigens auch mich – absichtlich belogen und ihm erzählt, dieser bekloppte Piper hätte das Buch geschrieben?« sagte er.

»Ich mußte es tun«, sagte Frensic unglücklich. »Hätte ich's nicht getan, wäre das ganze Geschäft ins Wasser gefallen. Hutchmeyer hätte einen Rückzieher gemacht, und wo wären wir dann geblieben?«

»Auf jeden Fall wären wir nicht in der entsetzlichen Lage, in der wir jetzt sind.«

»Sie hätten Pleite gemacht«, sagte Frensic. »*Jahre* hat Sie gerettet. Sie haben an dem Buch ganz hübsch verdient, außerdem habe ich Ihnen noch andere vermittelt. Corkadales ist wieder ein Name, mit dem man rechnen muß.«

»Tja, das stimmt sicherlich«, lenkte Geoffrey ein bißchen besänftigt ein, »es wird allerdings ein Name sein, der stinkt, falls herauskommt, daß Piper immer noch lebt und nicht der Verfasser von...«

»Es kommt aber nicht heraus«, sagte Frensic, »das verspreche ich Ihnen.«

Geoffrey guckte ihn skeptisch an. »Ihre Versprechungen...«, begann er.

»Sie müssen mir einfach vertrauen«, sagte Frensic.

»Ihnen vertrauen? Nach dieser Geschichte? Seien Sie versichert, wenn es eins gibt, was ich nicht tun werde...«

»Sie müssen. Der Vertrag, den Sie unterschrieben haben, wissen Sie noch? In dem steht, daß Sie fünfzigtausend Pfund Vorschuß für *Jahre* gezahlt haben?«

»Den haben Sie zerrissen«, sagte Geoffrey, »das habe ich selbst gesehen.«

Frensic nickte. »Aber Hutchmeyer hat's nicht getan«, sagte er. »Er hat ihn fotokopieren lassen; falls die Geschichte vor Gericht kommt, werden Sie ziemliche Mühe haben, zu erklären, warum Sie mit einem einzigen Autor zwei Verträge für dasselbe Buch abgeschlossen haben. Das sieht dann gar nicht gut aus, Geoffrey, gar nicht gut.«

Das sah Geoffrey ein. Er setzte sich.

»Was wollen Sie?« fragte er.

»Ein Bett für die Nacht«, sagte Frensic, »morgen früh gehe ich dann zur amerikanischen Botschaft und besorge mir ein Visum.«

»Ich sehe nicht ein, weshalb Sie die Nacht hier verbringen müssen«, sagte Geoffrey.

»Wenn Sie diese Frau kennen würden, verstünden Sie's«, sagte Frensic von Mann zu Mann. Geoffrey goß ihm noch einen Brandy ein.

»Ich muß es Sven erklären«, sagte er, »er ist krankhaft eifersüchtig. Übrigens, wer hat *Jahre* nun eigentlich geschrieben?«

Aber Frensic schüttelte den Kopf. »Das kann ich Ihnen nicht verraten. Es ist besser für Sie, nicht zuviel zu wissen. Sagen wir doch einfach: der verblichene Peter Piper.«

»Der verblichene?« sagte Geoffrey und schüttelte sich. »Ein merkwürdiger Ausdruck für jemanden, der lebt.«

»Ist auch ein merkwürdiger Ausdruck für jemanden, der tot ist«, sagte Frensic, »man hat den Eindruck, als könnte er irgendwann wieder auftauchen. Verblichen, aber nicht verstorben – aus den Augen, aber nicht aus dem Sinn.«

»Ich wünschte, ich hätte Ihren Optimismus«, sagte Geoffrey.

Nach einer schlaflosen Nacht in einem fremden Bett ging Frensic am nächsten Morgen zur amerikanischen Botschaft und bekam sein Visum. Er besuchte seine Bank, dann kaufte er ein Rückflug-Ticket nach Florida. Sein Flugzeug ging noch in derselben Nacht ab Heathrow. Den Flug über betrank er sich sinnlos; als er am nächsten Tag von Miami nach Atlanta weiterflog, war ihm heiß, er fühlte sich unwohl und hatte eine ungute Vorahnung. Um die ganze Angelegenheit ein wenig zu verzögern, verbrachte er die Nacht in einem Hotel, wo er sich mit einer Karte von Alabama befaßte. Er konnte Bibliopolis nicht finden, obwohl es sich um eine sehr detaillierte Landkarte handelte. Er probierte es beim Portier, doch der Mann hatte den Namen noch nie gehört.

»Am besten fahren Sie nach Selma und fragen dort«, empfahl er Frensic. Frensic nahm den Greyhound nach Selma, wo er sich auf dem Postamt erkundigte.

»Am Ende der Welt. Ein großer Ort an der Straße in Richtung Mississippi. Sumpfgegend am Ptomaine. Sie fahren etwa hundert Meilen die Route 80, dann biegen Sie nach Norden ab. Sind Sie aus Neuengland?«

»Altengland«, sagte Frensic, »warum wollen Sie das wissen?«

»Weil die Leute in dieser Gegend auf Fremde aus dem Norden nicht besonders gut zu sprechen sind. Scheiß Yankees nennen sie sie. Die leben immer noch in der Vergangenheit.«

»Das gilt auch für den Mann, den ich besuchen will«, sagte Frensic und ging sich einen Wagen mieten. Der Mann im Büro jagte ihm noch mehr Angst ein.

»Wenn Sie die Blutstrecke fahren, sollten Sie sich vorsehen«, sagte er.

»Blutstrecke?« fragte Frensic besorgt.

»So nennt man hier die Route 80 bis nach Meridian. Diese Strecke hat schon massenhaft Tote gesehen.«

»Gibt es denn keine Abkürzung nach Bibliopolis?«

»Sie können auch über die Dörfer fahren, aber da verfährt man sich leicht. Am besten nehmen Sie die Blutstrecke.«

Frensic zögerte. »Einen Fahrer kann ich wohl nicht mitmieten?« fragte er.

»Dazu ist es jetzt zu spät«, sagte der Mann, »samstags nachmittags um diese Zeit sind alle schon zu Hause, und morgen ist auch noch Sonntag...«

Frensic verließ das Büro und fuhr zu einem Motel. Bei Dunkelheit wollte er sich nicht auf die Blutstrecke nach Bibliopolis begeben. Am Morgen würde er losfahren.

Am nächsten Tag war er früh auf den Beinen und unterwegs. Die Sonne schien aus einem wolkenlosen Himmel, es war ein heller und schöner Tag. Gleiches ließ sich von Frensics Stimmung nicht behaupten. Verblaßt war die verzweifelte Entschlossenheit, mit der er London verlassen hatte, und mit jedem Kilometer gen Westen nahm sie weiter ab. Der Wald rückte immer näher an die Straße, und als er schließlich das Schild mit der verblichenen Aufschrift BIBLIOPOLIS 15 MEILEN erreichte, wäre er fast umgekehrt. Aber eine Prise Schnupftabak und der Gedanke daran, was passieren würde, wenn Piper seine literarische Revival-Kampagne fortsetzte, gaben ihm den nötigen Mut. Frensic bog rechts ab und folgte der unbefestigten Straße in den Wald, wobei er versuchte, nicht auf das schwarze Wasser und die von Kletterpflanzen strangulierten Bäume zu achten. Und genau wie Piper vor vielen Monaten verspürte er ein Gefühl der Erleichterung, als er zu den Wiesen und den im hohen Gras weidenden Rindern kam. Doch die verlassenen Hütten deprimierten ihn, und wenn er gelegentlich einen Blick auf den Fluß ergatterte, der sich, die Ufer von verschleierten Bäumen umsäumt, undeutlich und braun in der Ferne bewegte, dann tat das seiner Stimmung keineswegs gut. Da man auch etliche Leichengifte Ptomaine nannte, schien ihm der Flußname treffend gewählt zu sein. Endlich knickte die Straße scharf nach links ab, und jenseits des Wassers sah Frensic Bibliopolis liegen. Einen großen Ort an der Straße hatte ihn das Mädchen in Selma genannt, ohne ihn offenbar je gesehen zu haben. Außerdem hörte die Straße am Fluß auf. Die wenigen Häuser drängten sich um den Dorfplatz, das Dörfchen sah alt aus, als hätte sich seit dem neunzehnten Jahrhundert nichts daran verändert. Auch die Fähre, die gerade auf ihn zukam, und der alte Fährmann, der am Tau zog, stammten aus einer längst vergangenen Zeit. Jetzt glaubte Frensic zu wissen, weshalb Bibliopolis angeblich am Ende der Welt lag. »Am Ufer des Styx« paßte genausogut. Frensic fuhr das Auto vorsichtig auf die Fähre und stieg aus.

»Ich suche einen Mann namens Piper«, vertraute er dem Fährmann an.

Der Mann nickte. »Dachte ich mir schon«, sagte er. »Sie kommen von überallher und wollen ihn predigen hören. Und wenn schon nicht ihn, dann Reverend Baby oben in der Kirche.«

»Predigen?« sagte Frensic, »Mr. Piper hält Predigten ab?«

»Aber klar. Er predigt und unterrichtet das gute Wort.«

Frensic runzelte die Brauen. Piper als Prediger war ihm ganz neu. »Wo kann ich ihn finden?« fragte er.

»Unten im Pellagra.«

»Er liegt mit Pellagra im Krankenhaus?« fragte Frensic hoffnungsvoll.

»Im Pellagra«, sagte der alte Mann, »dem Haus dort.« Dazu nickte er in die Richtung eines großen Hauses, vor dem hohe weiße Säulen standen. »Da drüben. Gehörte mal den Stopes, aber die sind alle weggestorben.«

»Überrascht mich kaum«, sagte Frensic, dabei tanzte seine geistige Kompaßnadel zwischen Vitaminmangelkrankheiten, den Verfechtern der Empfängnisverhütung, dem Affenprozeß und Faulkners Yoknapatawpha County hin und her. Er gab dem alten Mann einen Dollar und fuhr die Zufahrt bis zu einem offenen Tor hinauf. Auf der einen Seite des Tors verkündete ein Schild in großen Kursivbuchstaben PIPERS SCHULE DER SCHREIBKUNST, während auf der anderen ein eingemeißelter Finger auf die KIRCHE DES STREBENS NACH GRÖSSE zeigte. Frensic hielt und starrte den gewaltigen Finger

an. Die Kirche des Strebens nach Größe? Die Kirche des...
Ganz ohne Zweifel war er hier am richtigen Ort. Doch an was
für einem religiösen Wahn litt Piper? Er fuhr weiter und
parkte neben mehreren anderen Autos vor dem großen weißen Gebäude mit einem schmiedeeisernen Balkon, der von
den Zimmern im ersten Stock bis zu den Säulen vor dem Haus
reichte. Frensic stieg aus und ging die Stufen zur Haustür empor. Sie stand offen. Frensic spähte in den Hausflur. Auf einer Tür zur Linken standen die Worte DAS SCRIPTORUM,
während aus einem Raum zur Rechten das penetrante Leiern
einer monotonen Stimme drang. Frensic ging über den Mar-
morfußboden und lauschte. Es gab keinen Zweifel, wem
diese Stimme gehörte. Natürlich Piper, doch der alte zö-
gernde Unterton war verschwunden, und an seine Stelle war
etwas schneidend Intensives getreten. Nicht nur die Stimme
war ihm geläufig, er kannte auch die Worte.

»So dürfen wir keinesfalls (und das ›dürfen‹ setzt in diesem
Fall explizit ein ernsthaftes, nicht nachlassendes Hinarbeiten
auf ein Ziel und eine unbeirrbare moralische Pflicht voraus)
gestatten, daß wir uns von der scheinbaren Naivität täuschen
lassen, die von weniger scharfsinnigen Kritikern so oft in der
Präsentation von Little Nell moniert wird. Gefühl, nicht Ge-
fühlsduselei, wie wir zu verstehen haben, ist ein bewuß-
ter...«

Frensic schlich sich von der Tür fort. Jetzt kannte er das
Evangelium der Kirche des Strebens nach Größe. Piper las
laut aus Dr. Louths Essay »Der Raritätenladen von Charles
Dickens – Sinn und Gehalt« vor. Sogar seine Religion war ein
Imitat. Frensic fand einen Stuhl und setzte sich; in seinem Inneren wuchs der Zorn. »Dieser plagiatorische kleine Trottel«, murmelte er, während er in Gedanken Dr. Louth verfluchte. Die Apotheose dieser furchtbaren Frau, der Ursache
all seiner Probleme, fand hier statt, im Herzen des amerikanischen Bibel-Gürtels. Frensics Zorn wurde zur Weißglut. Der
Bibel-Gürtel! Bibliopolis und die Bibel! Doch statt der herrlichen Prosa der Bibel verkündete Piper Dr. Louths ungeho-

belten Stil, ihre linkische und verdrehte Syntax, ihren öden Puritanismus und ihre Verurteilung von Spaß und Freude am Lesen. Und das alles von einem Menschen, der ums Verrekken nicht schreiben konnte! Einen Augenblick lang glaubte Frensic, er befinde sich im Zentrum einer großen Verschwörung gegen das Leben. Doch das war reine Paranoia. Unter den verschiedenen Umständen, die Piper zu seinem missionarischen Eifer geführt hatten, gab es keine bewußte Zielstrebigkeit. Es gab nur den Zufall einer literarischen Mutation, durch die Frensic selbst von einem Möchtegern-Schriftsteller zu einem erfolgreichen Agenten geworden war und dann – über den Umweg namens *Der moralische Roman* – das bißchen Talent verschandelt hatte, das Piper möglicherweise früher mal besaß. Hier gab er die ansteckende Krankheit weiter, wie eine Art Überträger des literarischen Todes.

Als die monotone Stimme verstummte und die kleine Gemeinde im Gänsemarsch den Raum verließ, um sich auf die parkenden Autos zu verteilen, die Gesichter angespannt vor lauter moralischer Intensität, war Frensic in einer mörderischen Laune.

Er überquerte den Hausflur und betrat die Kirche des Strebens nach Größe. Gerade stellte Piper mit der ganzen Ehrfurcht eines Priesters, der die Hostie in den Händen hält, das Buch weg. Frensic stand auf der Türschwelle und wartete. Für diesen Augenblick war er weit gereist. Piper schloß den Bücherschrank, dann drehte er sich um. Der ehrfurchtsvolle Gesichtsausdruck verschwand.

»Sie«, sagte er mit dünner Stimme.

»Wer sonst?« sagte Frensic laut, um die fromme Atmosphäre zu vertreiben, die den Raum durchdrang. »Oder haben Sie Joseph Conrad erwartet?«

Piper erbleichte. »Was wollen Sie?«

»Wollen?« sagte Frensic, setzte sich auf eine Kirchenbank und nahm eine Prise Schnupftabak. »Ich will bloß diesem Scheiß Versteckspiel ein Ende machen«. Er wischte sich mit einem roten Taschentuch die Nase.

Piper zögerte, dann ging er auf die Tür zu. »Hier drinnen können wir nicht reden«, murmelte er.

»Warum nicht?« sagte Frensic. »Dieser Raum scheint mir genausogut geeignet wie jeder andere.«

»Das würden Sie doch nicht begreifen«, sagte Piper und ging hinaus. Nachdem sich Frensic kräftig geschneuzt hatte, folgte er ihm.

»Für einen miesen kleinen Erpresser sind Sie aber verdammt großkotzig«, sagte er, als sie im Flur standen, »der ganze Mist vorhin über den *Raritätenladen*.«

»Das ist kein Mist«, sagte Piper, »und nennen Sie mich nicht Erpresser. Sie haben damit angefangen. Das ist die reine Wahrheit.«

»Wahrheit?« sagte Frensic und lachte dreckig. »Wenn Sie die Wahrheit hören wollen, sollen Sie die Wahrheit erfahren. Deshalb bin ich hier.« Er blickte zur Tür mit der Aufschrift SCRIPTORIUM hinüber. »Was ist da drin?«

»Da bringe ich den Leuten bei, wie man schreibt«, sagte Piper.

Frensic starrte ihn an und lachte wieder. »Sie machen wohl Witze«, sagte er, ehe er die Tür öffnete. Das Zimmer war voller Pulte, auf den Pulten standen Tintenfäßchen und Füller, jedes Pult war leicht abgeschrägt. Gerahmte Schriftproben hingen an den Wänden, ganz vorn eine Tafel. Frensic schaute sich um.

»Entzückend. Das Scriptorium. Ein Plagiarium haben Sie wohl auch, nehme ich an?«

»Ein was?« sagte Piper.

»Einen besonderen Raum für Plagiate. Oder kombinieren Sie die beiden Prozesse hier? Ich meine, den einmal eingeschlagenen Weg soll man auch konsequent zu Ende gehen. Wie gehen Sie ihn denn? Drücken Sie jedem Schüler einen Bestseller zum Umschreiben in die Finger und verscherbeln ihn dann als Ihr eigenes Werk?«

»Aus Ihrem Mund ist das nichts weiter als eine gemeine Stichelei«, sagte Piper. »Wenn ich selbst schreibe, dann nur in

322

meinem Arbeitszimmer. Hier unten bringe ich meinen Schülern bei, wie man schreibt. Nicht was.«

»Wie? Sie unterrichten, wie man schreibt?« Er hob ein Tintenfäßchen hoch und schüttelte es. Die dunkle Brühe bewegte sich träge. »Immer noch mit der alten verdunsteten Tinte zugange, wie ich sehe.«

»Sie garantiert die größte Dichte«, sagte Piper, doch Frensic hatte das Fäßchen abgesetzt und sich zur Tür gewandt.

»Wo ist nun Ihr Arbeitszimmer?« fragte er. Langsam ging Piper vor ihm die Treppe hoch und öffnete oben eine andere Tür. Frensic trat ein. Die Wände waren mit Regalen bedeckt, ein großer Schreibtisch stand vor einem Fenster, durch das man über die Auffahrt bis zum Fluß sehen konnte. Frensic musterte die in Kalbsleder gebundenen Bücher. Dickens, Conrad, James...

»Das alte Testament«, sagte er und griff nach *Middlemarch*. Piper nahm ihm das Buch brüsk ab und stellte es wieder zurück.

»Das Vorbild für dieses Jahr?« fragte Frensic.

»Eine Welt, ein Universum, das Ihre billige Phantasie übersteigt«, sagte Piper böse. Frensic zuckte die Achseln. Pipers nervöse Angespanntheit hatte etwas Pathetisches, das seine Entschlossenheit schwächte. Frensic gab sich innerlich einen Ruck, um auch wirklich grob zu sein.

»Sie haben's sich hier ja verflucht gemütlich gemacht«, sagte er, setzte sich an den Schreibtisch und legte die Füße hoch. Hinter ihm erbleichte Piper über dieses Sakrileg. »Kustos eines Museums, Fälscher fremder Romane, nebenbei ein wenig Erpressung – und was treiben Sie so im Sex-Bereich?« Er zögerte, dann griff er aus Gründen der Sicherheit nach einem Brieföffner. Es war unmöglich zu sagen, wie Piper reagieren würde, wenn er ihm jetzt den Arschtritt versetzte. »Vögeln Sie vielleicht die verstorbene Mrs. Hutchmeyer?«

Frensic hörte von hinten eine Art Fauchen und drehte sich rasch um. Mit seinem verkniffenen Gesicht und vor Haß blitzenden Augen stand Piper ihm gegenüber. Frensics Hand schloß sich fester um den Brieföffner. Er hatte Angst, aber die Sache mußte zu Ende gebracht werden. Die weite Reise hatte er nicht gemacht, um unverrichteter Dinge umzukehren.

»Es geht mich zwar nichts an, würde ich sagen«, meinte er, als Piper ihn anstarrte, »aber Nekrophilie scheint Ihre große Stärke zu sein. Erst bestehlen Sie tote Schriftsteller, dann setzen Sie mir wegen zwei Millionen Dollar die Daumenschrauben an, was treiben Sie bloß mit der verstorbenen Mrs. Hutch...«

»Unterstehen Sie sich«, schrie Piper mit vor Wut schriller Stimme.

»Warum denn?« sagte Frensic. »Nichts geht über eine gute Beichte, was die Reinigung der Seele anbelangt.«

»Es stimmt nicht«, sagte Piper. Sein Atem ging deutlich hörbar.

Frensic lächelte zynisch. »Was stimmt nicht? Die Wahrheit kommt doch an den Tag, wie das Sprichwort lautet. Deshalb bin ich hier.« Er stand auf und nahm eine vorgeblich drohende Haltung ein, so daß Piper zurückwich.

»Hören Sie auf. Hören Sie auf. Ich kann's nicht mehr hören. Gehen Sie bloß weg, lassen Sie mich in Ruhe.«

Frensic schüttelte den Kopf. »Damit Sie mir immer noch ein Manuskript schicken und von mir verlangen, ich soll's verkaufen? Oh nein, das ist endgültig vorbei. Sie werden die Wahrheit erfahren, und wenn ich sie Ihnen in die flennende Fresse ramme...«

Piper hielt sich die Hände vor die Ohren. »Ich tu's nicht«, schrie er, »Ich höre Ihnen nicht zu.«

Frensic griff in seine Tasche und holte Dr. Louths Brief heraus. »Sie müssen nicht zuhören. Lesen Sie nur das hier.«

Er hielt ihm den Brief entgegen, und Piper nahm ihn. Frensic setzte sich wieder. Die Krise war vorüber. Er hatte keine Angst mehr. Piper mochte zwar wahnsinnig sein, aber sein Wahnsinn war nach innen gerichtet, er stellte keine Bedrohung für Frensic dar. Mit einem Gefühl des Mitleids beobachtete Frensic, wie er den Brief las. Er schaute auf eine Null, auf den archetypischen Autor, für den nur Wörter so etwas wie Wirklichkeit besaßen, der aber obendrein nicht schreiben konnte. Piper las den Brief zu Ende und blickte auf.

»Was soll das heißen?« fragte er.

»Was nicht drinsteht«, sagte Frensic. »Daß die große Dr. Louth *Jahre* geschrieben hat. Das heißt es.«

Piper schaute noch einmal auf den Brief. »Aber hier steht doch, daß sie es nicht getan hat.«

Frensic lächelte. »Genau. Und warum sollte sie das wohl schreiben? Stellen Sie sich die Frage doch selbst. Warum dementieren, was nie jemand behauptet hat?«

»Ich begreife das nicht«, sagte Piper, »es ergibt keinen Sinn.«

»Tut es doch, wenn Sie davon ausgehen, daß sie erpreßt wurde«, sagte Frensic.

»Erpreßt? Aber von wem?«

Frensic genehmigte sich noch eine Prise Schnupftabak. »Von Ihnen. Sie haben mich bedroht und ich sie.«

»Aber . . .« Piper rang mit dieser unfaßbaren Folgerung. Sie überstieg seinen begrenzten Horizont.

»Sie drohten damit, mich bloßzustellen, da habe ich die Botschaft weitergeleitet«, sagte Frensic. »Dr. Sydney Louth hat zwei Millionen Dollar gezahlt, damit niemand erfährt, daß sie die Autorin von *Jahre* ist. Den Preis für ihren geheiligten Ruf.«

Pipers Augen wirkten glasig. »Ich glaube Ihnen nicht«, murmelte er.

»Das brauchen Sie auch nicht«, sagte Frensic. »Glauben Sie bloß, was Ihnen paßt. Sie brauchen lediglich Ihre Auferstehung einzuläuten, dann erzählen Sie Hutchmeyer, daß Sie immer noch gesund und putzmunter sind, und die Medien besorgen den Rest. So kommt garantiert alles heraus. Meine Rolle, Ihre Rolle, die ganze verfluchte Geschichte, und am Ende ist der Ruf Ihrer verehrten Dr. Louth als Literaturkritikerin ruiniert. Das Luder wird zur Witzfigur der gesamten literarischen Welt. Übrigens werden Sie das im Gefängnis erleben. Kann gut sein, daß ich auch pleite gehe, aber wenigstens muß ich mich dann nicht mehr mit der unlösbaren Aufgabe rumplagen, irgendwie Ihr erbärmliches *Auf der Suche nach der verlorenen Kindheit* an den Mann zu bringen. Immerhin eine Art Entschädigung.«

Piper setzte sich, schlaff und geknickt.

»Also?« sagte Frensic, doch Piper schüttelte nur den Kopf. Frensic nahm ihm den Brief ab und wandte sich zum Fenster. Er hatte den Bluff dieses kleinen Scheißers aufgedeckt. Jetzt würde es keine Drohungen, keine Manuskripte mehr geben. Piper war ein gebrochener Mann. Es war an der Zeit zu verschwinden. Frensic blickte hinüber zum dunklen Fluß und zum fernen Wald, auf diese seltsame, fremde, gefährlich üppige Landschaft, weit weg von der bequemen kleinen Welt, zu deren Rettung er hierher gekommen war. Er ging zur Tür, die breite Treppe hinunter und durch den Hausflur. Jetzt mußte er nur noch so schnell wie möglich verschwinden.

Doch als er in seinen Leihwagen gestiegen und zum Anlegeplatz der Fähre gefahren war, mußte er feststellen, daß das Boot auf der anderen Seite des Flusses lag; ein Fährmann war weit und breit nicht in Sicht. Frensic zog an der Glocke, doch niemand rührte sich. Er stand im gleißenden Sonnenlicht und wartete. Die Luft hatte etwas Ruhiges, er konnte nur den Fluß hören, wie er an das Ufer zu seinen Füßen schwappte. Frensic stieg wieder ins Auto und fuhr zum Dorfplatz zurück. Auch hier war niemand zu sehen. Nichts als die dunklen Schatten unter den Blechdächern, die als Markisenersatz für die Läden dienten, die weißgestrichene Kirche, eine Holzbank am Fuß der Statue in der Platzmitte, leere Fenster. Frensic stieg aus dem Wagen und schaute sich um. Die Uhr am Gerichtsgebäude stand auf Mittag. Vermutlich saßen alle beim Essen, dennoch umgab ihn eine trostlose Atmosphäre, die ihn beunruhigte, und jenseits des Flusses bildete der Wald – ein verwildertes Gewirr aus Bäumen und Unterholz – einen erschreckend engen Horizont, über dem der Himmel als leeres Blau hing. Frensic spazierte einmal um den Platz herum, dann stieg er wieder ins Auto. Vielleicht sollte er es nochmal an der Fähre versuchen... Doch die lag immer noch am anderen Ufer, und als Frensic versuchte, am Tau zu ziehen, bewegte sich nichts. Er zog nochmal an der Glocke. Auch diesmal ohne Erfolg, und seine Beklommenheit nahm zu. Frensic ließ den Wagen an der Straße stehen und marschierte auf einem kleinen Fußweg am Flußufer entlang. Er wollte eine Weile warten, bis die Mittagszeit vorüber wäre, und es dann noch einmal versuchen. Doch der Weg unter den mit spanischem Moos behangenen Eichen endete am Friedhof. Einen Augenblick lang betrachtete Frensic die Grabsteine, dann kehrte er um.

Wenn er nach Westen führe, fände er womöglich eine Straße, die aus dem Dorf hinaus und auf dieser Flußseite zur Route 80 führte. In Frensics Ohren klang Blutstrecke inzwischen beinahe heiter. Doch er hatte keine Straßenkarte im Wagen, und nachdem er in ein paar Seitenstraßen eingebogen war, die alle als Sackgassen oder wenig einladende Trampelpfade in den Wald endeten, machte er kehrt. Vielleicht war die Fähre jetzt in Betrieb. Er warf einen Blick auf seine Uhr. Es war zwei Uhr nachmittags, jetzt gingen die Leute bestimmt wieder ihren Geschäften nach.

So war es. Als er in den kleinen Platz einbog, stellte sich eine Gruppe hagerer Männer, die auf dem Bürgersteig vor dem Gerichtsgebäude standen, mitten auf die Straße. Frensic hielt den Wagen an und starrte mißmutig durch die Windschutzscheibe. Die hageren Männer trugen Pistolenhalfter an ihren Gürteln, und der hagerste hatte einen Stern an der Hemdenbrust. Er ging ums Auto herum und beugte sich ins Wageninnere. Frensic musterte seine gelben Zähne.

»Sie heißen Frensic?« fragte er. Frensic nickte. »Richter will Sie sprechen«, fuhr der Mann fort. »Kommen Sie freiwillig mit oder...?« Frensic kam freiwillig mit und stieg, gefolgt von der kleinen Gruppe, die Treppe zum Gerichtsgebäude hoch. Drinnen war es kühl und dunkel. Frensic zögerte, doch der hochgewachsene Mann zeigte auf eine Tür.

»Richter ist im Sitzungszimmer«, sagte er. »Gehen Sie rein.«

Frensic ging hinein. Hinter einem großen Schreibtisch saß Baby Hutchmeyer. Sie trug eine lange schwarze Robe, über der ihr Gesicht, das schon immer von unnatürlicher Blässe gewesen war, jetzt unangenehm weiß wirkte. Frensic glotzte sie mit großen Augen an und hatte keinerlei Zweifel an ihrer Identität.

»Mrs. Hutchmeyer...«, begann er, »die verstorbene Mrs. Hutchmeyer?«

»Für Sie Richterin Hutchmeyer«, sagte Baby, »und was das ›verstorbene‹ angeht, davon wollen wir nichts mehr hören, es sei denn, Sie möchten in Kürze der verstorbene Mr. Frensic genannt werden.«

Frensic schluckte und schielte über die Schulter. Der Sheriff lehnte mit dem Rücken an der Tür, die Pistole an seinem Gürtel glänzte aufdringlich.

»Darf ich erfahren, was das alles bedeutet?« fragte er nach einem Moment vielsagender Stille. »Mich so hierher zu schaffen und...«

Die Richterin sah den Sheriff an. »Was hast du bis jetzt gegen ihn in der Hand?« fragte sie.

»Bedrohung und Beleidigung eines Bürgers«, sagte der Sheriff. »Unerlaubter Waffenbesitz. Heroin im Reservereifen. Erpressung. Egal was Sie sagen, Richter, er hat's.«

Frensic tastete nach einem Stuhl. »Heroin?« stöhnte er. »Was soll das heißen, Heroin? Ich habe kein einziges Heroinkrümelchen bei mir.«

»Glauben Sie das wirklich?« sagte Baby. »Herb zeigt es Ihnen gern, stimmt's, Herb?«

Der Sheriff nickte zustimmend. »Wir nehmen das Auto gerade in der Garage auseinander«, sagte er, »wenn Sie Beweise sehen wollen, zeigen wir Ihnen gerne welche.«

Doch Frensic brauchte keine Beweise. Wie benommen saß er auf seinem Stuhl und starrte in Babys weißes Gesicht. »Was wollen Sie?« fragte er schließlich.

»Gerechtigkeit«, antwortete Baby kurz und bündig.

»Gerechtigkeit«, murmelte Frensic, »ausgerechnet Sie reden von Gerechtigkeit, dabei...«

»Wollen Sie jetzt eine Aussage machen, oder sparen Sie sich Ihre Stellungnahme für die morgige Verhandlung auf?« sagte Baby.

Frensic schielte wieder über seine Schulter. »Ich möchte gern jetzt eine Aussage machen. Unter Ausschluß der Öffentlichkeit«, sagte er.

Baby nickte dem Sheriff zu. »Warte draußen, Herb«, sagte sie, »bleib aber in der Nähe. Wenn's hier drinnen Ärger gibt, dann...«

»Hier drinnen wird's keinen Ärger geben«, sagte Frensic eilig, »das versichere ich Ihnen.«

Baby fegte seine Versicherungen und Herb beiseite. Als die Tür ins Schloß fiel, nahm Frensic sein Taschentuch und trocknete sich das Gesicht ab.

»Nun gut«, sagte Baby, »Sie möchten also eine Aussage machen.«

Frensic beugte sich vor. Der Satz »Das können Sie mir nicht antun« lag ihm auf der Zunge, doch dieses Klischee – diversen Büchern seiner vielen Autoren entnommen – paßte irgendwie nicht so richtig. Das *konnte* Sie ihm antun. Er befand sich in Bibliopolis, und auf der Landkarte der zivilisierten Welt war Bibliopolis nicht eingezeichnet.

»Was verlangen Sie?« fragte er mit schwacher Stimme.

Richterin Baby drehte ihren Stuhl herum und lehnte sich zurück. »Aus Ihrem Mund, Mr. Frensic, ist das eine wirklich interessante Frage«, sagte sie. »Erst kommen Sie in diese kleine Stadt, stoßen Drohungen und Beleidigungen gegen einen unserer Bürger aus, und dann soll ich Ihnen auch noch sagen, was ich von Ihnen verlange.«

»Ich habe keine Drohungen und Beleidigungen ausgestoßen«, sagte Frensic, »ich war bei Piper, damit er mich mit seinen Manuskripten verschont. Und wenn irgend jemand Drohungen ausgestoßen hat, dann war er das, nicht ich.«

329

Baby schüttelte den Kopf. »Wenn Sie sich damit verteidigen wollen, kann ich Ihnen gleich sagen, daß niemand in Bibliopolis Ihnen glauben wird. Mr. Piper ist der friedfertigste, gewaltloseste Bürger in der ganzen Gegend.«

»Schön und gut, hier in der Gegend mag das ja zutreffen«, sagte Frensic, »aber wo ich sitze, nämlich in London…«

»Sie sitzen im Augenblick nicht in London«, sagte Baby, »Sie sitzen hier vor mir in meiner Amtsstube und zittern wie'n Jagdhund, der Pfirsichkerne scheißt.«

Frensic dachte über die Metapher nach, konnte sich aber nicht mir ihr anfreunden. »Sie würden auch zittern, wenn man Sie beschuldigte, einen Reservereifen voll Heroin im Auto zu haben«, sagte er.

Baby nickte. »Da könnten Sie recht haben«, sagte sie. »Dafür kann ich Ihnen lebenslänglich geben. Packt man die Drohungen und Beleidigungen, die Waffe und die Erpressung noch dazu, dann könnte gut und gern lebenslänglich plus neunundneunzig Jahre draus werden. Darüber sollten Sie vielleicht mal nachdenken, ehe Sie noch was sagen.«

Frensic dachte darüber nach und ertappte sich dabei, daß er noch mehr zitterte. Dagegen waren Jagdhunde, die mit Pfirsichkernen Probleme hatten, gar kein Vergleich. »Das meinen Sie nicht ernst«, stieß Frensic hervor.

Baby lächelte. »Sie sollten mir besser glauben, daß ich's ernst meine. Der Direktor der Strafanstalt ist Dekan meiner Kirche. Die neunundneunzig Jahre brauchten Sie gar nicht abzusitzen. Lebenslänglich wäre so etwa drei Monate, die Arbeit in der Strafkolonie würden Sie nicht besonders lange aushalten. Die haben da Schlangen und all sowas, dadurch sieht's nach natürlichem Tod aus. Haben Sie unseren kleinen Friedhof schon gesehen?«

Frensic nickte. »Wir haben dort schon eine kleine Grabstelle ausgemessen«, sagte Baby. »Auf einen Grabstein verzichten wir. Keinen Namen wie Frensic oder so. Nur ein Hügelchen, keiner würde was davon erfahren. Sie haben also die Wahl.«

»Was für eine?« sagte Frensic, als er seine Stimme wiederfand.

»Entweder lebenslänglich plus neunundneunzig, oder Sie tun, was ich Ihnen sage.«

»Ich werde wohl tun, was Sie mir sagen«, meinte Frensic; in seinen Augen hatte er mitnichten die Wahl.

»Gut«, sagte Baby, »dann legen Sie zuerst ein volles Geständnis ab.«

»Geständnis?« sagte Frensic. »Was für ein Geständnis?«

»Bloß daß Sie *Die Jahre wechseln, es lockt die Jungfrau* verfaßt und es Mr. Piper untergeschoben haben, daß Sie Hutch reingelegt und Miss Futtle dazu angestiftet haben, das Haus in Brand zu stecken und...«

»Nein«, schrie Frensic, »niemals. Lieber würde ich...« Er schwieg. Er würde lieber nicht. Babys Gesichtsausdruck machte ihm das unmißverständlich klar. »Ich begreife nicht, wieso ich das alles gestehen muß«, sagte er.

Baby entspannte sich. »Sie haben ihm seinen guten Namen genommen. Den werden Sie jetzt zurückgeben.«

»Seinen guten Namen?« sagte Frensic.

»Indem Sie ihn auf den Einband dieses schmutzigen Romans setzen ließen«, sagte Baby.

»Bevor wir das taten, hatte er überhaupt keinen Namen«, sagte Frensic, »er hatte überhaupt nichts veröffentlicht, und jetzt, wo er angeblich tot ist, wird er auch nichts mehr veröffentlichen.«

»Oh ja, das wird er«, sagte Baby und beugte sich vor. »Sie geben ihm Ihren Namen. Zum Beispiel *Auf der Suche nach der verlorenen Kindheit* von Frederick Frensic.«

Frensic glotzte sie an. Die Frau hatte eine Vollmeise unter dem Pony. »*Auf der Suche* von mir?« sagte er. »Anscheinend begreifen Sie nicht. Das verflixte Buch habe ich jedem Verlag in London wie sauer Bier angeboten, und keiner will was davon wissen. Es ist unlesbar.«

Baby lächelte. Unfreundlich.

»Das ist Ihr Problem. Sie sorgen dafür, daß es veröffentlicht wird, Sie werden auch in Zukunft alle seine Bücher unter Ihrem Namen herausbringen. Entweder das oder die Strafkolonie.«

Bedeutungsschwer schaute sie aus dem Fenster auf den waldigen Horizont und auf den leeren Himmel, und Frensic, der ihrem Blick folgte, sah eine schreckliche Zukunft mit frühem Tod voraus. Er mußte tun, was sie verlangte. »In Ordnung«, sagte er, »ich werde mein Bestes tun.«

»Sie werden noch mehr tun als das. Sie werden genau das machen, was ich verlange.« Aus einer Schublade nahm sie ein Blatt Papier und gab ihm einen Füller. »Und jetzt schreiben Sie«, sagte sie.

Frensic zog seinen Stuhl mit einem Ruck nach vorn und schrieb mit zittriger Hand. Als er fertig war, hatte er nicht nur gestanden, die britische Einkommensteuer umgangen zu haben, indem er zwei Millionen Dollar zuzüglich Tantiemen auf das Konto Numer 478776 bei der First National Bank of New York überwies, sondern auch, daß er seine Partnerin, die frühere Miss Futtle, angestiftet habe, die Hutchmeyersche Villa in Brand zu stecken. Die ganze Aussage war ein derartiger Mischmasch aus Dingen, die er getan, und solchen, die er nicht getan hatte, daß er sich da niemals würde rausreden können, falls ihn ein kompetenter Anwalt ins Kreuzverhör nähme. Baby las das Geständnis durch und beglaubigte seine Unterschrift. Dann rief sie Herb herein, der sie ebenfalls beglaubigte.

»Das sollte ausreichen, damit Sie nicht auf dumme Gedanken kommen«, sagte sie, als der Sheriff den Raum verlassen hatte. »Nur ein Mucks, nur ein Versuch von Ihnen, sich um Ihre Verpflichtung zur Veröffentlichung von Mr. Pipers Romanen zu drücken, und schon geht das hier auf direktem Weg an Hutchmeyer, an die Versicherung, ans FBI und an die Finanzbehörden, und dieses Grinsen können Sie sich auch sparen.« Doch Frensic lächelte gar nicht. Seine Gesichtsmuskeln hatten sich ein nervöses Zucken zugelegt. »Wenn Sie nämlich glauben, Sie könnten sich da wieder herauswinden, indem Sie den Behörden erzählen, sie sollen mich in Bibliopolis aufsuchen, dann sind Sie schief gewickelt. Ich habe Freunde hier in der Gegend, und wenn ich nein sage, dann redet keiner. Haben Sie verstanden?«

Frensic nickte. »Ich verstehe voll und ganz«, sagte er.

Baby stand auf und nahm die Robe ab. »Tja, nur für den Fall, daß Sie's nicht begreifen, werden Sie jetzt errettet«, sagte sie. Sie gingen gemeinsam in die Eingangshalle, wo der Trupp hagerer Männer wartete.

»Jungens, wir haben hier einen Bekehrten«, sagte sie. »Ich sehe euch alle in der Kirche.«

In der kleinen Kirche der Diener des Herrn saß Frensic in der ersten Reihe. Vor ihm hielt Baby den Gottesdienst, strahlend und gelassen. Die Kirche war brechend voll, neben Frensic saß Herb und teilte sein Gesangbuch mit ihm. Sie sangen »Telefonat mit der himmlischen Herrlichkeit«, »Jesus, meine Zuversicht« und »Wir woll'n uns versammeln am Flusse«; dank Herbs Rippenstößen sang Frensic ebenso laut wie die anderen. Anschließend hielt Baby eine geharnischte Predigt über den Text »Sehet den Mann, er huldigt der Völlerei, ein Weinsäufer, ein Freund der Buchverleger und Sünder«, wobei sie die ganze Zeit ostentativ auf Frensic starrte; danach stimmte die Gemeinde »Bibliopolis, du bist unser Hort« an. Jetzt war die Zeit für Frensics Errettung gekommen. Er ging auf wackligen Beinen nach vorn und kniete nieder. Zwar trieben keine Schlangen mehr ihr Unwesen in Bibliopolis, doch Frensic war dennoch vor Angst wie gelähmt. Über ihm strahlte Babys Gesicht. Wieder einmal hatte sie triumphiert.

»Schwöre beim Herrn, deinem Gott, den Bund zu halten«, sagte sie. Und Frensic schwor.

Als er eine Stunde später in seinem Wagen saß und die Fähre den Fluß überquerte, fluchte Frensic wie ein Rohrspatz. Er sah zu Pellagra hinüber. Im oberen Stockwerk brannte Licht. Zweifellos arbeitete Piper gerade an einem entsetzlichen Roman, den Frensic unter seinem Namen verkaufen mußte. Mit quietschenden Reifen fuhr er von der Fähre, dann raste der Mietwagen die unbefestigte Straße entlang, während die Scheinwerfer in das Wasser leuchteten, das zwischen den bewachsenen Bäumen schimmerte. Nach Bibliopolis fühlte er sich von der trostlosen Landschaft nicht mehr bedroht. Dies war eine natürliche Welt voller natürlicher Gefahren, mit denen wurde Frensic fertig. Mit Baby Hutchmeyer konnte man unmöglich fertigwerden. Frensic fluchte wieder.

In seinem Arbeitszimmer im Haus Pellagra saß Piper am Schreibtisch. Er schrieb nicht. Er schaute auf die Garantieerklärung, in der Frensic versprochen hatte, *Auf der Suche nach der verlorenen Kindheit* herauszubringen, sogar auf eigene Kosten. Endlich würde Piper veröffentlicht werden. Es war völlig nebensächlich, daß Frensics Name auf dem Einband stehen sollte. Eines Tages würde die Welt die Wahrheit erfahren. Oder vielleicht war Ungewißheit sogar noch besser. Wußte denn niemand, wer Shakespeare war, oder wer *Hamlet* geschrieben hatte? Niemand.

23

Neun Monate später kam *Auf der Suche nach der verlorenen Kindheit* von Frederick Frensic, verlegt bei Corkadales, in Großbritannien zum Preis von drei Pfund neunzig auf den Markt. In Amerika wurde es vom Hutchmeyer Verlag veröffentlicht. In beiden Fällen hatte Frensic direkten Druck ausüben müssen; Corkadale ließ sich nur durch die Drohung mit öffentlicher Bloßstellung überreden, das Buch anzunehmen. Sonia ließ sich durch Loyalitätsgefühle bewegen, Hutchmeyer ließ sich überhaupt nicht lange bitten. Der Klang einer ihm bekannten Frauenstimme übers Telefon reichte aus. So waren dann die Rezensionsexemplare mit Frensics Namen auf Titelseite und Schutzumschlag versandt worden. Eine kurze Biographie im Klappentext verriet dem Leser, der Autor sei früher einmal Literaturagent gewesen. Er war es nicht mehr. Auf der Bürotür in der Lanyard Lane klebte immer noch sein Name, doch das Büro war leer, Frensic war aus seiner Wohnung im Glass Walk in ein Häuschen in Sussex gezogen.

Dort, in Sicherheit vor Mrs. Bogden, war er Pipers Sekretär. Tag für Tag tippte er die Manuskripte ab, die Piper ihm schickte, und Nacht für Nacht lungerte er in einer Ecke der Dorfkneipe herum und ertränkte seinen Kummer. Seine Freunde in London bekamen ihn nur selten zu Gesicht. Notgedrungen besuchte er Geoffrey, gelegentlich ging er auch mit ihm essen. Doch die meiste Zeit verbrachte er an seiner Schreibmaschine, kümmerte sich um seinen Garten und unternahm lange Spaziergänge, in melancholische Gedanken versunken.

Nicht daß ihn immer nur depressive Gedanken umtrieben. In ihm schlummerte ein hartnäckiger Widerstandsgeist, dem seine Misere keine Ruhe ließ und der ständig nach einem Ausweg suchte. Doch ihm fiel keiner ein. Durch sein schreckliches Erlebnis war seine Phantasie wie betäubt – eine Wirkung, die Pipers dröge Prosa tagtäglich verstärkte. Ein Destillat aus zahlreichen Quellen, wirkte sie auf Frensics literarischen Nerv ein und hielt ihn im Zustand permanenter Desorientierung: hatte er eben erst einen Satz von Thomas Mann erkannt, da flog ihm auch schon eine Passage von Faulkner um die Ohren, gefolgt von einem Proustschen Bonmot oder einem Häppchen aus *Middlemarch*. Nach einem derartigen Absatz stand Frensic gewöhnlich auf und torkelte in den Garten, wo er versuchte, seinen Assoziationen durch Rasenmähen zu entfliehen. Ehe er nachts schlafen ging, verscheuchte er die Erinnerung an Bibliopolis durch die Lektüre von einer oder zwei Seiten aus *Die Leutchen um Meister Dachs* und wünschte, er könnte wie die Wasserratte im Boot dahintreiben. Er würde alles tun, um der Tortur zu entkommen, die man ihm auferlegt hatte.

Inzwischen war Sonntag, die Rezensionen von *Auf der Suche* müßten in den Zeitungen stehen. Er konnte es nicht ändern, es zog Frensic mit Macht in den kleinen Dorfladen, wo es die *Sunday Times* und den *Observer* gab. Er kaufte beide, wartete aber nicht, bis er zu Hause war, um die Verrisse zu lesen. Am besten brächte er das ganze Elend so schnell wie möglich hinter sich. Er stand auf der Straße, schlug die *Sunday Times* auf, blätterte bis zur Buchseite, und da war es. Ganz oben auf der Liste. Frensic lehnte sich an einen Torpfosten, las die Rezension, und noch während er las, wurde sein gesamtes Weltbild wieder mal auf den Kopf gestellt. Linda Gormley fand das Buch »wundervoll«, sie widmete seinem Lob zwei Spalten. Sie nannte es »die ehrlichste und originellste Einschätzung des traumatischen Erwachsenwerdens, die ich seit sehr langer Zeit gelesen habe«. Frensic starrte die Wörter ungläubig an. Dann stöberte er im *Observer* herum.

Dort stand das gleiche in Grün. »Für einen ersten Roman weist dieses Buch nicht allein Frische auf, sondern einen ebenso tiefen wie intuitiven Einblick in Familienbeziehungen... ein Meisterwerk...« In aller Eile klappte Frensic die Zeitung zu. Ein Meisterwerk? Er schaute nochmal nach. Das Wort stand immer noch da, und etwas weiter unten kam es noch dicker. »Wenn man von einem Roman sagen kann, daß es sich bei ihm um ein geniales Werk handelt...« Frensic mußte sich am Torpfosten festhalten. Er fühlte sich schwach. *Auf der Suche nach der verlorenen Kindheit* wurde gefeiert. Von einem ganz neuen Verlustgefühl erfaßt, wankte er den Weg entlang. Sein Riecher, sein unfehlbarer Riecher, hatte ihn im Stich gelassen. Piper hatte all die Jahre über recht gehabt. Das war die eine Möglichkeit, oder die Seuche aus *Der moralische Roman* hatte sich verbreitet, und die Tage des Unterhaltungsromans waren vorüber, eine Religion namens Literatur hatte ihn abgelöst. Die Leute lasen nicht mehr aus Vergnügen. Wenn *Auf der Suche* ihnen gefiel, konnte es nicht anders sein. Aus diesem Buch konnte man nicht ein einziges Gramm Vergnügen ziehen. Frensic hatte peinlich (der Begriff paßte präzise) genau das Manuskript abgetippt, gräßliche Seite für gräßliche Seite, und aus diesen Seiten waren ihm winselndes Selbstmitleid und arrogante, selbstgerechte Kriecherei entgegengeschlagen, daß ihm schlecht geworden war. Und diese erbärmliche Wortkotze nannten die Kritiker originell, frisch und genial. Genial! Frensic spuckte das Wort geradezu aus. Es hatte jede Bedeutung verloren.

Und wie er so den Weg entlangtapste, ging ihm erst die ganze Tragweite dieses Bucherfolgs auf. Auf seinem weiteren Lebensweg wäre er stigmatisiert als Verfasser eines Buches, das er nicht geschrieben hatte. Seine Freunde würden ihm gratulieren... Einen schrecklichen Augenblick lang spielte Frensic mit dem Gedanken an Selbstmord, doch sein Sinn für Ironie rettete ihn. Jetzt wußte er, wie Piper sich gefühlt hatte, als er herausfand, was ihm von Frensic mit *Jahre* angedreht worden war. Das Sprichwort »Wer andern eine Grube gräbt, fällt selbst hinein« kam ihm in den Sinn, und er mußte Pipers triumphale Rache anerkennen. Dieser Gedanke ließ Frensic abrupt stehenbleiben. Man hatte einen Narren aus ihm gemacht; auch wenn alle Welt ihn nun für ein Genie hielt, eines Tages würden sie die Wahrheit erfahren, und dann nähme das Gelächter kein Ende. Damit hatte er Dr. Louth gedroht, und diese Drohung kehrte sich nun gegen ihn. Frensics Wut darüber spornte seine Durchtriebenheit an, und wie er da so zwischen den Hecken auf dem Weg stand, sah er seine Chance. Er würde den Spieß noch einmal umdrehen. Zweifellos konnte er mit seiner reichen Erfahrung aus dem Verkauf von tausend kommerziell erfolgreichen Romanen eine Geschichte brauen, in der sämtliche Zutaten enthalten waren, die Piper und seine Mentorin Dr. Louth am meisten verabscheuten. Sex sollte in ihr vorkommen, Gewalt, Sentimentalität, Romantik – und all das ohne eine Spur von tieferer Bedeutung. Es würde eine Spitzengeschichte werden, die sich gewaschen hatte, ein Nachfolger von *Jahre*, und auf dem Schutzumschlag stünde in Fettdruck der Name Peter Piper. Halt, das war falsch. In diesem Spiel war Piper nur eine kleine Schachfigur. Hinter ihm stand eine weit gefährlichere Feindin der Literatur: Dr. Sydney Louth.

Frensic beschleunigte seine Schritte, er eilte über die kleine Holzbrücke, die zu seinem Häuschen führte. Wenig später saß er an seiner Schreibmaschine und spannte ein Blatt Papier ein. Zuerst brauchte er einen Titel. Seine Finger hämmerten auf die Tasten, und die Wörter tauchten auf: »EIN AMORALISCHER ROMAN VON DR. SYDNEY LOUTH – ERSTES KAPITEL«. Frensic tippte weiter, ihm schwirrte der Kopf vor lauter brandneuen Subtilitäten. Ihren ungehobelten Stil würde er übernehmen. Ihre Vorstellungen ebenfalls. Das Ganze sollte eine groteske Persiflage auf alles werden, was sie je geschrieben hatte, verbunden mit einer dermaßen abartigen und miesen Handlung, daß sie allen Prinzipien aus *Der moralische Roman* Hohn spräche. Er würde das Miststück auf den Kopf stellen und es schütteln, bis ihm die Zähne herausfielen. Da-

gegen konnte sie nichts unternehmen. Frensic als ihr Agent
war vor ihr sicher. Nur die Wahrheit konnte ihm gefährlich
werden, aber sie befand sich keineswegs in der Lage, die
Wahrheit sagen zu können. Bei dem Gedanken hörte Frensic
auf zu tippen. Er brauchte sich keine Geschichte aus den Fingern zu saugen. Die Wahrheit fiel weit vernichtender aus. Er
würde die Geschichte des jahrelangen Strebens nach Größe
aufschreiben, genau wie sie sich zugetragen hatte. Damit
wäre er zwar total unten durch, aber durch den Erfolg von
Auf der Suche war er das in seinen eigenen Augen ohnehin
schon, außerdem war er es der englischen Literatur schuldig. Zum Teufel mit der englischen Literatur. Er war es der
Unterhaltungsliteratur schuldig und all den Autoren ohne
große Ambitionen, die schrieben, um sich ihren Lebensunterhalt zu verdienen. Ihren Lebensunterhalt? Die Doppel-
deutigkeit dieses Worts hielt seine Aufmerksamkeit einen
Moment lang gefangen. Sie schrieben, um am Leben zu bleiben, und um die Leser zu unterhalten. Frensic zog das Blatt
aus der Schreibmaschine und fing von vorne an.

DER RENNER. EINE WAHRE GESCHICHTE von Frederick
Frensic, so würde er das Buch nennen. Die Leser hatten die
Wahrheit verdient, aber auch eine Geschichte, und er würde
ihnen beides geben. Das Buch würde er der Kolportagelite-
ratur widmen. Das klang nach dem guten alten achtzehnten
Jahrhundert. Frensic kribbelte es im Riecher. Er hatte gerade
angefangen, ein Buch zu schreiben, das sich verkaufen würde, das wußte er. Wenn sie ihm den Prozeß machen wollten,
ihm war es egal. Er würde veröffentlichen und verdammt
werden.

In Bibliopolis machte die Veröffentlichung von *Auf der Suche*
auf Piper keinen Eindruck. Er hatte keinen Glauben mehr.
Verloren hatte er ihn durch Frensics Besuch und die Enthüllung, daß Dr. Sydney Louth die Autorin von *Jahre* war. Es
hatte eine Weile gedauert, bis er die Wahrheit kapiert hatte,
und so war er noch ein paar Monate lang fast automatisch mit

Schreiben und Umschreiben beschäftigt gewesen. Doch am Ende wußte er, Frensic hatte nicht gelogen. Er hatte an Dr. Louth geschrieben, ohne eine Antwort zu bekommen. Piper schloß die Kirche des Strebens nach Größe. Was blieb, war die Schule der Schreibkunst und mit ihr die Doktrin der Logosophie. Das Zeitalter des großen Romans war vorbei. Es blieb nur, seiner in Schönschrift zu gedenken. Während nun Baby die Notwendigkeit verkündete, Christus nachzuahmen, kehrte auch Piper in allem zu traditionellen Werten zurück. Füller hatte er bereits abgeschafft, seine Schüler verwendeten wieder echte Federn. Sie waren natürlicher als metallene Federhalterspitzen. Man mußte Federkiele zuschneiden, sie waren die ursprünglichen Werkzeuge seines Metiers, darüber hinaus verkörperten sie das goldene Zeitalter, als Bücher noch von Hand geschrieben wurden und der Kopist Angehöriger eines ehrenhaften Berufsstandes war.

An jenem Sonntagmorgen saß Piper also in seinem Scriptorium, tauchte seine Gänsefeder in Higgins verdunstete Permanenztinte und begann zu schreiben: »Weil meine kindliche Zunge aus Pirrip, dem Nachnamen meines Vaters, und aus Philip, meinem Vornamen, nichts Längeres und Bestimmteres zu formen wußte als Piper...« Er hielt inne. Das stimmte nicht. Es hätte Pip heißen müssen. Doch nach kurzem Zögern tauchte er seine Feder wieder in die Tinte und schrieb weiter.

Wen zum Teufel interessierte eigentlich in tausend Jahren, wer *Große Erwartungen* verfaßt hatte? Nur ein paar Gelehrte, die immer noch antike Sprachen lesen konnten. Einzig Pipers Pergament-Manuskripte, in dickstes Leder gebunden, angefüllt mit seiner perfekten Hieroglyphenschrift und goldverzierten Initialen, würden die Zeit überdauern; sie würden in den Museen liegen, stumme Zeugen seines Lebens im Dienste der Literatur und seines handwerklichen Könnens. Sobald er mit Dickens fertig wäre, würde er sich Henry James widmen und dessen Romane ebenfalls in Schönschrift niederschreiben. Vor ihm lag ein Lebenswerk, nämlich die

340

gesamte große Tradition mit Higgins Permanenztinte zu kopieren. Der Name Piper sollte sich der Nachwelt im wahrsten Sinne des Wortes unauslöschlich einprägen...

Tom Sharpe

Puppenmord

Roman

Ullstein Buch 20202

Daß Sie sich ausschütten vor Lachen, kopfstehen vor Vergnügen bei der Lektüre eines Buches – Tom Sharpe macht's möglich. Dieser Henry Wilt, seines Standes Berufsschullehrer, ist gefesselt an diesen dämlichen Job und an seine dominierende Frau. Alles, was Henry Wilt seiner Eva nicht geben kann – Ansehen, Geld und sexuelle Promiskuität –, kompensiert sein über- und allmächtiges Weib mittels Judo, transzendentaler Meditation, Ikebana, Trampolinspringen und anderen Disziplinen modischer Beschäftigungstherapie. Es wird Zeit, daß sich für Wilt, den Spielball des Lebens, die Zielscheibe allen Pechs, etwas ändert; und sei es nur in seiner Phantasie. Doch die wird immer mörderischer ...

ein Ullstein Buch

Tom Sharpe

Trabbel für Henry

Roman

Ullstein Buch 20360

Mit der Familie Wilt aus »Puppenmord« ist es nach oben gegangen – Henry Wilt ist befördert worden, Eva, seine Frau, hat ihn mit Vierlingen beschenkt und peinigt ihn mit ihrem verrückten Hang fürs Alternative. Die nette deutsche Untermieterin könnte da über vieles hinwegtrösten, doch leider...
... stolpert Henry unversehens in eine terroristische Belagerungsposse hinein. Jetzt schnuppert Inspektor Flint Morgenluft: Für seine furchtbare Schlappe bei der Sache mit der Puppe versucht er sich nun an Henry zu rächen.

ein Ullstein Buch

Der neue Tom Sharpe: wahnwitzig und mörderisch komisch!

Nach PUPPENMORD und TRABBEL FÜR HENRY seziert Tom Sharpe, der Meister des burlesken Wahnsinns, das südafrikanische TOHUWABOHU rund um ein »Verbrechen aus Leidenschaft« – begangen von einer weißen Lady an ihrem Zulu-Koch.

Rogner & Bernhard *bei Zweitausendeins*